साँवला सितारा

अनुमिता शर्मा

अंजुमन प्रकाशन

Title : Sawla Sitara
Author : Anumita Sharma
Published By-
Anjuman Prakashan
942, Mutthiganj, Prayagraj, 211003
www.anjumanpublication.com
anjumanprakashan@gmail.com

First published by Anjuman Prakashan in 2024

Cover & Typeset by Anjuman Prakashan

ISBN : 978-81-19562-13-8

अनुक्रम

1.

मूल बातें

शायद मन ही मन मैं यह कामना कर रही थी कि बारात कभी ना आये! मेरी गुप्त इच्छा के बावजूद, कानफोड़ू बैंड-बाजे के साथ संकरी गली को चीरता एक जुलूस निकला और मेरी आँखें चौंधिया गयी। 'आज मेरे यार की शादी है' की धुन पर झूमते हुए पुरुषों से मिलने के लिए दौड़ती हुई भड़कीली महिलाओं की भीड़ ने मुझे बेवजह ग़ुस्से में डाल दिया। दूल्हे को लकड़ी के घोड़ों द्वारा संचालित एक सुनहरे रथ के कैरिकेचर के ऊपर हिचकोले खाते हुए सिंहासन पर बिठाया गया था। उसने लाल पगड़ी और क्रीम कलर की शेरवानी पहनी थी, मगर उसके ज़र्द चेहरे पर अजीब-ओ-ग़रीब भाव थे, जैसे वह उस उन्मादित सैलाब के हर कोने से किसी आपदा की उम्मीद कर रहा हो, लेकिन अगर वह किसी तरह अपने स्थान पर चिपका रहा, तो यह ख़तरनाक समय बीत जाएगा। निःसन्देह अपने आसन पर सफलतापूर्वक जमे रहने के लिए दूल्हा बधाई का पात्र था। मेरे रिश्तेदारों की फ़ौज इस पराक्रम के लिए उसका अभिवादन करने लपकी और इसी बहाने उसे डगमगाती सीट से गिरने से बचाया। अफ़रा-तफ़री में, ओंकार शर्मा, मेरे पिता के छोटे भाई और दुल्हन के परेशान पिता, हाथों में माला लिए अन्य चाचाओं, फूफाओं, जीजाओं, चचेरे भाइयों और पड़ोसियों से कुश्ती कर रहे थे। बड़ी मशक़्क़त के बाद वे सभी को पीछे धकेलकर अपने होने वाले दामाद तक पहुँचे, ताकि वे व्यक्तिगत रूप से दूल्हे को अपनी पत्नी और मेरी चाची सुलोचना के समक्ष पेश कर सकें, जो दरवाज़े पर कुछ महिलाओं के साथ उनका इंतज़ार कर रही थीं।

वह 1998 के दिसंबर की सर्द रात थी। उन दिनों, बिहार के मेरे पिछड़े पुश्तैनी गाँव में बारात में साथ महिलाएँ नहीं जाती थीं। दूल्हे की माँ के लिए अपने ही बेटे की शादी देखना अशुभ माना जाता। दुल्हन की माँ भी घर की दूसरी महिलाओं के साथ पारंपरिक गीत गाते हुए अंदर रहती और आमतौर पर अपने दामाद से पहली बार तभी मिलती, जब वह गाजे-बाजे के ताम-झाम से लैस होकर उसकी बेटी को अपने घर ले जाने के लिए आता। मैंने हिंदी फ़िल्मों में देखा था कि बारात में होने वाली आतिशबाज़ी देखने के लिए दुल्हनें ऊँची बालकनियों की ओर दौड़तीं। उनके भावी

पति राजकुमारों की तरह घोड़ी या रथ पर सवार होते जिन्हें असली घोड़ों द्वारा खींचा जाता। लाल जोड़े में सजी दुल्हनों के साथ खिलखिलाती बनी-ठनी सहेलियाँ होतीं, जो एक-दूसरे को कुहनी मारतीं और छेड़तीं। अगर यह एक फ़िल्म होती तो दुल्हन मेरी चचेरी बहन रचना, किसी ऊँचे छज्जे पर खड़ी होती। मैं उसके साथ होती। वह दूल्हे के साथ आँखों-आँखों में संपर्क कर रही होती। उसकी बारात में हीरो जैसा एक दूसरा लड़का होता जिसे देखकर बाक़ी लड़कियाँ आहें भरतीं। हीरो की नज़र मुझ पर पड़ती और वहीं जम जाती। वह मुस्कुराता और मेरी नज़रें झुक जातीं...

हालाँकि, वास्तव में हमारी एक मंज़िला हवेली थी जिसमें कोई बालकनी नहीं थी। रचना एक बड़े उदास कमरे के फ़ोर-पोस्टर पलंग पर टिकी थी, उसका सिर भारी रेशमी साड़ी में दबा हुआ था और उसका शिथिल शरीर आलू की ढीली बोरी की तरह दिखाई दे रहा था। बोरी से जीवित होने की कोई निशानी तभी आती, जब रचना रोती हुई काँपती। जिस दिन हम दिल्ली से उसकी शादी के जश्न में शामिल होने पहुँचे थे, उसी समय से वह दहाड़ें मारकर रो रही थी। सुलोचना चाची की छोटी बहन, नयनिका मौसी की डाँट के बाद, उसकी चीख-पुकार कुछ कम हो गयी थी।

"उफ़्फ़ रचना! तुम्हारे रोने से मेरा सिर घूम रहा है। अब बंद करो। आख़िर तुम इतना क्यों रो रही हो? क्या यह तुम्हारे क्षेत्र में विवाह समारोह का हिस्सा है कि दुल्हन को लगातार यह प्रदर्शन करना पड़ता है या तुम्हें दूल्हा पसंद नहीं है? मुझे बताओ लड़की! यह क्या है?" नयनिका मौसी ने ग्लास के पानी में डिस्प्रिन की दो गोलियाँ मिलाते हुए नाटकीय ढंग से कहा था।

"नहीं! नहीं, ऐसा कुछ नहीं है।" सुलोचना चाची ने कहा, "सुकुमार कितना सुंदर लड़का है। बिल्कुल अपने नाम की तरह। नाज़ुक और देखभाल करने वाला। लेकिन सभी लड़कियाँ अपने माता-पिता का घर छोड़ने के बारे में भावुक होती हैं।"

"तो फिर यह पागलों की तरह क्यों रो रही है? अगर ये चुप नहीं हुई तो मैं कल वापस बलिया चली जाऊँगी!" वे उत्तर-प्रदेश के एक क़स्बे में रहने वाली ख़ुशमिज़ाज फैशनेबल औरत थीं और हमेशा हँसती रहतीं। उनके वहाँ ना होने की कोई कल्पना भी नहीं कर सकता था सो उनकी धमकी का असर हुआ और रचना का क्रंदन सुबकने में बदल गया। उसके रोने से मैं भी हैरान थी। रचना एक तरह से शादी करने के लिए मरी जा रही थी। गाँव में उसकी सभी पक्की सहेलियों की शादियाँ हो चुकी थीं। उसकी हमउम्र सखियाँ ही नहीं, बल्कि उनकी कई छोटी बहनें भी गर्व के साथ अपने-अपने ससुराल में प्रतिष्ठित थीं, बस दुर्भाग्यशाली रचना अभी तक मायके में फँसी थी। मैं

उससे छह महीने बड़ी थी लेकिन मेरी वैवाहिक स्थिति का कोई ख़ास मायने नहीं था। शहरों में रहने वाली लड़कियाँ किसी अजायबघर की वस्तु की तरह कौतूहल का विषय थीं और अधिक समय तक अविवाहित रहने की हिमाक़त कर सकती थीं। लेकिन क्या सचमुच मेरे विवाह से किसी को मतलब नहीं था? मेरे कान तरह-तरह के अपमानों, बातचीत के अंशों, दयनीय हाव-भावों और पीठ पीछे होने वाली गपशप से जल रहे थे। एक दिन पहले ही 'मटकोर' समारोह के दौरान मैंने एक अनजान महिला को मेरी तरफ़ देखते हुए, दूसरी अजीब महिला के कानों में ज़ोर से फुसफुसाते सुना था

"वह कौन है?"

"वह दूसरी लड़की? बड़े मालिक की बेटी। वह रचना से बड़ी है और अभी भी कुँवारी है।"

"ओह! बहुत बड़ी दिखती है। तीस या पैंतीस की होगी! उसकी शादी क्यों नहीं हुई?"

मैं पीछे मुड़कर चिल्लाना चाहती थी, "मैं अट्ठाईस की हूँ!" लेकिन उससे क्या होता? अट्ठाईस और अविवाहित या पैंतीस और अविवाहित में ज़्यादा फ़र्क़ नहीं था। वे गाँव की महिलाएँ शादी की रस्में देखने के लिए जमा हुई थीं। वे हमारे खेतों में यानी कि दादा और चाचा के लिए काम करने वाले मज़दूरों की पत्नियाँ थीं। उनकी सोच में हम उच्च-वर्ग के आडंबरों से ग्रसित थे और निम्न स्तर की टिप्पणी कर उन्हें "बड़े लोगों" से किसी तरह से श्रेष्ठ महसूस होने की ख़ुशी प्राप्त हो रही थी। मुझे नहीं पता था कि वे कौन थीं लेकिन वे मेरे पूरे पारिवारिक इतिहास से वाक़िफ़ थीं।

"हमारे पीछे बड़ी घटिया भीड़ है! बेटा, उन पर ध्यान मत दो!" नयनिका मौसी बड़बड़ाईं। उन्होंने मेरे मेंहदी से रँगे हाथों में खनकती चूड़ियों को प्यार से थपथपाया और पीछे देखकर चिल्लाने लगीं, "तुम महिलाएँ चुप रहो या कोई गीत गाओ। बकवास मत करो।"

सभी आंटियों में वे अकेली संवेदनशील आत्मा थीं! अन्य 'बड़े लोगों' की मानसिकता भी उतनी ही छोटी थी। कुछ मिनटों पहले मैं रचना के कमरे में इकट्ठी महिलाओं के साथ बैठी थी। मेरी माँ के पास शादी के गीतों का भंडार था और उन्हें गाने का बहुत शौक़ था। उनकी आवाज़ इतनी सुरीली थी कि ऐसे मौक़ों पर आमतौर पर सुनाई देने वाले 'गीत' के कर्कश शोर से ऊपर उठ जाती।

"बैठल दूल्हा पालकी में आरती उतारूँ हे,

सासु के अँखिया में लागल मधुमक्खिया हे,

देखहू ना पयलन दामाद अलबेला हे..."

माँ भावपूर्ण वज्जिका में गा रहीं थीं। उनके स्वर के पीछे कुछ औरतें मेंढकों की तरह टर्रा रही थीं। पीली बत्तियों की गर्मी में नहाया वह बड़ा-सा कमरा जैसे रंगों की लौ से जगमगा रहा था। युवा लड़कियों ने मुख्य रूप से लाल और बैंगनी रंग का पैचवर्क पहना था। महिलाएँ बेहतरीन बनारसी साड़ियों और सोने के आभूषणों से सजी थीं। सितारों सी झिलमिलाती हवा में तरह-तरह के इत्रों की सुगंध थी। माँ की कुछ भर्राई मधुर तान ने जैसे हृदय पर आघात करते हुए रक्त में सपनों का संचार कर दिया। उस सम्मोहित अवस्था में भी हम एक ऑर्केस्ट्रा की लयबद्ध ताल सुन सकते थे। बारात नज़दीक आ रही थी। मैं एक ख़ूबसूरत पुरुष की कल्पना में डूबी थी। उसकी कामुक और विनाशकारी रूपरेखा पिघलते रत्नों पर टिमटिमाती हुई उड़ रही थी। उसका मांसल शरीर सरपट दौड़ते एक सफेद घोड़े के साथ सामंजस्यपूर्ण रूप से ऊपर-नीचे गिर रहा था। हवा के झोंके पर उभरते और मिटते नशीले नज़ारे ने अँधेरी सड़क पर मीठी निराशा का धूसर-नीला निशान छोड़ दिया। मेरा हृदय एक तीव्र लालसा से भर गया। मैं संगीत से सराबोर उस मनमोहक क्षण में खो गयी।

'बड़की दुल्हन कितना अच्छा गाती हैं!' पड़ोस की एक चाची ने पड़ोस की दूसरी चाची से कहा। बड़की दुल्हिन; यानि कि बड़ी बहू मेरी माँ थीं, और चाचियाँ हमारे छोटे से गाँव में फैली एक ही परिवार की विभिन्न शाखाओं के माध्यम से हमसे दूर से जुड़ी हुई थीं। वहाँ सब किसी ना किसी तरह से रिश्तेदार थे।

'हाँ! बेचारी सभी शादियों में गाना पसंद करती हैं। भगवान ही जानें कि उन्हें अपनी बेटी की शादी में गाने का मौक़ा कब मिलेगा!' चाची ने चाची को जवाब दिया।

मुझे पता नहीं कि दूसरों ने यह बातचीत सुनी या जानबूझकर अनसुना किया। ज़ाहिर है, टिप्पणी मुझ पर की गयी थी। मैं रचना के सबसे क़रीब बैठी थी और उसने मेरी तरफ़ देखने के लिए सिर उठाया। हमारी नज़रें मिलीं। उसकी कातर आँखें फैल गईं और होंठ काँपने लगे। मुझे अपनी तंद्रा से मानो झकझोर दिया गया था और मैं बुरी तरह हिल गयी थी। रचना के आहत भाव में कुछ याचना करता जैसा था, जिसने उन विषैली महिलाओं के प्रति मेरा ग़ुस्सा और बढ़ा दिया। मैं झटके से उठी और उन्हें घूर कर ऐसे देखा कि खिले फूलों जैसा उनका चेहरा तुरंत कुम्हला गया। एक पल के अंदर उनकी रंगत बदलकर मुर्दे जैसी हो गयी और फिर उनका पुता मुँह उनकी बेहूदा

साड़ियों की तरह लाल हो गया। मैं आँधी की तरह वहाँ से निकल गयी।

एक लंबा गलियारा हवेली के उस हिस्से से होता हुआ मेरी माँ के कमरे में समाप्त हो जाता। माँ का कमरा, घर का सबसे अजीब कमरा था, क्योंकि वह हमेशा अंधकार में डूबा रहता। ना तो उसमें हवा का कोई झोंका आता और ना ही सूरज की किरण। एकमात्र राहत यह थी कि उसकी छोटी-छोटी ग्रिल लगी खिड़कियाँ धूल भरी गली में खुलतीं। व्यस्त गली, बढ़ती हुई उस मुख्य मार्ग में शामिल हो जाती, जो हमारे घर की ओर आता, इसलिए वहाँ से हम सभी आने-जाने वालों पर नज़र रख सकते थे। खिड़कियों में पर्दे नहीं थे इसलिए लकड़ी के शटर अक्सर ऊपर चढ़े रहते।

मैंने शटर खोल दिये और रात की हवा में फुफकार लगायी। कोहरे ने ठहाका लगाया और घोर अँधेरे में एक भयानक चमक बिखेर दी। ठंडी हवा ने मेरे उदास चेहरे और दौड़ती नसों पर निर्दयता से वार किया। बैंड के शोकाकुल स्वर मेरे मृत सपनों का मज़ाक़ उड़ाने के लिए भूतों द्वारा बजाये गये शोक की शहनाई की तरह प्रतीत हो रहे थे। उस समय, मैं सभी से घृणा करती थी, मैंने गहरी निराशा से मुक़ाबला करते हुए विचित्र कड़वाहट का स्वाद चखा। मुझे सभी चाचियों और चचेरे भाइयों-बहनों से नफ़रत हो रही थी, मुझे माँ पर ग़ुस्सा था क्योंकि वे मज़े में गा रही थीं, पापा पर ग़ुस्सा था क्योंकि मेरे ना चाहते हुए भी वे हमें शादी में लाये थे, रचना पर और भी ग़ुस्सा था क्योंकि वह शादी करने के लिए लालायित थी। मैंने तो यह भी मनाना शुरू कर दिया कि जिस बारात की आवाज़ हमने सुनी थी वह कहीं और जा रही हो। निश्चित रूप से, एक ही रात में कई जोड़ों की शादियाँ हो रही थीं और रचना का दूल्हा यातायात के चिरस्थायी चक्रव्यूह में फँसकर भटक सकता था। मैंने अपनी उन्मत्त भावनाओं पर लगाम लगाने की कोशिश की, लेकिन मेरे विचार धीरे-धीरे बहते गये और उस आदमी की ओर बढ़ गये, जिससे मैं सबसे ज़्यादा नफ़रत करती थी, ऋत्विक, मेरा एक्स।

मैं खिड़की पर झुककर रोने लगी। मेरे सामने का नज़ारा धुएँ से भरे लाउंज में बदल गया, मेरे दिमाग़ में गूँजती आवाज़ें ऋत्विक और मेरे बीच होने वाली कई बातचीत में बदल गयी; गर्मजोशी, आलिंगन, शराब के प्याले, कामोत्तेजक चुंबन, प्यार की जीवंत स्मृतियाँ, मैंने सब याद किया और ब्रेकअप के बाद का ख़ालीपन मेरी इंद्रियों में चुभने वाली बेलों की तरह उगने लगा। मैंने अपने-आप को कोसना शुरू कर दिया। मैं पुरुषों पर क्यों भरोसा करती? क्या पिछले ब्रेकअप के बाद मैंने किसी पुरुष पर भरोसा नहीं करने की शपथ नहीं ली थी? भले ही, ऋत्विक से पहले

वाला बॉयफ्रेंड बिल्कुल सोलमेट मटीरीयल नहीं था, लेकिन ऋत्विक उसके जैसा ही कमीना निकला और उसके पहले जैसे कमीने जैसा भी। सभी पुरुष जिन्हें मैंने डेट किया था, वे सब एक जैसे क्यों थे? प्रतिकृतियाँ! एक दूसरे की बदसूरत प्रतियाँ। आँसुओं से तरल आँखों से बाहर देखते हुए मैं अभी भी किसी सुंदर और सुशील पुरुष की अंतरंगता के लिए तरस रही थी- कोई ऐसा जो हमेशा मेरे साथ रहता, जिसे मैं हद से बढ़कर प्यार करती, जिसे जकड़कर गले लगाती, जिसके साथ मैं वो सब कुछ करती जो किसी और के साथ नहीं किया या फिर मैं उसका हाथ पकड़कर यूँ ही अनंतकाल तक चलती रहती।

"गर्रर्रर्र!" ऋत्विक बिस्तर के नीचे से गुर्राया। बारात नज़दीक आ रही थी। पटाखों और बैंड का कोलाहल उसे बेचैन कर रहा था। वह केवल एक मिलनसार पोमेरेनियन था, लेकिन उसने विशिष्ट महिलाओं को अपनी उधम मचाने वाली दोस्ती के अत्यधिक प्रयासों से डरा दिया था और उसकी सज़ा में उसे हवेली के सबसे शांत कमरे में बंद होना पड़ा। दो साल पहले जब मैं मम्मी-पापा के साथ छठ पूजा के लिए गाँव आई थी तब वह एक बिना नाम का प्यारा पिल्ला था। रचना और मैं छत पर एक सुनसान कोने में बैठे थे और मैं उसे डैशिंग ऋत्विक के लिए अपने नये पनपते प्यार के बारे में बता रही थी। आह! वह कितना अच्छा दिखता था; सेक्स और रोमांच से सराबोर रोमांटिक किताबों के नायक की तरह- टॉल, डार्क, एंड हैंडसम! उसके चुम्बन गर्म चाक़ू के वार की तरह दिल को छलनी कर देते।

"तुम्हारा मतलब है कि तुमने उसे चूमा? हिंदी फिल्मों की तरह चुम्मा या अंग्रेज़ी फ़िल्मों वाला स्मूच?" रचना ने हैरानी से अपनी आँखें घुमाईं और बाँहों में जकड़े नन्हे पिल्ले को गिरा दिया। हम लगभग एक ही उम्र के थे और हालाँकि हम साल में बस एक या दो बार मिल पाते, हम एक-दूसरे के हमराज़ थे। वह बहन होने के साथ-साथ, मेरी एकमात्र पक्की सहेली भी थी। मैं उससे अक्सर आग्रह करती कि हमें पत्रों का आदान-प्रदान करना चाहिए क्योंकि मैं उसे सब कुछ बताती, लेकिन रचना इम्तिहान के अलावा कभी लिखना पसंद नहीं करती और पत्रों को कोई परिवार का सदस्य 'इंटरसेप्ट' भी कर सकता था। हमारी बातें 'टॉप सीक्रेट' थीं इसलिए मिलने पर हमेशा बातें करने के लिए बहुत सारा मैटर होता।

"लॉन्ग स्मूच और भी बहुत कुछ। मैं उसे पूरी लगन से प्यार करती हूँ।" मैंने गंभीरता से उत्तर दिया।

"स्मूच के साथ बहुत कुछ से तुम्हारा क्या मतलब है? वो भी?" इस बार उसकी

हैरानी की कोई सीमा नहीं थी।

"और 'वो भी' से तुम्हारा क्या मतलब है? 'वो भी' तो किसी के साथ भी हो सकता है मगर जब 'वो भी' के साथ 'ये भी' - यानि कि प्यार भी हो तो बात अलग होती है!" मैंने लम्बी साँस लेते हुए कहा।

"हैं? मतलब 'वो भी' इस 'ये भी' के बग़ैर भी हो सकता है? मुझे तो सबके बारे में सुनना है!" रचना हँसती हुई बोली।

"अब कोई दूसरा 'वो भी' याद नहीं, ये और वो दोनों एक ही है!" मैंने दिल पर हाथ रखकर कहा।

पपी को शायद ये बात पसंद नहीं आई कि उसके आस-पास किसी दिल में उसके अलावा कोई दूसरा रहे। वह फ़र्श पर बिछी चटाई पर घुलटता हुआ गुर्राने लगा।

"मैं इस पपी का नाम ऋत्विक रखने जा रही हूँ!" रचना ने अपनी जीभ बाहर निकाली और ज़ोर से हँस पड़ी।

"नहीं, नहीं!" मैं चिल्लाई।

"हाँ, हाँ, ऋत्विक, ऋत्विक, इधर आओ! गुड बॉय!" उसने पपी को पुकारा। पपी ने गुर्राना बंद कर दिया और आज्ञा का पालन किया। मेरे विरोध के बावजूद रचना उसे इसी नाम से पुकारती रही। यह एक मज़ाक़ था और कुछ दिनों बाद हमने उसे किसी नालायक़ पिल्ले के लिए उपयुक्त दूसरा नाम दिया, लेकिन वह कुत्ते का बच्चा केवल ऋत्विक नाम से पूँछ हिलाता! घर के बाक़ी लोग भी उसे ऋत्विक कहकर पुकारने लगे और वही नाम पड़ गया! मैं परेशान थी कि जब हमारे परिवारों को असली ऋत्विक से मिलवाया जाएगा तो उनकी क्या प्रतिक्रिया होगी। मगर अब ऐसी कोई सम्भावना नहीं थी। रचना के साथ हुई उस बातचीत के एक महीने के भीतर ही ऋत्विक और मैं अलग हो गये।

मैं अक्सर ऋत्विक को लैंडलाइन पर कॉल करती थी और हमेशा उसका छोटा भाई रचित फ़ोन उठाता। वह अपने भाई को चिल्लाकर बुलाता और जब तक ऋत्विक फ़ोन के पास आता तब तक हम इधर-उधर की बातें करते। बातचीत छोटी-सी दोस्ती में विकसित हो गयी। एक दिन मैंने ऋत्विक को फ़ोन लगाया तो रचित ने कहा कि ऋत्विक घर पर नहीं है और यह 'गॉडसेंड' था क्योंकि वह मुझसे कुछ महत्वपूर्ण बातें करना चाहता था। उसने महीनों विचार किया था कि उसे ऐसा करना चाहिए या नहीं, लेकिन हमारी अजीब दोस्ती के लिए उसने यह निर्णय लिया कि अपने

भाई के ख़िलाफ़ मुझे चेतावनी देना उसका कर्तव्य है।

"यू सी, भैया की बचपन की लवर है। वह हमारी पड़ोसी है। वह जल्द ही उससे शादी करने जा रहा है।" रचित फुसफुसाया जैसे कि एक दर्जन लोग उसके आसपास सुनने की कोशिश कर रहे थे।

"तुम्हें कैसे पता?" मैं स्तब्ध थी।

"सब को पता है। वह हमारी पड़ोसी है। उसका नाम सोनिया है। इस मुद्दे को लेकर हमारे परिवार के लोग कई बार आपस में भिड़ गये थे। यू सी, वह दूर की रिश्तेदार है। मैं जटिल संबंध की व्याख्या नहीं कर सकता लेकिन किसी तरह से वह हमारी कज़िन लगती है।"

"फिर?"

"फिर क्या? ऋत्विक भैया अड़ा है। वह उससे शादी करेगा। यू सी, चाहे कुछ भी हो।"

"आई सी, या शायद आई डॉन्ट सी! अगर ऐसा है तो वह मेरे साथ क्यों है?"

"आपको उससे पूछना होगा। यू सी, मेरी ड्यूटी पूरी हुई।"

आई डिड सी! अगले सप्ताह मुझे उससे मिलना था। शाम 5 बजे तक मेरी क्लास ख़त्म हो जाती और ऋत्विक मुझे जेएनयू गेट से 5:30 बजे पिक करता। उसके बड़े भाई ने एक नयी कार ख़रीदी थी और उनकी पुरानी फिएट अब उसकी संपत्ति थी। हम दो-चार बीयर के लिए सीधा टीजीआईएफ़ गये। उस समय के आसपास 'हैप्पी ऑवर्स' शुरू होते और सस्ती बीयर के साथ डिस्काउंट पर स्नैक्स भी मिलते। फिर ग़ाज़ियाबाद वापस जाते हुए वह मुझे नोएडा में घर छोड़ देता। ऋत्विक ने तीन साल पहले एमबीए पूरा किया था और मुंबई में अपनी दूसरी नौकरी के लिए जल्द ही जाने वाला था। हम इस मामले पर लड़े थे लेकिन उसने समझाया कि उसे अपने विशाल परिवार से कुछ समय के लिए अलग रहने की ज़रूरत थी। आये दिन छोटी-छोटी बातों पर कहा-सुनी होने से वह तंग आ गया था और मैंने हार मान ली। उसने वादा किया था कि जब तक मैं अपना एमफ़िल पूरा करूँगी, तब तक वह मुझसे शादी करने के लिए पर्याप्त बचत कर लेगा और फिर मैं भी मुंबई जा सकती थी। उसके संयुक्त परिवार के तनावपूर्ण माहौल से दूर। सो वह हमारी अंतिम अनमोल शाम थी। मैं भी अगले हफ्ते परिवार के साथ गाँव जाने वाली थी और उसे भी मुंबई ऑफ़िस में रिपोर्ट करना था।

"तुम मेरे भाई पर विश्वास करती हो?" ऋत्विक की भूरी आँखें टेबल पर रखी बीयर की बोतलों की तरह टिमटिमा रही थीं।

हम बेसमेंट के अपने पसंदीदा कोने में बैठे थे। वह एक सप्ताहांत था और पूरी जगह भरी हुई थी। मैं आमतौर पर उसके पास बैठ जाती और हम एक-दूसरे का हाथ पकड़ लेते। एक या दो बीयर के बाद, हमें परवाह नहीं होती कि रोशनी मंद थी या अँधेरा और हम चोरी-छुपे चूमने में कामयाब रहते। उसने मेरी भंगिमा से यह भाँप लिया था कि मेरा मूड कुछ गड़बड़ था, ख़ासकर जब मैंने टेबल की दूसरी तरफ़ से बढ़ाया उसका हाथ पकड़ने से इंकार कर दिया। मैंने एक साँस में रचित का बताया सब कुछ उगल दिया था। मैं ग़ुस्से से पागल थी और ऋत्विक मुस्कुरा रहा था।

"मुझे बताओ, तुम मुझ पर विश्वास नहीं करती और तुम्हें मेरे भाई पर विश्वास है?" उसने फिर पूछा और मुस्कुराया। मैंने एक मुँहतोड़ जवाब पर विचार करने के लिए आँखें फेर लीं।

"जब लौटते वक़्त गाड़ी में, तुम मेरी बाँहों में होगी तो यह ग़ुस्सा छू-मंतर हो जाएगा।" उसकी कंजी पुतलियाँ शरारत से नाच रहीं थीं।

"मैं गंभीर हूँ! ज़ाहिर है, मुझे तुम पर भरोसा है मगर मुझे स्पष्टीकरण की ज़रूरत है।" मैं उसके विषय बदलकर प्यार की बातें करने वाली रणनीति के झाँसे में नहीं पड़ने वाली थी। कम-से-कम इतनी जल्दी नहीं।

"ओफ़्फ़ो, दिशा! वह एक बहन की तरह है और हर साल हम तीनों भाइयों को राखी बाँधती है। हम उसके अपने भाइयों जैसे हैं। उसका कोई भाई नहीं है! वे पाँच बहनें हैं और वह ठीक बीच में है। तीसरी बेटी! किसी ने उसे प्यार नहीं किया। उपेक्षित! उसके माता-पिता बहुत कम उम्र में उसकी शादी कर देना चाहते थे। मैंने उसके लिए लड़ाई लड़ी और उसके पिता से वादा किया कि जब मैं कमाना शुरू करूँगा तो मैं उसकी आर्थिक मदद करूँगा। उसे अभी पढ़ाई करने दो। मुझे नहीं पता रचित ऐसी बातें क्यों कह रहा है। क्या उसने तुम्हें नहीं बताया कि हम संबंधी हैं?"

उसके कोरे चेहरे पर किसी भाव को पढ़ना असंभव था। उसका रंग गेहुँआ और गाल चिकने थे। उसकी दाढ़ी-मूँछें नहीं थीं सो उसका आकर्षक जौ-लाइन साफ़ नज़र आता और उसकी ठोड़ी पर एक डिम्पल था! उसने सरसों के रंग की शर्ट पहनी थी जो उसकी आँखों से मेल खाती। मैंने उसके साधारण वक्तव्य में गूढ़ अर्थ खोजने की कोशिश की। उसके बोलने के तरीक़े में कोई हलचल नहीं थी। अगर वह सच कह

रहा था तो उसे इस बात से चिढ़ भी नहीं थी कि मुझे उस पर शक था। बल्कि अब मुझे अपने शक पर भी संदेह था। उसके शब्दों ने मेरी आत्मा को भले ही ना हिलाया हो, लेकिन उन्होंने मेरी सोच को अवश्य प्रभावित किया था। वह मेरी तरफ़ ध्यान से देख रहा था और मेरा हृदय उसकी आँखों की चमक से जगमगा उठा। मुझे उनका विचित्र रंग बहुत पसंद था। मेरे दोस्त कहा करते थे कि भूरी आँखों वाले लड़कों पर भरोसा नहीं करना चाहिए, लेकिन क्या सभी लड़कियाँ दुष्ट प्रभावों से आकर्षित नहीं होतीं?

मैं उठकर उसकी बगल की सीट पर बैठ गयी। हमने दो और बीयर का ऑर्डर दिया और पके हुए आमों जैसी चमक में बिखरी एक परिचित भीड़ को नज़र घुमा कर देखा। कुछ लोगों ने औपचारिक कपड़े पहने थे, तो कुछ ने ढीले कैज़ुअल, कई पुरुष और महिलाएँ थे जो तरह-तरह के पेय की चुस्की लेते हुए जलपान करते हुए, धूम्रपान करते हुए, बातचीत कर रहे थे, लेकिन मैं ऋत्विक के साथ एक जादुई द्वीप पर बहुत दूर थी, प्रेम की निश्छलता से मोहित, उसकी आदिम महिमा में लथपथ। उसके बदन से कुचले हुए गुलाबों की महक आ रही थी और उसकी रूखी हथेलियाँ मेरे शरीर की कोमलता से खेल रही थीं। हम धीरे-धीरे अपना किंगफिशर पी रहे थे, चिली चीज़ टोस्ट कुतर रहे थे। मैंने विभिन्न मादक सुगंधों को साँस में भरते हुए पूरी तरह से रूहानी संवेदनाओं के सामने आत्मसमर्पण कर दिया। मैं अभी से ही लौटते वक़्त गाड़ी में होने वाले कठोर चुंबनों और उसकी सख़्त बाँहों के आलिंगन की कल्पना कर रही थी।

गाँव से लौटने के बाद, मैंने दिल्ली में ऋत्विक के फ़ोन का बेसब्री से इंतज़ार किया, लेकिन चार महीने से अधिक समय तक कोई बात नहीं हुई। मैंने उसके घर पर फ़ोन किया लेकिन मुझे बताया गया कि रचित भी अपने भाई के पास मुंबई गया था। उस दौरान मैंने उसे बेहद याद किया लेकिन आंतरिक उथल-पुथल के प्रति उदासीन होकर मैंने किसी संत-महात्मा जैसा संयमित जीवन अपनाया। मैं यांत्रिक रूप से पुस्तकालय और कक्षाओं के लिए जाती और वापस आकर अपने क़ब्रिस्तान जैसे धुँधले शांत कमरे में निढ़ाल हो जाती। अपनी दिमाग़ी उथल-पुथल और चक्कर खाते विचारों को मैंने प्राचीन पुस्तकों, पीले काग़ज़ों और फीकी स्याही के ढेर में दबा दिया और फिर अप्रत्याशित रूप से उसने एक सप्ताह के मध्य की दोपहर में फ़ोन किया।

"मैं दफ़्तर में हूँ, बस चेक कर रहा था कि क्या तुम जाग रही हो। मेरा सौभाग्य है कि मैंने तुम्हें झपकी लेने से पहले पकड़ लिया।" उसने मेरी दोपहर में सोने वाली गृहिणियों जैसी आदत का अक्सर मज़ाक़ बनाया था।

"करने के लिए अभी कुछ ख़ास नहीं है। मुझे एक शोध पत्र लिखना था और वह

लगभग पूरा हो चुका है। तुम कैसे हो?"

"मैं अच्छा हूँ। मैंने शादी कर ली।"

मैं उसके ग़ायब होने को लेकर आशंकित थी, लेकिन चाहे मैंने कोई भी संदेह किया हो, मुझे ऐसे सीधे काटने वाले जवाब की उम्मीद नहीं थी। जब उसने मुझे फ़ोन पर सामान्य तरीक़े से संबोधित किया तो मेरी शिकायतें अपने-आप दूर होने लगीं। मैंने मन ही मन उसकी लंबी ख़ामोशी का उचित कारण ढूँढकर उसे माफ़ भी कर दिया। उसका काम नया था। उसे घर की तलाश करनी थी। मुंबई बहुत तेज़ थी। उसके पास साँस लेने का समय नहीं था। जब उसने पहले फ़ोन किया तो मैं घर पर नहीं थी। हमारी बात ना होने के हज़ारों कारण हो सकते थे लेकिन यह नहीं!

"किससे?" मैं जवाब में इतना ही कह सकी।

"सोनिया से।"

"तो रचित सही था?"

"नहीं, प्लीज़, समझने की कोशिश करो! ऐसा नहीं है। सब अचानक हुआ। उसके माता-पिता शादी के लिए दबाव बना रहे थे। मेरे जाने के बाद उसके पास सहारा देने वाला कोई नहीं था। वह घर से भाग गयी और रचित के साथ यहाँ आ गयी। मैं उसे वापस जाने के लिए नहीं कह सकता था। उसके पिता को पिछले महीने दिल का दौरा पड़ा था। परिस्थितियों के कारण मुझे उससे शादी करनी पड़ी!"

"मज़ेदार है कि तुम उसी लड़की से शादी करने के लिए मजबूर हो गये, जिसके बारे में मुझे चेतावनी दी गयी थी।" मैं ज़ोर से हँसी।

"देखो दिशा, आई लव यू एंड ओनली यू। मैं किसी और से प्यार नहीं कर सकता। इस शादी ने मेरी भावनाओं को नहीं बदला है। मैं तुम्हें पहले की तरह प्यार करता हूँ। कुछ नहीं बदलेगा, मैं वादा करता हूँ। जब मैं दिल्ली आऊँगा तो हम पहले की तरह मिलेंगे। मेरा काम बहुत अच्छा है। मुझे बहुत अच्छा वेतन मिल रहा है। तुम पीएचडी कर लो और उसके बाद हम अपने भविष्य के बारे में सोचेंगे।"

"तो आपने सब कुछ सोचा है। हाउ थॉटफ़ुल! आपने अपने साथ मेरे भविष्य की योजना भी बना ली, और तुम इतने आश्वस्त हो कि मैं अब भी तुमसे पहले की तरह मिलूँगी?"

"जब हम साथ होंगे और मैं तुम्हें अपनी बाँहों में कसकर पकडूँगा तो तुम अपना ग़ुस्सा भूल जाओगी।" उसने फुसफुसाती हुई आवाज़ में कहा।

"तुम्हारी हिम्मत कैसे हुई?" मुझे याद नहीं कि उसके पहले या बाद में कभी मुझे इतना ग़ुस्सा आया था। अगर वह व्यक्तिगत रूप से मौजूद होता तो मैं उसे थप्पड़ मार सकती थी।

"आई एम सॉरी...!" वह हकलाया।

"नहीं, तुम्हें सॉरी बोलने की ज़रूरत नहीं है। मुझे अफ़सोस है कि मैंने तुम्हें यह अवसर दिया। तुम गंदे हो, अब अच्छे पति की तरह घर जाओ और सोनिया को बाँहों में जकड़ो! मैं चाहती हूँ कि एक दिन वह तुम्हारे पिछवाड़े में लात मारे! मैं तुमसे नफ़रत करती हूँ और तुम मुझे फिर कभी कॉल करने की हिम्मत मत करना। अगर तुमने ये घिनौनी बातें नहीं कही होती तो मैं शायद तुम्हें माफ़ कर देती, लेकिन फिर भी मुझे ख़ुशी है कि तुमने ऐसा किया और मैं तुम्हारी असलियत जान सकी।" और मैंने फ़ोन पटक दिया।

2.

मूल्याँकन

"दिशा! दिशा, दरवाज़ा खोलो।" रचना ने धीरे से दस्तक दी।

बारात बाहरी आहाते में चली गयी थी और गली ख़ाली थी। माँ का कमरा पश्चिमी विंग में था जो सैद्धांतिक रूप से मेरे पिता का था। ईस्टर्न-विंग अंकल का हिस्सा था और सभी मेहमान वहीं खचाखच भरे थे। मेरे पिताजी बड़े भाई थे। और चूँकि वह एक सरकारी कर्मचारी थे और मेरे इकलौते चाचा की तरह किसान नहीं थे, तो उनका हिस्सा भी व्यावहारिक रूप से चाचा जी का ही था। हालाँकि, जब हम गाँव में होते, जो कभी-कभार होता तो हम नियमानुसार अपने हिस्से में रहते। हमारी तरफ़ चार कमरे थे, उनमें से एक में दादी रहती थीं, लेकिन दो साल पहले उनकी मृत्यु हो गयी थी। सबसे बड़ा गोल कमरा मेरे पिता का था, उस पर हमारी ग़ैर-मौजूदगी में दादा जी का क़ब्ज़ा रहता, लेकिन हमारे प्रवास के दौरान वह हठपूर्वक कमरा ख़ाली कर देते और गोल कमरे से जुड़े दूसरे कमरे में चले जाते। दादा और पिता जी आहाते में थे, माँ भी कहीं बाहर थीं और पश्चिमी हिस्सा भूतिया गिरिजाघर की तरह शांत था। मैंने अपनी आँखें पोंछी और लकड़ी के भारी दरवाज़ों को खोल दिया।

"तुम यहाँ क्या कर रही हो?" मैंने आश्चर्य से कहा। रचना हवादार गलियारे में खड़ी थी, उसकी एक तरफ़ आँगन था, जहाँ विवाह समारोह के लिए मंडप स्थापित किया गया था। वह सजे-धजे सुनसान मंडप की बग़ल में अकेली रेशमी कपड़ों में काँपती अजीब लग रही थी।

"मेरे कमरे में आओ, प्लीज़।" उसने विनती की और मेरा हाथ पकड़ लिया। मैंने माँ के कमरे की कुंडी बाहर से लगा दी, और हम हाथ में हाथ डाले उसके कमरे के बिस्तर तक वापस चले गये। रचना बारात आने से पहले वहीं महिलाओं से घिरी बैठी थी।

"मुझे पता है कि तुम ग़ुस्सा हो।" जब हम आराम से बैठ गये तो उसने हल्के से कहा। "मुझे तुमसे अकेले में बातें करने का मौक़ा नहीं मिला। कहने के लिए बहुत कुछ है और मैं अभी सब कुछ नहीं बता सकती। तुम सोच रही होगी कि मैं क्यों रोती हूँ लेकिन अपने भाग्य पर विलाप करने के अलावा मैं क्या सकती हूँ? कल्पना करो कि

यहाँ मेरी क्या दशा थी जब तुम्हें केवल दो दिनों में इतना सुनना पड़ रहा है? मैं रोज़ दिन-रात यही सुनती थी।"

"तो फिर क्यों रो रही हो? आज रात तुम्हारी शादी हो रही है। तुम्हें ख़ुश होना चाहिए।"

"मैं इस आदमी से शादी नहीं करना चाहती थी। पापा जी ने एक शहर में सरकारी नौकरी वाले बहुत अच्छे लड़के से मेरी शादी तय कर दी थी लेकिन गाँव के कुछ परिचितों ने वहाँ जाकर हमारे बारे में गंदी बातें कही और शादी तुड़वा दी। मेरे लिए दूल्हा ढूँढना बहुत मुश्किल हो गया था।"

"क्या?"

"तुम ये सब नहीं समझोगी। यह गाँव की राजनीति है। पापा जी इसे चतुराई से खेलना नहीं जानते। मैं तुम्हारी तरह शहर में नहीं रहती। मुझे अपने-आप कोई ऋत्विक नहीं मिल सकता। मैं इस व्यक्ति से शादी करने के लिए तैयार हो गयी क्योंकि मैं घटिया टिप्पणियों से थक गयी थी। लड़का बस बीए पास है और क़स्बे में एक दुकान चलाता है। वह हैसियत में हमसे काफ़ी नीचे हैं।"

"ऋत्विक एक कमीना गधा था। भले ही तुम्हारे मुताबिक़ जिस लड़के से तुम्हारी शादी हो रही है उसका 'स्टेटस' हमारे बराबर नहीं है, लेकिन हो सकता है कि वह अच्छा और सच्चा इंसान हो? वह तुम्हें दिल से प्यार करे और ख़ुश रखे?" मुझे उससे सहानुभूति होने लगी।

"जब तुम उसे देखोगी तो अपने-आप पता चल जाएगा कि मेरा क्या मतलब है। मैंने उसे एक बार देखा था और उसके 'टाइप' को जानने के लिए इतना ही काफ़ी था। हाँ, वह शायद कमीना नहीं है, लेकिन वह निश्चित रूप से एक गधा है।" उसने कड़वाहट से कहा, "लेकिन ऋत्विक का क्या हुआ?"

"जैसा कि तुमने कहा, हमें अकेले में बात करने का मौक़ा नहीं मिला, लेकिन मेरा विश्वास करो, रचना, वह कमीने से भी ज़्यादा निम्न कोटि का गधा है। मैं इससे बुरी गाली नहीं जानती और उसे इंसान नहीं कह सकती। बेचारा गधा तो निर्दोष ही होता है। तुम ज़रूर अपने गधे के साथ कहीं अधिक ख़ुश रहोगी। मेरी यही प्रार्थना है कि तुम्हें ऋत्विक जैसा शैतान कभी ना मिले। हम बाद में विस्तार से बात करेंगे, है ना?" मैंने उदास होकर उत्तर दिया।

"हाँ दिशा, लेकिन आज रात मेरी शादी है और मैं तुम्हें बहन होने के नाते एक

सलाह देना चाहती हूँ। मेरी बात बुरी लगे तो माफ़ कर देना मेरी बहन, लेकिन अपनी ज़िंदगी में मेरी तरह समझौता मत करना। भास्कर, मेरा भाई मुझसे सिर्फ़ एक साल छोटा है और कई लोग उसकी शादी का प्रस्ताव लेकर बातचीत करने आते हैं। माँ कहती रहीं कि दो अविवाहित बहनों के रहते वे घर में बहू नहीं ला सकतीं। छोटी सबसे छोटी है, लेकिन वे भास्कर की शादी तब तक नहीं करेंगी, जब तक उसकी शादी भी नहीं हो जाती। मुझे दूसरों के लिए लाइन साफ़ करनी थी। तुम सौभाग्यशाली हो। अतुल भैया काफ़ी बड़े हैं, शादीशुदा हैं, और ख़ुशी-ख़ुशी अमेरिका में बस गये हैं। तुम अपने परिवार में अकेली सबसे लाडली हो। प्लीज़, अपनी ख़ुशी से समझौता कभी मत करना...!" उसकी आवाज़ टूट गयी और वह फिर रोने लगी।

"रचना मेरी जान, रो मत। मैं इतना असहाय महसूस कर रही हूँ कि मैं बड़ी बहन हूँ और फिर भी तुम्हारे लिए कुछ नहीं कर सकती। मुझे इस बारे में कोई जानकारी नहीं थी। तुमने मुझे चिट्ठी क्यों नहीं लिखी? मैंने पापा को कुछ करने को कहा होता।" मैंने दयनीय स्वर में कहा।

"तुम कुछ नहीं कर सकती। यह भाग्य है। मुझे ऋत्विक के लिए बहुत खेद है लेकिन तुम अपने 'सोलमेट' के लिए थोड़ी और प्रतीक्षा करो। याद है ना? हम कैसे साथी की कल्पना करते थे? तुम ऐसे तानों और ज़हरीली टिप्पणियों पर ध्यान मत देना। तुम अभी जवान हो। तुम्हारा करियर भी महत्वपूर्ण है। जो 'राइट वन' है वह तुम्हें ज़रूर मिलेगा।"

"सच कहूँ तो, कोई 'राइट वन' नहीं है। 'राइट वन' आगे चला गया और मैं उसकी 'लेफ़्ट वन' यानी छोड़ी हुई हूँ। तुम पुरुषों को नहीं जानती, रचना। मुझे तुमसे ज़्यादा अनुभव है। मैंने ऋत्विक के बाद भी एक लड़के को डेट किया। हर कोई क्लिक नहीं करता, और जो करता है, विश्वासघात करता है।" मैंने आह भरी।

"ओह! मतलब ये ग़लत वाला क्लिक नहीं हुआ? मुझे बहुत दुःख हो रहा है, दिशा, मेरी प्यारी बहन, तुम दुनिया की हर ख़ुशी डिज़र्व करती हो, तुम्हारा हृदय इतना सुंदर है...!"

"मैं आसानी से नहीं समझा सकती। यह जटिल और सरल दोनों है। मैं केवल इतना कह सकती हूँ कि अगर तुमने भाग्य से समझौता किया है तो जाने दो। हो सकता है भगवान की यही मर्ज़ी है, तो यही तुम्हारा 'राइट वन' हो, सो इस रिश्ते को खुले मन से मौक़ा दो...!" मैंने उसका हाथ प्यार से दबाया। हम गले मिलकर रोने लगे।

“रचना, दूल्हा प्रवेश करने वाला है। जल्दी से पूजा-घर में आओ।” शिल्पी भाभी गाँव के एक चचेरे भाई की पत्नी, ने हाँफते हुए प्रवेश किया, और हमारी बहनों वाले आँसुओं के संवाद को बाधित कर किया।

दूल्हे के आधिकारिक तौर पर घर के अंदर जाने के बाद पहला अनुष्ठान परिवार के देवी-देवताओं के लिए आरक्षित कमरे में किया जाता। महिलाएँ लड़के को पकड़कर उस कोने में ले गईं जहाँ दो समान लड़कियाँ, दुल्हन और एक छोटी अविवाहित बहन कपड़ों में लिपटी हुई फ़र्श पर उकड़ूँ बैठी थीं। दूल्हे को दोनों के बीच अपनी भावी पत्नी की पहचान करनी थी। यह पूरी तरह से अनुमान था क्योंकि लड़कियाँ एकदम ढँकी हुई थीं। अगर वह ग़लत लड़की चुनता तो महिलाओं को उसका मज़ाक़ उड़ाने का मौका मिलता। मैं दूल्हे को घेरकर उक्त कमरे में जाने वाली महिलाओं की पल्टन में शामिल हो गयी। दूल्हे के अलावा, भास्कर उस पार्टी में एकमात्र पुरुष था और हवा में कुछ ऐसा था जिसने सबकी फूहड़ मज़ाक़ करने वाली ज़ुबान को ढीला कर दिया था।

“अहा! दूल्हा औरत की तरह चलता है। वह अपने कूल्हों को मटका रहा है।” एक कर्कश आवाज़ ने कहा।

“मेरे पिछले हिस्से की जाँच करना बंद करो।” दूल्हे ने कहा। सब हँस पड़े।

पूजा कक्ष खोला गया और चहकती भीड़ पल भर में गंभीर हो गयी। कुल-देवी की अराधना के बाद, दूल्हे को लाल कपड़ों में लिपटी लड़कियों के पास ले जाया गया और चुहलबाज़ी फिर शुरू हो गयी। मैं चुपचाप दूल्हे को देख रही थी। उसका क़द मध्यम, नाक मध्यम, आँखें मध्यम, शरीर मध्यम, और रंग मध्यम-गहरा था। वह औसत दिखने वाला आदमी था और उसके बारे में कुछ भी उल्लेखनीय नहीं था। हाँ, मैंने यह ज़रूर महसूस किया कि वह मनचला टाइप था और सस्ते क़िस्म का मज़ाक़ पसंद कर रहा था। महिलाओं की संगति का भरपूर आनंद उठाते हुए वह उनकी हर टिप्पणी का उन्हीं के अन्दाज़ में जवाब दे रहा था।

“क्या होगा अगर मैं ग़लत लड़की चुन लूँ? दोनों एक जैसी दिखती हैं। मेरी शादी ग़लत लड़की से हो जाएगी या वह मेरी बोनस पत्नी होगी?”

“दूल्हा बाबू बड़ा रंगीला!” दूल्हे जी की बहुत रंगीन कल्पना है। “नहीं, नहीं। यदि आप ग़लत लड़की चुनते हैं तो आपको ख़ाली हाथ वापस भेज दिया जाएगा। बिना किसी पत्नी के!” शिल्पी भाभी ने कहा। वह तमाशा शिल्पी भाभी ने तैयार किया था और लड़कियों के साथ खड़ी होकर वे अपनी कारीगरी निहार रही थीं।

"ऐसा? और आप कौन हैं? आपने अपना परिचय नहीं दिया।" दूल्हे ने चंचलता से कहा। शिल्पी भाभी गाँव में नव-विवाहित बहू थीं और हल्का पर्दा रखती थीं।

"यह हमारी सबसे नयी भाभी है। यदि आप उनका चेहरा देखना चाहते हैं, तो आपको मुँह-दिखाई देनी होगी।" अचला ने नाक सिकोड़ते हुए कहा। अचला हमारे दूसरे या तीसरे ब्रांच के चाचा की बेटी थी। उस शोर मचाती भीड़ में ऐसी कई बहनें और भाभियाँ थीं। मुँह-दिखाई या पहली बार नव-विवाहित बहू का चेहरा देखने की रस्म में नयी दुल्हन को कुछ उपहार देना होता।

"ठीक है!" दूल्हे ने कहा और वह अपनी जेबें तलाशने लगा।

"नहीं, नहीं, कोई ज़रूरत नहीं।" शिल्पी भाभी ने कहा। उन्होंने परदा उठा लिया और लड़के को देखकर मुस्कुरा दीं। शिल्पी भाभी का सुंदर गुलाबी रंग और आकर्षक चेहरा था। हालाँकि, उनके सामने के दाँत उभरे हुए थे, और घूँघट के नीचे से केवल उनके ख़रगोश जैसे दाँत दिखाई दे रहे थे।

"मैं मुँह-दिखाई नहीं दे सकता।" लड़के ने जेब से हाथ बाहर निकाला, "इन्हें तो केवल दाँत-दिखाई दी जा सकती है! मैं दाँतों को देखने के लिए क्या दे कर सकता हूँ।" वह मसख़रेपन से हँसा।

वहाँ पिन-ड्रॉप साइलेंस फैल गया। कोई नहीं जानता था कि उस क्षुद्रता का जवाब कैसे दिया जाए। शिल्पी भाभी की गर्म मुस्कान ठंडी राख की तरह फीकी पड़ गयी। नयनिका मौसी ने स्थिति को संभाला,

"अरे, अरे, ऐसी बातें मत कहो, बेटा!" उन्होंने गंभीरता से कहा, "शिल्पी हमारी ख़ूबसूरत बहू है और वह बहुत अच्छी लड़की है। आपको अपनी भाभी का सम्मान करना चाहिए। अब चलो। आपको अनुमान लगाना होगा कि आपकी भावी पत्नी कौन है।"

मैं यह जानने के लिए नहीं रुकी कि उसने सही लड़की को चुना है या नहीं। रचना फिर सिसक रही थी। गधा होते हुए भी वह आसानी से अनुमान लगा सकता था कि उसकी होने वाली दुर्भाग्यपूर्ण पत्नी कौन थी। मैं एक बार फिर ऋत्विक के साथ माँ के कमरे में बंद हो गयी। बाहर से आने वाला अस्पष्ट शोर बुझती आग की चिंगारियों की तरह भड़कते हुए शांत हो रहा था। ऋत्विक अभी भी डरा हुआ था लेकिन बिस्तर के नीचे से निकला और मेरी बगल में लेट गया। उसका गर्म श्वान हृदय संवेदनशीलता से धड़क रहा था, लेकिन उसमें छिपी भावनाओं पर बहुत कम इंसानों का ध्यान

जाता। जिस ऋत्विक के नाम पर उसका नाम रखा गया था, उसमें इस पपी-ऋत्विक की आधी वफ़ादारी भी होती तो वह एक बेहतर इंसान होता।

उसके विश्वासघात ने मेरे लापरवाह जीवन को रौंद डाला था। मैं अनिश्चित भविष्य के बुरे सपनों से घिर गयी। आने वाली हर सुबह का उदासीन सूरज पहले से ज़्यादा तेज़ हो गया और मेरे शरीर की जीवनी-शक्ति को भाप बनाकर उड़ा दिया। प्रेम के बिना दुनिया धूसर हो गयी थी। हर पुरुष के चेहरे में मुझे जालसाज़ी और दिखावटी चित्र दिखते। मैं उन लोगों से थक गयी थी जो जीवन भर आपके होने की क़सम खाते लेकिन उनका अनंत-काल साबुन के बुलबुले जैसा होता। मैं नयी भावनाओं से डरती-ताज़ा प्रेम-सम्बंध, मोह-माया और बेशर्म प्रेमी, जो आपकी मासूमियत और विश्वास लूटते। क्या सभी पुरुष विकृत थे? जो घात लगाये महिलाओं के साथ चोरी-छिपे खेल, खेल रहे थे और हमें केवल अपने मोहरे के रूप में मानते थे? मैं बुरी तरह से व्यथित थी। आत्म-दया और आँसुओं से बेज़ार! मैं समाज से सिकुड़ती गयी, विवाह के नाम से डरने लगी और अकेलेपन के अभयारण्य में सुरक्षित महसूस करने लगी।

मैंने पीएचडी पूरी करने के लिए विदेश जाने पर विचार किया। मेरा इकलौता भाई अपनी पत्नी और बच्चों के साथ कैलिफोर्निया में बस गया था। वे मेरा स्वागत करते लेकिन मैंने आगे पढ़ाई करने की इच्छा खो दी। मेरे माता-पिता ने शादी के लिए दबाव नहीं डाला, लेकिन वे अक्सर सही समय पर सेटल होने की आवश्यकता के बारे में कहते। मैंने कुछ समय के लिए अरेंज-मैरेज पर भी सोचा लेकिन पूरी प्रक्रिया इतनी थकाऊ थी कि मुझे लगा जैसे हम शादी योग्य युवक-युवतियाँ स्टालों में प्रदर्शित वस्तुएँ हैं। इतना ही नहीं, एक लड़के को चुनना दीवारों पर चिपके पोस्टरों का सर्वेक्षण करने जैसा था। बिल्कुल जैसे हम सड़क पर चलते झोला-छाप डॉक्टरों, ट्यूशन के लिए शिक्षकों या भाड़े के अन्य पेशेवरों का विज्ञापन देखते। कुछ ताज़ा माल अपने जैसे माल का मोल लगा रहे थे, तो कई रीसाइकल्ड प्रॉडक्ट भी थे, जो दूसरी-तीसरी बार शादी के बाज़ार में क़िस्मत आज़मा रहे थे। मेरे दोस्त इसे एक व्यापार की तरह मानते, वे दर्जनों कैंडीडेट से मिलते, कुछ को शॉर्टलिस्ट करते, फिर एक का चयन! वे ऐसा कैसे कर लेते? मेरी समझ से परे था।

मुझे घर से बाहर रहने के लिए कुछ करना था, नहीं तो माँ शादी करने के लिए पूरा दिन लेक्चर देतीं। पापा मुझसे छुटकारा पाने के लिए उतने उत्सुक नहीं थे, लेकिन वे सेवानिवृत्ति की आयु के क़रीब थे और 'ज़िम्मेदारियों' को दूर करना चाहते थे। मैंने इंटरनेट पर एक नयी लॉन्च की गयी रोज़गार की साइट पर अपना रिज़्यूम अपलोड

किया और जल्दी ही मुझे लेखक के पद के लिए 'पेडांटिक पब्लिशर्स' से कॉल आया। मुझे नहीं पता था कि एक लेखक को क्या काम करना था क्योंकि वे प्रकाशन उद्योग में नये थे। साक्षात्कार पत्र में अंकित जानकारी ने संकेत दिया कि वे शैक्षणिक सामग्री प्रकाशित करते और विदेशी विश्वविद्यालयों में रुचि रखने वाले छात्रों को संसाधन उपलब्ध कराते। मुझे लिखने का शौक़ था और मैं भविष्य में किसी नामचीन विदेशी विश्वविद्यालय में अपनी पढ़ाई करना चाहती थी। मैंने सोचा कि यहाँ काम करते हुए मैं इस बारे में ज्ञान इकट्ठा करने के साथ कुछ कमा सकती हूँ इसलिए मैंने नौकरी स्वीकार कर ली।

ऋत्विक से रिश्ता टूटने के बाद 'रिबाउंड' पर जिसे मैंने डेट किया वो पेडांटिक में मेरा बॉस था। ऑफ़िस में मेरे सहित कई नौसिखिये 'लेखक' थे। हमें विदेशों में पढ़ने की इच्छा रखने वाले संभावित छात्रों- अर्थात् अपने क्लाइयंट्स के रिज्यूम, स्टेटमेंट ऑफ़ परपस, निबंध, यहाँ तक कि रिकमेन्डेशन लेटर्स भी लिखने थे। हमें इस अन्दाज़ में लिखना था जैसे सब कुछ छात्रों ने लिखा है। हम एक तरह से उनके 'घोस्ट राइटर' थे मगर किसी को इस 'घोस्टिंग' का अनुभव नहीं था। इसलिए विदेश भ्रमण करके लौटा जोशिला वेद मल्होत्रा, जो एक गुमनाम ऑस्ट्रेलियाई विश्वविद्यालय से पढ़ कर आया था, हमारा बॉस और गुरु था। उसने एक लेक्चर दिया, जिसमें हमें किस तरह से और क्या लिखना है की रूपरेखा दी गयी, कुछ नमूने प्रदान किये, पहले कुछ नमूनों को ठीक किया और हम तैयार हो गये। वेद का मुख्य काम कस्टमर-छात्रों से मीठी बातें करना और उनके मनपसंद विश्वविद्यालय में सीट के मिलने का वादा करके उन्हें फँसाना था ताकि वे हमारी बेहतर सेवाओं से जुड़ें। दरअसल, हम 'डिडैक्टिक पब्लिशिंग' के साथ प्रतिस्पर्धा में थे, जो न्यू फ्रेंड्स कॉलोनी के इलाक़े में हमारे पड़ोसी थे, जहाँ हम दोनो का कार्यालय स्थित था। डिडैक्टिक पब्लिशिंग एक दशक से अधिक समय से इसी व्यवसाय में सफलतापूर्वक थे और पेडांटिक को स्थापित हुए महज़ चार महीने हुए थे।

पेडांटिक में भर्ती होने वाले प्रत्येक रंग-रूट को पहले दिन छात्र बनकर डिडैक्टिक में कॉल कर उनके पैकेज के बारे में पूछताछ करने को कहा जाता, ताकि हम उसी अनुसार अपनी सर्विस डिज़ाइन कर सकें। मैं एक 'शेडी लेखक' के अपने पद से बहुत प्रभावित नहीं थी, लेकिन उनकी बेवक़ूफ़ी भरी धूर्तता मज़ेदार थी, और कार्यस्थल का वातावरण अनौपचारिक था। मुझे एक शक्तिशाली उद्देश्य की आवश्यकता थी और नौजवानों का वह समूह कुल मिलाकर भोला-भाला था। सब

अपने काम से काम रखते। वे मित्रवत होते हुए भी अति-मित्रवत नहीं थे और यह मेरी मनोदशा के अनुकूल था। मैं अभी भी सोसाइटी में सावधानी से आगे बढ़ रही थी। मैं पूरी तन्मयता से पेडांटिक की टीम में शामिल हो गयी। शुरुआती दिन तेज़ी से बीत गये; एक ख़ास तरीक़े की लिखाई की तकनीक सीखने और अपने सीमित अनुभव को बढ़ाने में काफ़ी मेहनत करनी पड़ रही थी। मैं नियमित रूप से वेद से टिप्स लेती और वह इसी बहाने मेरी कॉपी सुधार देता। एक शाम उसने मुझे कॉफ़ी का आमंत्रण दिया। वह लेखक के रूप में मेरी प्रगति के विषय में कुछ सामान्य बातें करना चाहता था।

"तुम बहुत सुंदर लिखती हो, लेकिन तुम्हारी शैली 'फ़्लावरी' है। ऐसा महसूस होता है जैसे मैं कोई कहानी या कविता पढ़ रहा हूँ। मुझे इसे थोड़ा 'टोन डाउन' करना पड़ता है।" कैफ़े का चुनाव वेद ने किया था और वह अपने पसंदीदा कैपेचीनो की चुस्कियाँ लेते हुए कह रहा था।

"मैंने किसी क्लाइयंट को नहीं देखा है। बस उनकी फाइलों से मुझे उनके कैरेक्टरों, रुचियों और भविष्य की योजनाओं की कल्पना करनी होती है। मैं उनके काल्पनिक लक्ष्यों की योजना बनाते हुए बह जाती हूँ। क्या तुम्हें नहीं लगता कि उन्हें अपने निबंध और एस०ओ०पी० स्वयं लिखने चाहिए और हमें केवल उसमें सुधार करना चाहिए या उसमें कुछ चीज़ें जोड़नी चाहिए?" मैंने रक्षात्मक रूप से उत्तर दिया।

"तुम सही कह रही हो लेकिन हमें उनका काम करने के लिए पैसे मिलते हैं। वस्तुतः तुम्हारा सारा काम मैं कर रहा हूँ। वो भी बिना पैसे के।" वह मुस्कुराया।

"तो तुमने मुझे पैसों के निपटारे के लिए यहाँ बुलाया है? मैं बिल का दे दूँगी, चिंता मत करो।" मैंने मुँह बनाते हुए कहा।

"नहीं, तुम मुझे ग़लत समझ रही हो। तुम्हारी लिखाई में काफ़ी संभावनाएँ हैं लेकिन...!"

"अगर तुम मुझे नौकरी से निकालना चाहते हो तो बहुत-बहुत धन्यवाद। मुझे ज़िंदगी भर ऐसा काम करने का कोई शौक़ नहीं है और ना मुझे पैसों की ज़रूरत है। मैं सिर्फ़ डायवर्जन के लिए काम कर रही थी। मैं अभी जा रही हूँ।" मैंने अपना हैंडबैग उठाया और जाने के लिए तैयार हो गयी। उसने मेरा हाथ पकड़ कर फिर बैठाया।

"क्या तुम शांति से मेरी बात सुन सकती हो? मैंने तुम्हें यहाँ सिर्फ अपने साथ समय बिताने के लिए बुलाया था। मैं तुम्हारी तरफ़ आकर्षित हूँ। मैं सीधे तौर पर यह नहीं कह सकता था इसलिए इधर-उधर की बातचीत कर रहा था। लेकिन मेरी

सावधानी से मामला और बिगड़ रहा था। प्लीज़, अगर मैंने तुम्हें नाराज़ किया है तो आई एम वेरी सॉरी।"

कहने की ज़रूरत नहीं है, मैं चकित थी। वह हमेशा शालीन अंदाज़ में दिखने वाला एक ख़ूबसूरत शख़्स था। अत्यधिक साफ़-सुथरे कपड़े, बेदाग़ ढंग से ब्रश की गयी कॉलर, उसमें बँधी परफ़ेक्ट नॉट की टाई, हीरे की तरह पॉलिश किये जूते, और त्वचा इतनी गोरी है कि छूने से मैली होने का डर लगे। वह लगभग 5'8" का था, उसका शरीर मोटा तो नहीं, पर कुछ भारी के तरफ़ था। दाढ़ी-मूँछ सफ़ाचट थी, आँखें काली थीं और भौं जैसे पेंसिल से तराशे हुए थे- संक्षेप में ना तो मुझे ऐसे पुरुष पसंद थे ना और ना ही वे मुझे पसंद कर सकते थे। उसने अपने बायें कान में एक हीरे का स्टड पहना था जो उसके जूतों से ज्यादा चमकीला था। वह हमारी कंपनी की मालकिन, मिसेज़ मल्होत्रा, एक धनवान सोशलाइट का कज़िन था। मिसेज़ मल्होत्रा नियमित रूप से दिल्ली टाइम्स के पेज थ्री कॉलम में मूर्ख दिखने वाले धनी लोगों के साथ धमाकेदार पार्टियाँ करती दिखाई देतीं। अफ़वाहों के अनुसार वे समृद्ध जीवन से ऊब चुकी थीं और इंटेलेक्चुअल दिखने के लिए कुछ अलग करने की कोशिश कर रही थीं। वेद चमचमाती कोरोला में ऑफ़िस आता, उसकी कमर पर एक आकर्षक मोबाइल फ़ोन बँधा रहता, जो उन दिनों दुर्लभ था और जब वह चलता तो ऑफ़िस के आम लोगों से दो इंच ऊपर एक बेहद ख़ास 'औरा' में उड़ता हुआ दिखाई देता। मेरे एन०आर०आई० भाई ने भी मुझे एक सेलफ़ोन भेजा था; एक नीले रंग का सीमेंस, जिसका प्लान उन दिनों इतना महँगा था कि उसका उपयोग मैं मुश्किल से कर पाती। मैं एक मध्यमवर्गीय परिवार से ताल्लुक़ रखती थी, हमारे पास ज़रूरत की हर चीज़ थी, लेकिन कुछ भी ज़्यादा नहीं था। वेद सिनेमा में दिखाये जाने वाले उच्च वर्गों की चमचमाती दुनिया में वास करता और मुझे वेद मल्होत्रा जैसे व्यक्ति से प्रेम होने की उम्मीद नहीं थी।

"मैं देख सकता हूँ कि तुम हैरान हो। ईमानदारी से, मुझे लगता है कि तुम्हारी अलंकृत शैली इस तरह की लेखनी के लिए उपयुक्त है। बस, तुम इसे अपने नाम की तरह सुंदर दिशा नहीं दे पा रही...!" वह हकलाया, "...क्या तुमने किताब लिखने के बारे में सोचा है? तुम बहुत आकर्षक लड़की हो, क्या तुम्हें यह नहीं पता?"

मुझे यह पता था। मैं एक पारंपरिक सुंदरी नहीं थी जिससे शादी कर पुरुष किसी ट्रॉफ़ी के रूप में अपने घरों में स्थापित करना चाहते। मैं उस तरह की उत्तेजक प्रेमिका थी जिसका वे प्रदर्शन करना चाहते। मेरी हाइट 5'6" थी, मेरा बदन भरा-भरा और

बाँहें गदराई हुई थीं, मेरी छोटी नाक बटन जैसी क्यूट थी, मेरी बड़ी गहरी आँखें लंबी-लंबी पलकों से ढकी हुई थीं, और मेरा रंग कामुक रूप से साँवला था। मैं सुंदर नहीं सेक्सी थी। यह मेरे बारे में मेरी राय नहीं थी, बल्कि जिस तरह की निगाहें मुझ पर फेंकी जातीं और मेरे पीठ पीछे जो फब्तियाँ मुझ पर कसी जातीं, उससे अपने बारे में मैंने यही अंदाज़ा लगाया था। स्कूल और कॉलेज के ज़माने से मेरे पास 'डेट' माँगने वाले फ़ालतू लड़कों की कोई कमी नहीं थी। एक बार हाई स्कूल में, मैंने सबसे बड़े दिलफेंक 'लेडी-किलर' का प्रस्ताव ठुकरा दिया था। वह इतना भड़का कि उसने मेरे मुँह पर ही कह दिया कि मेरी एकमात्र आकर्षक चीज़ मेरे स्तन थे और उसने केवल उन्हें चूसने का प्रस्ताव रखा था। उस वाक़ये ने मुझे लड़कों से हमेशा के लिए सावधान कर दिया था क्योंकि मैं इस डर से निकल नहीं पाती कि वे केवल मेरा शरीर चाहते। हालाँकि, उस वक़्त मैं इतनी कमज़ोर स्थिति में थी, मेरा मन इतना विह्वल था और जिस तरह से मुझे छोड़ा गया था उसके कारण मुझमें आत्मविश्वास की इतनी कमी थी कि मैं उसके थोड़े से 'अटेन्शन' से ख़ुश हो गयी।

ऑफ़िस के बाद हर शाम वेद मुझे अपने कोरोला में कहीं ले जाता। जल्द ही हम कॉफ़ी से बीयर की ओर बढ़ गये। मैं रेस्टोरेंट और पब में उसके पास बैठने लगी। शुरू में, वह मुझे सार्वजनिक रूप से छूने में झिझकता था। फिर एक शाम जब हम तय नहीं कर पा रहे थे कि कहाँ जाएँ तो उसने अपने घर चलने को कहा, "मेरा अपार्टमेंट पास ही में जी०के० में है। चलना चाहोगी? मेरे पास तुम्हारी पसंद की ब्लैक लेबल की बोतल भी होगी।"

"तुम अकेले हो?" मैंने पूछा।

"मैं यहाँ अपने नानी-नाना के साथ रहता हूँ। माँ, पिता, और एक छोटी बहन मुंबई में रहते हैं। नाना-नानी अभी मामा के पास सिंगापुर गये हुए हैं।" उसने कहा।

उस दिन ड्राई-डे था और हमें कहीं शराब नहीं मिल रही थी। सो हमने पास के बाज़ार से सैंडविच और फ्राइज़ ख़रीदे और उसके पॉश इलाक़े के आलीशान अपार्टमेंट में चले गये, जो किसी हाई-बजट की बॉलीवुड फ़िल्म के सेट की तर्ज़ पर सजाया गया था। सुनहरे आलीशान सोफ़ा, बड़े नक्काशीदार टेबल, गिल्ट फ्रेम में सेट किये गये आयताकार दर्पण, पुरानी ओरमोलू घड़ियाँ, लंबे सिरेमिक फूलदान, नग्न पीतल की मूर्तियाँ, घोड़ों की पेंटिंग और दीवार पर तामचीनी टाइलें! मैं विलासिता के अश्लील प्रदर्शन से चकाचौंध में थी और बेल-बूटेदार मखमली पर्शियन कार्पेट पर घबराती हुई चल रही थी। भव्य हॉल में दर्जनों बिजली के लैंपों की मंद रोशनी में भी

सब कुछ धुंधला दिखाई दे रहा था। हम एक वैभवशाली झूमर के नीचे लगे गद्देदार सोफ़ा पर पसर गये। कुछ देर की बातचीत के बाद उसने मणि की तरह चमकती एक शेल्फ़ से ख़ूबसूरत गिलास और ब्लैक लेबल की बोतल निकाली और पेग बनाने लगा। मुझे पता था कि पीने के बाद क्या होता। लेकिन उस वक़्त मुझे यक़ीन था कि अपना डगमगता संतुलन ठीक करने के लिए मुझे जीवन में एक बार अपना संतुलन पूरी तरह खोने की ज़रूरत थी।

शुरुआत उसी श्वेत कुशनों से लदे और पंखों जैसे कोमल सोफ़े पर अटकते हुए चुंबनों से हुई। जब उसके होंठ मेरे होंठों से नीचे उतरे तो मैंने ऊपर छत को देखा। मुरझाती यादों के काले आसमान की कल्पना करते हुए मैंने पैनलिंग की सजावट पर अपना ध्यान केंद्रित कर लिया। पीली दीवारों के किनारों पर भूरे-लाल अजीब डिज़ाइन बने थे, जो तैरते हुए विकृत चेहरों की तरह दिखाई दे रहे थे। मैंने एक भूली-बिसरी धुन याद करने की कोशिश की, दूर कहीं से किसी साज़ के बजने की आवाज़ें आ रही थीं, उसके अश्रुपूर्ण संगीत ने दीवारों का रंग बदल कर लाल कर दिया और मैंने अपनी भारी पलकें बंद कर दीं। हवा में उसके कोलोन की महक आ रही थी जिसे वेद ने अपने ऊपर उदारता से छिड़का था। मैंने गहरी साँस ली, हर गंध से कामुक सुगंधों को बुलाने का प्रयास किया और फ़ैसला किया कि सभी प्रतिकूल भावनाओं को भुलाकर मैं उस पल का आनंद लूँगी। मेरी संवेदनाएँ तड़पकर एक अस्पष्ट अँधेरे में बह गईं। मेरे पास कोई आत्मा नहीं थी, केवल एक शरीर था, ढलती छाया में मेरे ऊपर झुका उसका चेहरा पसीने से चमक रहा था और मुझे मुश्किल सड़कों के उबड़-खाबड़ रास्तों पर ले जा रहा था- जहाँ प्यार के आडंबर की कोई आवश्यकता नहीं थी। वह मेरे अंदर, भीतर और भीतर समाकर अपने साथ एक वहशी क़िस्म की विस्मृति में ले गया और जब होश आया तो हम चमचमाते फ़िल्मी कालीन पर लेटे एक ही सिगरेट के बारी-बारी से कश लगा रहे थे। नीला धुँआ सुनहरी धुंध में घुल रहा था, उसकी दुलारती उँगलियाँ मेरे कंधों पर टिकी थीं, और उसने कहा, "मैंने नोटिस किया है कि ना तुम मुझे रोकती हो, ना प्रॉपर रिस्पॉन्स देती हो, ऐसा क्यों है?"

मैं उसे कैसे बता सकती थी कि मैं अत्यधिक संवेदनशील थी और संभवतः अपनी संवेदनाओं को मारते हुए मेरी आत्मा सुन्न पड़ गयी थी। मैं उसे कैसे समझाती कि उस ऐश्वर्य से चमकते कृत्रिम कमरे में तीन-चार वैसी शामें गुज़ारने के बाद मेरे शरीर के सभी अंग ठंडे क्यों हो रहे थे? क्या मैं एक्स को सेक्स से भुलाने की नाकामयाब कोशिश करने वाली अकेली इंसान थी? फिर भी वह इस विचित्र तथ्य को कैसे

स्वीकार करता कि मैंने उस रिश्ते से भी कुछ सीखा था और उसका सिर्फ़ इस्तेमाल नहीं किया था। आख़िरकार मुझे एहसास हो गया कि प्यार के बिना शारीरिक सम्बन्ध ज़्यादा दिनों तक नहीं चलते। मैं उससे अपनी ग़लतियों के लिए माफ़ी माँग सकती थी लेकिन क्या हम पहले की तरह सिर्फ़ दोस्त रह सकते थे? वह शायद मुझसे नफ़रत करता था। अब वह मेरा ख़ुशमिज़ाज बॉस नहीं था जो मेरी ग़लतियाँ ठीक कर देता। हम अभी भी सहकर्मी थे लेकिन वो एक ग़ुस्सैल मालिक की तरह मेरी छोटी-छोटी बातों से चिढ़ता। मैं जानती थी कि इस स्थिति के लिए मैं ही ज़िम्मेदार थी। मैंने भविष्य के बारे में सोचे बग़ैर उसे सिर्फ़ क्षण-भंगुर आनंद के लिए चाहा था। प्रायश्चित के लिए दफ़्तर का माहौल ज़हरीला होते हुए भी मैं इस उम्मीद से वहाँ डटी हुई थी कि समय के साथ वह तूफ़ान भी गुज़र जाएगा।

3.

संशोधन

दूसरी बार दरवाज़ा खटखटाकर मुझे शादी की भीड़ में फिर शामिल होने के लिए बुलाने छोटी आई। घर के सभी लोग मंडप के इर्द-गिर्द चले गये थे जिसे हम 'मड़वा' कहते हैं। बाँस से बना फूस की छत और मिट्टी के फ़र्श का एक अस्थायी ढाँचा। जिसे रंगीन काग़ज़ के लालटेन, फूल, लेस, कृत्रिम मोती और रत्न, चमचमाते लटकन और झूमर से सजाया गया था। आग में फेंके गये धूप, घी, और सुगंधित हवन सामग्री से हवा भारी थी। पुजारी ने मंत्रों का जाप करना शुरू कर दिया था और माहौल संगीन था। टिमटिमाती रोशनी में मसख़रा दूल्हा गंभीर लग रहा था। उसकी बग़ल बैठी में रचना अभी भी कपड़ों से लिपटी बोरी लग रही थी मगर उसने रोना पूरी तरह बंद कर दिया था।

मुझे नींद आने लगी और मैं चुपचाप भाग निकली। हालाँकि, वापस कमरे में नींद मुझसे भाग गयी। मैं बेडपोस्ट पर पीठ टिकाकर लेट गयी। कमरे में बिखरे पुराने सामानों और उनके बीच धूल खाते रिक्त स्थानों की विवेचना करते हुए मैं फिर अपनी फूटी क़िस्मत पर आँसू बहाने लगी। कमरा पुराने जमाने के फ़र्नीचर से भरा था, जिसे माँ के माता-पिता ने उन्हें दहेज़ में दिया था। छोटी मेज़, रैक, और कुर्सियाँ घर में कहीं ना कहीं उपयोग में थीं, लेकिन भारी टुकड़े जैसे जंबो बेड, एक अजीब ड्रेसिंग टेबल और एक विशाल लकड़ी की अलमारी माँ के छोटे से कमरे में ठूँस दिये गये थे। माँ अक्सर शिकायत करतीं कि उन्हें ससुराल से बहिष्कृत कर दिया गया था। चूँकि वे शहर में रहतीं, इसलिए गाँव में उनका अस्तित्व घर के सबसे उदास कोने में पड़े पिता के दिये फ़र्नीचर तक सिमट गया। उन्होंने मुझे एक बार बताया था कि अलमारी में बहुत सारी साड़ियाँ, बर्तन और शादी के तोहफ़े के रूप में मिले छोटे-मोटे गहने थे। सब कुछ उनकी अनुपस्थिति में ग़ायब हो गया था और केवल ख़ाली अलमारी ही उनकी संपत्ति थी, लेकिन वह इतनी भारी चीज़ दिल्ली नहीं ले जा सकती थीं। उन्हें सामान खोने का उतना दुःख नहीं था लेकिन कुछ महत्वपूर्ण दस्तावेज़ों और काग़ज़ात के ग़लत इस्तेमाल से वे उबर नहीं पाईं। उन्होंने अपनी शादी के कार्ड, परिवार और दोस्तों के पुराने पत्र, ग्रीटिंग कार्ड्स और ऐसे कई पेपर साफ़-सुथरी फ़ाइलों में जमा

कर रखे थे। वह शादी के बाद मेरे भाई के जन्म तक कुछ साल गाँव में रहीं थीं, लेकिन जब पापा को एक सम्मानजनक नौकरी और विशाल सरकारी आवास मिला तो वह उनके साथ शहर में रहने चली गई। दिल्ली में अपना ठिकाना स्थापित करने के बाद जब वे छुट्टी के लिए गाँव लौटी तो वह इकलौती अलमारी उन अमूल्य वस्तुओं से ख़ाली थी जो उनकी युवावस्था का एक भावुक संग्रह था। वह अपने कॉलेज के कई दोस्तों के संपर्क में नहीं रह पाईं थीं और वर्षों से इकट्ठी की गयी छोटी-छोटी चीज़ों ने एक भावनात्मक महत्व ग्रहण कर लिया था। कई पुराने दोस्त जो शादी में शामिल नहीं हो सके थे, उन्होंने बधाई पत्र भेजे थे और पत्रों में उनके डाक के पते भी थे। उनके पिता एक पूर्व ज़मींदार थे और पापा के परिवार की तरह वे भी एक गाँव में रहते, सो माँ ने पूरा छात्र जीवन छात्रावासों में बिताया था और उनके सभी सहपाठी उन्हीं की तरह पूरे देश में फैले हुए थे।

"मुझे लोपा के पत्रों को खोने का सबसे ज़्यादा अफ़सोस है।" उन्होंने आह भरते कहा था।

"लोपा किस तरह का नाम है?" मैं हँसी।

"उसका नाम लोपामुद्रा था लेकिन हम उसे लोपा कहते थे!" माँ ने जवाब दिया, "वह हमारे कॉलेज की सबसे ख़ूबसूरत लड़की थी। आधी रात की तरह गहरी साँवली! और यही उसकी विशेषता थी। क्लासिक चित्रों में दिखाई देने वाली लंबी गहरी आँखें और छोटे हीरे के स्टड से सजी नुकीली नाक। वह कानों में भी वैसे ही छोटे हीरे के स्टड पहनती और हमेशा एक सफ़ेद साड़ी। लड़के उसकी एक झलक पाने के लिए सड़कों पर खड़े रहते।"

"वह हमेशा सफ़ेद क्यों पहनती थी?"

"उसका जीवन त्रासदियों से भरा था। उसने कई बाधाओं को पार किया और ठोकर खाने के बजाय चट्टानों को क़दम रखने वाले ठोस पत्थरों की तरह माना। उन दिनों कुछ पारंपरिक परिवारों में बेटियों की शादी बचपन में कर दी जाती थी और दुल्हन के ससुराल जाने की रस्म 'गौना'; कुछ सालों बाद बड़ी होने पर होती। उसके पति की मृत्यु 'गौना' से पहले हो गयी और वह बाल विधवा थी!"

"सचमुच? मैंने उपन्यासों में ऐसी चीज़ों के बारे में पढ़ा है लेकिन यह नहीं पता था कि ये सब वास्तव में होता? प्लीज़ मुझे लोपा के बारे में और बताओ।" मैं चीख़ी। वह एकदम अविश्वसनीय लग रहा था! बिल्कुल कहानियों की तरह। मैं उसका पूरा

जीवन-इतिहास जानने के लिए उत्सुक थी।

"सुना यही था कि वह अपने माता-पिता के साथ एक छोटे से गाँव में रहती रही। पति की मौत हो जाने के कारण उसे ससुराल भेजने की बात कभी नहीं हुई। पिता संपन्न किसान थे और उसके प्रति कठोर नहीं थे, लेकिन उसके बड़े संयुक्त परिवार में कई भाई, बहनें और चचेरे भाई थे। किसी ने उस पर ज़्यादा ध्यान नहीं दिया इसलिए उसने अपना समय शास्त्रों को पढ़ने और प्रार्थना करने में बिताया। एक बार उसके घर में कोई शादी थी तभी डकैतों ने हमला कर दिया। उन दिनों यह आम बात थी और लोग लाठियाँ चलाने वाले बाहुबली ग्रामीणों से बनी अपनी कच्ची सुरक्षा के साथ तैयार थे। हालाँकि, डकैत संख्या में अधिक थे और उनके पास बंदूक़ें थीं। परिवार की महिला सदस्य और मेहमान पिछले दरवाज़े से भाग गये लेकिन लुटेरों को एक अँधेरे कमरे में अकेली लड़की मिली। वह सफ़ेद मलमल में लिपटी एक विलक्षण काली आकृति जैसी थी और फ़र्श पर बिछे रक्तिम-लाल गलीचे पर पद्मासन लगाकर बैठी थी। सामने एक छोटा-सा मिट्टी का दीपक जल रहा था और कमरा चमेली की सुगंध से भरा था। उसका शांत चेहरा एक अलौकिक आभा-मंडल में चमक रहा था। लुटेरे यह नज़ारा देखकर डर गये और उसका ध्यान भंग करने की हिम्मत नहीं कर सके। किसी ने एक डकैत को चिल्लाते हुए सुना कि जब उसने ज़बरदस्ती अंदर जाने की कोशिश की तो धुएँ से बनी एक धुंधली आकृति ने उसे बाहर धकेल दिया। उन्होंने पूरे घर में तोड़-फोड़ की लेकिन उस कमरे को अछूता छोड़ दिया। दरअसल, वह वहाँ जानबूझ कर बैठी थी क्योंकि उस कमरे में शादी के सारे गहने और ढेर सारा पैसा जमा था। उसने बाद में कहा कि उसका दिल धड़क रहा था लेकिन उसने अपने परिवार की ख़ातिर कुछ बचाने के लिए अपने डर पर क़ाबू पा लिया। शादी के मेहमानों में एक बंगाली सज्जन थे जो उसके पिता के दोस्त थे। जब उन्होंने वह कहानी सुनी तो दोस्त से अपनी बेटी देने का अनुरोध किया। वह एक सम्मानित विद्वान थे; वे कुँवारे थे लेकिन उनकी प्रतिष्ठा निष्कलंक थी। उन्होंने बच्ची को गोद लेने की भीख माँगी। कुछ समझाने के बाद उसके पिता राज़ी हो गये। इसलिए, उसका नाम लोपामुद्रा चटर्जी रखा गया और वह मुज़फ़्फ़रपुर में अपने दत्तक पिता के साथ रहने चली गयी, जहाँ उसने स्कूल और कॉलेज में पढ़ाई की।"

"वाह! तो क्या वह अभी भी मुज़फ़्फ़रपुर में है?"

"नहीं, यह तो उसकी कहानी की शुरुआत है। वह पढ़ाई में होशियार थी और हमारी यूनिवर्सिटी-टॉपर थी। पोस्ट-ग्रेजुएशन के ठीक बाद उसे यूनिवर्सिटी लेक्चरर के

पद की पेशकश की गयी। वह अलग समय था और योग्य अंग्रेज़ी प्रोफ़ेसर बहुत कम थे, इसलिए उसने फ़ौरन पढ़ाना शुरू कर दिया। डकैत ने जिस जादुई आभा-मंडल की बात की थी वो उसके साथ रहता और उसकी अजीब कहानी ने उसमें एक और आयाम जोड़ दिया। उसके छात्र अपनी दैविक शिक्षिका के प्रति आसक्त थे और एक लड़का उस पर पूरी तरह मोहित था। वह ख़ुद एक करिश्माई व्यक्तित्व था। गुड लुकिंग, इंटेलिजेंट, अपरंपरागत और बाद में यूनिवर्सिटी टॉपर। लोपा ने कुछ वर्षों तक उससे परहेज़ किया लेकिन फिर उसके हठ के आगे झुक गयी। लड़के ने समाज और परिवार के विरुद्ध जाकर उससे शादी की। इसके तुरंत बाद वे एक साथ पीएचडी के लिए अमरीका रवाना हो गये।"

"अद्भुत! वह आपको पत्र लिखती थी?" मैं भी लोपामुद्रा पर मोहित थी। मैं उसे एक श्याम लौ के रूप में देख सकती थी। एक ही समय में दीप्तिमान और छायादार, लहराती और रौशन, आग की लपट की तरह धधकती और विकसित होती, अपने दायरे में छलांग लगाने वाले पतंगों को भस्म करती।

"हाँ, वह डे स्कॉलर थी और मैं होस्टलर। वह अंतर्मुखी थी और ज़्यादा लोगों से बात नहीं करती। कुछ लड़कियाँ उसे बेरहमी से घूरतीं। वैसे, वे बस उसे लेकर जिज्ञासु थीं और लोपा उनसे सहज नहीं थी, लेकिन हम सबसे अच्छे दोस्त बन गये। हमारे मास्टर कोर्स के दूसरे वर्ष में मेरी शादी हो गयी थी। उसकी मदद के कारण ही मैं परीक्षा में बैठने में सफल रही। उसके बाद मैं विश्वविद्यालय वापस नहीं जा सकी। हालाँकि, हम नियमित रूप से पत्रों का आदान-प्रदान करते थे। उसने अमेरिका से भी कुछ लिखा लेकिन फिर...!"

शायद कोई आ गया और हमें फिर कभी लोपामुद्रा चटर्जी पर चर्चा करने का मौक़ा नहीं मिला। उस वक़्त घुप्प अँधेरे कमरे में, दरवाज़े और खिड़कियों की दरारों से बाहर की रोशनी आ रही थी और यहाँ-वहाँ प्रकाश के टुकड़े बिखरे थे, जिनके मध्य धूल भरी अलमारी मेरे सामने बिजूका की तरह खड़ी थी। उसे देखते हुए मुझे माँ की कहानी याद आ गयी। मेरे दिमाग़ में जैसे विचारों का चक्रवात घूमने लगा और लहरें टकराती हुई सभी आवाज़ों को दूर ले गई। एक विचित्र शांति ने मुझे घेर लिया। उसके बाद जो हुआ वह अस्वाभाविक था। ऋत्विक उठ बैठा और अपनी आँखें अलमारी पर टिका दीं। वह हाँफ रहा था। एक रेंगते अकेलेपन ने मेरे दिल को चीर दिया। लोगों से भरे घर में मैं बिलकुल अकेली थी लेकिन एक अदृश्य शक्ति मुझे अलमारी की ओर खींच रही थी। ऋत्विक की नज़र मेरी तरफ़ गयी। उसने बारी-बारी से मेरी और

अलमारी की तरफ़ देखा। मानो वह मुझे उस प्रेतीय अनुभूति के आगे झुकने और अलमारी की ओर बढ़ने के लिए प्रोत्साहित कर रहा हो। अगले पल, मैं एक समाधि में खड़ी थी। मौन को तोड़ने और निर्जीव चीज़ों के साथ बातचीत करने के लिए असंगत शब्दों का मंत्रोच्चार करती। क्या मैं अनाम और अज्ञात का मुक़ाबला कर सकती थी? वह शक्ति दोस्त थी या दुश्मन? अलमारी ज़र्द पड़ गयी। जब तक मैं उस तक पहुँची, तब तक उसने एक क्रिस्टल लौ का आकार ले लिया था और दरवाज़े खोलने के लिए जब मैंने उन्हें अलग किया तो धातु के हैंडल गर्म महसूस हुए।

अपनी चीज़ों की दुर्गति से माँ इतनी नाराज़ थीं कि उन्होंने अलमारी को फिर कभी छुआ तक नहीं। वह पीले काग़ज़ों के पुलिंदों और कई विशाल काँच के मर्तबानों से भरी हुई थीं। मसालों के साथ मिश्रित सरसों के तेल की एक तेज़ गंध अंदर से निकली और मेरे ऊपर मधुमक्खी के छत्ते की तरह छा गयी। अलमारी का उपयोग अचार, बड़ी, पापड़, चटनी जैसी चीज़ें रखने के किया जा रहा था। मैंने रात के खाने में भरपूर तेलयुक्त भोजन किया था, लेकिन मैं आम के अचार के एक टुकड़े के लिए ललचा गयी। दादी के समय में, उनके सावधान निर्देशों के तहत, नौकरानियाँ कुछ दिनों के लिए कटे हुए आम के टुकड़ों को अच्छी तरह से धूप में सुखाने के बाद अचार बनातीं। आम तौर पर आचार, तेल के अथाह समुद्र में डूबे रहते, मगर दादी वाले अचार सूखे और कुरकुरे निकलते। वह एक उत्कृष्ट पाचन की औषधि के रूप में भी काम करते क्योंकि उनमें मसालों का विशेष मिश्रण होता था। शायद सुलोचना चाची को दादी का नुस्ख़ा पता था और मैं उस स्वादिष्ट आचार के जार की तलाश करने लगी।

सबसे पहले मैंने अपनी नज़र बीच के शेल्फ़ पर फेरी। वहाँ तक हाथ आसानी से पहुँच रहे थे मगर शीशियों में भरे पीले द्रव्य में तैरती चमड़ों के टुकड़े जैसी कटी सब्ज़ियों और फलों के टूटते हिस्सों को पहचानना मुश्किल था। अचार खाने की तलब ग़ायब हो गयी मगर अंदर क्या था? यह देखने की जिज्ञासा क़ायम रही। मेरा माथा जल रहा था और ऐसा महसूस हो रहा था जैसे मैं किसी 'एडवेंचर' पर थी। लाल-भूरी अलमारी, मज़बूत लकड़ी से बनी थी और किनारों पर फूलों के पैटर्न उकेरे गये थे। एक तैलीय पदार्थ जटिल डिज़ाइनों से चिपक गया था, लेकिन वह फफूँद नहीं, केवल धूल की एक परत थी। शायद उसे कभी फिर से रंगा या मरम्मत नहीं किया गया था। अलमारी बाहर से मटमैली और घिसी-पिटी थी लेकिन अंदर से लगभग नयी लग रही थी। मेरी अतिसक्रिय कल्पना के कारण मुझे लगा जैसे सबसे ऊपरी

शेल्फ़ रोशनी से नहा गया। क्या वहाँ पीटर पैन की छाया ढूँढने आई टिंकरबेल बंद थी? मेरे हाथों में लगी धूल भी फ़ेयरी डस्ट की तरह जगमगा उठी। ऊपरी खाना मेरी ऊँचाई से ऊपर था और मैं उसके अंदर नहीं देख पा रही थी। मैंने पंजों पर उचककर अपने दाहिने हाथ को गहराई में स्वतंत्र रूप से घुमाया और मेरी उँगलियाँ एक ठोस वस्तु से टकराई। मैंने बड़ी मुश्किल से उस वस्तु को उँगलियों में भींच कर नीचे खींचा। वह एक भारी लिफ़ाफ़ा था।

उसी बेहोशी में; लड़खड़ाती हुई, मानो मेरे पैर उबलते पानी पर तैर रहे हों, मैं बिस्तर पर लौट आई। मैं उत्तेजना से उबल रही थी, जैसे मेरे सीने से चिपके लिफ़ाफ़े में प्राचीन पापों का ढेर था। वह जलती हुई लकड़ी के टुकड़े की तरह दहक रहा था। गुज़रते समय ने सफ़ेद लिफ़ाफ़े को निकोटीन-ब्राउन में बदल दिया था। मैंने काँपती उँगलियों से उसे खोला और भूतिया पन्ने निकाले। एक पीला-भूरा ढेर मेरी गोद में गिर गया। ऐसा लग रहा था जैसे गहन अँधेरे में अदृश्य होंठ मेरे कानों पर दबे फुसफुसा रहे थे। मैं उस पल को विभिन्न ध्वनियों में याद करती हूँ। बगल के कमरे में एक घड़ी की टिक-टिक, आँगन में बातचीत की गूँज और जैसे ही मैंने पहला पृष्ठ पढ़ना शुरू किया मेरे दिल की तेज़ धड़कन। काग़ज़ एक चर्मपत्र की तरह लग रहा था। शाही-नीली स्याही फीकी पड़ रही थी और पुराने ज़माने की 'कर्सिव राइटिंग' कई जगहों पर सुपाठ्य नहीं थी। पहले पैराग्राफ और दूसरे की कुछ पंक्तियों पर जैसे किसी ने पानी गिरा दिया था लेकिन मैंने निम्नलिखित पंक्तियों को आत्मसात कर लिया।

"...और तुम जानती हो कि मैं अपने मृत पति की याद में कितनी समर्पित हूँ। मैंने उन्हें केवल एक बार देखा था। जब वह मुझसे शादी करने आये थे और तब वह केवल एक बच्चे थे। मैं बड़ी हो गयी हूँ लेकिन वह बच्चे ही रह गये। क्या मैं उन्हें एक पति के रूप में सोच सकती हूँ? नहीं, वह मेरे अभिभावक या देवदूत हैं। वे मुझ पर नज़र रखते हैं। यह क्रूर लगेगा, लेकिन मैं तुम्हें सब कुछ बता सकती हूँ, है ना? अगर वो ज़िंदा होते तो मेरी ज़िंदगी क्या होती? मैं एक पिछड़े गाँव में होती; मक्खन मथती हुई, सब्ज़ियाँ काटती हुई, रोटियाँ बेलती हुई या कालिख से पुते कमरे में कढ़ाई करती हुई, ना कि महान ग्रंथों के महीन पन्ने पलटती, विद्वानों से गपशप करती, किताबों के पृष्ठों की सहायता से महासागरों के मध्य अज्ञात क्षेत्रों के लिए नौकायन करती.. अगर मैं अविवाहित होती तो मेरे पिता अन्य पिताओं की तरह मेरी शादी करने के लिए अधीर होते। वह बाबू जी को मुझे गोद लेने की अनुमति नहीं देते, और अगर बाबू जी मुझे अपने पंखों के नीचे लेकर नहीं उड़ते तो मैं अपने पिता के गाँव में देवी-माँ की

तरह पूज्य होती। डकैतों के साथ मेरा दुस्साहस आसपास के गाँवों में जंगल की आग की तरह फैल गया था। सरल-दिमाग वाले देहाती लोगों ने सोचा कि मुझे देवी की अलौकिक शक्तियों से नवाज़ा गया है। सच कहूँ तो मैं एक नायिका की तरह गहनों और पैसों से भरे कमरे में सिर्फ़ इसलिए बैठी थी क्योंकि मैं चाहती थी कि मेरा अपना ही परिवार मुझ पर ध्यान दे। किसी ने मेरे साथ दुर्व्यवहार नहीं किया लेकिन मेरा जीवन एक अप्रासंगिक शून्य था। मैंने सोचा कि अगर मैं गहनों को नहीं बचा पाई तो शायद डकैत मुझे उठा कर ले जायें। उस अवसादपूर्ण जीवन से कुछ भी बेहतर था! मेरी दिलेरी काम आई। हालाँकि, उस नतीजे की मुझे भी आशा नहीं थी। मैं बाबू जी के साथ यहाँ आ गयी और अपने मन-मंदिर में उस बच्चे-पति को आराध्य की तरह प्रतिष्ठित कर लिया। मेरी कल्पना में वे भी बाबू जी के श्रेष्ठ गुणों से संपन्न और मेरी सफ़ेद साड़ी की तरह निष्कलंक हैं। उनका भक्तिपूर्ण नाम और मेरे बर्फ़ीले श्वेत वस्त्र इस कठोर दुनिया से लड़ने के लिए मेरे कवच हैं।"

"दिशा!" माँ की आवाज़ बाहर से आई और अंतिम वाक्य धुंधली स्याही के छींटे में मिट गया। मैंने काग़ज़ को वापस लिफ़ाफ़े में डाला और दरवाज़ा खोलने के लिए दौड़ी।

"तुमने कमरा क्यों बंद कर दिया था?" उन्होंने कहा। जो अनायास मिल गया था, मैं उस खोज के प्रभाव में काँप रही थी। मैंने जवाब नहीं दिया। वह बहुत थक गयी थीं और मेरी अजीब अभिव्यक्ति पर ध्यान नहीं दे पाईं। अपने प्रश्न को दोहराये बिना वे कपड़े बदलने लगीं। मैं बिस्तर पर चली गयी और चुपके से लिफ़ाफ़ा अपने तकिये के नीचे रख दिया। ऋत्विक वापस बिस्तर के नीचे अपनी पसंदीदा छिपने के स्थान में घुस गया। माँ कटे पेड़ की तरह मेरी बग़ल में गिरकर फ़ौरन सो गईं।

मेरे लिए, नींद सवाल से बाहर थी। मुझे एक फड़फड़ाहट, एक हलचल सुनाई दी, और सामने हवा में सपनों से धुंधली आँखें तैर गईं। वे मुझे एक ख़तरनाक तेंदुए की तरह घूर रही थीं और मैं उनके अशांत रंगों का कारण पढ़ना चाहती थी। मुझे पता था कि वे आँखें अनंत आँसुओं से भीगी थीं, और केवल वेदना बिखेर सकती थीं, लेकिन आने वाले तूफ़ान को टालना असंभव था। मैं जल प्रलय के लिए तैयार थी। अगर मैंने माँ को बताया तो वह पत्रों को छीन लेतीं। वे उन्हें लिखे गये थे, लेकिन मुझे बाकी पत्रों को भी पढ़ना था, इसलिए मैं चुप रही। लोपा भी यही चाहती थी। नहीं तो, इतने विचित्र तरीक़े से मुझे लिफ़ाफ़ा क्यों मिलता? मैंने चिट्ठियों को पुरानी शराब की बोतल की तरह धीरे-धीरे चखने का फैसला किया। इस बीच, मेरे लिए वह एक

'एपिफेनी' का क्षण था। मुझे अपना कवच मिल गया था। मुझे लोपा की कहानी को अपनी स्थिति के अनुरूप संशोधित करना था! मेरे प्यार की सांकेतिक मृत्यु हो गयी थी और मैं इस त्रासदी को एक मूर्त घटना में ढाल सकती थी। यह मान लेना कहीं अधिक सुखद था कि मैं एक ऐसे व्यक्ति से प्यार करती थी जो वास्तव में मुझे प्यार करता था। वह मर गया था और मैं शोक में थी। एक शाश्वत शोक।

4.

अन्तराल

अगली सुबह, खिड़की के पास एक गाय के साथ बँधे बछड़े के गले में बजती घंटी और उनके रंभाने ने मुझे जगाया। माँ पहले ही मेरा साथ छोड़ चुकी थीं और ऋत्विक भी ग़ायब था। मुझे याद है, मैं एक असाधारण शांति महसूस कर रही थी, और मेरे दिमाग़ में कोई विचार नहीं था। जब मैं मंडप पर पहुँची तो दिन का उत्सव शुरू हो चुका था। ऐसा लग रहा था कि पूरा गाँव आंतरिक प्रांगण के आसपास के गलियारों में उस अद्भुत खेल को देखने के लिए इकट्ठा हो गया था। चमकीले कपड़े पहने हुए कई औरतें थीं, जिनकी गोद में उलझे बालों वाले बच्चे थे। फटे हुए फ्रॉक और शॉर्ट-पैंट में अनजान छोटे लड़के और लड़कियाँ और कुछ खुले मुँह वाली किशोर लड़कियाँ भी थीं, जो अपने बेहतरीन लाल-पीले सलवार-कमीज और गिल्लट के गहने पहने हुए थीं। वहाँ चल रहे नाटक के जादू-टोना का स्वाद लेते, और शरमाते हुए, वे दूर के छोर पर खड़ी थीं। वहाँ गरीबी और ऐश्वर्य का अजीब मेला था।

पारम्परिक शादियों में दुल्हन दूसरे दिन अपने ससुराल से मिले उपहारों में सजकर मंडप पर आती। इस रस्म को 'मझक्का' कहते- जो शायद 'मथझक्का' अर्थात् 'छिपा हुआ माथा' का अपभ्रंश था। पहली बार दुल्हन का अनावरण उसके पति द्वारा मंडप में किया जाता। रचना ने सुनहरे रंग के ब्रोकेड-वर्क वाली एक ख़ूबसूरत गुलाबी साड़ी पहनी थी, काँच के टुकड़ों की तरह चमकते सोने के धागों ने जैसे सुबह की भटकती चमक को इकट्ठा कर लिया था। सुकुमार, जो अब उसका स्वामी था- उसने रेशम का गुलाबी कुर्ता और ज़री के किनारों वाली पीली धोती पहनी थी। रचना के भारी पल्लू को उठाते ही उसका चौकोर जबड़ा लाल हो गया। रचना अपनी शादी के गहनों में बेहद ख़ूबसूरत लग रही थी। छोटे-छोटे पत्थरों से जड़ा लंबा झुमका, मीनाकारी का टीका, क्रिस्टल से अलंकृत नथ, सर्पिला बाज़ूबंद, मोती के चोकर और गले में पड़ी कई अन्य ज़ंजीरें सर्दियों की धुंध में चमक रही थीं। वह गोरी रंगत की एक सुंदर लड़की थी और पिछले एक सप्ताह के रोने से उसकी नाक और गाल गुलाबी हो गये थे। गहरे रंग की परछाइयाँ उसकी काजल वाली आँखों की लंबी पलकों के नीचे फैली थीं। उसने साड़ी से मेल खाती गुलाबी लिपस्टिक लगायी थी। सुकुमार ने जो देखा उससे वह काफ़ी प्रसन्न था।

"बंदर के हाथ में मोती की माला!" कुछ महिलाओं ने टिप्पणी की और अन्य लोग हँस पड़े। उसने बुरा नहीं माना और एक असली बंदर की तरह स्वामित्व के साथ मुस्कुराया।

आँगन में मिजाज़ हल्का-फुल्का था। बाराती आँगन के भीतर घराती के साथ बैठे थे। घर की महिलाएँ उनका उपहास करने के लिए भद्दे गीत गा रही थीं। बारात में आये एक युवक ने गाली गाती महिलाओं का सामना किया- वह उनके समक्ष चेहरे पर दिल टूटने जैसा भाव लेकर उँगलियाँ चटकाने लगा। मज़ाक़ कर रही महिलाओं ने अपने चेहरे ढके और हँसी, लेकिन गालियाँ बंद नहीं हुईं, तो वह दिल पर हाथ रखकर वापस अपनी जगह पर बैठ गया।

वह एकमात्र समय था जब दूल्हे की पार्टी के पुरुष सदस्यों को दुल्हन को देखने की अनुमति थी। दूल्हे के पिता, झुके हुए कंधों के एक वृद्ध व्यक्ति थे। उन्हें आगे बढ़ने और अपनी नयी बहू के माथे को एक बार फिर से ढँकने के लिए कहा गया। सब रीतिं-रिवाज का हिस्सा था, जिसका अर्थ था कि बहू उनके परिवार का सम्मान बन गयी थी, और उसकी रक्षा करना उनका कर्तव्य था। उन्होंने रचना को जड़ाऊ-कंगन का एक भारी सेट भेंट किया। उसके बाद अन्य पुरुष रिश्तेदारों ने आगे आकर उसे तरह-तरह के उपहार दिये।

रचना ने हालात से समझौता कर लिया था। उसके बालों की माँग में भरे हुए सिंदूर ने उसे बदल दिया था। लाल रंग के माथे ने उसके चेहरे पर एक रहस्यमय वैवाहिक चमक बिखेर दी थी। मैंने उसे मुस्कुराते हुए नहीं देखा लेकिन वह उपहारों से प्रसन्न थी। सुकुमार की सामाजिक स्थिति कुछ भी हो, उसके परिवार ने दुल्हन के साथ इकट्ठी भीड़ को भी उपहारों से चकाचौंध करने में कामयाबी हासिल की थी। अब एक और विधि का समय था। 'भत-खई' या चावल खाना। शादी की पार्टी को मंडप में दावत दी जाती और उन्हें पहली बार चावल परोसा जाता। जैसे ही अंतिम गीत का स्वर टूटा, कई मज़दूरों ने अपनी बाँहों में भोजन के विशाल बर्तनों को संतुलित करते हुए प्रवेश किया और बारातियों ने उन्हें और अधिक गालियों से बचाने के लिए कृतज्ञतापूर्वक देखा। घर के पुरुषों ने मेहमानों को मंडप के अंदर बैठने के लिए विनम्रता-पूर्वक आमंत्रित किया। रचना वहाँ से बाहर निकलने लगी और मैं उसके साथ हो गयी।

उसके कमरे में प्रवेश करते ही हम ख़ुशी से एक साथ चिल्लाये। हमारी बचपन की सहेली कुसुम, रचना के बिस्तर पर एक बड़ा-सा पैकेट लेकर बैठी थी, और

पलंग की टाँग से बँधा ऋत्विक उसके पैरों के पास झपकी ले रहा था! वह दादा जी के भाइयों के बेटे में से किसी एक की बेटी थी- और पूर्व में परदादा के स्वामित्व वाली एक पैतृक हवेली के पुनर्निर्मित खंडहर में रहती थी, जिसे उनके कई बच्चों और उनके बच्चों द्वारा टुकड़ों-टुकड़ों में विभाजित कर दिया गया था। कुसुम हमसे तीन साल बड़ी थी लेकिन वह रचना की सबसे क़रीबी दोस्त थी और इसी वजह से वह मेरी भी ख़ास दोस्त थी।

"अरे कुसुम! मैंने सोचा था कि तुम नहीं आ पाओगी।" रचना ने कहा और दोनों दोस्तों ने एक दूसरे को गले लगाया।

"मेरी सौतेली बेटी बीमार थी इसलिए मुझे देर हो गयी। तुम्हें पता है कि यह कैसा होता है? अगर मेरी अपनी बेटी बीमार होती तो मैं कल आ जाती।" कुसुम ने आह भरी। हम रिश्तेदार थे लेकिन उनका परिवार शायद इसलिए ज़्यादा ग़रीब था क्योंकि पैतृक संपत्ति में उनके हिस्से को ज़्यादा बच्चों में बाँटना पड़ा था।

बचपन में, जब भी मैं गाँव आती, वह नियमित रूप से हमारे खेलों में शामिल होती थी। हमने सुलोचना चाची की पुरानी साड़ियों के फटे टुकड़ों में कई गुड़िया तैयार की थीं और उनमें से कइयों की शादियाँ भी एक-दूसरे की गुड़ियों से की थीं। जब वह बाईस वर्ष की थी, तब उसकी शादी एक चालीस साल के व्यक्ति से कर दी गयी थी। वह एक धनी विधुर था, जिसके दो बच्चे थे।

"अरे यह कुसुम है!" सुलोचना चाची कमरे से कुछ लेने आईं और हमारी तरह चिल्लाईं! उन्होंने रचना जैसी गुलाबी रंग की साड़ी पहनी थी। रचना का गोरा चेहरा अपनी माँ से बहुत मिलता था लेकिन लड़की और औरत कभी इतने समान नहीं दिखे थे। क्या शादी ने एक लड़की को तुरंत महिला में बदल दिया? उसने अपने पति के साथ एक रात भी नहीं बिताई थी, लेकिन रचना अभी से ही मंडप में गुलाबी धोती पहने चावल खाते मसख़रे की हो गयी थी और इस जन्म देने वाली सुंदर महिला से दूर हो गयी थी।

"प्रणाम चाची।" कुसुम ने उनके पैर छुए और वे गले लग गये। सुलोचना चाची की आँखों में आँसू आ गये। वे कुछ मिनटों तक उसका सिर थपथपाती रहीं।

"मुझे अफ़सोस है कि मैं पहले नहीं आ सकी।" कुसुम का गला भर गया और उसने माफ़ी माँगते हुए कहा। उसने भारी मैरून सिल्क की साड़ी और कई गहने पहने हुए थे। वह लंबी और साँवली थी। उसकी नुकीले नाक में एक हीरे का लौंग चमक

रहा था। उसका चेहरा पाउडर से चिकना था और होंठ चमकीले मैरून रंग में रँगे हुए थे। वह अपने शरीर पर महँगे सामानों को बड़ी शालीनता से ढो रही थी।

"मैं समझती हूँ, बेटा। शादी के बाद ज़िंदगी बहुत बदल जाती है लेकिन तुम तीनों को एक साथ बैठे देखकर मुझे बहुत ख़ुशी हो रही है! ठीक वैसे ही जब तुम छोटी लड़कियाँ थीं। चलो, तुम सब बाहर चलो। तीनों सहेलियों को कुछ देर के लिए अकेला छोड़ दो। पता नहीं उन्हें यह मौक़ा दोबारा कब मिलेगा।" सुलोचना चाची ने अपनी आँखें पोंछते हुए कहा, और अपने साथ अंदर बैठी कुछ महिलाओं को बाहर ले गईं।

पुराने ज़माने में बारात चार दिनों तक रहती और दुल्हन चौथे दिन एक और रस्म 'चौथारी' के बाद दूल्हे के साथ जाती थी। अब विवाह समारोह छोटे हो रहे थे और रचना की विदाई अगले दिन की सुबह में होने वाली थी। जैसे-जैसे रस्में पूरी हो रही थीं, और उसके जाने का समय नज़दीक आ रहा था, सभी भावुक हो रहे थे।

"तुम ख़ुश लग रही हो, कुसुम। मैं तुम्हें बहुत याद कर रही थी और रोज़ तुम्हारी प्रतीक्षा करती थी लेकिन मैं तुम्हारे लिए ख़ुश हूँ।" रचना ने कहा।

"तुम भी ख़ुश रहोगी। इसमें समय लगता है लेकिन हम औरतों को नये जीवन की आदत हो जाती है। मेरे पास सब कुछ नहीं है लेकिन मेरे पास अब कुछ है और वह कुछ भी नहीं होने से बेहतर है।" वह हँसी, "मेरी एकमात्र शिकायत है कि मैं मायके में जितनी बार चाहती हूँ, उतना नहीं आ पाती हूँ, लेकिन मैं दिशा की शादी में शामिल होने का वादा करती हूँ। मुझे उम्मीद है कि तुम यहीं गाँव से शादी करोगी दिशा, है ना?" उसने मुझसे कहा लेकिन ऋत्विक की तरफ़ देखा। वह अपने पिछले पैरों पर बैठा था और उससे अपने सवाल-जवाब कर रहा था। दोनों में बहुत प्यार था और वे समानांतर रूप से एक मौन बातचीत कर रहे थे।

"मैं? ...मैं शादी ही नहीं करूँगी।" मैंने धीरे से कहा। तब मुझे इसका एहसास नहीं हुआ, लेकिन जब मैंने बाद में उस बातचीत के बारे में सोचा, तो मुझे लगा कि वह एक निर्णायक क्षण था।

"क्यों? हम सब ऐसा कहते हैं, लेकिन हम बड़े हो जाते हैं और शादी कर लेते हैं!" उसने ख़ुद सवाल का जवाब दिया, इधर-उधर देखा, फिर ऋत्विक की गर्दन पर हाथ फेरने लगी।

"मुझे पता है, लेकिन यह मेरे लिए अलग है। मैं शादी करना चाहती थी लेकिन

जिस आदमी से मैं शादी करना चाहती थी वह मर चुका है। उसके मरने के साथ शादी का सवाल भी मर गया है।" मैंने सपाट स्वर में कहा। मैंने देखा कि रचना मेरी तरफ़ अजीब तरह से देख रही थी लेकिन उसने कुछ नहीं कहा। उसने सोचा होगा कि मेरे और ऋत्विक के सम्बंध बहुत कड़वे हो गये थे। इस हद तक कि मैंने उसे मृत मान लिया! दूसरी ओर कुसुम स्तब्ध थी। उसने अपनी गोल आँखें और गोल कर लीं, उसका मुँह कुछ पल के लिए खुला रह गया और वह हकलाने लगी।

"ओह! समय के साथ सब ठीक हो जाता है ...लोग शादी तब भी करते हैं जब उनकी पहली पत्नी या... पति की मृत्यु हो जाती है। तुम्हारी तो शादी भी नहीं हुई थी....!" उसे सही शब्द नहीं मिले और वह चुप हो गयी।

"यही फ़र्क़ है शादी करने और प्यार करने में।" मैंने अजीब-सी आवाज़ में कहा, जो मेरी अपनी नहीं थी, और मेरी आँखों में आँसू आ गये। मैं धीरे से उठी और बाहर चली आई। वे दोनों सनाके में थीं और मुझे रोक नहीं पाईं। बस ऋत्विक धीरे-धीरे भौंक रहा था।

मुझे लगा जैसे मैं किसी अज्ञात शक्ति के वश में थी। मैं माँ के कमरे तक ऐसे चलती रही जैसे वह किसी और की मर्ज़ी थी। मुझे एक दोस्त चाहिए था और जिन दो विवाहित लड़कियों को मैं बिना पीछे मुड़ कर देखे, छोड़ आई थी, वे अब मेरी दोस्त नहीं थीं। मैं एक अलग इंसान बन गयी थी। मेरी भावनाएँ बुरी तरह विचलित थीं, मेरा दर्द गहरा था, और लोपा एक फ़रिश्ता या जिन्न थी, जिसने मेरे अकेलेपन को महसूस किया था, और वह ब्रह्मांड में जमे किसी प्राचीन ग्रह से सिर्फ़ मेरा साथ देने उतरी थी। सुलोचना चाची भी अपने सादे वक्तव्य में छिपी विडंबना से अनभिज्ञ थीं कि उस समय हम तीनों सहेलियाँ आख़िरी बार एक साथ थीं। कभी-कभी कुछ ऐसा होता है जिसे परिभाषित नहीं किया जा सकता, हम कुछ ऐसा विचित्र करने या महसूस करने लगते हैं, जिसका हम पहले कभी अनुमान नहीं लगा सकते थे। अनजाने में, हम एक कल्पना के आगे नतमस्तक हो जाते हैं, एक तेज़ हवा कहीं से आँधी की तरह आती है और हमारा जीवन एक रंग-बिरंगे पैचवर्क वाली रज़ाई की तरह उलट कर एक नया पैटर्न ग्रहण कर लेता है।

मैंने पत्रों के लिफ़ाफ़े को अपने सूटकेस में स्थानांतरित कर दिया था। कमरे में कोई नहीं था और मैंने चुपचाप कपड़ों के ढेर के नीचे से लिफ़ाफ़ा निकाला। मैंने साटिन की सलवार-कमीज और ज़रीदार दुपट्टा पहना हुआ था। मैंने दुपट्टे को फेंका, मोड़ा, सूटकेस में रखा और उसकी जगह एक मोटी काली शॉल ओढ़ी। मैंने लिफ़ाफ़ा

एक सूती कपड़े में लपेटा, उसे अपनी शॉल के नीचे सावधानी से छिपा लिया और पिछले दरवाज़े से घर से निकल गयी। गोल कमरे का एक दरवाज़ा बाहरी आहाते में खुलता। मैं चोर की तरह चुपके से उसमें से निकली और खेतों की ओर चल दी। हमारे घर के पिछले हिस्से में कृषि योग्य भूमि का एक लंबा टुकड़ा था। हमारा घर गाँव का आख़िरी घर था, दरअसल भारत की ओर का आख़िरी गाँव, और पीछे के खेत नेपाल के पड़ोसी गाँवों के खेतों में विलीन हो जाते।

सूरज गोधूलि के चाँद की तरह लग रहा था। दूर आसमान से पक्षियों और मवेशियों की आवाज़ें आ रही थीं। बादलों के मध्य से निकलता सर्दी का शांतिपूर्ण प्रकाश मेरे साथ चल रहा था। मैं जंगली फूलों, पौधों, घास और मेरे कपड़ों में उलझे कोहरे के इत्र को सूँघ सकती थी। मैं हरे-भरे खेतों को पार करते हुए, ताज़ी हवा के थपेड़े अपने चेहरे पर महसूस करती, धूसर रोशनी की बौछार से गुज़रती रही। मैं अभी भी मानो किसी 'साइकेडेलिक' बल के प्रभाव में डगमगा रही थी। मैंने एक विशाल पीपल के पेड़ की छाया के नीचे एक सुनसान जगह का सर्वेक्षण किया- एक परती भूमि का टुकड़ा जिसके चारों तरफ़ हरियाली थी। दोपहर का समय था लेकिन घास में सुबह की ओस की हल्की नमी बरक़रार थी। मैंने लिफ़ाफ़े पर लपेटे हुए सूती दुपट्टे को ज़मीन पर फैला दिया और उसके ऊपर आराम से बैठ गयी। थोड़ी देर साँस लेते हुए मैंने हरियाली का आनंद लिया और फिर लिफ़ाफ़े से काग़ज़ का दूसरा ढेर निकाला। एक बार फिर पहला पैराग्राफ पढ़ने में दिक़्क़त हो रही थी और पत्र अचानक शुरू होकर वैसे ही समाप्त हो गया।

...वह मुझे घूर रहा था, उसकी नज़र में एक अजीब शक्ति है, मादक रूप से भ्रमित करने वाली ....वे अजीब पीली-भूरी आँखें मुझे एक सेकेंड के लिए भी अकेला नहीं छोड़ती हैं। जब मैं कक्षा में प्रवेश करती हूँ और अपना लेक्चर देती हूँ - उनका सुनहरा उजियारा जुनून से पीछा करता है। देखो, अप्रिय नहीं है उसका चेहरा, वह प्यार से फूटती आँखें, शायद तीव्रता के कारण थोड़ी भ्रष्ट हैं। मुझे क्या करना चाहिए? मैं उसकी टीचर हूँ लेकिन मेरी उम्र उससे केवल तीन या चार साल अधिक होगी। क्या यह अनैतिक है? पुरुष बहुत कम उम्र की महिलाओं से शादी और पुनर्विवाह करते हैं। क्या तुम्हें श्री पी.के. सिंह याद हैं? हमारे राजनीति विज्ञान के प्रोफ़ेसर? गाँव में उनकी पहले से ही एक पत्नी थी और उन्होंने अपनी छात्रा से शादी कर ली थी। एक रिसर्च स्कॉलर, सुंदर रजनी, हमारी सीनियर! क्या महिलाओं के लिए नियम अलग है? कल कक्षा के बाद, मैं एक नोटबुक को ठीक करने के लिए डेस्क पर बैठी रही। सभी छात्र

जा चुके थे और मैं काम में पूरी तरह से मग्न थी। कुछ देर बाद मैंने अपने चेहरे पर एक गर्म हवा का झोंका महसूस किया, और मैंने अपनी आँखें उठा लीं। वह मेरे सामने खड़ा मुस्कुरा रहा था। इससे पहले कि मैं कुछ कह पाती, उसने मेरा हाथ थाम लिया, उसे धीरे से चूमा और बाहर निकल गया। यह सब तीस सेकेंड के भीतर हुआ। मेरा दिल अभी भी एक नर्वस थ्रिल से धड़क रहा है। क्या मैं केवल शारीरिक रूप से उसकी ओर आकर्षित हूँ या क्या मैं वास्तव में उससे प्रेम करती हूँ....!"

आह! वही चिर-परिचित दुविधा! यह प्यार है या वासना? मैंने वेद के साथ अपने विचित्र संबंधों के दौरान इसी प्रश्न पर विचार किया था। उसने एक बार मुझसे स्कर्ट पहनने को कहा था, "मैं तुम्हें कभी रंगीन स्कर्ट में क्यों नहीं देखता?" वह पहली बार था, जब उसने मेरी पोशाक पर टिप्पणी की थी, और मैंने राजस्थानी प्रिंट में कशीदाकारी की गयी, दर्पणों से जड़ी एक लंबी घाघरा-शैली की स्कर्ट पहनकर उसे चमत्कृत करने का फ़ैसला किया। जब उसने मुझे सुबह ऑफ़िस के कॉरिडोर में देखा तो आँखों-आँखों में मेरे कपड़ों की सराहना की, और मुझे लंच के दौरान उससे अपने कमरे में मिलने के लिए कहा। जब मैंने उसके ऑफ़िस में दस्तक दी तो वह अपने डेस्क पर एक खुली फ़ाइल में खोया था। उसने कोई उत्तर नहीं दिया इसलिए मैं बिना अनुमति के अंदर चली गयी। उसने तब भी मुझे नोटिस नहीं किया, इसलिए मैंने उसके चेहरे पर ज़ोर से साँस लेना शुरू कर दिया। "तुम्हें पनिश करने की ज़रूरत है!" उसने फ़ाइल को बंद करते हुए कहा। डेस्क पर एक लकड़ी का रूलर पड़ा था। उसने रूलर उठाया, झटके से उठा और मुझे चूमने लगा। रूलर ज़ोर से आवाज़ करता हुआ फ़र्श पर गिरा। एक पल के किये हम घबरा गये और फिर हँसकर एक-दूसरे को दुबारा चूमने लगे।

इतने सारे अजनबियों के बाहर रहने के ख़तरे के बीच, ऑफ़िस में वर्जित कार्य करने का अनुभव रोमांच को कई गुना बढ़ा देता। फिर मैं अक्सर बिना निमंत्रण के उस कमरे में जाने लगी। मुझे उसके आलीशान अपार्टमेंट के बदले ऑफ़िस की छोटी मुलाक़ातें बेहतर लगतीं। कम-से-कम समय के अभाव के कारण हमें प्यार का स्वाँग नहीं करना पड़ता। पकड़े जाने का जोखिम था, लेकिन हमारे कार्यालय में बहुत अधिक सहकर्मी नहीं थे। कंपनी अभी भी भर्ती कर रही थी। दोपहर के भोजन के दौरान सभी परिसर को ख़ाली कर देते और इमारत के चारों ओर फैले कई कैफ़े में जमा हो जाते। मुझे जल्द ही महसूस हो गया कि वेद के साथ मेरा मामला मिलावट रहित वासना का था लेकिन लोपा ने अपने प्रेमी के बारे में क्या निष्कर्ष निकाला?

मैं जानती थी कि उसने प्रलोभन के भयानक दौर को सहा था, फिर मन की याचना के आगे घुटने टेक दिये, और उससे शादी कर ली थी, लेकिन क्या वह सिर्फ़ शरीर की मजबूरी थी? क्या शरीर अपने भीतर स्थित आत्मा से इतना अलग था? प्यार! कितनी यातना और सुख था प्यार में। लेकिन क्या कोई अपने प्रेमी का सब कुछ हासिल कर सकता है; शरीर, आत्मा, और मन? मुझे यह पता लगाना था। निश्चित रूप से मेरे मामले में और यदि संभव हो सका तो लोपा के मामले में भी।

5.

अस्पष्ट लालसाएँ

"तुमने अभी तक वे 'रिकमेंडेशन लेटर' पूरे नहीं किये? चलो, वह प्रतीक्षा कर सकता है। लेकिन तुम्हें इस क्लायंट मानस शास्त्री को संतुष्ट करना होगा। मुझे पता है कि उसे ख़ुश करना आसान नहीं है और उसने तुम्हारे लिखे तीन एसओपी पहले ही ख़ारिज कर दिये हैं, लेकिन तुम्हें यह पता लगाना होगा कि वह क्या चाहता है, और काम ख़त्म करना होगा।" वेद ने बिना मेरी तरफ़ देखे कहा।

मैं उसी डेस्क के सामने बैठी थी, जिस पर टिक कर मैंने लगभग एक महीने पहले उसे चूमा था। समय कितना बदल गया था। अब वह उसी जगह पर निर्दयता से मुझे डाँट रहा था। अगर मैं काम पूरा नहीं कर पाती तो क्या मुझे बाहर कर दिया जाता? उसने मुझे तभी बर्ख़ास्त क्यों नहीं कर दिया? या मैंने स्वयं इस्तीफ़ा क्यों नहीं दिया? एक बार पहले भी मैंने ऐसा करने का इरादा किया था? शायद मैं अपराध बोध से बाहर निकलने के लिये उसे अपने ऊपर चीख़ने का मौक़ा दे रही थी। और वह मुझे नहीं निकाल सका क्योंकि इसका मतलब यह होता कि उसने काम में मेरे औसत से नीचे के प्रदर्शन को केवल सेक्स में मेरे औसत से ऊपर के प्रदर्शन के कारण सहन किया था।

"ठीक है, लेकिन मैं उसे थोड़ा और बेहतर तरीक़े से जानना चाहती हूँ।" मैंने कहा। आजकल हम वेद के कमरे में अक्सर ऐसी बातें करते। पिछले कुछ दिनों में हमने पिटे-पिटाये वाक्य कई दफ़ा दोहराये, शब्दों को चबाया, क्रोध को निगल लिया, इससे और बदतर व्यवहार की उम्मीद की, लेकिन अभी तक हमने खुली लड़ाई से परहेज़ कर एक-दूसरे को आश्चर्यचकित भी कर दिया।

"मुझे लगता है कि तुम उसे पहले से ही पर्याप्त जानते हो। वह एक आईएएस अधिकारी है। वह कहीं मध्य-प्रदेश में तैनात था लेकिन नौकरी छोड़ रहा है। वह इस समय लंबी छुट्टी पर है। वह एमबीए करना चाहता है और यू.एस.ए. में बसना चाहता है। उसकी एक बहुत प्रभावशाली प्रोफ़ाइल है।" वेद सहज नहीं था और इधर-उधर देख रहा था। मुझे पता नहीं कि वह छला हुआ महसूस कर रहा था या केवल 'डंप' किये जाने पर नाराज़ था। रूलर अभी भी मेज़ पर पड़ा था और मैं उसे घूर रही थी। हमारी बातचीत में एक अजीब-ओ-ग़रीब तनाव था। उन अंतरंग पलों को साझा करने

के बाद औपचारिकता में वापस आना आसान नहीं था, जैसे कि उस तरह का कुछ हुआ ही ना हो। उसकी उलझन से मुझे एक विकृत ख़ुशी मिल रही थी।

"क्या यह मज़ेदार नहीं है कि उसने यूपीएससी कम्पीट किया है लेकिन अपनी एसओपी भी नहीं लिख सकता!" मेरी नज़रें अभी भी उस मज़ेदार रूलर पर थीं। पिछली बार जब उसने रूलर उठाया था तो मैंने उससे स्पष्ट रूप से कह दिया कि हमारे बीच सब कुछ ख़त्म हो गया था। मैं सिर्फ़ एक नाटक में प्रेमिका जैसी भूमिका निभा रही थी और मुझे अब घुटन महसूस हो रही थी।

"देखो, दिशा। हम पहले ही इसके बारे में बात कर चुके हैं। यह हमारा काम नहीं है। हमारा व्यवसाय उसका एसओपी लिखना है।" उसने टेलीफ़ोन उठाया और एक नंबर डायल करना शुरू कर किया। इसका मतलब मेरी वहाँ से बर्ख़ास्तगी था।

मैंने अपने क्यूब में कीबोर्ड पर कुछ पंक्तियाँ लिखने की कोशिश की। मुझे परिवार के साथ गाँव से लौटे दो सप्ताह से अधिक का समय हो गया था। जब आप पुराने दुख में लौटते हैं तो चीज़ें और ख़राब लगती हैं। एक जीर्ण-शीर्ण अलमारी की सम्मान-योग्य धूल से मेरी इंद्रियाँ धुँधली हो गईं, लेकिन मेरी आत्मा नये अनुमानों से झुलस रही थी। मैं सामान्य जीवन में सही तरीक़े से नहीं लौट पा रही थी क्योंकि मुझे लोपा की ज़रूरत थी। मुझे सपनों में भी उसका चेहरा दिखता। उसे मैंने कभी नहीं देखा था फिर भी मैं उसे पहचानती थी। उसके होंठ ख़ामोश थे। मैंने उसके दूसरे पत्र पढ़ने की कोशिश की थी लेकिन पिछले पत्र के बाद के कुछ पन्नों की स्याही इतनी हल्की थी कि ऐसा लग रहा था जैसे काग़ज़ कई दिनों से पानी में डूबे थे। मैं उसमें आँखें गड़ाकर कुछ समझने की कोशिश करती मगर सभी अक्षर मायावी आकृतियाँ बनकर मुँह चिढ़ाते। मुझे उम्मीद थी कि उसके शब्द मुझे एक अलौकिक दुनिया में ले जाएँगे, लेकिन उसने उत्तेजक पदार्थों की पेशकश के बाद मुझे ठुकरा दिया था। पत्रों का क्रम बुरी तरह से टूट गया और मैं बाद की लिखी सामग्री पढ़ने से कतरा रही थी।

मैंने कंप्यूटर पर मानस शास्त्री की फाइल खोली और उसकी 'प्रभावशाली प्रोफ़ाइल' को एक बार फिर पढ़ा। उसने आईआईटी से मैकेनिकल इंजीनियरिंग की पढ़ाई की थी। लेकिन उसने इतिहास लेकर पहले ही प्रयास में प्रतियोगी परीक्षा पास कर ली, और आई०ए०एस० बन गया। उसकी रैंकिंग काफ़ी अच्छी थी, और वह क़रीब तीन-चार सालों से मध्य प्रदेश में कार्यरत था। मौजूदा कलेक्टर साहिब पूर्वी उत्तर-प्रदेश से थे, अविवाहित थे और इंजीनियरिंग के बाद वे जेएनयू में समाजशास्त्र से एम०ए० के लिए नामांकित थे, जिसे उन्होंने सिविल सेवाओं के लिए प्रतिस्पर्धा करने

के लिए छोड़ दिया था। अब, वह एमबीए के लिए अपनी कलेक्टरी को छोड़ना चाहते थे। कोई आश्चर्य नहीं था, कि मैं उनका 'स्टेटमेंट ऑफ़ परपज़' लिखने के लिए संघर्ष कर रही थी, क्योंकि मुझे इस विलक्षण प्रतिभा में कोई उद्देश्य नहीं मिल रहा था। क्या वह ऊब गया था? उसने हर चीज़ में उत्कृष्ट प्रदर्शन किया और हर कठिन प्रतियोगी परीक्षा को पास करने के बाद वह एक बार फिर ख़ुद को चुनौती देना चाहता था? उन पन्नों में अनसुनी प्रतिभाएँ, यात्राएँ अभी बाक़ी थीं, अधूरे वादे और कल्पनाओं को वास्तविकताओं में बदलने की अपार शक्ति थी। इसने मेरी ज्वलनशील जिज्ञासा को प्रज्वलित कर दिया। मेरा जीवन छायाओं से भर गया था। मुझे प्रेतों की दुनिया से बाहर निकलने और एक वास्तविक दिलचस्प व्यक्ति से मिलने की ज़रूरत थी। मैंने उसका नंबर खोजा और फ़ोन किया। एक गहरी और गम्भीर आवाज़ ने उत्तर दिया।

"हलो, मैं दिशा शर्मा हूँ।" मैंने कहा, "मैं आपके एसओपी पर काम कर रही हूँ लेकिन कुछ चीज़ें हैं जिन्हें मैं स्पष्ट करना चाहती हूँ। क्या आप आज या कल मुझसे अपनी सुविधानुसार मिल सकते हैं?"

"उम्म...!" वह मेरी कल्पना की निश्चल प्रतिभा के विपरीत अनिर्णायक रूप से हकलाया, लेकिन वह अनिश्चितता रिज़्यूम वाले व्याकुल किरदार के अनुरूप थी।

"मैंने आपकी प्रभावशाली प्रोफ़ाइल पढ़ी है।" मैंने मस्का मारते हुए कहा, "मैं थ्योरी में सब कुछ जानती हूँ, लेकिन अगर मैं आपको एक बार देखती हूँ, तो मुझे यकीन है कि मैं आपके एसओपी के साथ न्याय कर पाऊँगी। आप कुछ समय के लिए जेएनयू में थे, है ना? मैंने भी वहाँ से पढ़ाई की है।" हमारे बीच किसी तरह का संबंध बनाने की यह कोशिश कामयाब हुई।

"मैं किसी काम से न्यू फ्रेंड्स कॉलोनी में हूँ। मैं आपको एक घंटे के बाद मिल सकता हूँ।" उसने कुछ देर सोचकर कहा और हमने एक कैफ़े में मिलने का फ़ैसला किया।

मैं वेद को सूचित करने के लिए उसके ऑफ़िस में घुस गयी। वह एक फ़ाइल के पन्ने पलट रहा था लेकिन तुरंत ऊपर देखा। रूलर अपने स्थान से ग़ायब था।

"मैं मानस से एक घंटे बाद मिल रही हूँ इसलिए आज जल्दी निकल जाऊँगी।" मैं थोड़ा निराश थी कि उसने मुझे नोटिस नहीं करने का नाटक नहीं किया, और मैं उसका ध्यान आकर्षित करने के लिए उसके चेहरे पर गर्म और ठंडी साँसें नहीं उड़ा सकती थी।

"ठीक है!" उसने बेपरवाही से कहा और फ़ाइल देखने लगा।

मैं उसका रूखापन नज़र-अंदाज़ नहीं कर सकती थी। मुझे यह उम्मीद बिल्कुल नहीं थी कि हम सबसे अच्छे दोस्त होंगे। हालाँकि, मैं उस पागल रिश्ते को मिस करती, पर मुझे पता था कि उसे पुनर्जीवित करना सही नहीं होगा। वह हर रोज़ की तरह एक क्रिस्प ग्रे शर्ट और काली पतलून पहने हुए था, जो उसकी गोरी त्वचा के साथ शानदार रूप से कॉनट्रास्ट कर रही थी। मैं इस तथ्य से चकित थी कि शाम तक उसका कॉलर कड़कदार बना रहता। यहाँ तक कि हमारी प्रेम-लीला भी उसके कलफ़दार कपड़ों पर शिकन नहीं डाल सकी। क्या वह मेरी पहुँच से बाहर होने के कारण अचानक वांछनीय हो गया था?

मैंने अपने विचारों से वेद को ख़ारिज करते हुए ऑफ़िस से बाहर क़दम रखा और दोपहर के ज़ाफ़रानी आसमान को सराहते हुए देखा जो वसंत की शुरुआत का संकेत दे रहा था। गिरते सूरज की आख़िरी किरणों में फुटपाथ के इर्द-गिर्द लगे पेड़ों की छाया लंबी होती जा रही थी। मैंने खादी का एक छोटा ऑफ़-व्हाइट कुर्ता, हल्के नीले रंग की जींस पहनी थी और कंधों पर दालचीनी के रंग का एक मोटा कढ़ाई वाला शॉल ले रखा था। ऑफ़िस से निकलने से पहले मैंने अपने गालों पर कॉम्पैक्ट का ब्रश फेरा था और होंठों पर लगे लैटे-ब्राउन लिपस्टिक पर भी फ्रेश कोट लगाया था। मुझे पछतावा हुआ कि मैंने बेहतर कपड़े नहीं पहने थे, लेकिन मुझे मृत प्रेमी की याद में वफ़ादार रहने और ख़ुद को आने वाले प्रेम के भ्रम और विश्वासघात से बचाने का अपना संकल्प याद आया।

कैफ़े बामुश्किल पंद्रह मिनट की दूरी पर था। मुझे मानस शास्त्री को पहचानने में थोड़ी परेशानी हुई क्योंकि वह अपनी बायोडाटा की तस्वीर से बड़ा लग रहा था। वह काफ़ी गोरा था, लगभग वेद जितना और वह हल्का-सा झुक कर अपने उदास चेहरे पर शिकायत जैसे भाव लेकर बैठा था। उसकी घुँघराली लटें माथे और कानों पर गिर रही थीं। उसकी नीली-काली चेक वाली शर्ट के पहले तीन बटन खुले थे। इसके ऊपर उसने बिना ज़िप की हुई टैन जैकेट पहनी थी। उसकी उठी नाक, भरे हुए होंठ और रूखा चेहरा किसी शांत जंगल जैसा था, लेकिन जब उसने अपनी भावपूर्ण भूरी आँखें मेरी दिशा में घुमाईं तो उनमें संगीत था। मेरे दिल में एक अजीब-सी बेचैनी छा गयी। एक थका हुआ एहसास, जैसे मैं उनकी धुँधली रोशनी में तैरती हुई आशाओं से परिचित थी और आध्यात्मिक मलबे के छिपे हुए एकांत में कभी उसके साथ थी। वह एक कोने में अकेला बैठा, शीशे की खिड़कियों के सामने गली की ओर देख रहा

था। जब उसने मुझे देखा तो उसका चौड़ा माथा सिकुड़ गया और मुझे लगा कि मेरी आत्मा एक अपारदर्शी तालाब में डूब रही है।

"हैलो, मैं दिशा हूँ।" मैंने अपना दाहिना हाथ बढ़ाते हुए कहा। वह जैसे नींद से उठा और अपने फौलादी पंजे में मेरा हाथ थाम लिया।

"हैलो। प्लीज़ बैठिए। मैंने पहले ही दो कैपेचीनो ऑर्डर कर दिये हैं। आशा है, आप बुरा नहीं मानोगे।" उसने कहा।

"नहीं, धन्यवाद।" मैं अपनी कुर्सी पर बैठ गयी।

"तो, आपको कुछ क्लीयर करना था?" उसने अपने होंठो को भींचा और अनिश्चितता से चारों ओर देखा। वह स्थायी रूप से एक व्याकुल व्यक्ति लग रहा था।

"हाँ, एसओपी के संबंध में! क्या आप मुझे बता सकते हैं कि आप इस ड्रीम जॉब को क्यों छोड़ रहे हैं? मेरा मतलब है, इतने सारे लोग एक सिविल सर्वेंट बनने की ख़्वाहिश रखते हैं और इसके लिए कड़ी मेहनत और समर्पण की आवश्यकता होती है।"

"हाँ, लेकिन मैं दूर जाना चाहता हूँ।"

"आपको लालफीताशाही मंज़ूर नहीं है? या आप इस तथ्य को नापसंद करते हैं कि आपको अशिक्षित मंत्रियों से आदेश लेना पड़ता है?"

मैंने चंचल स्वर में कहा लेकिन उसका दुबला-पतला शरीर तनाव-ग्रस्त हो गया। वह नाराज़ दिखाई दिया। मेरी पहुँच से परे एक धूसर दूरी में जैसे वह अपने आहत अहम को इकट्ठा कर रहा था। जहाँ मैं बैठी थी वहाँ से उसके भाव समझ से बाहर थे। कैफ़े में बहुत अधिक ग्राहक नहीं थे। मटमैली पीली रोशनी में एक नरम संगीत बज रहा था। उसके गले के पास का खोखला गड्ढा उससे स्पंदित होने लगा। वह विचलित लग रहा था और मैं अपने पिछले मूर्खता-पूर्ण शब्दों को ठीक करने के लिए कुछ कहना चाहती थी। लेकिन मैं समझ नहीं पा रही थी क्या कहूँ और अनजाने में बकवास करने की मेरी पुरानी आदत के डर से मैं चुप रही।

"आप यह सब क्यों पूछ रहे हो?" वह दो-तीन मिनट तक खिड़की के बाहर ढलती शाम को देखता रहा और अचानक मेरी तरफ़ मुड़ कर कर्कश आवाज़ में बोला। मुझे उसके लहजे से डर लगा। मैं भाग जाना चाहती थी। उसकी फुफकारती निगाहों के सामने मेरा दिल बैठ गया। वह मुझसे काफ़ी दूर बैठा था, लेकिन उसकी जलती साँसों ने मुझे घेर लिया।

"बस मक़सद समझना चाहती थी ताकि मैं लिख सकूँ... शायद ग़लती हो गयी... दरअसल, वे जानना चाहते हैं कि आप वहाँ क्यों पढ़ना चाहते हैं...?" मैं लगभग कराहती हुई बोली।

"आपके ऑफ़िस में अन्य लेखक होने चाहिए? यदि आप नहीं लिख सकते तो कोई और यह काम कर सकता है?" उसने बेरहमी से कहा।

"हाँ!" मैंने निराश होकर उत्तर दिया। बाहर का फलता-फूलता अँधेरा भीतर फैल गया और अंदर की बेसुरी धुन में मिल गया। कटलरी का शोर संगीत के बीच का ठहराव, सन्नाटे को भरने की असफल कोशिश कर रहे थे। इस दौरान मैंने हैरानी से उसके मक्खन जैसे सफ़ेद और चमकदार चेहरे को बारी-बारी से पिघलते और लौटते देखा। वह चेहरा किसी मरे हुए आदमी जैसा था।

"देर हो रही है। मुझे जाना है। मैंने बिल दे दिया है।" और वह उठकर चला गया। ऐसे ही।

उसका उग्र व्यक्तित्व आँधी की तरह निकल गया। मुझे लगा जैसे उसने मुझे शारीरिक चोट पहुँचाई हो। मैंने अपने माथे को छुआ और कल्पना की कि वह बैंगनी रक्त से रिस रहा है। मैं छटपटाहट में फूटना चाहती थी। दर्द के असंख्य बुलबुले भीतर उठे और मैं एक 'ब्लैक-आउट' के लिए तरस गयी। ऐब्सिन्थे या वरमाउथ का एक शक्तिशाली प्याला, मॉर्फिया का इंजेक्शन, कुछ भी ऐसा जो मुझे दुनिया और दुनिया की स्मृति, दोनों भुला दे। अगले ही पल मैं दौड़कर वेद के पास जाना चाहती थी। चुपके से उसकी बाँहों में शरण लेने। क्या मैं उससे माफ़ी की भीख नहीं माँग सकती? भले ही मैं उसे सही मायने में प्यार नहीं करती, तो इससे क्या फ़र्क़ पड़ता? वासना प्रेम का असरदार विकल्प है।

सबसे ज़्यादा, मुझे एक विश्वासपात्र मित्र के लिए दर्द हुआ, एक सहेली। मेरे सभी स्कूल और कॉलेज के दोस्तों ने शादी कर ली थी, या कहीं दूर शहरों और देशों में बस गये थे। मैं अपने अंतर्मुखी स्वभाव के कारण किसी से मज़बूत दोस्ती नहीं कर पाई। अगर मैं किसी पुराने दोस्त के साथ फिर से जुड़ती तो वह हमेशा मेरी वैवाहिक स्थिति के बारे में पूछताछ करते और सही समय पर व्यवस्थित होने की आवश्यकता पर व्याख्यान देते। कोई भी मेरे अस्तित्व के संकट, आवारापन और मेरी बदक़िस्मती को नहीं समझ पाया। बरसों से जमा हुई मेरी थकान, डर और दर्द में बस एक ऐसे रिश्ते की चाहत थी, जिसमें कोई मुझे तकलीफ़ ना दे। कोई ऐसा जो बहुत सुनता हो और बहुत कुछ कहता हो। हमें ऐसे ही बोलते रहना चाहिए जैसे कि हमारे पास अंतहीन

समय हो। व्यर्थ के वासनाओं में डूबे, लेकिन एक दूसरे में लिपटे हुए। या हो सकता है कि मुझे एक गहरी उदासी, एक सुधारात्मक लगाव की आवश्यकता थी, भले ही वह एक असहनीय दर्द के साथ समाप्त हो जाता। मैंने अपनी भावनाओं को दफ़ना दिया था लेकिन वे अपनी समयपूर्व-क़ब्र में जमकर ज़िन्दा थे। मुझे उस प्रेम की अधूरी प्रतिलिपि का डर था जो मैंने पहले ही कहीं खो दिया था और मैं पुरुषों से सहम गयी थी।

मुझे याद नहीं कि मैं घर कैसे पहुँची। मैं अभी भी एक लाडली बच्ची की तरह व्यवहार करती। अगर मेरे माता-पिता मुझे परेशान देखते तो फ़िक्र करते। मैंने ख़ुद को अपने कमरे में बंद कर लिया। मैं सबसे दर्दनाक पीड़ा में तल्लीन होना चाहती थी। अपनी आत्मा को दर्द से ऊर्जा देने के लिए या अपने लक्ष्यहीन जीवन के खोखले अंधकार में डूब जाने के लिये। मैंने पुराने घावों को कुरेदा, नये को सहलाया और सब भूलने के लिए लेट गयी। एक सर्द हवा ने मेरे पीछे साँस भरी, मेरे ख़ून को ठंडा कर दिया और मुझे लोपा की याद आई। मुझे उसके पत्रों में उकेरी जंग लगी पीड़ा से गुज़र कर अपने चारों ओर की सड़न को समझने की तलब हुई। आधी रात के सन्नाटे में वह अक्सर क़रीब लगती थी, मानो वह मुझे आत्माओं के साथ उनकी रात की सैर में शामिल होने के लिए बुला रही हो। मैंने अपनी अलमारी से लिफ़ाफ़ा निकाला और कल्पना की कि चाँदनी फफोले पन्नों से चमक रही है। दो चिट्ठियाँ पढ़ने योग्य नहीं थीं और मैं तीसरे का केवल एक पैराग्राफ़ पढ़ पाई।

"बाबू जी ने हमें काफ़ी दिया है लेकिन मेरे पति कहते हैं कि हमें ज़रूरत से ज़्यादा नहीं लेना चाहिए। वह लाइब्रेरी में पार्ट टाइम काम करता है और मैंने कैफ़ेटेरिया में वेट्रेस की नौकरी कर ली है। यह सुखद है। मुझे काम करने की ज़रूरत नहीं है, लेकिन मैं नहीं चाहती कि वह जो कुछ भी करता है उसमें वह ख़ुद को अकेला महसूस करे। हमें शायद ही एक-दूसरे के साथ रहने का समय मिलता है- कक्षाओं, असाइनमेंट और उसके बाद नौकरी से छुट्टी नहीं मिलती। अब बूँदा-बाँदी हो रही है और मैं खिड़की से बाहर देख रही हूँ। लिखते हुए मैं खिड़की पर गिरने वाली बारिश की बूँदों का स्वर सुन रही हूँ। यहाँ ज़मीन के इतने ख़ाली हिस्से हैं कि मुझे लगता है कि मैं क्षितिज से क्षितिज तक देख सकती हूँ। असीमित संभावनाओं का पता लगा सकती हूँ और काल्पनिक राज्यों को जीत सकती हूँ। बाबू जी के पास सब कुछ था लेकिन वहाँ भी लगता मानो मेरे पैर जम नहीं सकते। मेरे अपने एक घर की कमी महसूस होती। आज भी मैं बेघर हूँ, लेकिन मेरे पास अपना एक चूल्हा जलाने का स्थायित्व है, जो मेरे अंतर्मन को

गर्म करता है। हो सकता है कि मैं उसे अपने मृत पति जितना प्यार नहीं करती, लेकिन वह कहता है कि उसका प्यार लेने के बारे में नहीं बल्कि देने में है। कभी-कभी मैं उसके स्पर्श के नीचे जम जाती हूँ, काँपती हूँ और वह अपने जुनून पर अंकुश लगा लेता है। वह मुझे आश्वस्त करता है कि वह केवल मन की कोमल भावनाओं के नशे में धुत होना पसंद करेगा। "अपने परंपरागत लालन-पालन को पार करना आसान नहीं। इसमें समय लगता है, मुझे चमत्कार की उम्मीद नहीं है।" वो कहता है। बादल पूरी गरज के साथ जमा हो गये हैं और मेरी खिड़की के पास बहुत नीचे लटके हैं। वह अभी दूर है लेकिन दूसरी मंज़िल का यह छोटा सा अपार्टमेंट निरंतर उसकी उपस्थिति की रोशनी में रहता है। जब आप वास्तव में किसी व्यक्ति से प्यार करते हैं तो आपकी कुंद पड़ी इच्छाएँ भड़क जाती हैं लेकिन उम्मीदें अपने-आप कम हो जाती हैं... क्योंकि आपने जीवन में धैर्य और त्याग के साथ प्रगति की थी, आप थोड़ी देर के लिए आशा को स्थगित करने के लिए तैयार होते हैं। मुझे आशा है कि भविष्य में उत्तेजक प्यार करने के लिए पर्याप्त समय होगा... मैं उस विषय को अलग तरह से महसूस करने के लिए बाध्य हूँ... और फिर... अगर दुख एक साथ नहीं झेला तो प्यार का क्या मतलब है?"

6.

भूरी-लाल धुनें

"... कल का दिन बहुत सुस्त था। आज एक लंबे सप्ताहांत का दूसरा दिन है और हम काफ़ी समय के बाद काम से छुट्टी लेकर घर पर हैं। उसे एक पेपर तैयार करना था और मैं अपने ही विचारों में डूबी हूँ। खिड़की के पास खड़ी चाय की चुस्कियाँ लेती। लॉन थोड़ी देर की धूप में तप रहा है, एक ओर भीगे सूर्यास्त का वादा करने वाले ग्रे बादलों के पीछे छुपी बारिश का इंतज़ार करता। सनकी सोच में डूबने के लिए यह मेरा पसंदीदा स्थान बन गया है। खिले हुए फूलों और उन्मादी पक्षियों को देखकर (मुझे उनके नाम नहीं पता) मैं अपने सबसे लंबे चुंबन के बारे में सोचने लगी। हम अभी भी चुंबन से आगे नहीं बढ़े हैं, हालाँकि मेरा शरीर पूरी तरह से प्यार में डूबना चाहता है। मैंने चाय के तीन कप गटक लिए और अपने भविष्य के बारे में सोचा। क्या यह अजीब नहीं है कि हम सभी, जो जीवन के इस सागर में बह रहे हैं, यह मानते हैं कि हम भविष्य में तट पर पहुँच जायेंगे? हमें कैसे पता कि हम डूबेंगे नहीं या तैरने का प्रयास करते रहेंगे? अपने जीवन में पहली बार मुझे डर लगा कि मेरे पास भविष्य के लिए कोई दृष्टि नहीं है या मैं भविष्य का तट पाने के लिए पर्याप्त समय तक जीवित नहीं रहूँगी। इस बीच मैं अपने वर्तमान को ऐसे बर्बाद कर रही हूँ जैसे कि मेरे पास अनगिनत ख़ूबसूरत क्षण हैं, जो आने वाले समय में मेरा इंतज़ार कर रहे हैं। मैं भविष्य की प्रतीक्षा कर रही हूँ या वर्तमान से भाग रही हूँ?"

***

"अगर तुम मुझे देखोगी तो पहचान नहीं पाओगी। मैं पिछले कुछ महीनों में बहुत बदल गयी हूँ। पूरी तरह से नहीं बल्कि महत्वपूर्ण रूप से। मैंने सप्ताह के बाक़ी दिनों में स्थानीय लोगों की तरह कपड़े पहनना शुरू कर दिया है लेकिन मैं केवल साड़ी में ही सहज महसूस करती हूँ। मैंने सप्ताहांत पर अपनी नौ गज़ की पसंदीदा पोशाक पहनी थी और मुझे यह पता ही नहीं चला कि खिड़की से आती तेज़ हवा ने बालों के साथ मेरे पल्लू को भी परेशान कर नीचे गिरा दिया। मेरे लंबे बाल बरक़रार हैं। मैंने अपनी पीठ के पीछे धड़कनों की गड़गड़ाहट महसूस की और एक पल के लिए मैं भ्रमित हो गयी कि क्या मेरा ख़ुद का दिल इतनी तेज़ी से धड़क रहा है। वह पीछे खड़ा था।

उसकी गर्म साँसें मेरे चारों ओर घूम रही थीं। क्या उसने मेरी भूख को भाँप लिया था? उसने पीछे से मेरे स्तनों को सहलाया और मेरे गले पर अपने होंठ रखे। मैं उसके जादुई शरीर की गहरी गंध में भीग गयी। हमारा दिल इतनी ज़ोर से धड़क रहा था कि यह शोर की प्रतियोगिता थी। हमने एक-दूसरे को हराने की कोशिश की और फिर हमारी असीम धड़कनें आपस में विलय हो गईं जैसे कि हम दो नहीं बल्कि एक दिल हैं। मुझे याद नहीं कि हम कितनी देर तक वहाँ खड़े पेड़ों से पंक्तिबद्ध बुलेवार्ड देखते रहे। तब तक, जब तक कि बढ़ती हुई छायाओं ने बाहर के दृश्य को अंधकार में भस्म नहीं कर दिया। धड़कनों की दिव्य धुन ने नसों में मधुर गीत भर दिये, उसका मखमली स्पर्श मेरी चेतना के हर कोने में फैल गया। उसकी उँगलियाँ गोल-गोल मुझे टटोल रही थीं, चुभने वाला दर्द ख़ुशी के तीर घोंप रहा था, मेरे होंठ लालसा से काँप रहे थे और मैं दाम्पत्य आनंद के पहले स्वाद के लिए तैयार थी। मैं उसके मज़बूत शरीर के नीचे गिर जाना चाहती थी। मैंने अपने शरीर की एक तार वाले वाद्य-यंत्र की तरह कल्पना की और वह एक संगीतकार था जो सही नोट्स जानता था। मैंने उसकी बाँहों में इतनी काल्पनिक रातें बिताई हैं कि मुझे अपने अंगों में मधुर संवेदनाएँ महसूस हुईं जैसे कि एक पिंजरे में बंद पक्षी उड़ान के लिए तैयार हो। मैं मुक्त होने की प्रतीक्षा कर रहा थी, उड़ने की उम्मीद में, लेकिन वह मुकर गया और उन रुके हुए चुंबन ने मेरे होंठो को जला दिया...!"

***

"हम एक नयी जगह शिफ़्ट हो गये हैं। इसे यहाँ टाउन-हाउस कहते हैं। अगर मकान-मालिक भारतीय नहीं होते तो हम इसे नहीं ले पाते। यहाँ रहने वाला परिवार पश्चिम में स्थानांतरित हो गया है और वे भारतीयों को अपना घर किराये पर देना चाहते थे। हालाँकि यह जगह यूनिवर्सिटी से थोड़ी दूर और थोड़ी महँगी भी है लेकिन हमें थोड़ी बड़ी जगह मिलने की ख़ुशी है। उसने सेकेंड हैंड वैन ख़रीदी है और ड्राइविंग लाइसेंस हासिल कर लिया है। मैं अभी भी गाड़ी चलाना सीख रही हूँ। अजीब है, मगर हम इस बड़े घर में एक-दूसरे से क़रीब महसूस करते हैं। सामने के छोटे से लॉन में एक साथ बागवानी करना, गृहस्थी की स्थापना करना, बैठक कक्ष को सजाना, अपनी कार में किराने की ख़रीदारी के लिए जाना और सप्ताहांत पर खाना बनाना। हमारे पास एक टीवी-सेट भी है और हम ऐसे खेल देखते हैं, जिन्हें हम नहीं समझते और अपनी पसंद की टीमों पर बेट लगाते हैं। पिछले हफ्ते मेरी टीम एक सॉकर गेम हार गयी और उसे अपनी इच्छा के अनुसार कुछ भी माँगना था क्योंकि मैं शर्त हार

गयी थी। "बिना ब्लाउज़ की साड़ी में, कल शाम घर पर मेरा स्वागत करने के बारे में क्या विचार है?" उसने कहा। उसका चेहरा प्यार से छलक रहा था। एक साधारण माँग ने छवियों की झड़ी लगा दी और मैंने सर झुका लिया। वह मुझे बिना छुए देखता रहा। "तुम्हारे गाल गुलाबी हो गये हैं! तुम बिल्कुल लाल मुँह वाला एक सुंदर सितारा लग रही हो।" उसने कहा, लेकिन मुझे आश्चर्य हुआ कि क्या मेरे जैसी साँवली औरत को स्टार कहा जा सकता है और क्या मेरी काली चमड़ी वास्तव में रंग बदल सकती है। अगर मैं यहाँ किसी से कहूँ कि दो शादियों के बाद भी मैं कुँवारी हूँ तो लोग मुझ पर विश्वास नहीं करेंगे।"

***

"वह शर्त के बारे में भूल गया था लेकिन मैंने उसे आश्चर्यचकित करने का फ़ैसला किया। कल रात जब वह इसकी उम्मीद नहीं कर रहा था तब जैसी उसने माँग की थी उसी तरह के कपड़ों में मैंने घर का दरवाज़ा खोलकर उसका स्वागत किया। मैंने लिविंग-रूम में धीमे संगीत, कोमल मोमबत्ती की रोशनी, सुगंधित फूल, बिखरी हुई चमक की एक झाँकी तैयार की थी और मैं स्वयं सिर्फ़ एक हल्की मौव साड़ी में लिपटी हुई थी। हाँ, मैंने कुछ रंग लगाने शुरू कर दिये हैं। मैं ज़्यादातर पिंक और पीच पहनती हूँ और फ़िरोज़ी सबसे गहरा रंग है, जिसे मैंने आज़माया है। मैं काला और बैंगनी नहीं पहनती। कभी-कभी मैं अपने होंठो को रँगती हूँ। मैंने एक लाल रंग की लिपस्टिक लगायी थी और अपने गालों को उसी शेड में ब्रश किया था। तब उसकी आँखें कितनी अलग लग रही थीं। वह हैरान था लेकिन उसने मुझे कोमलता से उठाया और खाने की मेज़ पर रख दिया। उसकी देह से बाहर ढलती शाम की गंध आ रही थी। मेरी तुलना में उसकी त्वचा हल्के टोन की है। वह लगभग गोरों की तरह पीला दिखता है, लेकिन उसमें कांस्य अंडरटोन है, जो सूरज की तरह चकाचौंध करता है। उसने लेमन शर्ट पहन रखी थी। प्रकाश की सुनहरी किरणें छत से गिरीं और ऐसा प्रतीत हुआ जैसे उसकी आँखों में प्रवेश कर गया। "मेरे ख़ूबसूरत सितारे, तुम फिर से अलौकिक रंगों में रंग रहे हो!" उसने कहा। मैंने अपनी आँखें बंद कर लीं और मेज़ पर लेट गयी। वह साँझ की सुगन्ध लिये हुए आगे बढ़ा और मेरे सीने में अपना मुँह दबा लिया। उन चमकती आँखों ने मेरे मन के अंधकार को निगल लिया। मैं सामने की खिड़की से चाँद को उसके सामान्य रास्ते से भटकते हुए देख सकती थी। तारे आपस में टकरा रहे थे, घास पर चमकती हुई ओस गिर रही थी, और मेरे मस्तिष्क में रंगों की बाढ़ आ गयी।"

***

"हमने घर के हर कमरे में प्रेम किया है। दीवारों और दरवाज़ों को छूते हुए, हर कोने और दरारों में हमने अपनी कच्ची कविता का सार छोड़ा है। नीरसता का कोई संकेत नहीं बचा, जो पहले हमारे दिन-प्रतिदिन के अस्तित्व में स्पष्ट था। समय के साथ हम अच्छे दोस्त बन गये थे, चंचल, स्नेही। रोज़मर्रा की ज़रूरतों का ख़याल रखते और एक साथ रहने की ख़ुशी में लीन। लेकिन कुछ ऐसा था जिसने हमें शारीरिक रूप से अलग रखा। हमारे बीच की शांत सतह पर तैरते प्रेतों ने अपनी हानिकारक भुजाओं को गिरा दिया है और एक नये प्रकार के आनन्द ने हमारी आत्माओं को जकड़ लिया है। मैं नशे में डूबा हुआ महसूस करती हूँ, सपनों के आकाश में हमेशा के लिए मदहोश और एक नशेड़ी की तरह मैं केवल एक अफीम की तलाश करती हूँ- उसकी! एक शाम हमने खुले छत में मुहब्बत की। अर्धचंद्राकार रात में, मोतियों की माला की तरह चमकता चाँद, हमारे शरीर पर चाँदनी की दूधिया फुहारें बिखेर रहा था। हमने आदिम प्राणियों की तरह एक दूसरे को गले लगाया और लुढ़क गये। हम अब अलग-अलग शरीर नहीं हैं बल्कि जादुई तारों के एक ब्रह्मांडीय धुन में एक साथ परमात्मा से जुड़े हुए हैं। 'ओ ब्यूटिफ़ुल स्टार विद द क्रिमसन माउथ!' वह ऑस्कर वाइल्ड की अपनी प्रिय कविता गुनगुना रहा था। मगर क्या आसमान में कोई साँवला सितारा भी होता है?"

***

"तुम कभी नहीं पूछती कि मैं तुम्हें सब कुछ विस्तार से क्यों लिखती हूँ, संध्या! मुझे इन पलों को फिर से जीना पसंद है। जब मैं उन्हें काग़ज़ पर विस्तृत करती हूँ तो मुझे अपनी सीमित लालसाओं पर आश्चर्य होता है। उसकी बाँहों में जकड़ी हुई मैं, इस दिलकश ख़ुशी से डर जाती हूँ। क्या मैं सपना देख रही हूँ? मैंने सपने में भी इन रास्तों पर कभी क़दम नहीं उठाया। भविष्य से मुझे बस इतनी उम्मीद थी कि वह गहरा और शांत होगा। मुझे यक़ीन था कि कुछ घाव जीवन भर रहते हैं, लेकिन मैंने हाल ही में जाना है कि इस दुनिया में ऐसा कुछ नहीं, जिसे प्यार सही नहीं कर सकता। मैं अपने अतीत की यादों के प्रति वफ़ादार हूँ, लेकिन यादों में दुख की धार है, और केवल प्रेम ही संचित दर्द से मुक्ति दे सकता है। आपको अपने अतीत की पीड़ादायक यादों से छुटकारा पाने की ज़रूरत है ताकि अपने वर्तमान सुख का भोग कर सकें।

उन्होंने कहा कि पहले जब भी वह मेरे पास आने की कोशिश करते, तो लगता कि उन्हें एक अदृश्य शक्ति द्वारा धकेला जा रहा है और इसलिए उन्होंने सावधानी से चलने का फ़ैसला किया। वह शक्ति क्या हो सकती थी? मुझे डकैतों के साथ अपने

बचपन के अनुभव की याद आ गयी। तब मैं बहुत छोटी थी। मुझे वह रात शायद ही याद हो, लेकिन मैंने किसी को यह कहते हुए सुना था कि एक डकैत ने उस कमरे में घुसने की कोशिश की थी, जिसमें मैं बैठी थी। उसे लगा जैसे धुएँ से बना एक राक्षस उसके सामने तैर रहा है और उसका सिर घूम गया, अगले ही पल वह ज़मीन पर सपाट पड़ा था और उसने दुबारा कमरे में घुसने का प्रयास नहीं किया। मैंने अपने पति से पूछा कि क्या उनका अनुभव भी ऐसा ही था। उन्होंने कहा कि वह इसे परिभाषित नहीं कर सकते। ये वह रहस्यमय प्रभा-मंडल हो सकता था जिसे मैं साथ लाई थी, जैसे मेरे चारों ओर सफ़ेद बादल छाये हुए हों। शायद मेरे दर्द भरे जीवन ने अपने आप ये आकार ग्रहण कर लिए थे। ऐसा लग रहा था जैसे मैं एक गंभीर लौ के अंदर चली गयी थी। मगर वह शिकायत नहीं कर सकता, क्योंकि वह उसी तस्वीर से आकर्षित था, जिसने हमारे कॉलेज के दूसरे लड़कों को आकर्षित किया था। हालाँकि, वह शक्ति उसे भौतिक रूप से महसूस होती थी। अब वह इसे महसूस नहीं करता। शायद, उस शाम को जब मैंने अपनी मर्ज़ी से एक झीनी साड़ी में उसका स्वागत किया, तब मैंने सभी प्रेतों को दूर कर दिया।"

***

"अजीब है कि पहले उसके छूने से मैं भी जम जाती थी। मैं कभी-कभी सोचती कि क्या मैं ठंडी थी, लेकिन मैं गहराई में जानती थी कि मैं प्रेम के सभी अनुभवों के लिए तरस रही थी। इसलिए मैंने अपने सपनों में ही संभोग के विचार को रोमांचक पाया। मैंने सेक्स के आराम के बारे में कल्पना की थी लेकिन मुझे डर था कि मैं एक जीवित व्यक्ति के साथ प्यार नहीं कर पाऊँगी क्योंकि मैं मरे हुए लोगों के प्रति श्रद्धा से भस्म हो गयी थी। एक तरह से मैं प्राचीन मिस्रवासियों का अनुकरण कर रही थी। मैंने कहीं पढ़ा था कि वे मृत्यु के प्रति इतने आसक्त थे कि वे मृतकों को पत्र भी लिखते। मुझे यह परेशान करने वाला लगा। ऐसा क्या था जो किसी को मृतकों से याचना करने के लिए उकसा सकता है? क्या उन्हें जीवित लोगों के बीच कोई सांत्वना नहीं मिली? क्या मैं इस भावना से परिचित नहीं थी? क्या मैं अपने मृत पति को पत्र नहीं लिखना चाहती थी? मैं उसे क्या लिख सकती थी? वह केवल एक बच्चे थे जब उनका निधन हो गया। क्या वह मेरी दुविधा को समझ सकते थे? या वही वो अज्ञात शक्ति थी जिसने मुझे एक सुरक्षा कवच की तरह घेर लिया था, लेकिन वह चुपचाप चला गया, जब मैंने स्वेच्छा से अपने नये पति को अपने अस्तित्व में प्रवेश करने के लिए आमंत्रित किया?

हाँ, समय लगता है। यह केवल अंतर्निहित दुख है, जो आपके नये अनुभव को

समाप्त कर देता है। क्या आप अतीत और वर्तमान को एक साथ अपने मन में धारण कर सकते हैं? मैं तुम्हें अपनी यादों को छोड़ने के लिए नहीं कह रही। लेकिन बहुत कुछ है जिसे तुम्हें जाने देना होगा। यादों में बँधकर जीना मत छोड़ो, मेरी दोस्त। तुमने अपने पिछले पत्र में लिखा था कि तुम अपने वैवाहिक जीवन में समायोजन नहीं कर पा रही। मुझे पता है कि तुम चीज़ों को अलग तरह से चाहती थी, लेकिन प्यार धीरे-धीरे आ सकता है और चुपके से आपकी आत्मा पर छा सकता है। आपको इसका एहसास भी नहीं होता लेकिन जब आप कहीं दूसरी तरफ़ मुख़ातिब होते हैं, तो वह आपके सीने को जकड़ लेता है और सबसे महत्वपूर्ण सबक़ जो मैंने अपने पति से सीखा है, वह यह है कि प्यार लेना नहीं बल्कि देना है। अंत में प्यार के बदले हमेशा प्यार मिलता है...!"

7.
तुनकमिज़ाज़ चंद्रमा

उसकी चिट्ठियाँ पढ़कर मैं ख़ुद को चकनाचूर महसूस कर रही थी। घातक शांति में एक पखवाड़ा बीत गया और मैंने अपना घर नहीं छोड़ा। मैंने बीमार होने का नाटक किया था और अकेली पड़ी हुई, उसके पत्र पढ़ती रही। उसके शब्द मेरे दिमाग़ में उपजे गूढ़ विकार का बोध करा रहे थे। ऐसा लगा जैसे वह और मैं पुराने दोस्त थे और एक समान नियति ने हम दोनों को जकड़ लिया था। मैं उसके नाज़ुक चेहरे और पवित्र आवाज़ से परिचित थी। मैं खिड़की के पास की एक कुर्सी पर बैठ गयी और लोपा की आँखों से प्रकृति को देखने की कोशिश करने लगी। वह दूर महाद्वीप में थी, पक्षी और पेड़ अलग थे, लेकिन उसने इसी चाँद को देखा होगा। बाहर गुलाब की झाड़ियाँ और चमेली के पौधे थे, जो हवा को सुगंधित कर रहे थे और उनके पीछे ऊँचे पेड़ों पर चाँद लालटेन की तरह लटका था। हम समान रूप से एक ही कामोत्तेजक चंद्रमा के अजीब-ओ-ग़रीब कारनामों से पीड़ित थे।

मैं अपनी ही मुसीबतों में इतनी उलझी थी कि मैंने वेद की भावनाओं पर ध्यान नहीं दिया। क्या उसकी भावनाएँ थीं? मैं इस बात पर विश्वास नहीं करती कि प्रेम जीवन में केवल एक बार होता। हालाँकि, मुझे विश्वास था कि ज़्यादातर मामलों में पहला प्यार असफल ज़रूर होता है। दूसरी बार अपने जीवनसाथी को खोजने का सही समय है क्योंकि आप अपने पहले अनुभव के बाद समझदार होते हैं। पहला प्यार अधिक तीव्र होता है, लेकिन दूसरे में गहराई होती है और इसमें सूक्ष्म अंतर है। साथ ही मैं इससे भी सहमत नहीं थी कि पत्नी योग्य सामग्री ढूँढने से पहले, केवल पुरुषों को उग्र हार्मोन की विशेष रासायनिक आग में जलने और दर्जनों महिलाओं के साथ प्रेम-क्षेत्र में कबड्डी खेलने की अनुमति है। हिंदी फ़िल्मों में नायक सैकड़ों दिलों के साथ तब तक रंगरेलियाँ मनाते, जब तक उन्हें एक कुँवारी नायिका नहीं मिलती, जिसने जीवन भर उनकी प्रतीक्षा की थी। मैंने ऋत्विक से पहले लड़कों को डेट किया था और मुझे पता था कि उनमें से कोई भी गंभीर नहीं था। वे सामान्य घटनाएँ थीं, जो केवल हृदय की सतह को छूतीं और हम एक-दूसरे के जीवन में मामूली खिलाड़ी थे। हमने अच्छा या बुरा समय एक साथ गुज़ारा और दुःख या सुख के कोमल क्षणों पर

ध्यान दिये बिना आगे बढ़ गये।

ऋत्विक को दूसरों के साथ नहीं जोड़ा जा सकता था, उसके साथ का दर्दनाक प्रकरण मेरे नाटकीय जीवन का एक प्रमुख अध्याय था। हमने हर सुबह एक-दूसरे के साथ उठने, बच्चों की परवरिश करने, एक-दूसरे के माता-पिता की देखभाल करने, नियमित नौकरी करने, सप्ताह में कम से कम तीन बार सेक्स करने, झगड़े के बाद चुंबनों से मेकअप करने की योजना बनाई थी। संक्षेप में, हम वैवाहिक जीवन जीना चाहते थे। एक साथ बूढ़े होते हुए और हमने हर सांसारिक पहलू पर चर्चा की थी। मैंने सोचा था कि हमारा जीवन व्यवस्थित था, हम स्थिर जोड़ों की प्रतिकृति थे, जो भविष्य के घर के पर्दे के रंग, फ़र्नीचर के प्रकार और होने वाले बच्चों के नाम पर भी बहस करते।

उसके साथ भी पहली नज़र का प्यार या फिर दूसरी नज़र का आकर्षण तक नहीं हुआ। हम एक म्यूचूअल फ्रेंड के मार्फ़त मिले थे और हमारा रिश्ता सामान्य दोस्ती पर शुरू होकर धीरे-धीरे आगे बढ़ा था। ऋत्विक के विपरीत मैंने वेद के साथ अपने संबंधों को पनपने नहीं दिया था। मेरे अनुभव में प्यार एक नशीला ज़हर था जो धीरे-धीरे आपके सिस्टम में घुस जाता। मैंने पौधे के फलने-फूलने से पहले ही उसे काट दिया या ऋत्विक ने जो विशाल शून्य छोड़ दिया था, उसमें से निकलने वाले बारूद ने वनस्पति को जला दिया था। अगर मैं ख़ुद को उसकी बाँहों में झोंक दूँ तो हमारा रिश्ता पूर्ववत हो सकता था। मैंने सुलह के विचार में एक असामान्य जोश का अनुभव किया। मुझे अस्वीकृति का डर नहीं था, क्योंकि उसके रवैये ने संकेत दिया था कि वह मेरे अचानक जाने से ग़ुस्से में था और मेरी वापसी का स्वागत करता। मैं अपने दिमाग़ में बनने वाले पेस्टल रंगों के रूमानी दृश्यों पर कार्य करने के लिए दृढ़ थी। मैं माफ़ी माँगती और वह मेरे गले से लिपट गया। भले ही हमने विशुद्ध रूप से यौन-संबंधों से शुरुआत की हो, लेकिन हमारा रिश्ता मधुर और संगीतमय हो सकता था।

मैंने अपने सांकेतिक मातम को त्याग दिया, केसरिया टॉप और हल्के नीले रंग की जींस पहनी, नारंगी धूप और मूँगे के रंगों वाला खिलता मेकअप लगाया और एक धुन गुनगुनाती हुई कार्यालय पहुँची। बसंती मौसम ने मेरे मिज़ाज को उन्हीं रंगों में रँगे आकाश के साथ मिला दिया। पहले कुछ घंटे, मुझे मेज़ पर लगे कूड़ा-करकट को साफ़ करने में लगे। ऑफ़िस में कर्मचारियों की कमी थी और उन्होंने एक नये लेखक को काम पर रखा था। वह मेरे सिस्टम का उपयोग तब तक कर रहा था, जब तक कि उसे उसी क्यूब में मेरी सीट के बग़लमें एक नया सेट-अप नहीं मिल जाता। मैं इस

व्यवस्था से नाराज़ थी लेकिन इस मामले में मेरा कोई मत नहीं था। इसके अलावा अगर मैं उस समय उपस्थित होती, जब मेरी छोटी-सी जगह पर क़ब्ज़ा हो रहा था, तब शायद मैं आवाज़ उठा सकती थी। प्रार्थना, विनती, धमकी लेकिन मैं थोड़े समय का नोटिस देकर ग़ायब थी। मेरा मूड पहले ही बिगड़ गया लेकिन मैंने बाद में इसका इलाज करने का फ़ैसला किया। मैंने अपने कंप्यूटर को री-स्टोर किया और कीबोर्ड पर कुछ लाइनें खड़खड़ाईं। नये लेखक, उसका नाम अनूप था, ने उत्साहपूर्वक अपना परिचय दिया और मुझे ऑफ़िस की नवीनतम घटनाओं से अवगत कराया।

"तो मानस शास्त्री का क्या हुआ?" मैं उस अहंकारी कलेक्टर को भूल गयी थी लेकिन उसकी फ़ाइल अभी भी मेरे कंप्यूटर में थी। मुझे उसके साथ हुई दुखद मुलाक़ात और उसके बाद की मेरी मानसिक स्थिति की याद आ गयी।

"ओह! उसने आपके बारे में एक-दो बार पूछा लेकिन मैंने उसे हैंडल कर लिया। आपको चिंता करने की ज़रूरत नहीं है।"

"आपका मतलब है कि वह आपके निबंधों से ख़ुश है?"

"सहनशील रूप से ख़ुश, आप कह सकते हैं।"

"फिर उसने मेरे बारे में क्यों पूछा? वह मुझसे काफ़ी नाख़ुश था।" मुझे थोड़ी जलन हो रही थी। नये लड़के ने आते ही सबसे कठिन जानवर पर लगाम लगा दी!

"उन्होंने आपकी बहुत तारीफ़ की।" उसने जवाब दिया। मुझे लगा कि वह मुझ पर व्यंग्य कस रहा था इसलिए मैंने इस मामले को आगे नहीं बढ़ाया। हालाँकि, वह बकबक करता रहा। उसने कई व्यक्तिगत प्रश्न पूछे जो मैंने टाल दिये। फिर बोला, "तो, क्या आप कविता खुराना से मिलने के लिए उत्सुक हैं?"

"अब ये कविता खुराना कौन है? एक और नयी लेखक? वह भी इसी भीड़-भाड़ वाले क्यूब में बैठेगी?" मैंने उपहास किया।

"नहीं!" उसने हँसने का नाटक किया, "आपको नहीं पता? वह बॉस की मंगेतर है। उन्होंने पिछले हफ्ते सगाई कर ली है।"

"क्या?" मैं चौंक गयी, "वेद की मंगेतर?"

"हाँ, ऑफ़िस में सभी ने उसे यहाँ लाने का अनुरोध किया है। हम सब उसे देखना चाहते थे इसलिए लंच से पहले थोड़ा जश्न मनाने की योजना है।"

"कैसा जश्न?"

"ओह, वही हमेशा की तरह। हॉल में एक केक कटेगा। हम उन्हें बधाई देने के लिए वहाँ इकट्ठा होने जा रहे हैं।"

मैं बिल्कुल दुख में नहीं थी और निश्चित रूप से उत्साहित भी नहीं, परंतु मेरे पेट में एक अजीब दर्द था। मेरी समझ में नहीं आया कि पुरुष कैसे पहले के रिश्तों से अप्रभावित होकर, फ़ौरन जीवन में आगे बढ़ जाते। मैं अपराध-बोध में क्यों डूब रही थी? मैं अपने-आप को उन पूर्व घटनाओं से मुक्त नहीं कर पा रही थी, जो मेरे वर्तमान को नष्ट करने के लिए विभिन्न रूपों में फिर से उभरती रहीं। क्या मैं उनके लिए केवल इसलिए तरस रही थी क्योंकि वे पहुँच से बाहर थे और अगर मैंने वास्तव में उन्हें हासिल कर लिया तो मुझे उनकी व्यर्थता का एहसास होगा? मैंने अपनी आँखें बंद कर लीं और अपने कमरे की खिड़की के पास जिन्न-इफ़रीतों की तरह उड़ते हुए चाँद को चित्रित किया। क्या चाँद ने कभी रात की यात्रा, गुप्त मील के पत्थर, पीछे छूटे जुड़ाव और नयी दोस्ती की फ़िक्र की थी? मैं जवाबों के लिए भटकती रही और वह रहस्यमय बना रहा। हालाँकि, मुझे यक़ीन था कि मैं एक व्यक्ति से दूसरे व्यक्ति पर इतनी आसानी से नहीं कूद सकती, भले ही मैं वास्तव में उनसे प्यार नहीं करती। वेद डबल-डेटिंग कर रहा होगा और मैं उसकी तथाकथित भावनाओं को देखते हुए इतनी देर से अपराध-बोध में थी। उसने मेरी भावनाओं की चिंता में एक मिनट भी बर्बाद नहीं किया होगा, लेकिन शायद उसके पुरुष अहम को 'डंप' किये जाने पर चोट लगी थी, इसलिए उसने मेरे लिये उदासीनता का मुखौटा पहना। मुझे ख़ुशी होनी चाहिए कि मैंने उसे छोड़ दिया और एक अवसरवादी 'क्रीप' के द्वारा फिर डंप होने के नाटक से ख़ुद को बचाया।

मैंने अपने मस्तिष्क को घेरने वाली परिचित कड़वाहट को दूर करने की कोशिश की और स्क्रीन पर घूम रहे आधे-अधूरे निबंधों पर ध्यान केंद्रित किया। एक बार फिर निराशा ने मेरे भ्रमों पर प्रहार किया और मेरे संकल्पों का मज़ाक़ उड़ाया। मुझे पता था कि अपने मन में नफ़रत के उफान के साथ मैं उस माहौल में नहीं रह सकती। वैसे भी, मैं जिस तरह का काम कर रही थी उसमें न तो महत्वाकांक्षा थी और न ही विकास, लेकिन जाने से पहले मैं कविता खुराना की एक झलक पाने के लिए उत्सुक थी।

ऑफ़िस में एक छोटा-सा हॉल था, जहाँ कर्मचारी अपने साथियों का जन्मदिन मनाते थे। पैटर्न वही था। एक व्यक्ति केक ऑर्डर करने का प्रभारी था जबकि बाक़ी लोग पैसे का योगदान करते। केवल जिस व्यक्ति का जन्मदिन होता उसे योजना से बाहर रखा जाता (कुर्सियों और मेज़ों सहित सभी इस बारे में जानते थे सो उसे भी सब

पता होता) और उसे केक काटने के लिए सीधे बुलाया जाता। केक एक गोल सेंटर-टेबल पर रिबन वाले चाकू के साथ रखा रहता। बर्थडे-बेबी आश्चर्यचकित होने का अभिनय करता, हम तालियाँ बजाते, पिटी-पिटाई धुन में 'हैपी बर्थडे टू यू' गाते, केक के टुकड़ों को हमारे बीच बाँट दिया जाता और हम अपनी सीटों पर वापस चले जाते।

वेद की सगाई का केक उसी टेबल पर रखा था जब पूरा स्टाफ़ लिलिपुटियन हॉल में जमा हुआ। दीवारें पीलिया जैसे पीले-हरे रंग में रंगीं थीं और अकेली खिड़की पर सफ़ेद शटर थे। किसी ने उस तंग जगह को रंगीन काग़ज़ के हैंगिंग और गेंदे की माला से सजाया था। मुरझाये हुए पीले गुलाब काँच की लंबी बोतलों में भरकर मेज़ के किनारों पर खड़े थे। कुछ नुकीले पैरों वाली कुर्सियाँ हॉल के चारों ओर बिखरी थीं। उन पर कोई नहीं बैठा था। रिम पर क्रिस्क्रॉस डिज़ाइनों के साथ बना केक तीन मंज़िला ऊँचा था- चॉकलेट-ब्राउन मलाईदार परतों वाले फ्रॉस्टिंग में सना, वेनिला आइसिंग टपकाता, बहुरंगी जेम्ज़ से अटा और फूलों के आकार में स्ट्रॉबेरी-गुलाबी शुगर कैंडी के साथ बहता हुआ। शुक्र है कि जब केक पर चर्चा हो रही थी तो मैं नहीं थी, क्योंकि मैं उस ऊबकाऊ चीज़ पर एक पैसा भी ख़र्च नहीं करना चाहती थी।

बगल की खिड़की से, जहाँ स्त्रियाँ इकट्ठी हुई बिना रुके बातें कर रही थीं, धूप की कुछ किरणों ने प्रवेश किया। पुरुष महिलाओं को घेरकर टिप्पणियाँ कर रहे थे और मैं चुपचाप गपशप करने वालों में विलीन हो गयी। उसने पहले प्रवेश किया। धीमी गति से निर्धारित क़दमों में। अपनी परफ़ेक्ट पोशाक- पूरी बाँहों की हल्की नीली शर्ट और गहरे नीले रंग की पतलून में। तामझाम से बिछाये केक से निकलने वाली शक्कर की गंध से उसकी एरिस्टोक्रिटिक नाक पर झुर्रियाँ पड़ गई। उसकी मंगेतर शालीनता से पीछे आई- एक क्रिस्प सफ़ेद टॉप और टखने की लंबाई वाली सीधी ग्रे स्कर्ट में। वह सुंदर थी। पीली चमड़ी वाली। पतली लेकिन सुडौल। पाँच फीट से अधिक लंबी नहीं। उसकी बादाम के आकार की काली आँखें उसके गले में बँधे मोतियों की तरह चमक रही थीं। उसका अंडाकार चेहरा कोमल था। जूड़े में बँधे काले बालों के भीतर छुपे द्रव्यमान मोती के झुमके चमक रहे थे। वे एक साथ खड़े, हाथों में हाथ डाले, मुस्कुराते हुए, केक का सामना कर रहे थे और भीड़ ने ज़ोरदार ताली बजाई।

"आप सभी को धन्यवाद। हम आभारी हैं।" वेद ने कहा। एच०आर० वाली महिला तुरंत अपनी रेशमी साड़ी संभालती उसके पास तैरने लगी और अपनी उज्ज्वल मुस्कान बिखेर दी। फिर उसने उन दोनों को लाल रिबन वाला चाकू थमा दिया।

"तुम दोनों एक साथ इसे काट दो!" उसने कहा और ताली बजाई। पहले दोनों

ने चाकू को एक साथ ऐसे उठाया जैसे वे ताली बजाने वालों को मारने जा रहे हों, और शोरगुल करने वाले कर्मचारी पीट-पीट कर ताली बजाते रहे। फिर मुस्कुरा कर, उन्होंने स्टाइलिश ढंग से एक सुंदर टुकड़ा काटा और एक-दूसरे को एक ही निवाला खिलाया। कविता खुराना ने अपने बायें कंधे पर लटके काले हैंड-बैग से एक गुलाबी नैपकिन निकाला और वेद का मुँह नज़ाकत से पोंछा। किसी ने सीटी बजाई। बाक़ी काम एचआर ने किया। केक को साफ़-सुथरे छोटे-छोटे हिस्सों में काटा और एक अन्य महिला काग़ज़ की प्लेटों में टुकड़ों को रखकर चारों तरफ़ से गुज़री। जब एक प्लेट मेरे पास पहुँची तो मैंने मना कर दिया, "इफ़ यू डोन्ट माइंड- मैं डायट पर हूँ लेकिन अगर कोई और नहीं ले रहा तो मैं 'चेरी ऑन टॉप' खाना चाहूँगी।" मैंने ज़ोर से कहा।

वेद ने मेरा कथन सुना और मेरी ओर देखा। अब तक उसने या तो मेरी उपस्थिति को नज़र-अंदाज़ किया था या मुझे नोटिस करने में असफल रहा था। उसका चेहरा सख़्त हो गया लेकिन उसके बदले मैंने उसे एक भरपूर मुस्कान दी।

"बधाई हो, वेद!" मैंने उसी तेज़ स्वर में कहा। वह क्षण भर के लिए झिझका लेकिन कुछ ही सेकेंड में औपचारिक भावों में अपना चेहरा व्यवस्थित कर लिया। उसकी बग़ल में खड़ी मंगेतर ने सिर ऊपर किया। दूध और क्रीम के रंग वाले उसके चुसे हुए गाल वेद की अत्यधिक पीली त्वचा से मेल खाते थे। मुझे लगा कि वे सफ़ेद भेड़ियों की एक जोड़ी की तरह दिखते, जैसे भाई और बहन।

"धन्यवाद, दिशा। तुम्हें वापस यहाँ देखकर अच्छा लगा।" उसने पेशेवर अन्दाज़ से कहा। मैं उसके ऊँचे माथे पर तनाव की बदसूरत रेखाएँ बनते देख सकती थी, लेकिन वह उस तरह का आदमी नहीं था, जो सार्वजनिक रूप से अपनी भावनाओं को प्रदर्शित करते।

"मैं बस औपचारिक रूप से इस्तीफ़ा देने वापस आई थी, लेकिन जब सुना कि आपकी सगाई हो गयी है और केक-पार्टी हो रही है, तो मैंने थोड़ी देर रुकने को सोचा।" मैंने आवेग में कहा। एचआर लेडी ने चेरी को एक पेपर प्लेट पर रखा, नाटकीय रूप से मेरे सामने पेश किया, अपनी भौंहों को चढ़ाया और कहा, "ओह, आप हमें छोड़ रहे हो दिशा? हम आपको मिस करेंगे, है ना वेद?"

"हाँ, बहुत करेंगे!" उसने उदासीन स्वर में कहा। "सही में?" मैं फिर मुस्कुराई। उसके बदले उसकी मंगेतर ने मुस्कान बिखेरी, उसके नुकीले दाँत विषदंत जैसे लग रहे थे, लेकिन वे चुप रहे।

हमारे आस-पास की बकबक तेज़ होती जा रही थी। वहाँ बहुत लोग थे और कहने के लिए कुछ नहीं बचा था। मैंने उसके जाने-पहचाने क़द, उसकी बदलती आँखों, चिकनी त्वचा, धुले हुए कपड़ों पर नज़र डाली और सोचा कि क्या वह वही व्यक्ति था जब वह मेरी बाँहों में जकड़ा हुआ था। उसकी बाँहों पर लटकी हुई लड़की, खिड़की से आती दोपहर की नारंगी रोशनी में विकृत दिख रही थी। उसकी ऊँगली पर हीरे की अँगूठी चमक रही थी। लो-कट ब्लाउज के नीचे उसका क्लीवेज आंशिक रूप से दिखाई दे रहा था और वह अभी भी मुझे अपने विषैले दाँत दिखा रही थी। जिस आदमी पर उसने भरोसा किया था, उसके दिमाग़ के भूल-भुलैया में छिपे काले रहस्यों के बारे में लड़की को क्या पता था? लेकिन मुझे पता था कि मेरे जाने का समय हो गया है।

"आपसे मिलकर अच्छा लगा!" मैंने उसकी मंगेतर से कहा, चेरी को मुँह में डाला और अपने सिर को सीधा कर, मैं एड़ियाँ टकटकाती बाहर चली गयी।

वापस अपनी मेज़ पर मैंने एक त्याग पत्र लिखने के लिए काग़ज़ और क़लम उठाया। उस दमघोंटू ऑफ़िस से दूर रहने के अलावा मुझे ठीक-ठीक पता नहीं था कि मुझे क्या चाहिए, लेकिन मैंने उन नीची दीवारों के भीतर अनुभव किये गये उतार-चढ़ाव से मुक़ाबला किया। उस जलती हुई कड़ाही जैसे वातावरण में अपने हाल के अनुभवों को मैं आसानी से नहीं भूलती, और वर्तमान संकट की ओर घटनाओं को तेज़ी से ले जाने के लिए, मैं मानस शास्त्री की आभारी थी। अनूप ने घोषणा सुनी थी कि मैं जा रही हूँ।

"क्या आप वाक़ई इस्तीफ़ा दे रहे हो?" उसने भारी आवाज़ में पूछा। मैंने सहमति में सिर हिलाया।

मुझे वेद से प्यार नहीं था लेकिन उस वक़्त मुझे उससे घृणा हो गयी होगी। मैं उसके चेहरे पर हँसना चाहती थी और कुछ कड़वी बातें कहना चाहती थी लेकिन इससे मेरी स्थिति दयनीय हो जाती। जब मैंने शांति से विचार किया तो वह बेचैनी दूर हो गयी। मैंने उसे सगाई से पहले छोड़ दिया था और मुझे बस ऐसे व्यवहार करना था जैसे मुझे परवाह नहीं थी। मैं व्यक्तिगत रूप से उसे त्याग-पत्र देना चाहती थी। कुछ फ़ेयर-वेल शॉट्स फायर करने के लिये। जैसे कि मैं अस्थायी रूप से एक फ़ालतू नौकरी में फँस गयी थी और उत्साह से एक बेहतर विकल्प की ओर बढ़ रही थी। लंच केवल पंद्रह मिनट बाद था और मैंने शेष समय जम्हाई लेते हुए, मॉनिटर पर विज्ञापनों को घूरते हुए, उबाऊ समाचार लेखों और रसदार गॉसिप कॉलम को देखते बिताया।

एक बजते ही मैंने अपने काग़ज़ात इकट्ठे किये, अनूप के बाहर निकलने का इंतज़ार किया, उसे अलविदा कहा और वेद के कमरे की तरफ़ चल दी। अपनी वर्तमान चोटों पर मेरी जो भी शिकायतें थीं, मैंने उन्हें एक तरफ़ ब्रश किया और प्रैक्टिस किये गये स्वरों में एक यांत्रिक विदाई की कल्पना की। कार्यालय परिसर में बड़बड़ाहट और क़दमों की आवाज़ें फीकी पड़ रही थीं। हर कोई आम दिनों की तरह छोटे-छोटे समूहों में दोपहर के भोजन के लिए इमारत से बाहर जा रहा था। मैं वेद के दरवाज़े पर पहुँची, दस्तक देने के लिए बाँह उठाई, लेकिन हवा में हाथ रोक लिये। मैंने हल्के से दरवाज़े को धक्का दिया और महसूस किया कि वह अंदर से बंद है।

मेरा दिमाग़ चकरा गया। उस कमरे में वेद के साथ बिताये असंख्य लम्हों के चित्र मेरे सामने तैर गये तब ख़याल आया कि कविता ने स्कर्ट पहन रखी थी। इसमें कोई शक नहीं कि वे अंदर थे और वह अपनी सुंदर मंगेतर के साथ 'क्विकी' कर रहा था। वेद के साथ एक औपचारिक अलविदा मुमकिन नहीं था, लेकिन मुआवज़े के रूप में मैं वह व्यभिचार देख सकती थी। मैंने गलियारे के चारों ओर बारीकी से देखा। क़ब्रिस्तान की तरह सन्नाटा था। दूर में एक ख़ाली स्टूल खड़ा था जो ऑफ़िस-बॉय का था। मैंने बिना कोई शोर किये उसे ध्यान से दरवाज़े तक खींच लिया। मैं हाँफ रही थी लेकिन रोमांच ने मेरे ढुलमुल अंगों को मज़बूत कर दिया। मैं स्टूल पर चढ़ने और दरवाज़े के ऊपर झाँकने में कामयाब रही। मैंने ट्रांसॉम खिड़की से अंदर देखा। मेरा शरीर काँप रहा था और मुझे फिसलने का डर था लेकिन मैंने जो देखा उसने मुझे लकड़ी पर जमा दिया।

उसी जाने-माने रूलर को हाथ में थामे कविता खुराना, वेद मल्होत्रा की मेज़ पर बैठी थी। वेद उसके पैरों के पास फ़र्श पर घुटने टिकाकर बैठा था। उसके हाथों में कविता के छोटे-छोटे पाँव थे। वह उन्हें चूम रहा था और कविता रूलर घुमा रही थी। छत से लटका हुआ गोल लैंप-शेड चाँद की तरह दिखाई दे रहा था। कमरा दूधिया रोशनी में नहाया था और वे दोनों आकार बदलने वाले कलाकार चाँदनी रात के ज्वर में क्रीड़ा करते भेड़ियों जैसे दिखाई दे रहे थे। कविता का पीलापन भद्दा लग रहा था और उसकी गंधक भरी आँखों में एक राक्षसी चमक थी। उसने रूलर वेद के कंधे पर बेरहमी से मारा और वो उठकर खड़ा हो गया। यह क्या हो रहा था? क्या वे किसी पश्विक शक्ति की गिरफ़्त में थे? कविता कुछ बुदबुदाई जो मैं सुन नहीं सकी। वह मेज़ से उतर कर उसकी गर्दन की ओर बढ़ी और अपना लाल मुँह वेद के कॉलर और हेयर-लाइन के बीच उजागर हुई पीली त्वचा पर रख दिया। संगमरमर का फ़र्श और सफ़ेद

दीवारें चाँदनी से भरी गली की तरह थरथराती रहीं। वह कुछ देर तक चूसती रही। वेद के शरीर में ऐंठन हुई और वह उन्मादित होकर तड़पने लगा। वह पीड़ा थी या आनंद? मैंने तो ऐसा पुरानी गोथिक किताबों में वैम्पायर को करते पढ़ा था। और वह कविता थी या कारमिला? उसने चूसना बंद कर अपना सिर उठाया और लटकती हुई लैंप को देखकर अपना चौड़ा मुँह खोला जैसे वह चंद्रमा को देख मस्त हो रही हो। उसके विषैले दाँत रक्तिम आभा से चमक रहे थे। मुझसे और देखा नहीं गया।

8.

तलाश या ऐसा ही कुछ

"क्या तुमने तय कर लिया है कि अब जीवन में क्या करना है?" पापा की संजीदा आवाज़ बड़े हॉल में गूँजी।

एक हफ़्ते की नाराज़गी के बाद भी, जब मैंने घर से बाहर निकलने से इंकार कर दिया, तो मेरे पिता ने फ़ैसला किया कि बात करने का समय आ गया है। शनिवार की दोपहर थी, हम लिविंग रूम में बैठे थे और लंच का इंतज़ार कर रहे थे। रसोइये ने हॉल के दूसरी छोर पर रखी मेज़ पर प्लेट, कटोरे, पुलाव, बर्तन, काँटे और चम्मच रखे। गरमा-गरम कढ़ी और ताज़ी पकी हुई चपाती की महक से कमरा भर गया। माँ अधीर थीं कि हम पहले खा लें और एक घंटे के लिए सम्मेलन स्थगित कर दें।

"खाना ठंडा हो रहा है। हम अभी खा सकते हैं और इस मामले पर बाद में चर्चा कर सकते हैं!" उन्होंने कहा। मेरी माँ के लिए जीवन का पहला और सबसे महत्वपूर्ण कमान्डमेंट था 'तुम अपना खाना ठंडा मत खाओ' वह तीसरे विश्व युद्ध, परमाणु सम्मेलनों, जी-7 शिखर सम्मेलनों और दुनिया की हर तुच्छ महत्वहीन घटना में देरी कर देतीं, अगर उसका समय हमारे दैनिक जीवन की सबसे महत्वपूर्ण गतिविधि से टकरा जाता।

"भोजन टेबल से भाग नहीं रहा है!" पापा थोड़ा चिढ़ गये।

"हम खाते समय भी बात कर सकते हैं!" माँ ने कहा।

"नहीं, पहले इसे सुलझा लेते हैं। दिशा बेटा, तुम्हें पता है कि मैं तुम्हारा दुश्मन नहीं हूँ!" पापा ने कहा।

"हाँ, राइट! क्या हम क्लिशे दोहराना बंद कर सकते हैं? मुझे पता है कि आप मेरे सबसे अच्छे दोस्त हैं, पापा!" मैंने जम्हाई लेते हुए कहा।

"तो बताओ क्या बात है? मैं समझता हूँ कि तुम उस नौकरी से ख़ुश नहीं थे। वह बिल्कुल सम्मानजनक नहीं था लेकिन तुमने पीएचडी पूरी नहीं करने का फ़ैसला किया। तो, आगे क्या करना है?"

"मुझे लगता है कि आपको उसके लिए एक अच्छा लड़का ढूँढना चाहिए। मैं

काम करने या पढ़ाई करने के ख़िलाफ़ नहीं हूँ लेकिन सही समय पर शादी करके घर बसा लेना चाहिए!" माँ बोलीं।

"अगर कोई है, जिससे तुम शादी करना चाहते हो तो तुम्हें हमें बताना चाहिए और अगर तुम्हारे जीवन में कोई नहीं है तो हम पर भरोसा करना चाहिए!" पापा ने कहा। मुझे यक़ीन था कि मैंने वह संवाद हज़ारों दफ़ा सुना होगा।

"मैं दो साल पहले ख़ान मार्केट में आपके साथ एक लड़के से मिली थी, क्योंकि आपने और माँ ने ज़ोर दिया था। और आपको याद नहीं है कि क्या हुआ था? उसने केवल एक ही बात की थी कि क्या मैं खाना बना सकती हूँ! आप फिर उसके जैसा कोई कार्टून ले आओगे।" मैंने नाक सिकोड़ते हुए कहा।

"अगर तुम्हें कोई लड़का पसंद है तो मुझे उससे बात करने में कोई आपत्ति नहीं!" उन्होंने प्रसन्नता से कहा।

"हाँ, हाँ, आप अपनी ज़िम्मेदारियों से भागना चाहते हो। हमारी एक ही बेटी है और आपको उसका मनचाहा वर भी नहीं मिल रहा है!" माँ चीख़ीं।

"जिस लड़के को इसने ठुकरा दिया था, उसने लंदन में पढ़ाई की थी। वह एक बहुराष्ट्रीय कंपनी में बहुत ऊँचे पद पर कार्यरत था। सिंह साहब ने उनकी सिफ़ारिश की थी। और मुझे बताया था कि उसके घर पर भी कोई दायित्व नहीं है। वह छोटा बेटा था और उसकी बहनों की शादी हो चुकी थी।" पापा ने रक्षात्मक रूप से कहा।

"फिर वह क्यों पूछता रहा कि क्या मैं खाना बना सकती हूँ? और मेरी ख़ासियत क्या बनाने में है? क्या वह अपनी शानदार नौकरी छोड़कर ढाबा खोलने की योजना बना रहा था?" मैंने बेरुख़ी से कहा।

"अरे... ठीक है अब वो ख़त्म हो गया ना। हम किसी और को ढूँढ सकते हैं, लेकिन मैं उस तरह का पिता नहीं हूँ, जो किसी को तुम पर थोपने वाला हो!" पापा ने कहा।

"मूल रूप से आप आलसी हैं और आप शादी की बातचीत के लिए इधर-उधर नहीं जा सकते। बेटी का बाप होना कठिन है। आपको इस मामले पर बैठे रहने की अनुमति नहीं है। सभी माता-पिता अपनी बेटियों के लिए एक मैच ढूँढते हैं और यह कड़ी मेहनत का काम है। अपने ही भाई का मामला नहीं देखा? वह रचना के लिए कितना चिंतित था? उसने एक दर्जन से अधिक लड़कों को देखा होगा, लेकिन उसने हार नहीं मानी।" माँ ने ज़ोर देकर कहा। वह लंच के ठंडे होने के बारे में भूल गयी थीं।

"तो फिर तुम मुझसे क्या करवाना चाहते हो? यह मेरी सर्विस का अंतिम वर्ष है। मेरे पास निपटाने के लिए बहुत से काम हैं। हमारा गुड़गाँव का फ़्लैट अभी निर्माणाधीन है। अगर अगले साल तक तैयार नहीं हुआ तो हमें गाँव में रहने के लिए वापस जाना होगा।" पापा ने कहा।

"तो क्या आप मज़दूरों के साथ मिलकर फ़्लैट बनाने जा रहे हैं? वह अपना समय लेगा। गुड़गाँव नहीं तो अपना गाँव सही। मुझे कुछ समय के लिए गाँव में रहने में कोई दिक़्क़त नहीं है। लेकिन क्या आपको नहीं लगता कि आपकी सेवानिवृत्ति से पहले यह सबसे महत्वपूर्ण काम है? एक नयी जगह स्थापित करने और एक नये जीवन के साथ तालमेल बिठाने में अधिक समय लगेगा। और दिशा की शादी में देरी होती रहेगी।" माँ अब अपने तत्व में थीं और बेचारे पापा जिन्होंने मुझे व्याख्यान के लिए बुलाया था, मेरी जगह लेक्चर खा रहे थे। मैंने उन्हें बचाना अपना कर्तव्य समझा।

"कोई था जिसके साथ मैं घर बसाना चाहती थी, लेकिन...!" मैंने मेंटलपीस पर रखे कृत्रिम फूलों से भरे फूलदान को देखते हुए धीरे से कहा। उसके नीचे बंद पड़ा फ़ायर-प्लेस था। शाम को वह हल्की आग से भरे होने का भ्रम देता। मुझे सचिवालय में पापा के कार्यकाल के दौरान, हमें मिलने वाले विभिन्न पुराने और भव्य बंगले बहुत पसंद थे। लोधी रोड पर हमारा वर्तमान निवास सुखद रूप से विशाल था। मुख्य रूप से औपनिवेशिक युग की याद दिलाने वाले सरकारी आवासों की कड़ी में, वह हमारा अंतिम घर होने वाला था। मैं अभी से ही गर्म पीले रंग में पुती मज़बूत दीवारें, सोफ़े से भरे बड़े हॉल, शोपीस से सजे ब्रैकेट, किताबों के साथ पंक्तिबद्ध बुककेस, समृद्ध कालीन से ढके टाइल वाले फ़र्श, सर्पीली झाड़ियों से पटी टेपेस्ट्री वाली खिड़कियों के लिये नॉस्टेलजिया से उदास होती। सबसे अधिक मुझे अपने छोटे से बग़ीचे की याद आने वाली थी, जहाँ माँ के लगाये तरह-तरह के फूल अपनी महक बिखेरते थे।

"लड़के बेईमान होते हैं, तुम्हें पता है ना?" मेरी घोषणा पर माँ की भौंह सिकुड़ गयी थीं "तुम्हें अपने कमरे में बंद रहने और किसी ऐसे व्यक्ति के लिए शोक करने की कोई आवश्यकता नहीं है, जो तुम्हारे लायक़ नहीं था।"

"तो यही कारण है कि तुम इतने परेशान हो? ये चीज़ें जीवन में होती हैं। हमें कोई दूसरा लड़का मिल जाएगा।" पापा ने मुझसे मिली राहत से फ़ायदा उठाकर पुचकारते हुए कहा। मैं 'पापा की परी' टाइप लड़की थी। लाड़ से बिगड़ी। मुझे अपने पिता के बहुत प्यार था। वह संकीर्ण कंधों वाले और औसत क़द के व्यक्ति थे। लेकिन मेरी दृष्टि में, वे दुनिया के सबसे सुंदर इंसान थे। उनका लंबा चेहरा मासूमियत से चमक

रहा था, उनकी आँखें बड़ी और गहरी थीं, उनकी नाक एकदम सही लंबाई की थी, उनके प्रचुर काले बालों में कुछ सफ़ेद धागे थे, लेकिन वह अपनी सेवानिवृत्ति की उम्र से बहुत छोटे लगते थे।

"यह मेरे लिए अलग है!" मैं एक सेकेंड के लिए हकलाई। उनकी निगाहें मुझ पर टिकी थीं और मैं झूठ बोलने में हिचकिचा रही थी "उसकी मृत्यु हो गयी।" मैंने प्लास्टिक के गुलाबी फूलों पर आँखें टिका लीं।

"ओह!" पापा अपनी ठुड्डी खुजला रहे थे। वह समझ नहीं पाये कि आगे क्या कहना है, और मदद के लिए माँ की ओर देखा। मैं उनके बीच चल रहे इशारों की एक मूक बातचीत को महसूस कर सकती थी।

"दुखद है, लेकिन हमें आगे बढ़ना है, यदि तुम अपने कमरे में अकेली रहती हो, तो यह किसी की मदद नहीं करेगा।" माँ ने गर्मजोशी से कहा।

"नहीं, मैं जीवन भर कमरे में रहने की योजना नहीं बना रही। मुझे इससे उबरने के लिए कुछ समय चाहिए।" मैंने धीरे से अपनी नज़र मैन्टेलपीस के गुलाबी फूलों से हटाई और गलीचे पर कशीदाकारी वाले लाल फूलों पर टिका दीं। मेरी माँ एक ख़ूबसूरत महिला थीं। सीधी लेकिन समझदार। मुझे उनकी स्पष्ट आँखों में देखने का साहस नहीं हुआ।

"वैसे क्या हुआ? वह बीमार था? या अचानक हुआ?" माँ वास्तव में चिंतित लग रही थीं। वे एक प्रिंटेड वायलेट साड़ी में थीं। उन्होंने पल्लू को अपने कंधों के चारों ओर लपेट लिया, जैसे वह उसके साथ हुए किसी भीषण हादसे की संभावना से काँप रही हों।

"नहीं, एक दुर्घटना थी। मेरा मतलब है, अचानक कार्डियक अरेस्ट।" मेरी आवाज़ लड़खड़ा गयी। यह पहली बार था जब किसी ने एक मनगढ़ंत घटना का विवरण माँगा था। मैंने एक विश्वसनीय 'बैक-स्टोरी' की रचना करने पर विचार नहीं किया था। जैसा कहा जाता है कि जब आप एक बार झूठ बोलते हैं तो उस छोटे झूठ को ढँकने के लिए आपको सौ बड़े झूठ बोलने पड़ते हैं, मैं एक झूठ को सच साबित करने के अपने प्रयास में, एक के बाद एक झूठ का आविष्कार कर रही थी।

"बहुत ही दुर्भाग्यपूर्ण है। यह कब हुआ? तुमसे किसने कहा?" उनकी पूछताछ जारी थी और वे मुझे पैनी नज़रों से देख रही थीं।

"कुछ दिन पहले, उसके छोटे भाई ने मुझसे कहा... जब मैंने फ़ोन किया!" मैं असहजता से फुसफुसाई और सोफ़े की बाँहों को पकड़ लिया। पापा को लगा कि मैं

किसी भी क्षण फ़र्श पर ढेर होकर गिर सकती हूँ। वह मेरी दयनीय स्थिति के प्रति पूरी तरह सचेत थे।

"वह कितने साल का था? कहीं काम कर रहा था या पढ़ रहा था?" माँ के और सवाल थे। उन्हें पापा की तरह बेवक़ूफ़ बनाना इतना आसान नहीं था।

"अरे, जाने दो!" पापा ने हस्तक्षेप किया, "अब क्या फ़र्क़ पड़ता है? वह नहीं रहा और दिशा को इस कड़वे सच को स्वीकार करने के लिए कुछ समय चाहिए!" मैंने कालीन से आँखें उठाईं और कृतज्ञता-पूर्वक उनकी ओर देखा। माँ के होंठ ऐसे फड़फड़ा रहे थे मानो वह उत्तर देने के लिए दर्द कर रहे हों 'वास्तव में उसे नहीं है, आपको समय चाहिए, क्योंकि आपको हर चीज़ में देरी करने की आदत है' लेकिन उन्होंने अपने होंठ भींच लिए और उनकी ओर जलती हुई नज़र फेंकी।

"मैं ठीक हो जाऊँगी। चिंता मत करो पापा!" उनके भूरे रंग के खादी कुर्ते पर धूप की धार गिरी। मैं अतीत और भविष्य के डर से घबरा गयी थी। मैं उठकर पापा को गले लगाना चाहती थी लेकिन मेरे पैर भारी लग रहे थे।

"लेकिन माँ सही कह रही है, तुम्हें इस मामले में ज़्यादा ध्यान देने की ज़रूरत नहीं है। जो हुआ वह नियति थी और तुम्हें बदलाव की ज़रूरत है। मेरे पास एक प्रस्ताव है। क्या तुम किसी पत्रिका के लिए काम करना चाहोगी? तुम्हें लिखने का हमेशा शौक़ था।" पापा ने माँ की दहकती आँखों को नज़र-अंदाज़ किया और प्यार से मेरी तरफ़ देखा।

"कैसी पत्रिका?" मैंने उत्सुकता से सिर हिलाया। यह निश्चित रूप से उस तरह का काम था, जिसका मैं आनंद ले सकती थी।

"पत्रिका या साप्ताहिक समाचार पत्र है, मुझे ठीक से पता नहीं 'वीकली एस्सेन्स' या ऐसा कुछ नाम है- एस्स टीवी नेटवर्क का एक हिस्सा। पांडे जी, मेरे दोस्त, वे एक-दो बार घर आये थे, याद है? उन्होंने कल फ़ोन पर पूछा कि क्या आपकी बेटी वहाँ काम करना चाहेगी। उनका उसके साथ कुछ संबंध है और उन्हें पता लगा कि वे नये लोगों को काम पर रख रहे हैं। सैलरी ज़्यादा नहीं होगी लेकिन अच्छा अनुभव मिलेगा। तुम बाद में उनके टीवी विंग में शिफ़्ट हो सकती हो।"

"लेकिन उनका कार्यालय नोएडा में है।"

"हाँ, हम दो साल नोएडा में रहे हैं, इसलिए जगह पहचानी है।"

"ऐसा लगता है कि नोएडा से दिल्ली और दिल्ली से नोएडा जाना मेरी क़िस्मत

में लिखा है। मैं जो कुछ भी करती हूँ, उसमें हमेशा 'देजा वु' की भावना होती है।" मैंने सिर हिलाया।

"तुम्हें काम पसंद आयेगा। पाण्डे जी को याद आया कि तुम लिटरेचर पढ़ रही थी। तुम्हें किताबों के बारे में एक कॉलम लिखना है। काम ज़्यादा नहीं होना चाहिए और वीकेंड की छुट्टी है।" उन्होंने उत्साहजनक रूप से जोड़ा क्योंकि वे जानते थे कि पेडांटिक में मेरा काम कितना भीषण था। मेरे पास केवल एक दिन का साप्ताहिक अवकाश था और वह भी शुक्रवार को।

"मैं बहुत ख़ुश हूँ हालाँकि, पत्रिकाओं और समाचार पत्रों के साथ समस्या यह है कि वे हमेशा आपसे मुफ़्त में काम करने की उम्मीद करते हैं। कम से कम पडांटिक में अच्छी सैलरी थी।"

"तुम्हें पैसे की ज़रूरत नहीं है, तुम जानती हो।" माँ बीच में कूद ही गईं, "और आप!" उन्होंने पापा की ओर देखा, "आप उससे किसी और लड़के के बारे में बात करने वाले थे, जिसकी पांडे या सिंह जी ने सिफ़ारिश की थी। इस नयी नौकरी के बारे में पहले कुछ नहीं कहा।"

"हाँ, हाँ, लेकिन इस घटना की जानकारी नहीं थी... यह... संकट... उस लड़के का नाम क्या था, बेटा?" पापा ने मिन्नत करते हुए मेरी तरफ़ देखा, लेकिन मेरा इससे ज़्यादा झूठ बोलने का दिल नहीं था।

"कोई बात नहीं पापा। वो सब भूल जाते हैं। आई लव यू।" मैंने दौड़कर उन्हें गले लगा लिया। उन्होंने मुझे प्यार से पकड़ा। हम दोनों की आँखों में आँसू थे और गले में ख़राश।

"मुझे सिर्फ़ तुम्हारी ख़ुशी की फ़िक्र है। तुम मेरी इकलौती हो, मेरी प्यारी छोटी बेटी।" मेरे पिता उन पुरुषों में से नहीं थे, जो अदृश्य मांसपेशियों को फ्लेक्स करते और दावा करते कि 'पुरुष रोते नहीं हैं'। वे हम तीनों में से सबसे संवेदनशील व्यक्ति थे। वे आसानी से रोते, सिनेमा में दुखद दृश्यों पर उनके आँसू गिरते, वे शायद ही कभी आपा खोते और हमेशा मुझसे ख़ुश रहते। माँ को शिकायत थी कि वह सिर्फ़ दिल से काम लेते और मेरे चाचा (रचना के पिता) की तरह वह पूरी तरह से व्यावहारिक ज्ञान से रहित थे जो उपयुक्त दूल्हे का पता लगाने के लिए सबसे आवश्यक गुण था।

"आप दोनों पिता और बेटी एक-दूसरे को गले लगाते और समर्थन करते रह सकते हैं, लेकिन मैं कहती हूँ कि शादी भी महत्वपूर्ण है।" माँ ने सख़्ती से कहा, लेकिन वह स्पष्ट रूप से उस भावनात्मक दृश्य से प्रभावित थीं।

"क्या लंच अब ठंडा नहीं हो रहा है।" मैंने कहा और माँ पर मुस्कुराई।

"खाना पहले से ही ठंडा है, इसलिए अब भले ही जम जाए!" उन्होंने मुँह मोड़ते हुए कहा।

"ओह माँ!" मैं दौड़कर उनके पास गयी और उन्हें भी गले लगा लिया, "आख़िरकार, सभी की शादी हो जाती है। यह आपसे बेहतर कौन जानता है? राधा बुआ ने भी चालीस की उम्र में शादी कर ली थी। सभी ने सोचा कि वह अविवाहित रहेंगी और दया की, लेकिन उन्हें अपनी बहनों में सबसे अच्छा दूल्हा मिला, है ना?" राधा बुआ गाँव में पापा की चचेरी बहन थीं और उन्हें जीवन में काफ़ी देर से सही जोड़ी मिली। एक प्रतिष्ठित सरकारी नौकरी करने वाला व्यक्ति, जो किसी कारण से लंबे समय तक अविवाहित रहा। यह एक विसंगति थी क्योंकि हमारे समुदाय में तीस के बाद शायद ही कोई लड़का अविवाहित रहता।

"मैं तुम्हारा घर बसे हुए देखना चाहती हूँ।" उन्होंने अपने गोल-मटोल गाल पर गिरने वाली एक आँसू की बूँद को पोंछते हुए कहा।

"शादी मेरी महत्वाकांक्षा नहीं है। मुझे लगता है कि मैं अलग हूँ और उस तरह के जीवन के लिए नहीं बनी हूँ, लेकिन मैं समझौता करने का वादा करती हूँ। जैसा कि आप कहते हैं, अगर कोई अच्छा लड़का मिलता है तो मैं शादी के लिए तैयार हूँ, लेकिन ऐसे लड़का-लड़की देखना दिखाना घटिया लगता है।" मैंने भावुकता से हर शब्द में घृणा उड़ेलते हुए कहा।

"ठीक है। यदि तुम्हें कोई मिले तो हमें बताओ लेकिन एक तय समय के बाद हमें मौक़ा दो। जो भी हो, हम खुल के बातें करें। यहाँ कोई किसी से ज़बरदस्ती नहीं कर रहा है।" उन्होंने व्यवसायिक लहजे में जवाब दिया।

"आइए इस अलिखित सौदे पर हस्ताक्षर करें, लेकिन अभी के लिए मैं वीकली एस्सेन्स में शामिल होने के लिए उत्सुक हूँ।" मैं चहक उठी।

"मैं पांडे जी को शाम को फ़ोन करूँगा कि तुम सोमवार से ज्वॉइन कर रहे हो।" पापा ने कहा। वह बहुत राहत महसूस कर रहे थे।

"ठीक है!" माँ ने अपनी सीट से उठते हुए कहा, "अब हम अपना ठंडा दोपहर का भोजन करें? इससे पहले कि वह वास्तव में जम जाए?"

और हम डाइनिंग टेबल की तरफ़ ख़ुशी-ख़ुशी बढ़ चले।

9.

छायाओं की छाया

मेरा नया कार्यस्थल अत्यधिक कर्मचारियों वाला था। एक साप्ताहिक समाचार पत्र को चलाने के लिए, विशाल छत्ते जैसे हॉल में सैकड़ों लोग मधुमक्खियों की तरह जुटे रहते। यहाँ कोई क्यूब नहीं था। किसी पुराने वृक्ष की शाखाओं की तरह फैलती लकड़ी की लंबी मेज़ों का एक जाल था। उन पर लगे कंप्यूटरों का नेटवर्क, उसके बीच बेतरतीब ढंग से बिखरे हुए कई कुर्सियों के पंजे, और असंख्य टेलिफ़ोनों के उलझे तार। धवल दीवारें लगातार होती बातचीत, ठहाकों, और टेलीफ़ोन की घंटियों की आवाज़ों से थिरकती रहतीं। किसी ने मुझ पर ज़्यादा ध्यान नहीं दिया, लेकिन दो सप्ताह की अवधि में, जब मैं आती-जाती तो कुछ जाने-पहचाने चेहरे सिर हिलाते।

मेरा ऑफ़िस बहुमंज़िले 'एस्स बिल्डिंग' की सबसे ऊपरी मंज़िल पर स्थित था, जो विभिन्न मीडिया से संबंधित व्यवसाय चलाने वाली एक कंपनी थी। हर विभाग, टीवी, विज्ञापन, समाचार पत्र-पत्रिकाओं को एक अलग मंज़िल दी गयी थी और वहाँ काम करने वाले लोगों की संख्या गिनना असंभव था। परिसर के भीतर और बाहर एक अपनी ख़ुद की दुनिया थी। अंदर एक कलात्मक ढंग से व्यवस्थित कैफ़ेटेरिया था, तो बाहर संकरी गली में सोडा, स्नैक्स और सिगरेट बेचने वाली कई छोटी दुकानें थीं, जहाँ मुख्य रूप से एस्स टीवी (Ess TV) के कर्मचारी अपना ख़ाली समय बिताते थे। वह सड़क, मुख्य सड़क से थोड़ी दूर थी, और चिल्लाने वाले वाहनों के शोर से रहित थी। मुझे एक व्यस्त चौराहे पर बस से उतरना पड़ा, जहाँ स्थानीय बसें इधर-उधर जातीं और वहाँ से एक साइकिल-रिक्शा पकड़नी थी, जो मुझे नव-निर्मित आवासीय परिसरों के बीच स्थापित एस्स बिल्डिंग में छोड़ देती।

मुझे ऑफ़िस पहुँचने में दो घंटे से अधिक का समय लगा क्योंकि मुझे परिचित परिवेश में भी रास्ता भटकने की हास्यास्पद आदत थी। जब तक मैं कम-से-कम सौ बार एक ही स्थान पर नहीं जाती, मैं रास्ता ढूँढती इधर-उधर चक्कर खाती रहती। पहले ही दिन मैं बस से ग़लत चौराहे पर उतरी, सभी चौराहे हमेशा एक जैसे दिखते थे, और आधे घंटे तक दर्जनों सड़कों पर घूमती रही, और अंत में एक ऑटो-रिक्शा लेकर ऑफ़िस पहुँची। इस सब के बावजूद, मैंने एक लेखक के रूप में अपने सफल करियर

के गुलाबी सपने देखते हुए बड़े उत्साह के साथ हॉल में प्रवेश किया, और केवल एक घंटे के भीतर मेरी आशाएँ चकनाचूर हो गईं।

मुझे नहीं पता था कि श्री पांडे ने मुझे वीकली एसेन्स में शामिल होने के लिए क्यों कहा था। मुझे कुछ दिनों के लिए कुछ नहीं करना था क्योंकि किसी ने कॉलम के लिए नयी जारी की गयी पुस्तकों की समीक्षा पहले ही तय कर दी थी। फिर मुझे उन्हें संपादित करने या कुछ जोड़ने के लिए कहा गया, लेकिन मैंने वे किताबें नहीं पढ़ी थीं, और मुझे अन्य लेखकों के काम के साथ छेड़छाड़ करना पसंद नहीं था। दो-तीन दिनों बाद, मुझे समीक्षा के लिए एक भयानक किताब दी गयी, लेकिन काम एक पीआर फ़र्म के माध्यम से आया था, और मुझे आने वाले लेखक को प्रोत्साहित करने के लिए एक उदार आलोचना लिखने का निर्देश दिया गया। मुझे अपनी पसंद का कोई काम नहीं मिला था, लेकिन मैंने आधे-अधूरे मन से कंप्यूटर पर कुछ लिखा, जो मुझे एक परेशान रिपोर्टर ने उदारता से 'लोन' दिया था। वह एक मंत्री की प्रेस कॉन्फ्रेंस कवर करने के लिए बाहर जा रहा था सो उसका सिस्टम ख़ाली था। जब रिपोर्टर चाय-पकौड़े भरकर लौटा, तो मैंने जल्दी से अपना राइट-अप सेव किया, और वहाँ से उठ गयी। मैंने सोचा कि मुझे संपादक को सूचित कर देना चाहिए। संपादक श्री आर.के. मजूमदार, चालीसवें दशक के मध्य में कहीं ठहरे हुए व्यक्ति थे, जो बहुत ज़्यादा मुस्कुराते और अगर वह एक बार बात करना शुरू कर देते तो अप्रासंगिक चीज़ों के बारे में लंबे समय तक बोलते रहते, इसलिए मैं उनसे न्यूनतम संभव शब्दों में संवाद करती। मैं उनके केबिन में यह पूछने गयी कि क्या उनके पास मेरे लिए कोई और काम है या मुझे उस दिन के लिए छुट्टी मिल गयी और अब मुझे घर जाकर सिर धुनना चाहिए। मगर श्री मजूमदार टीवी प्रमुख श्री सरकार के साथ दूसरी मंज़िल पर एक बैठक में भाग ले रहे थे और विज्ञापन विभाग के प्रमुख श्री बिस्वास उनसे बात करने के लिए श्री घोषाल की डेस्क पर उनका इंतज़ार कर रहे थे। मैंने एक कप कॉफ़ी पीने और एक घंटे बाद लौटने का फ़ैसला किया।

कैफ़ेटेरिया में मैंने खिड़की के पास एक ख़ाली बैक-टेबल लिया, जो एक छोटे से बग़ीचे के सामने लगा था। बग़ीचे के केंद्र में एक फव्वारा बनाया गया था, जिसके बीच क्यूपिड जैसी दिखने वाली संगमरमर की मूर्ति थी। शानदार बोन्साई पेड़, सुंदर आकारों में कटी झाड़ियाँ, विभिन्न ढाँचों पर कलाकारी से चढ़ी लताएँ, उसके चारों ओर साफ़-सुथरी पंक्तियों में विशाल गमलों में लगे फूल और लॉन की मखमली कालीन। रख-रखाव इतना उम्दा था कि सब कुछ कृत्रिम लग रहा था। चार बज रहे थे,

पौधों पर ढलता सूरज ताँबे की एक परत बिखेर रहा था, फव्वारे के पास एकत्र कबूतरों का समूह गड़गड़ाहट कर रहा था, धूप से पकती पत्तियों से उठती गर्म सुगंध अंदर परोसे जा रहे भोजन की सुगंधों के साथ मिल-जुल गयी। दीवारों को हल्के-हरे रंग में रंगा गया था, उन पर विचित्र पौधों और सजावटी फूलों के चित्र पेंट किये गये थे, शायद अंदर होते हुए भी बगीचे में बैठने का भ्रम देने के लिए। कुर्सियों के साथ कई मेज़ें हर तरफ़ रखी गयी थीं और सामने का दरवाज़ा एक कच्चे-पक्के रास्ते से होता हुआ इमारत के मुख्य द्वार तक जाता। मैं जहाँ बैठी थी, वहाँ से दरवाज़ा और रास्ता साफ़ दिख रहे थे और मैंने उधर से अंदर की तरफ़ आते एक परिचित व्यक्ति को देखा।

मैंने अपने भाप से भरे कॉफ़ी मग को दोनों हाथों से पकड़ रखा था, और उस लंबी 'मैसकुलिन' रूप-रेखा को अनिश्चित क़दमों से चलते हुए देख रही थी, जैसे वह कुछ ढूँढ रहा हो। कैफ़ेटेरिया में घुसने वाली दो सीढ़ियाँ चढ़कर उसने अपने बायें और दायें कमरे को खंगालते हुए देखा, और उसकी उग्र भूरी आँखें मुझसे टकरा गईं। क्षण भर के लिए मुझे लगा कि मैं किसी सपने में थी। मिनी स्कर्ट पहने दो ऊँची एड़ी वाली लड़कियाँ बाहर जा रही थीं। उसने रुककर उन्हें आगे बढ़ने दिया। उसके लंबे घुंघराले बाल चौड़े कंधों पर लहरा रहे थे। उसने औपचारिक कपड़े पहने थे। नेवी ब्लू सूट, सफ़ेद शर्ट, उजले पर नीले रंग के धब्बे वाली टाई, लेकिन चेहरे पर वही दो महीने पहले जैसा आधा-सनकी और आधा-अवसादपूर्ण भाव था। मैंने उसे पहचान लिया था और दूसरी ओर देखना चाहती थी, लेकिन किसी पारलौकिक शक्ति ने मुझ पर दबाव डाला और मैं उसकी तरफ़ देखती रही। वह शालीन कपड़े पहने हुए पुरुषों और महिलाओं के समूहों के बीच से गुज़रा, जो मेज़ पर झुके हुए फुसफुसा रहे थे और सीधा मेरे पास आ गया।

"हलो!" उसने कहा, "आपको देखकर अच्छा लगा, क्या मैं यहाँ बैठ सकता हूँ?" इससे पहले कि मैं हाँ या ना कहती, उसने एक कुर्सी खींची और टेक लगा कर बैठ गया। उसने एक त्वरित नज़र में बग़ीचे का सर्वेक्षण किया।

"दिलचस्प है, पत्ते नक़ली दिखते हैं और पौधे बोगस, लेकिन असली होने चाहिए!" उसने भौंहें चढ़ाई। वह तीस से थोड़ा अधिक, लगभग छह फीट लंबा, दुबला लेकिन मांसल, क्लीन-शेव्ड था, लेकिन गालों पर दो-तीन दिन का आकर्षण स्टबल रहा होगा। उसका ऊँचा माथा ऐसे चमक रहा था जैसे ओस से भीगा हो। उसके सिर के ऊपर एक पीला बल्ब, खिड़की से बहने वाली प्राकृतिक रोशनी से मुक़ाबला करते हुए, उसके चारों ओर रोशनी का काव्यात्मक औरा बना रहा था।

"कैसी हैं आप?" कलेक्टर साहेब ने निर्भीकता से मेरी ओर देखा और उसके भरे होंठ एक अर्ध-मुस्कान में मुड़ गये। न्यू फ्रेंड्स कॉलोनी के कैफ़े में वह बिल्कुल भी नहीं मुस्कुराया था।

"ठीक!" मैंने कड़े स्वर में जवाब दिया।

"मेरे पूछने का बुरा ना माने, तो क्या आप यहाँ काम कर रहे हैं?" उसका उच्चारण सभ्य था। मेरा दिल धड़कने लगा। क्या लोग बदली हुई परिस्थितियों और बदली हुई सेटिंग में अलग दिखाई देते? नि:संदेह, हम संयोगवश मिले थे और वह शिष्टाचारवश 'औलिव ब्रांच' बढ़ा रहा था। मैं दोस्ती के लिए तैयार नहीं थी, लेकिन उसके सहज तरीक़े की वजह से लड़ नहीं पाई। फिर भी लगभग दो महीने पहले उसने मेरा जो अपमान किया था, वह चोट अभी भी मेरे दिल में व्याप्त थी।

"अगर कर भी रही हूँ, तो आपके काम से दूर रहूँगी, अगर आपको यहाँ कोई काम है तो चिंता मत करिए।" मैंने बेरहमी से जवाब दिया और जितनी जल्दी हो सके कैफ़ेटेरिया से बाहर निकलने का सोचा।

"नहीं, मुझे कोई काम नहीं है।" उसकी गहरी आवाज़ लड़खड़ा गयी, मानो वह बहुत दूर से बोल रहा हो। वह घायल दिखाई दे रहा था, उसकी आँखें थकी थीं, लेकिन उसने जल्दी से अपना संतुलन वापस पा लिया।

"जानकर ख़ुशी हुई। मुझे नहीं लगता कि यहाँ किसी ने कभी 'स्टेटमेंट ऑफ़ परपज़' लिखा है। लेकिन वे कोशिश ज़रूर कर सकते हैं। हर कोई लेखन व्यवसाय में झूठ बोलने में माहिर हैं! किसी भी अन्य व्यवसाय की तरह।" मैंने अपना कॉफ़ी मग उठाया और एक घूँट लिया। मैं उठी और जाने वाली थी लेकिन उसने विनती करते हुए कहा, "ज़रा ठहरिए। मैं आपसे एक बार बात करना चाहता था लेकिन मुझे नहीं पता था कि आपको कहाँ ढूँढूँ। मैंने आपके लिए पेडांटिक में पूछा, लेकिन उन्होंने कहा कि आप चले गये हो और आपने पता देने से इंकार कर दिया है, इसलिए यह प्रॉविडेन्स है।" उसकी गरिमापूर्ण आवाज़ गूँज गयी। मैं सोच भी नहीं सकती थी कि उसने मेरे विषय में कभी सोचा भी हो, और वह कह रहा था कि वह मुझसे संपर्क करना चाहता था।

"ओह? तो आप प्रॉविडेन्स में विश्वास करते हैं?" मैंने व्यंग्य से कहा।

"बिल्कुल। आप सोच रहे हैं क्यों, मुझे पता है। मैं माफ़ी माँगना चाहता था। मैं आपके प्रति असभ्य था। मैं कठिन समय से गुज़र रहा हूँ और आप भी संघर्ष कर रहे

होंगे। मैंने स्थिति को समझने की कोशिश नहीं की और शायद मेरी वजह से आपको अपनी नौकरी छोड़नी पड़ी।" मानस की आवाज़ और गहरी डूब गयी। मैं उसकी थाह नहीं पा रही थी।

"रियली, मिस्टर शास्त्री? लेकिन आपको माफ़ी क्यों माँगनी चाहिए? आप एक क्लायंट थे और आपको अपनी नाराज़गी व्यक्त करने का पूरा अधिकार था, और अगर मैंने अपनी नौकरी खो दी जो मैं आपको विश्वास दिलाती हूँ, यह आपकी वजह से नहीं था और होता भी तो इससे आपको फ़र्क़ नहीं पड़ना चाहिए।" मैं उस अजीब-ओ-ग़रीब बातचीत का कोई कारण समझ पाने में असमर्थ थी। यदि यह प्रॉविडेन्स था, तो प्रॉविडेन्स फ़ैंटसी बनने के चक्कर में था।

"शायद पड़ना नहीं चाहिए लेकिन मुझे फ़र्क़ पड़ता है। मुझे भयानक अपराध बोध महसूस हुआ। मैं बेताब था लेकिन आपके ऑफ़िस में कोई भी आपका पता देने को तैयार नहीं था। मैंने आपके उस गधे बॉस से बात की, उसका नाम क्या है? वह सिस्सी टाइप हीरो जो सीधा ड्राई क्लीनर की दुकान से आता है? उसने कहा कि यह बिज़नेस एथिक्स के ख़िलाफ़ है। अगर मेरा कोई काम है- तो वर्तमान लेखक उसे करने के योग्य हैं। मैंने कितना समझाया कि मेरा उद्देश्य पूरी तरह से व्यक्तिगत था, मगर वह नहीं हिला।" उसने ग़ुस्से में कहा और अपनी लंबी उँगलियाँ मेज़ पर बजाई। वेटर तुरंत आया और ऑर्डर माँगा।

"आप और कॉफ़ी लोगे?" उसने पूछा। मुझे अपने पुराने ऑफ़िस के बारे में बात करने की कोई इच्छा नहीं थी। मुझे उसका घमंडी ढंग, रूखा चेहरा, बिखरे घुंघराले बाल, मंत्रमुग्ध कर देने वाली उदास आँखें पसंद नहीं थीं, लेकिन जिस तरह से उसने वेद की निंदा की, मुझे पसंद आया।

"मेरे पास पहले से ही एक कप है।" मैंने कहा और अपने होंठों को काटा।

"प्लीज़ एक कप मेरे साथ।" मैंने सिर 'हाँ' में हिलाया लेकिन मुझे पूरा यक़ीन था कि मैं सिर ना वाली तरफ़ हिलाना चाहती थी। उसने दो कॉफ़ी और दो प्लेट चीज़ सैंडविच का ऑर्डर दिया।

"होप यू डोंट माइंड, जिस व्यक्ति ने मुझे यहाँ कॉफ़ी पीने का सुझाव दिया, उसने ज़ोर देकर कहा कि मुझे चीज़ सैंडविच ट्राई करनी चाहिए यह कैफ़ेटेरिया की विशेषता है।" वह प्रसन्नतापूर्वक मुस्कुराया।

"हाँ, अच्छे हैं।" मैंने कहा। कॉफ़ी और सैंडविच के ज़िक्र ने हमारे बीच की बर्फ़

को पिघला दिया। हमने अपनी कुर्सियों पर आराम से टेक लगा ली। उस समय उसे देखकर अच्छा लगा, उसमें एक ग्लैमर था,गंभीर और बौद्धिक। मैंने उस कैफ़ेटेरिया में कई ख़ामोश दोपहरें बिताई थीं। हर जगह की तरह, मैं एस्स बिल्डिंग में कोई दोस्त नहीं बना सकी। इसलिए उसका साथ भला लगने लगा।

"तो आप यहाँ अक्सर आते हो?" उसकी उदास निगाहें मेरे चेहरे पर टिकी हुई थीं।

"पिछले दो हफ़्तों से लगभग हर रोज़। और आपके पिछले प्रश्न का उत्तर हाँ, मैं यहाँ काम कर रही हूँ और नहीं, मुझे पेडांटिक से बाहर नहीं निकाला गया। मैं अपने आप निकल गयी। मुझे काम में मज़ा नहीं आ रहा था।" मैंने ज़ोर से कहा, सीधे उसकी आँखों में देखते हुए। मैं अपने आत्म-संयम को पुनः प्राप्त करने की कोशिश कर रही थी। उसकी टकटकी में जादू था।

"आपने कहा था कि आप जेएनयू में पढ़ रहे थे...?" मैंने मान लिया था कि वह हमारी पिछली मुलाक़ात में आदतन चुप था। ऐसा लग रहा था कि वह बातचीत करने का प्रयास कर रहा था और मैं यह जानने के लिए उत्सुक थी कि क्यों।

"हाँ, मैंने पीएचडी पूरी नहीं की। मैंने वह भी छोड़ दिया। मैं क्विटर हूँ।" मेरा गला विद्वेष से भर गया था और उसमें कॉफ़ी अटक गयी।

"कोई भी समझदार व्यक्ति उस विश्वविद्यालय को छोड़ देगा, यानी अगर कोई वहाँ पढ़ने के लिए जाता है और राजनीति में शामिल नहीं होता है,चाहे वह ऐकडेमिक हो या स्टेट की।" उसके कहे प्रत्येक शब्द ने मेरी नब्ज़ तेज़ कर दी। यह पहली बार था, जब मुझे कुछ ऐसा स्वीकार करने का मन हुआ, जिसे मैंने पहले कभी स्वीकार नहीं किया था।

"राजनीति हर जगह है।" मेरे विचार मेरे गले में जम गये और मैंने ज़ोर से साँस छोड़ी।

"हो सकता है, लेकिन जेएनयू में इसकी बदबू है। हर छोटे पेपर के लिए आपको अपने प्रोफ़ेसरों को मक्खन लगाना होगा। मैं वैसे भी जेएनयू छोड़ देता लेकिन मैंने यूपीएससी पास कर लिया।" गोधूलि रंगों की एक चौड़ी लकीर उसकी आँखों में समा गयी और उसकी पुतलियाँ माणिक और सोने से चमक उठीं। मैं सूर्यास्त की वह सिम्फनी देखकर दंग थी। काले और सफ़ेद कपड़े पहने एक वेटर ने हमारे सामने ताज़ी कॉफ़ी के मग और कुरकुरे सैंडविच की प्लेटें रखीं। उसने दो गिलासों में पानी भर दिया

और एक पेपर नैपकिन का बंडल टेबल पर छोड़ दिया। मैंने एक टिश्यू उठाया और अपने होंठो पर ऐसे फिराया, जैसे कि मैं उन शब्दों को मिटा सकती हूँ, जो मैं बोलने वाली थी।

"हाँ, मैं भी थक गयी थी। प्रोफ़ेसरों की जी-हुज़ूरी विशेषकर, जब आपके पास शोध पत्र लिखने के लिए एक गाइड हो।" मैंने अपने होंठों को काटा और चुप हो गयी। मैं जीवन भर उसकी आँखों को निहारते बिता सकती थी क्योंकि वे हर मिनट के बाद एक नया रंग दिखातीं।

"मैंने देखा है कि जब आप कुछ ऐसा कहते हैं, जो आप नहीं कहना चाहते, तो अपने होंठो को काटते हैं।" उसने मेज़ पर झुककर, सैंडविच की प्लेट मेरी तरफ़ धकेली। एक पल के लिए, मैंने अपने गालों पर उसकी गर्म साँसों को महसूस किया, और मेरी नसों में करंट दौड़ गया।

"आप बड़े ध्यान से देखते हैं।" मैंने घबराते हुए कहा और अपनी पलकें गिरा दीं।

"बेचारा ग़रीब आदमी और क्या कर सकता है? हम केवल सुंदर महिलाओं को उनके इशारों से समझने का असफल प्रयास कर सकते हैं।" उसका चेहरा हँसी से लाल हो गया। उस वक़्त उसकी त्वचा का रंग बहुत प्यारा था, कॉफ़ी पर क्रीम की तरह। मेरी नसें अभी भी झनझना रही थीं। अंदर का प्रकाश गोधूलि से कृत्रिम प्रकाश में बदल गया, लेकिन उसका चेहरा आकाशीय प्रकाश में चमक रहा था।

"जैसे कि पुरुषों को समझना आसान है... मेन आर..." मैंने जोश के साथ कहा। सभी चोटें जो मेरे दिल ने खाई थीं, वे सभी नमूने जिन्हें मैंने डेट और डंप किया था, और जिन्होंने मुझे डेट और डंप किया था, एक सेकेंड के भीतर मेरे सिर में घूम गये। मेरे गले में गाँठें उठने लगीं, और आगे कुछ भी कहने से मैंने ख़ुद को रोक लिया। मेरे चेहरे पर बालों की एक घनी लट उड़ आई। उसने हाथ उठाया। मुझे लगा जैसे वह आवारा लट को उठाकर मेरे कान के पीछे लगाने वाला है, लेकिन उसने अपना हाथ गिरा दिया, और कॉफ़ी मग उठा लिया।

"मेन आर...?" उसने मेरी तरफ़ पैनी दृष्टि से देखा। उसकी हँसती हुई आँखें कविता से भरी थीं और मेरा दिल रोमांच से धड़क रहा था।

मुझे पता था कि मैं ब्लश कर रही थी, लेकिन मुझे नहीं पता था कि मैं क्यों ब्लश रही थी, और अपनी शर्मिंदगी छिपाने के लिए मैंने मुँह घुमा लिया। हमने चुपचाप खिड़की से बाहर देखा। झिलमिलाते फव्वारे से लिपटी लताओं को देखकर और

इत्मीनान से घोंसलों की तरफ़ प्रस्थान करते कबूतरों की चहचहाहट सुनकर मुझे लगा जैसे मैं इस अलौकिक अनुभव से बहुत पहले भी गुज़र चुकी हूँ। मेरा मन मेरे शरीर से हट गया, मैंने उसके हाथों का भार अपने कंधे पर महसूस किया। उसकी साँसें मेरी गर्दन के पिछले हिस्से पर शांति से लहरा रही थीं, उसकी कठोर उँगलियाँ मेरे गले पर लयबद्ध मालिश कर रही थीं। उसकी गर्म हथेली मेरी त्वचा पर जलती रेखाएँ बना रही थीं। एक लंबे मिनट के लिए हमारी देह एक दूसरी भूमि पर थी। दबी हुई यादों के माध्यम से मैंने उगते चाँद की रूपरेखा में एक अलग मौसम का पता देखा। खिलते हुए प्यार की एक टूटी हुई छवि। अतीत से उठती दबी आवाज़ें। दो जोड़ी आँखें ऊँचे पेड़ों से पंक्तिबद्ध बुलवार्ड देख रही थीं और उसके हाथ प्यार से मेरे सीने पर गोल-गोल घूम रहे थे। वह मेरे सिर पर कोमलता से झुक गया। मेरे रेशमी बालों की लंबाई को सहलाते हुए, मुझे एक हल्के आलिंगन में समेटा और मेरे दिल के पास इतनी ज़ोर से निचोड़ा कि मेरा कलेजा मुँह को आ गया। उसने मेरा सिर अपनी ओर घुमाया। उसकी साँसों से मैगनोलिया की ख़ुशबू आ रही थी। मेरे होंठ उसके होंठो से मिलने के लिए तेज़ गति से उठे। उसकी खुरदुरी उँगलियों का स्पर्श और उन भीगे होंठों का स्वाद घर जैसा महसूस हुआ।

"प्रोफ़ेसर और राजनीति, यह इंट्रोवर्ट लोगों के लिए नहीं है, वास्तव में, ये दुनिया ही उनके लिए नहीं है।" मैंने आह भरी और नज़रें गार्डेन से हटा लीं। अंदर की गूँज और बाहर हवा में उड़ रही धूल हम सब भूल चुके थे। वह उस छोटे से कुंड में पड़ती रोशनी को देख रहा था, जहाँ फव्वारे से पानी इकट्ठा होता था। मेरे शब्दों ने चुप्पी को तोड़ दिया। उस विराम के दौरान वह क्या सोच रहा था? क्या वह भी मेरी तरह किसी पुरानी याद के ज्वार से बह गया था? क्या उससे भी अतीत फुसफुसाता और प्रेम की मायावी गंध से परेशान कर देता?

"हाँ, हर क्षेत्र में आपके वरिष्ठ अधिकारी होते हैं और आपको उनका सामना करना पड़ता है। हर जगह की एक ही कहानी है।" उसने फ़ौरन उत्तर दिया, लेकिन उसकी आँखें बहुत दूर लग रही थीं, जैसे वे भी एक कल्पनाशील उड़ान पर थीं।

जब उसने मुझे फिर से देखा तो उसके चेहरे पर एक स्वप्निल मुस्कान थी। क्या उसने भी वही देखा जैसे चित्र मेरी कल्पना में उभरे थे? मेरी आँखें फिर झुक गई। प्रेम कितना सुखदायक था लेकिन पुरुष कितने कष्टदायक थे। मैंने अपनी आँखें उठा लीं, उसका चेहरा जैसे अभी भी हमारी छोटी-सी प्रेम लीला के जोश से जगमगा रहा था। उन गुलाबी होंठों के चुंबन के विचार से मेरे दिल में टीस उठी। यह कौन सा जादू था?

एक बार भी छुए बिना मेरा दिल और शरीर एक दिमाग़ी बुख़ार के कारण उसके सामने खुले पड़े थे। मैं डर गयी और मुझे अपनी भीष्म प्रतिज्ञा याद आई।

"और जैसा आपने कहा, मैंने भी सब छोड़ दिया होता, लेकिन पीएचडी पूरी नहीं करने का तत्काल कारण कुछ और था।" आंतरिक रूप से मैंने उस झूठ के जाल की जाँच की, जिसे मैंने अपनी प्रेम की लालसा और बार-बार मिली ठोकर से बचने के लिए बुना था, और धीरे से कहा, "कोई... एक आदमी जिसे मैं प्यार करती थी... मेरा बॉय फ्रेंड... वह अचानक मर गया।"

मैंने उसकी प्रतिक्रिया का इंतज़ार किया। पाँच से दस मिनट बीत गये लेकिन उसने एक भी शब्द नहीं बोला। मेरी झुकी हुई पलकों को उठाने की हिम्मत नहीं हुई। होंठ काटने की तीव्र इच्छा हुई, बल्कि मैं अपने होंठो को तब तक चबाना चाहती थी जब तक कि उनमें ख़ून न आ जाए, लेकिन मैं फ्रेम में जड़ी तस्वीर की तरह डरी हुई बैठी थी। अंत में, मैंने ऊपर देखा और जो मैंने देखा उसका वर्णन नहीं किया जा सकता। वह खिड़की के बाहर घूर रहा था लेकिन वह निश्चल था, जैसे कि उसके शरीर में कोई जीवित चिंगारी नहीं थी। उसने न तो कुछ कहा, और न ही उसका चेहरा पीड़ा से सिकुड़ा। अगर उसने कोई संकेत दिया होता, तो मैंने कुछ धारणाएँ बनाने की कोशिश की होतीं, लेकिन उसका चेहरा बिल्कुल ख़ाली था, और उसी ख़ालीपन में एक गहरा दुख था।

"तुम ठीक तो हो न?" मैंने घबराते हुए कहा। उसका चेहरा जैसे दुख से लकवाग्रस्त होने लगा। उसने मुझे ख़ाली नज़रों से ऐसा देखा जैसे उसने मुझे पहचाना ही न हो। मैंने अपना प्रश्न दोहराया, "प्लीज़ मुझे बताओ तुम ठीक हो? मुझे डर लग रहा है।" घबराहट में, मैं आप से तुम पर आ गयी। उसके दर्द भरे भाव देखकर मेरे गाल पर आँसू की एक बड़ी बूँद लुढ़क गयी। संभवतः उसी बूँद ने उसकी सुन्न हो चुकी इंद्रियों को झकझोरा।

"नहीं, मुझे माफ कर दो। रोओ मत। मैं ठीक हूँ। बस थोड़ा समय चाहिए।" उसने अछूते गिलास को उठाया और एक साँस में पानी निगल गया।

"देर हो रही है!" उसने अपनी कलाई पर बँधी घड़ी देखते हुए कहा "क्या मैं तुम्हें कहीं छोड़ सकता हूँ?"

"थैंक्स, लेकिन मुझे अपने बॉस से मिलना है, हो सकता है कुछ काम हो!" मैं मिस्टर मजूमदार से मिले बिना जा सकती थी लेकिन उसके साथ बिताया गया आख़िरी

घंटा भावनात्मक रूप से थका देने वाला था। मेरे दिमाग़ में इतनी विरोधाभासी भावनाएँ एक साथ चल रही थीं कि मैं उसके साथ एक घंटे की ड्राइव सहन नहीं कर सकती थी।

"ओह! फिर मैं निकलता हूँ। तुमसे मिलकर बहुत अच्छा लगा... सच में...!" उसके सुंदर चेहरे का रंग उड़ गया था। जब उसने खड़े होकर अलविदा के लिए अपना हाथ बढ़ाया, तो वह काँप रहा था। मुझे कुछ देर पहले अपनी कल्पना में दिखे चुंबन और आलिंगन की याद आ गयी, और मैं पल भर के लिए झिझक गयी। लेकिन मैंने दाहिना हाथ बढ़ाया और कुछ सेकेंड के लिए अपना हाथ उसकी गर्म पकड़ में छोड़कर, धीरे से वापस खींच लिया। हम थोड़ी देर एक साथ चुपचाप खड़े रहे। फिर वह मुड़ा और चला गया। मैं उसे उसी फुटपाथ पर अपने क़दम लौटाते देखती रही, जहाँ से उसने तूफ़ान की तरह प्रवेश किया था और एक-डेढ़ घंटे के भीतर उसने मेरी उथल-पुथल होती दुनिया को पूरी तरह तहस-नहस कर दिया।

10.

एक सपने के धुँधले रास्ते में

"काम कैसा है?" दो दिन बाद पापा ने मुझसे पूछा। शनिवार की सुबह थी, नवजात सूरज हरे लॉन पर पीले धब्बे फेंक रहा था, पक्षी लहराती शाखाओं पर बसेरा कर रहे थे और मैं हज़ारवी दफ़ा कैफ़ेटेरिया के अजीब अनुभव के बारे में सोचते हुए अपने बगीचे में बैठी थी।

"काम? मानो मुझे कोई काम है। ऐसा लगता है, एक ही कॉलम पर दर्जनों लोग काम कर रहे हैं।" मैंने खट्टा जवाब दिया, "दो दिन पहले, श्री मजूमदार ने मुझे टीवी प्रमुख श्री सरकार के पास भेजा और उनसे अनुरोध किया कि मुझे टीवी क्रू के साथ कहीं भेज दें क्योंकि मैं उन्हें परेशान कर रही थी और उनके पास मेरे लिए कोई काम नहीं था। मैं कुछ तीसरे दर्जे के राजनेताओं का पीछा करने के लिए कैमरा और माइक्रो-फ़ोन से लैस एक बातूनी ग्रुप के साथ नार्थ एवेन्यू गयी थी। वे श्री वाजपेयी की सरकार को गिराने की साज़िश में व्यस्त हैं। नहीं, मुझे इससे चिढ़ थी। मैं कल फिर प्रेस क्लब में एक प्रेस कॉन्फ्रेंस के लिए उनके साथ गयी, जहाँ सभी ने बासी समोसे और ठंडी चाय के बारे में शिकायत की। मैं यह नहीं कर सकती।"

"ऐसी बहुत सी चीज़ें हैं जो तुम नहीं कर सकते।" पापा ने हँसते हुए कहा, "लेकिन क्या तुमने सोचा है कि तुम करना क्या चाहते हो? तुम वह क्यों नहीं करते, जो तुम्हारी माँ कहती है और हम तुम्हारे लिए एक पति ढूँढ़ते हैं।"

"माँ सोचती है कि शादी ही हर समस्या का एकमात्र समाधान है, लेकिन मैं सिर्फ़ इसलिए शादी क्यों करूँ क्योंकि मैं जीवन में करने के लिये कोई सार्थक काम नहीं सोच सकती?" मेरी निगाह फूलों की झाड़ियों पर पड़ी। तितलियाँ और मधुमक्खियाँ बसंत का रस निकालने में व्यस्त थीं, हवा सुगंधों से सराबोर थी और एस्स गार्डन के काल्पनिक दृश्य अभी भी मेरे दिमाग़ के पीछे अरेबियन नाइट्स के प्रिज्मीय चित्रण की तरह खेल रहे थे।

"मुझे केवल एक चीज़ पसंद है वह है पढ़ना।" मैंने कहा, "मैं अपनी पीएचडी पूरी करूँगी, मैंने विदेशी विश्वविद्यालयों में आवेदन के बारे में कुछ अनुभव एकत्र किया है।"

ये सही रहेगा। तुम अपने भाई के साथ रह सकते हो।" पापा ने कहा।

"नहीं, मुझे भाई के पास नहीं रहना। मैं जल्दी ही किसी यूनिवर्सिटी का पता लगाऊँगी। इस बीच मैं मिस्टर मजूमदार और मिस्टर सरकार और मिस्टर बिस्वास को परेशान करती रहूँगी। मैं अभी एस्स नहीं छोड़ रही हूँ, कम से कम मैं उन चीज़ों के बारे में सीख रही हूँ जो मैं नहीं करना चाहती, ताकि मुझे बाद में उन्हें न करने का पछतावा न हो।" मैंने एक गंभीर ईमानदारी के साथ जवाब दिया।

"अच्छा!" पापा ने मुस्कुराते हुए कहा, "पढ़ाई के लिए विदेश जाना सबसे अच्छा रहेगा। यह विकल्पों का विस्तार कर सकता है और वहाँ कुछ ऐसा भी खोजा जा सकता है, जो तुम्हें पसंद हो।" मुझे अब समझ नहीं आ रहा था कि बात करियर की हो रही थी या जीवन साथी की। लेकिन उन्होंने आगे कहा, "मेरा सुझाव है कि तुम कैलिफ़ोर्निया में आवेदन करो। अगर भाई के साथ ना भी रहो, तो वह हाथ की दूरी पर रहे तो क्या बुरा है? रिटायर होने के बाद माँ और मैं भी वहाँ जा सकते हैं।"

लिविंग रूम का लैंडलाइन बजने लगा और वह फ़ोन उठाने चले गये। मुझे अपने भाई के हाथ या पैर की दूरी पर होने से कोई आपत्ति नहीं थी, लेकिन वह मेरी प्राथमिकता नहीं थी। पापा की पूछताछ ने मेरी कल्पना को एक अलग रास्ते पर मोड़ दिया था। मुझे उस जगह का पता लगाना था जहाँ लोपा ने पढ़ाई की थी। हालाँकि, कैफ़ेटेरिया के इमैजिनेशन को वापस लाने के मेरे सभी प्रयास व्यर्थ रहे। मेरी याददाश्त धुँधली उदासी, गार्डेनिया की महक, और मानस शास्त्री जैसी किसी छाया-आकृति के साथ हुए 'लव-मेकिंग' वाले दृश्यों पर अटकी हुई थी। उन मानसिक दृश्यों और लोपा के पत्रों के अंशों में, उसके रहने के स्थान का कोई संकेत नहीं मिला। लेकिन मुझे उस प्राचीन अलमारी में अचानक काग़ज़ों का ढेर क्यों मिला, अगर वह नियति नहीं थी? एक ख़ास व्यक्ति की उपस्थिति में बैठे हुए ही मेरे सामने वे दृश्य क्यों उभरे? क्या यह आकाशगंगा में सितारों का रहस्यमय कार्य नहीं था? वह लोपा की पुकार थी। उसकी मधुर आवाज़ दशकों की गहराई से मुझे विदेश में बुला रही थी।

मैं अवचेतन मन के घुमावदार रास्तों के साथ घूमती रही, लेकिन कल्पना की कोई भी मात्रा तथ्यों की कमी को दूर नहीं कर सकती थी और केवल माँ ही रिक्त स्थान को भर सकती थीं। मैं कभी विदेश नहीं गयी थी, इसलिए मेरे 'विज़न' से जगह को पहचानने का कोई भी प्रयास बेमानी होता। जब मैं बच्ची थी तो मैं पूरे दिन माँ के पीछे-पीछे घूमती और सवालों से उन्हें परेशान करती। जैसे कि सूरज क्यों चमकता या बारिश क्यों गिरती, लेकिन अब मैं परिपक्व थी, और मैं तभी उनके पास जाती जब

वे सही मूड में होने के संकेत दिखातीं। उस वक़्त वे कुक के साथ रसोई में शाम को चाय पर आने वाली अपनी सहेलियों के लिए विभिन्न स्नैक्स तय करने में व्यस्त थीं।

"माँ, क्या आपको याद है कि आपने एक बार मुझे अपनी कॉलेज की दोस्त लोपा के बारे में बताया था?" मैंने कहा। कुक मैदा का घोल मिला रही थी और माँ हाथों में मसालों की शीशी लेकर निगरानी कर रही थी।

"तुम क्यों पूछ रही हो?" उन्होंने मिश्रण में एक चुटकी ख़ुशबूदार हर्ब छिड़का और मुझे भौंहें तान के देखा।

"आपने कहा था कि वह पीएचडी के लिए विदेश गयी थी। क्या आपको याद है कि वह कहाँ गयी थी?"

"यूएस!" उन्होंने तपाक से कहा और व्यस्त होने का नाटक किया।

"लेकिन अमेरिका में कहाँ?" मैं भागने वाली नहीं थी।

"मुझे याद नहीं है। लोपा में तुम्हारी दिलचस्पी क्यों है?" उन्होंने अब अपनी सुंदर नुकीली ठुड्डी चढ़ा ली।

"दरअसल, मैं अभी पापा के साथ विदेश जाकर पीएचडी करने की अपनी योजना पर चर्चा कर रही थी। याद आ गया तो बस आपसे पूछने के बारे में सोचा। मुझे लगा कि वह कहीं पढ़ा रही होगी तो मेरी मदद कर सकती है।" मेरे पास अपनी जिज्ञासा के लिए एक तैयार बहाना था।

"नहीं, वह पढ़ा नहीं रही है।" उन्होंने धीरे से कहा और कुक की ओर मुड़ीं, "पुष्पा, घोल को एक घंटे के लिए आराम करने दो। इसे किसी प्लेट से अच्छे से ढ़क कर, अब दोपहर के भोजन के लिए सब्ज़ी तैयार कर लो।"

माँ रसोई से बाहर निकलीं और मैंने उनका पीछा किया। वह बैठक में सोफ़े पर बैठ गईं और एक विचारशील मुद्रा ग्रहण कर ली। मैं उनके साथ बैठ गयी और अपनी प्रश्नोत्तरी फिर से शुरू की, "वह पढ़ा नहीं रही है? तो वह एक गृहिणी है?"

"मुझे उसके बारे में बात करना पसंद नहीं है।" उन्होंने पाँच मिनट- भगवान जाने क्या सोचने के बाद, बस यही कहा।

"तो आपने मुझे उसके बारे में क्यों बताया था? जब आप इसे इतना बड़ा रहस्य बना रहे हो।" मेरा धैर्य जवाब दे रहा था।

"मैंने तुम्हें उसके बारे में बताया क्योंकि तुम थोड़ी उसके जैसी दिखती हो।

तुम्हारा वही साँवला रंग और बड़ी-बड़ी आँखें हैं।" उनकी आवाज़ उदास थी लेकिन होंठो पर एक रुग्ण मुस्कान दिखाई दी। ऐसा लग रहा था कि वह ख़ुद से बातें कर रही थीं।

"यह कैसे संभव है? आपने कहा था कि वह एक विलक्षण सुंदरी थी और मैं दिखने में औसत भी नहीं हूँ।" मैंने कटुता से कहा। फिर भी, मैं इस विचार के साथ अधिक जुड़ गयी कि लोपा और मेरा कुछ संबंध था।

"तुमसे ऐसी बकवास कौन कहता है? तुम सुंदर हो। बहुत सुन्दर। लोपा तुमसे मिल कर बहुत ख़ुश होती।" मुझे लगा जैसे वह उन घावों को बस खोलने ही वाली हैं, जो वे अब तक छिपाये बैठी थीं।

"तो आप मुझे क्यों नहीं बतातीं कि वह कहाँ है?"

"मुझे याद नहीं है दिशा! बहुत पहले की बात है।" उन्होंने फिर अपना रक्षात्मक लहजा ओढ़ लिया।

"मेमसाहिब, कढ़ी तैयार है। अगर आप उड़द की दाल पीस दें तो मैं अब वड़े फ्राई कर दूँगी, और जब तक मैं वड़ा ख़त्म कर लेती हूँ, तब तक दूसरा घोल एक घंटे के लिए आराम कर चुका होगा।" पुष्पा दौड़कर कमरे में आई और एक बार फिर लोपा के बारे में बातचीत को बीच में ही रोक दिया।

"मेरे पास इतना काम है कि मेरा दिमाग़ ख़राब हो गया है। हम बाद में बात करेंगे।" वह राहत महसूस कर रही थीं और तुरंत रसोई में भाग गई। मैं नाराज़गी से उनके पीछे रसोई में चली गयी। हवा, गर्म तेल, कढ़ी के मसालों, प्रेशर कुकर के भाप से इतनी भरी हुई थी कि मुझे छींक आ गयी। माँ ने भीगी हुई उड़द की दाल वाले बर्तन को मेरे हाथों में थमा दिया।

"क्या तुम कभी मेरी मदद नहीं कर सकती? प्लीज़ मिक्सर-ग्राइंडर प्लग करो और इस दाल को ब्लेंड करो।" वे बोलीं।

"मैं आपकी तरह आधी मदद करूँगी। मैं मिक्सी का प्लग लगा दूँगी लेकिन बैटर ख़ुद बना लो।" मैंने वापस गोली दाग़ी और बाहर निकल गयी।

मैंने अपना कमरा बंद कर लिया और लोपा के पत्रों की फ़ाइल अलमारी के निचले शेल्फ़ में उसके छिपने के स्थान से निकाली। मैंने ख़ान मार्केट की एक स्टेशनरी की दुकान से मैरून कपड़े से बनी एक सुंदर फ़ाइल ख़रीदी थी, ताकि उन भुरभुरे पन्नों को संरक्षित किया जा सके। मैंने श्रद्धापूर्वक पन्ने गिने। केवल तीन चिट्ठियाँ बचीं

थीं जो मैंने नहीं पढ़ी थीं। मैंने पढ़ी हुई चिट्ठियों में उसके ठिकाने का पता लगाने की कोशिश की, लेकिन कोई फ़ायदा नहीं हुआ। पत्र अभिवादन और पोस्ट-स्क्रिप्ट के बिना शुरू और समाप्त हो जाते। सभी पृष्ठ किनारों पर धुँधले थे। मैं शीर्ष और अंत की फीकी स्याही नहीं पढ़ पाती इसलिए पत्र कब लिखे गये ये भी पता नहीं चलता। उनकी सूक्ष्मता से जाँच और बेहतर संरक्षण के लिए, मैंने मोटे नये कागज़ों पर सभी पत्रों की कॉपी भी बनाई थी। वह कभी भी अपने विश्वविद्यालय का वर्णन नहीं करती और अपने दिन-प्रतिदिन के जीवन का शायद ही उल्लेख करती। माँ के दिमाग़ से उसके स्थान का रहस्य निकालने के लिए, मैंने धीरे-धीरे काम करने का संकल्प लिया और अगले कुछ हफ़्तों बाद, उनको किसी अच्छे मूड में देखने पर फिर से पूछताछ करने को सोची। अभी के लिए, मैंने बचे हुए पत्रों में से एक को पढ़ना शुरू किया।

'जब हम छोटे थे, तो हमारी दादी परियों की कहानियाँ सुनातीं, उनमें से कुछ को मैंने बाद में पंचतंत्र और अरेबियन नाइट्स जैसी विभिन्न पुस्तकों में थोड़े अलग या विस्तृत रूपों में पाया, लेकिन उनमें से ज़्यादातर शायद उनके अपने आविष्कार थे। 'वंस अपॉन ए टाइम' इसी तरह कहानियाँ शुरू होतीं और वह मेरे और चचेरे भाई-बहनों की जिज्ञासा बढ़ाने के लिए पर्याप्त था। 'सो वंस अपॉन ए टाइम' एक अकेली महिला एक घने जंगल के बाहरी इलाक़े में जंगली फूलों से लदी एक झोपड़ी में रहती थी। वहाँ अक्सर पतली फुहारों में बारिश होती। औरत दिखने में सीधी-सादी थी। उसकी त्वचा साँवली और आँखें फीकी थीं लेकिन उसके पास घरेलू महिलाओं का शांत आकर्षण था। अपने कमज़ोर शरीर को पोषण देने के लिए वह जंगल से फल और जड़ी-बूटियाँ चुनती और उसे ढँकने के लिए रात को एक टूटी हुई चरखी पर चाँदनी के धागे कातकर कपड़े बुनती। एक भोर के समय, जब उगते सूरज ने क्षितिज को रक्त जैसा लाल कर दिया, तो वह जंगल के निवासियों के साथ अपना नाश्ता इकट्ठा करने गयी। जानवर, पक्षी और कीड़े उसके पीछे चल रहे थे। उसका जीवन सादा था मगर उसे बस एक गुमान था। जब वह अपनी नयी बुनी हुई चाँद की किरणों से दीप्तिमान पोशाक पहनती तो ख़ुद को एक राजकुमारी की तरह महसूस करती। उसी शाम, एक बूढ़ा साधु उसकी कुटिया के पास से गुज़रा। उसका बिना बालों वाला गोल सिर तांबे के सिक्के की तरह चमक रहा था लेकिन सफ़ेद नमक और काली मिर्च छिड़की दाढ़ी इतनी लंबी थी कि वह ज़मीन को छूती। महिला आँगन में धूप सेंक रही थी। अचानक सूरज की रोशनी ग़ायब हो गयी और काले बादलों ने चमकते आकाश को अपनी चपेट में ले लिया। "बाबा, यहाँ हर समय बारिश होती रहती है!" उसने

ऋषि से कहा "लेकिन मौसम जल्द ही साफ़ हो जाता है। मेरे विनम्र निवास में आओ और थोड़ी देर विश्राम करो!" ऋषि ने सहमति व्यक्त की। वह आदरपूर्वक उन्हें अपनी साफ़-सुथरी झोपड़ी के अंदर ले आई, पत्तों की थाली में ताज़े फल परोसे और पीने के लिए बाँस के गिलास में मीठे झरने का पानी दिया। जब वह सूखे गुलाब-पंखुड़ियों के गद्दे पर आराम कर रहे थे, तो उसने जंगल की रहस्यमय जड़ी-बूटियों से बने सुगंधित तेल से ऋषि के पैरों की मालिश की। ख़राब मौसम कुछ ही घंटों में साफ़ हो गया और खुली खिड़की के ऊपर पानी भरा सूरज उग गया। 'बेटी' ऋषि ने कहा, 'मुझे जाना है, लेकिन मैं आपकी सेवा से बहुत ख़ुश हूँ। एक वर माँगो।"

महिला ने कुछ देर सोचा और कहा, "बाबा, मेरे पास सब कुछ है। मुझे अभी-अभी एहसास हुआ कि मैंने एक उम्र के बाद किसी अन्य इंसान से बात की है। मेरे पास प्रकृति का साथ है। फूल, पक्षी, जानवर। वे सार्वभौमिक भाषा में बातचीत करते हैं लेकिन कभी-कभी मैं एक दिव्य साथी की लालसा करती हूँ।" ऋषि ने सिर हिलाया और चले गये। आधे घंटे बाद एक सुंदर पुरुष झोपड़ी में दाख़िल हुआ। उसका रंग लिली जैसा सफ़ेद था, उसके बाल सुनहरे-भूरे रंग के थे, और उसकी बैंगनी-नीली आँखें नीलम की तरह चमक रही थीं। महिला को पहली नज़र में प्यार हो गया। वे कुछ समय के लिए मधुकोशों से टपकते स्वर्गीय अमृत को चूसते हुए और जंगल के मैदान में अपने आप उगने वाली भरपूर फसल को खाते हुए ख़ुशी से रहने लगे। महिला के पास नये कपड़े बुनने का समय नहीं था लेकिन उसके पास अपनी एकांत रातों में बनाये बहुत सारे पुराने गाउन जमा हो गये थे। चंद्रोदय के बाद स्त्री और पुरुष तारों की छत्रछाया में नृत्य करते। एक रात स्त्री ने पुरुष से कहा, "मेरे प्रिय, मैं अपनी चाँद-पोशाकों से ऊब चुकी हूँ। हर रात एक अलग रंग में सूर्य-पोशाक में नृत्य करना कितना सुखद होगा?" अगले दिन जब महिला दोपहर में सो गयी और बाहर बारिश हो रही थी, तो आदमी इंद्रधनुष के लिए आँगन में इंतज़ार कर रहा था। उसने उसका लाल रंग पकड़ लिया और महिला के लिए एक चमकदार रूबी पोशाक काती। उस रात औरत ख़ुशी से उसकी बाँहों में लहरा रही थी, मानो चाँद पर तैर रही हो। "मेरे प्यार, आज रात मैं एक रानी की तरह महसूस कर रही हूँ!" उसने कहा। अगले दिन उसने एक बैंगनी रंग की पोशाक पहनी, फिर नारंगी, फिर हरा, फिर पीला, फिर नीला, फिर जामुनी और आठवीं रात को उसने स्त्री को इंद्रधनुष की हर रंग के साथ क्रिस्क्रॉस में पिरोया और चाँद और सूरज जैसे मनकों से चमकता सबसे उत्तम गाउन भेंट किया। "मेरे प्यार, यह मेरा आख़िरी तोहफ़ा है!" पुरुष ने धीमी आवाज़ में कहा।

वह एक दयनीय आह के साथ लड़खड़ा गया और स्त्री के पैरों के पास सूखे पत्ते की तरह सिकुड़ गया। महिला चीख़ पड़ी, उसका माथा ठंडे पसीने से तर हो गया और इंद्रधनुषी पोशाक उसके दुख की गर्मी में झुलस गयी। वह अपने घुटनों के बल गिर गयी और पुरुष की लाश को बाँहों में समेटा। तभी उसने देखा कि उसके प्रेमी का रेशमी रंग मिट्टी जैसा भूरा हो गया था, उसके सुनहरे बालों में चाँदी के धागे थे और उसकी आँखों की रोशनी हमेशा के लिए बुझ गयी थी। जब वह एक नयी पोशाक पहनकर उसकी बाँहों में नाचने का सपना देखते हुए शांति से सोती, वह चिलचिलाती धूप में काम करते-करते थक गया था। उसने पुरुष के सिकुड़े हुए शरीर को आँगन में दफ़नाया और अकेली अपनी झोपड़ी में वापस चली गयी। उसने अपनी अलमारी से एक पुरानी चाँद-पोशाक निकाली और एक बार फिर अपना पीला-सफ़ेद वस्त्र धारण किया और इसलिए कहानी वहीं समाप्त हुई जहाँ शुरू हुई थी। लेकिन क्या वह वापस उसी तरह रह सकती है जैसे वह पहले रहती थी?

क्या मैंने उसे थका दिया? मुझे यह याद नहीं है कि मैंने कोई दौलत माँगी थी, लेकिन वह मुझे परेशान करने वाले तरीकों से ख़ुश करना चाहता था और ओवरटाइम काम करता। मेरी ग़लती? मैंने उसे नहीं रोका। शायद, मेरी अधूरी ख़्वाहिशों ने उसे एक ख़ूबसूरत मौत के लिए प्रेरित किया। मैं इसे और कैसे परिभाषित कर सकता हूँ? जब मैं अस्पताल पहुँची तो वह पूरी तरह से समाप्त नहीं हुआ था। वह मेरी प्रतीक्षा कर रहा था। नश्वरता और अमरता के बीच निलंबित। कुछ घंटे पहले वह अपने शाम के कार्यस्थल पर जा रहा था। क्या मैंने तुम्हें बताया कि उसने नाइट क्लब में भी काम किया था क्योंकि उसने मुझे हीरे का हार ख़रीदने का वादा किया था? हाईवे पर एक तेज़ रफ़्तार लॉरी ने उसकी वैन को टक्कर मार दी। उसका शरीर कुचल दिया गया था। ख़ून से लथपथ उसकी खुरदरी त्वचा से हर हड्डी निकल गयी थी, लेकिन वह मेरी एक झलक के बिना किसी बेहतर दूसरी दुनिया के लिए इस दुख की भूमि को नहीं छोड़ सकता था। वह 'मटेरियल से स्पिरिट' की ओर बढ़ रहा था और उसके गुलाबी होंठ नीले रंग में रँगे हुए थे। उसकी सुनहरी आँखें उस दूर की यात्रा की रहस्यमयी रोशनी से चमक उठीं जिसे वह करने वाला था। उसने उन प्रज्ज्वलित आँखों के माध्यम से अपना उदात्त संदेश दिया। प्रेम मरता नहीं है। उसके आधे-अधूरे चेहरे पर जीवन और मृत्यु के बीच एक तीखा संघर्ष था लेकिन अमरता की जीत हुई। मैं उसकी आवाज़ को गोधूलि, दूर की आवाज़ों, वायलेट्स की ख़ुशबू में सुनती हूँ और मुझे पता है कि वह मेरे पास पुनर्जन्म में वापस आयेगा। मैंने दुःख के अनंत आँसू

बहाये लेकिन मैं उसकी वर्तमान मृत्यु की ज़िम्मेदारी से नहीं हट सकती। भले ही कोई दूसरा व्यक्ति वह घातक लॉरी चला रहा था मगर शायद मैंने ही उसे हमारे चिरस्थायी रोमांटिक प्रदर्शनों के बीच इस ठहराव तक पहुँचाया। इस बीच, मुझे कहानी वाली महिला की तरह परिणाम भुगतने पड़ेंगे। उनकी स्मृति को समर्पित, मैंने सूर्य और इन्द्रधनुष त्याग दिये हैं और अपना पुराना चन्द्र-पोशाक धारण कर लिया है। उनका प्रेम मेरे अस्तित्व की रक्षा करता है, मुझे ठोकर खाने से बचाता है, क्योंकि उनका अंतिम उपहार मेरी गर्भ में है और मैं अपने जन्मों-जन्मों के साथी मानस के फिर से साँस लेने की प्रतीक्षा करती हूँ। मैं उसे यह बताने में असफल रही कि मैंने जो महसूस किया उसे मैंने कितनी तीव्रता से महसूस किया... लेकिन अगली बार किसी अन्य स्थान पर मैं अपने आधे-अधूरे प्यार का इज़हार करूँगी...!"

मैं लोपा के बारे में बहुत कम जानती थी, लेकिन मुझे यक़ीन था कि वह या तो मेरी रिश्तेदार थी या पूर्वज। हिंदी फ़िल्मों ने मेरी तार्किक समझ को मरोड़ दिया था और मैंने यह मान लिया कि लोपा की गर्भ में मैं थी। माँ उसकी सबसे अच्छी दोस्त थी, उन्होंने सिर्फ़ एक घंटे पहले क़बूल किया था कि मैं लोपा की तरह दिखती हूँ, लेकिन वह उसका पता बताने के लिए तैयार नहीं थीं। शायद इसलिए कि वह एक वादे से बँधी हुई थीं और हमारी मुलाक़ात से डरती थीं। लोपा मुझसे 'पैरानॉर्मल' सम्पर्क साध कर इशारों में बतिया रही थी लेकिन मेरे कई सवाल थे। लोपा ने मुझे क्यों छोड़ दिया था और वह मुझसे क्यों नहीं मिलेगी? हालाँकि, माँ ने कहा था कि वह मुझसे मिलना पसंद करती? और यह कैसा विचित्र संयोग था कि उसके पति का नाम मानस था।

एक घंटे तक मैं गतिहीन बैठी रही। मेरे सिर में तेज़ दर्द हो रहा था, आँसू बह रहे थे और मेरा दिल ठंडा हो गया था। क्रूर भाग्य। लोपा के पास चरित्र की ज़बरदस्त ताक़त थी लेकिन वह हादसा विनाशकारी रहा होगा और जीने की उसकी इच्छा को चूस सकता था। क्या वह घातक ज़ोर से बिखर गयी या उसने मलबे के टुकड़ों को उठाया, अलग-अलग क्षेत्रों में उड़ान भरी और एक नया घोंसला बनाया? शायद, उसे फिर से शुरूआत करने के लिए एक ख़ाली स्लेट की ज़रूरत थी और एक बेटी जो उसे लगातार दुर्भाग्य की याद दिलाती, एक बाधा थी। उसकी सबसे अच्छी दोस्त ने मदद करने की पेशकश की होगी। मुझसे छुटकारा पाना अनिवार्य था? रोने के बाद मेरी आँखें सुन्न हो गईं, लेकिन मेरा मन अभी भी दो मानस के बीच एक संभावित लिंक के बारे में अनुमान लगा रहा था। विभिन्न सिद्धांतों को टटोलते हुए भी मैं उस मनोवैज्ञानिक पहेली का निदान करने में सफल नहीं हुई। लोपा की पीड़ा मुझे एक उन्माद में धकेलने

के लिए पर्याप्त थी, लेकिन मुझे समझ नहीं आ रहा था कि उसने मुझे क्यों छोड़ दिया, और मानस शास्त्री को इस नाटक में कौन-सी भूमिका निभानी थी।

"दिशा!" माँ मेरे दरवाज़े पर चिल्लाई, "तुम अपने आप को अंदर क्यों बंद रखती हो? आख़िर तुम गुप्त रूप से क्या करती हो? लंच तैयार है और पापा टेबल पर इंतज़ार कर रहे हैं।"

"मैं एक मिनट में आ रही हूँ।" मैं वापस चिल्लाई, अपने आँसू पोंछे, फ़ाइल को अलमारी में रख दिया और डाइनिंग-रूम के लिए दौड़ी।

"तुमने राजमा की फ़रमाइश की थी, है ना? लंच में सब कुछ तुम्हारी पसंद का है, आओ आओ।" पापा ने कहा। माँ उन्हें चावल परोस रही थीं। मैंने अपनी कुर्सी ली और थाली में राजमा, चावल, कुरकुरी आलू भुजिया, सब्ज़ी और खीरे का रायता भरा। खाना स्वादिष्ट था लेकिन मैंने लोपा की उदास कहानी को अपने दिल में बिठा लिया था और एक निवाले का स्वाद भी नहीं ले पाई।

"माँ, आपने अपनी बाँहों में बैठे नवजात भैया की कुछ तस्वीरें फ्रेम कराई हैं, लेकिन आपके साथ मेरी एक भी तस्वीर नहीं है, मुझे आपके एल्बम में कहीं भी अपने बचपन की तस्वीरें क्यों नहीं मिलतीं?"

"मैंने तुमसे कहा था कि जब हम पापा के ग़ाज़ियाबाद में स्थानांतरण के बाद शिफ़्ट हो रहे थे तो कुछ एल्बम गुम हो गये। मैं घरों के निरंतर परिवर्तन के कारण महत्वपूर्ण सामान खोती रहती हूँ। मैंने उन्हें सुरक्षित रखने के लिए गाँव में कुछ चीज़ें छोड़ दीं, जो तुम्हारी चाची की लापरवाही के कारण खो गईं, और जो चीज़ें मैं अपने साथ ले आई वे भी चोरों के कारण खो जाती हैं। मुझे माफ़ कर दो। मैं अपनी तरफ़ से पूरी कोशिश करती हूँ लेकिन मैं सब कुछ ठीक से नहीं देख पाती।" उनकी आँखों से आँसू की एक बूँद गिर गयी।

"नहीं, नहीं, प्लीज़ मत रोओ, माँ। मेरा मतलब आपको चोट पहुँचाना नहीं था, लेकिन मुझे यह वास्तव में विचित्र लगता है कि हमारे पारिवारिक एल्बमों में मेरे बेबी होने का कोई निशान नहीं है।"

"मुझे उन एल्बमों को खोने का बहुत अफ़सोस है। उनमें बहुत सारी यादें थीं। लेकिन क्या तुम फिर से वह बकवास सोच रही हो? कि हमने तुम्हें गाँव के मेले से उठाया है?" माँ की आँखों से कुछ और बूँदें गिरीं लेकिन पापा हँसने लगे।

"दिशा बेटा, हमने आपको किसी मेले में नहीं पाया, आप हमारी बेटी हैं।" पापा ने

कहा और इतनी ज़ोर से हँसे कि उन्होंने अपने कुर्ते के कॉलर पर रायता बिखेर दिया।

बचपन में, मेरे भाई ने मुझे आश्वस्त कर दिया था कि वह हमारे माता-पिता के साथ मेले में गया था और उन्हें फ़ुटपाथ पर गंदे कपड़ों में लिपटी एक बच्ची मिली। उन्हें मेरे अभिभावक नहीं मिले इसलिए भाई ने माँ को मुझे घर ले जाने के लिए मना लिया, "मैंने माँ और पापा से कहा कि कंपनी के लिए छोटी बहन रखना बुरा नहीं होगा लेकिन मुझे नहीं पता था कि तुम इतनी शैतान निकलोगी" उसने कहा था। मैं इतना रोई और टैनट्रम किया कि पापा को भाई को डाँटना पड़ा और माँ ने अपनी माँ के नाम की क़सम खाई कि मैं उनकी अपनी बेटी हूँ। जब मैं बड़ी हुई तो मैंने जाना कि लगभग सभी बड़े भाई-बहनों ने अपने छोटे भाइयों और बहनों को इसी तरह की कहानियों से सताया है। मैं एक शरारती बच्ची थी और गंभीर-अध्ययनशील भैया मेरा ख़ास निशाना था। मुझे उसके बचपन के कई खिलौने विरासत में मिले थे और मैंने उन सभी को एक-एक कर तोड़ दिया, उसकी सहेज के रखी कॉमिक्स के पन्नों को फाड़ दिया, एक रैक के शेफ को तोड़ दिया जिसे उसने ख़ुद बनाया था, और मैं उसकी जासूसी करती। वह मुझसे बहुत बड़ा था और जिन लड़कियों को वह डेट करता था, जिन लड़कों के साथ वह खेलता था, मैं हर चीज़ पर नज़र रखती और माँ को सूचित करती। मैंने उसके पत्रों को भी गुप्त रूप से पढ़ा और एक बार मैंने उसकी लाइब्रेरी की किताब पर स्याही की एक बोतल गिरा दी थी, क्योंकि मैं एक बचकानी लड़ाई के बाद ग़ुस्से में थी। मेले वाली स्टोरी, उन सभी परेशानियों का एक निर्दोष बदला मात्र थी।

"बेचारा अतुल, तुमने उसे इतना सताया।" माँ ने कहा, "उसने कभी तुम पर उँगली नहीं उठाई लेकिन तुम इतनी जंगली थी। हमेशा लड़ाई के बाद तुम उसकी कोई पसंदीदा चीज़ तोड़ देती। वह बड़ा था इसलिए उसे ज़िम्मेदारी का एहसास रहता लेकिन वह भी बच्चा था। हम ऋषिकेश गये थे और तुमने गंगा जी के तट पर अपना एक प्रसिद्ध ड्रामा शुरू कर दिया कि तुम्हें तैरना है और पापा ने मना कर दिया क्योंकि तुम्हें तैरना नहीं आता, इसलिए तुम पागलों की तरह रोने लगी। सब हमें देख रहे थे और अतुल ने तुम्हें अपनी गोद में उठा लिया, लेकिन तुमने उसके बालों को खींच लिया। ओह! तुमने उसके बालों का एक बड़ा-सा गुच्छा अपनी मुट्ठी में पकड़ा और जड़ से खींच लिया था। जब हम वापस होटल लौटे तो उसने तुम्हें वो मेले वाली मूर्खता-पूर्ण कहानी बताई क्योंकि वह ग़ुस्से में था। कितना दुखा होगा बेचारे को, लेकिन उसने तुम्हें कोई चोट नहीं पहुँचाई।"

मैंने अरबों बार वह बालों को जड़ से उखाड़ने की कहानी सुनी थी। और यह

भी कि सामान्य धारणा के विपरीत, माँ को कभी भी एक प्यारे आज्ञाकारी लड़के को पालने में कोई परेशानी नहीं हुई, लेकिन उनकी उपद्रवी लड़की एक समस्या थी।

"छोड़ो भी! वह उस समय केवल चार वर्ष की थी।" पापा अभी भी राजमा मुँह में भरकर हँस रहे थे। जब भी माँ मेरे बचपन की 'बाल खींचने' या इसी तरह की कोई फ़सादी कहानी दोहरातीं, और मेरे द्वारा दिये गये तनाव पर सिर पटकतीं, मुझे शर्मिंदगी होती, लेकिन पापा बहुत ख़ुश होते।

"आप हँस क्यों रहे हो?" माँ ने उन्हें डाँटा, "आपने उसे बिगाड़ दिया है। मैंने उसे उड़द की दाल पीसने के लिए कहा लेकिन वह अपनी माँ की मदद के लिए कुछ नहीं कर सकती। अगर मैंने अतुल को ऐसा करने के लिए कहा होता..."

"हाँ, हाँ!" मैंने कहा, "आपके अनमोल अतुल ने उड़द को ब्लेंड किया होता और वड़े भी फ़्राई कर दिये होते। आप हमेशा उससे ज़्यादा प्यार करती थीं और मेरी शिकायत। स्वाभाविक था, कि मुझे विश्वास हो गया कि मैं वास्तव में आपकी बेटी नहीं थी और आपने मुझे फुटपाथ से उठाया था।"

"तुम ऐसा कैसे सोच सकती हो? माँ अपने सभी बच्चों को समान रूप से प्यार करती है। मैंने कभी भेदभाव नहीं किया।" उनकी आँखों से और अधिक आँसू छलकने के कगार पर थे।

"हाँ, आपने कभी भेदभाव नहीं किया, लेकिन आपने मेरे बचपन की तस्वीरों का एल्बम खो दिया, और आपने अपने अनमोल रत्न की तस्वीरें जड़वाईं, और उन्हें पूरे घर में प्रदर्शित किया।" मैंने क्षुद्रता से कहा।

"क्या आप सुन रहे हैं कि वह क्या कह रही है?" माँ पापा की ओर मुड़ी और फूट-फूट कर रोने लगी। मैं दोषी महसूस कर रही थी लेकिन जब मुझे लगता कि मैं ग़लत हूँ तो मैं और द्वेषपूर्ण हो जाती।

"तुम्हें इस तरह से बात नहीं करनी चाहिए, दिशा।" पापा ने दर्द से कहा। उनकी हँसी एक मिनट में ग़ायब हो गयी।

"आई एम सॉरी माँ। प्लीज़ मुझे माफ़ कर दो। यह मत भूलो कि तुम्हारा आदर्श पुत्र अमेरिका भाग गया है और तुम्हारी बदमाश पुत्री तुम्हारे साथ है। कितनी भी कोशिश कर लो, आप मुझसे छुटकारा नहीं पा सकते। अगर मुझे कोई पति मिल भी जाए तो वह यहाँ आपके और मेरे साथ रहेगा।" मैं अपनी कुर्सी से उठी, उनकी कुर्सी के पिछले हिस्से से उन्हें गले लगाया और उनके कोमल गालों को चूमा।

"लेकिन क्या तुम ऐसा करने की योजना नहीं बना रही थी? अपने भाई की तरह अमेरिका भाग जाओ और अपनी माँ को छोड़ दो?" उन्होंने पल्लू के कोने से अपनी आँखें पोंछी और मंद-मंद मुस्कुराईं।

"मैं तुम्हारे बिना कहीं नहीं जा रही हूँ।" मैंने उन्हें गले लगा लिया।

11.

छटाँक भर इलाज

मैं आते-जाते लोगों पर ध्यान दिये बिना कैफ़ेटेरिया की ओर जाने वाले रास्ते पर चल रही थी। मेरी चुभती आँखें मानस शास्त्री के पीले चेहरे पर टिकी रहीं, जो खिड़की के पास उसी जगह बैठा था, जहाँ मैं कुछ दिनों पहले बैठी थी और वह रास्ते पर चल रहा था। एक गाना जो मैंने सुबह कहीं बजते सुना, मेरे सिर में अटक गया था 'प्यार को हो जाने दो, प्यार में खो जाने दो' मैं उस धुन से चिढ़ रही थी लेकिन गाना मानस शास्त्री की तरह मुझे 'हौंट' कर रहा था। वह मुझे भौं चढ़ा कर देख रहा था और जो कुछ भी सोच रहा था, उस पर विचार करने के लिए उसके पास बहुत समय था। मैंने रोबोट की तरह छोटे-छोटे क़दम उठाये और यांत्रिक तरीक़े से उसकी मेज़ पर पहुँची।

'नमस्ते!' वह खड़ा हुआ और एक विक्टोरियन जेंटल-मैन की तरह झुक गया। उसने ऑफ़-व्हाइट शर्ट पहनी थी और हमेशा की तरह ऊपर के तीन बटन खुले थे। उसका सुडौल गला उसकी छाती के हल्के रंगों में विलीन हो रहा था जिसमें गहरे छोटे बाल थे। उसकी आँखें रात के आकाश में सितारों की तरह टिमटिमा रही थीं। उसकी ट्रेडमार्क व्यंग के भाव से भरी मुस्कान, उसके गुलाबी मुँह के कोनों पर मँडरा रही थी। हमने अपनी सीट लेने से पहले कुछ सेकेंड के लिए एक-दूसरे को देखा।

"मुझे उम्मीद नहीं थी...!" मैं हकलाई। वह अभी भी घूर रहा था और मेरे गाल दहकने लगे।

"मैंने भी ख़ुद से उम्मीद नहीं की थी, लेकिन मैं उस शाम के बाद से हर रोज़ आता हूँ।" उसने मेरी आँखों में गहराई से देखा।

"ओह! आपको यहाँ कुछ काम है?"

"मुझे आपको देखना था, लेकिन मुझे नहीं पता था कि इस विशाल इमारत में आपको कहाँ खोजना है।" उसने बिना अपनी नज़रें हटाये जवाब दिया। उसकी मुस्क़ान गहरी होती गयी। मैं मंत्र-मुग्ध थी।

"उस दिन आप यहाँ क्या कर रहे थे? मैं पूछना भूल गयी।"

"उस दिन? जब हम पहली बार यहाँ मिले थे? मुझे एक परिचित द्वारा इंटरव्यू

के लिए आमंत्रित किया गया था। वे युवा प्रशासनिक सेवकों पर एक कार्यक्रम कर रहे थे जिन्होंने अपने क्षेत्र में उल्लेखनीय काम किया है।" उसने उपहास के साथ उत्तर दिया। वह ऐसा व्यक्ति लगता जो हर चीज़ से ख़फ़ा था। मैंने सोचा, उसके पास एक मौलिकता थी।

"आपको नहीं लगता कि आपने ऐसा कुछ किया है?"

"मैंने जीवन में कुछ भी उल्लेखनीय नहीं किया है।" उसने कहा, "हालाँकि, हाल ही में मेरे जीवन में कुछ उल्लेखनीय हुआ है।" उसकी मुस्कान में एक रहस्यमय तत्व मिल गया। वह एक विरोधाभासी पहेली था। कभी लगता वो सभी को नीचा देखता। एक पल वह तिरस्कार-पूर्ण था, उसके बाद एक काव्य-आत्मा, मानो दो लोग एक शरीर में घुसे हों।

"मुझे लगता है कि आप उल्लेखनीय हैं।" मैं बड़बड़ाई। मैं उसके वहाँ रोज़ मेरी प्रतीक्षा करने, और मुझसे मिलने को उल्लेखनीय घटना कहने से रोमांचित थी, और एक रोमांटिक फूल की तरह पहली नज़र में प्यार के इज़हार की उम्मीद कर रही थी। मैं मानसिक रूप से पूरी तरह फ़िल्मी अंदाज़ में उसकी आने वाले स्वीकारोक्ति पर अपनी प्रतिक्रिया तैयार कर रही थी लेकिन मानस शास्त्री एक स्वच्छंद धुन था। कोई उसे प्रिडिक्ट नहीं कर सकता था। मुझे एक युगल गीत की उम्मीद थी लेकिन शायद हम एक और द्वंद्व-युद्ध की ओर बढ़ रहे थे।

"धारणाएँ! केवल धारणाएँ!" वह गरजते हुए बोला "तुम एक भोली लड़की हो। उल्लेखनीय चीज़ों के बारे में तुम क्या जानती हो? तुम तो यह भी नहीं जानती कि हर पुरुष फ़्लर्ट के लायक़ नहीं है।"

"आपका क्या मतलब है?" मैं अवाक थी, "क्या मैं आपके साथ फ़्लर्ट कर रही हूँ?"

"नहीं कर रही?" उसने बाँहें सामने बाँधी और कुर्सी पर टेक लगा कर फिर व्यंग से मुस्कुराने लगा।

"मुझे जाना चाहिए।" मैंने कर्कश स्वर में कहा। मेरे घुटने काँप रहे थे। मैं खड़ी हो गयी, यह दूसरी बार था जब उसने मुझे अपने शब्दों से थप्पड़ मारा था।

"प्लीज़ बैठ जाओ। मुझे माफ़ कर दो। मैं क्रूड हूँ लेकिन मेरा मतलब कभी भी तुम्हें ठेस पहुँचाने का नहीं है और मैं बार-बार ऐसा करता रहता हूँ। तुम्हारी मासूमियत ने मुझे चौंका दिया। तुम जो कुछ भी सोच रही हो वह तुम्हारे चेहरे पर स्पष्ट रूप से

लिखा हुआ है। यह मुझे सुकून देता है कि तुम जैसे लोग अभी भी इस ग्रह पर मौजूद हैं। आजकल हर कोई इतना दिखावा करता है। मैं तुम्हारी ओर आकर्षित हूँ लेकिन मैं तुम जैसी लड़की को चोट नहीं पहुँचा सकता।" उसने विडंबना से कहा और अपनी कुर्सी से ऐसे उठा जैसे वह मेरा रास्ता रोक रहा हो। फिर से, मैं अपनी कुर्सी पर गिर गयी। मेरी पलकें एक अश्रु से गीली थीं जिसे मैंने गिरने से रोक लिया था। मुझे उस अजीब-ओ-ग़रीब आदमी के रोमांच ने भयभीत कर दिया कि वह मेरे विचारों को पढ़ कर सकता था, लेकिन मैं उसकी बेरहमी से भी आकर्षित थी।

"मेरे पास कहने के लिए बहुत कुछ है। मैं यहाँ तुम्हें पीड़ा देने नहीं आया हूँ। यहाँ मैं इसलिए हूँ क्योंकि मैं एक आम आदमी हूँ जो एक ख़ास महिला की ओर आकर्षित है। मैं बॉलीवुड हीरो की तरह, यह नहीं कह सकता कि मैं क्या महसूस करता हूँ। हम शायद ही एक-दूसरे को जानते हैं, लेकिन एक अजीब-सी बात है...!" वह रुका और खिड़की की ओर मुड़ा। मैंने उसकी निगाहों का अनुसरण किया और जब से मैं अंदर आई थी, पहली बार मैंने अपने परिवेश पर ध्यान दिया।

"लेकिन मुझे लगता है कि हमें इस बातचीत को जारी रखने के लिए कहीं और जाना चाहिए। वह बग़ीचा, इसका एक तिलिस्मी प्रभाव है, क्या तुम्हें नहीं लगता?" उसने मेरी तरफ़ तीखी नज़रों से देखा। उसकी आँखें हमेशा गंभीर रहतीं, तब भी जब वह मेरा मज़ाक़ उड़ा रहा होता।

"हाँ, बेचैन करने वाला।" मैंने कहा और अपनी पलकें गिरा दीं। मुझे डर था कि वह मेरे विचारों में इस हद तक प्रवेश कर सकता है कि हमारी पिछली मुलाक़ात के मेरे सपने को देख लेता। या वह उसी तरह के 'विज़न' की बात कर रहा था जब उसने कहा कि बग़ीचा तिलिस्मी था?

"पिछली बार जब मैं यहाँ अकेला बैठा था तो मुझे एक अजीब अनुभव हुआ। मुझे लगा कि मैंने उस फ़व्वारे में एक महिला को देखा। वह किसी ऐसी औरत की तरह दिखती थी जिसे मैं जानता था। मगर कुछ मिनटों के बाद उसका चेहरा बदल गया। मैं क़सम खाता हूँ कि वह तुम्हारी तरह दिखने लगी। तुमने सफ़ेद साड़ी पहनी हुई थी और चमकते पानी से खेल रही थी। मैंने अपना दिमाग़ साफ़ करने के लिए कॉफ़ी की एक घूँट ली। मुझे यक़ीन है कि मुझे लगा कि मैं सुगंधित जड़ी-बूटियों से बनी एक अलग तरह की ड्रिंक पी रहा हूँ। फिर फ़व्वारे का पानी हरी काई जैसा हो गया और सब कुछ वाष्प में बदल गया।" वह काँप गया।

मैंने उसकी प्रेम की आधी-स्वीकारोक्ति और विचित्र मानसिक दृश्यों की

आधी-पुष्टि पर भय और प्रसन्नता का मिश्रण महसूस किया। मेरे मामले में, अनिश्चित घटनाओं के लिए उद्यान ज़िम्मेदार था या केवल उसकी उपस्थिति, अभी पता नहीं चल पाया था। अभी के लिए, उस आकर्षक पुरुष द्वारा उत्पन्न हुए अशांतकारी प्रभावों के साथ कुछ और संघर्षों से पहले, मुझे ख़ुद को तैयार करने की आवश्यकता थी।

"मुझे बाहर जाने से पहले अपने बॉस से मिलना है। मुझे नहीं लगता कि उसके पास मेरे लिए कोई असाइनमेंट है, इसलिए इसमें दस-पंद्रह मिनट लगेंगे।" मैंने उत्सुकता से कहा।

"मैं इंतज़ार करूँगा।" उसने सिर झुकाया।

मैं बिना पीछे देखे दौड़ती रही और साँस लेने के लिए सीधा ऑफ़िस के दरवाज़े पर रुकी। मिस्टर मजूमदार को राहत मिली, जब मैंने उनसे कहा कि मैं जा रही हूँ। उन्होंने ताली बजाकर इतनी ख़ुशी से अलविदा कहा जैसे कि वह चाहते थे कि मैं हमेशा के लिए निकल जाऊँ और कभी वापस न आऊँ। मैं कुछ मिनटों के लिए पाउडर-रूम में अपने बालों को ब्रश करती रही और अपने मेकअप को री-टच किया। मैंने मानस की बदतमीज़ी का बदला लेने के लिए कैफ़ेटेरिया में वापस गये बिना घर जाने पर विचार किया। मैंने उसे प्रतीक्षा करते हुए, कोसते हुए, जाते हुए चित्रित किया और अपने प्रतिशोध की तस्वीर का आनंद लिया। हालाँकि, मैं आधे घंटे बाद वापस लौटी और उसे खिड़की की सीट में सिगरेट पीते हुए पाया।

"चलो चलते हैं।" मैंने बिना किसी भूमिका के कहा। उसने ऐश-ट्रे में सिगरेट ठूँस दी। वह उठा और क्षण भर में मेरा सर्वेक्षण किया। मैं उसके अभिमानी मुँह के पास मंडराती जानी-पहचानी व्यंग्यात्मक मुस्कान देख रही थी। निःसंदेह, वह समझ गया था कि बॉस के पास से ज़्यादा मैंने मेक-अप रूम में समय बिताया था, लेकिन उसने मेरी शक्ल पर टिप्पणी न करके मुझे और शर्मिंदगी से बचा लिया। हम बिना छुए चुपचाप चल दिये, लेकिन हमारे बीच की गर्म हवा मेरे कानों में सुबह वाला गीत गा रही थी। लगभग अँधेरा था, स्ट्रीट-लैंप जल रहे थे, प्रकाश और छाया के फ़ीतों के माध्यम से, मैं मेन गेट के बाहर का घना यातायात चमकते हुए देख सकती थी। हम आगे बढ़े, बग़ीचे के काले पेड़ों के साये पीछे छोड़ते हुए, हवा दर्जनों फूलों और नम घास की गंध से लदी थी, एम्स के दो-एक कर्मचारी आस-पास से गुज़र रहे थे, थोड़ी देर के लिए उसका हाथ मेरे कंधे से टकराया, मेरा दिल थरथरा गया और चमकती रोशनी गुलाबी हो गयी।

हम एक लाल मारुति ज़ेन के पास पार्किंग में रुक गये। ड्राइवर की सीट लेने से पहले उसने मेरे लिए दरवाज़ा खोला। उसमें जो भी दोष थे, उनमें शिष्टता की कमी नहीं थी। जब उसने स्टार्ट बटन दबाया तो मुझे थोड़ा डर लगा। उसने स्टीयरिंग को बायें हाथ से पकड़ रखा था और दायें से म्युज़िक सिस्टम के बटन दबा रहा था।

"यह मेरे चाचा की कार है। वह पास में रहते हैं और मैं उनके साथ रह रहा हूं। उनके पास केवल पुराने गाने हैं।"

"मुझे पुराने गाने पसंद हैं।"

"अच्छा!" उसने कहा।

'तुमने मुझे देखा.. हो कर मेहरबान...' मोहम्मद रफ़ी की आवाज़ सिस्टम से निकली और अपना जादू बिखेर दिया। हमने संकरी गलियों की उलझनों को पार किया। ट्रैफ़िक-लाइटें झपकती रहीं, और हम रौशन खिड़कियों वाली अँधेरी इमारतों की क़तारों से गुज़रने लगे।

"तुम्हारे चाचा के पास अच्छा कलेक्शन है।" मैंने चुप्पी तोड़ने के लिए कहा।

"उनकी कोई संतान नहीं है इसलिए उन्होंने मेरी माँ के निधन के बाद से मुझे गोद ले लिया।"

"और तुम्हारे पिता?"

"माँ के गर्भवती होने के दो महीने बाद ही मेरे पिता की मृत्यु हो गयी।"

"ओह, सो सॉरी।"

"मैंने उन्हें कभी नहीं देखा इसलिए कोई फ़र्क़ नहीं पड़ा। माँ को खोने से दुख हुआ।"

"तो तुम्हारे अन्य भाई-बहन नहीं हैं?"

"नहीं। चाचा पीडब्ल्यूडी में काम करते थे। उन्होंने रिटायरमेंट के बाद सेटल होने के लिए यहाँ फ़्लैट ख़रीदा था। पिछले साल शिफ़्ट होने के एक महीने बाद ही चाची का निधन हो गया। अब हम दोनों अकेले हैं।"

"मेरा एक बड़ा भाई है। वह अपने परिवार के साथ अमेरिका में रहता है और मैं यहाँ अपनी माँ और पिता के साथ रहती हूँ।" मुझे नहीं पता था कि उसकी दर्दनाक कहानी का जवाब कैसे दूँ इसलिए बातचीत की लाइन बदलने की कोशिश की।

"अच्छा!" उसने बिना रुचि के कहा। हम शोरगुल वाले सेक्टर-18 बाजार में

पहुँच गये थे, वाहन चीख़ रहे थे, सड़क किनारे विक्रेता और ग्राहक एक-दूसरे पर चिल्ला रहे थे और सड़क चमकदार रोशनी वाली दुकानों और शोरूमों से चमक रही थी। उसने एक मोड़ लिया, चौड़ी सड़क एक गली में संकरी हो गयी, कई कारें वहाँ खड़ी थीं, वह एक बेकरी की दुकान के बाहर रुक गया।

"इस गली में काफ़ी रेस्तराँ हैं। क्या तुम्हारी कोई पसंद है? कॉफ़ी चाहिए या बीयर?"

"मैं यहाँ ज़्यादा नहीं रही।" मैंने जवाब दिया, "दोनों ठीक हैं, लेकिन हमने अभी काफ़ी पी है इसलिए बीयर बेहतर होगी।"

"ठीक है!" उसने कहा। हम कार से नीचे उतरे। उसने 'सुपरस्टार' के चमकते नियॉन साइन पर रुकते हुए मुझे आगे चलने को कहा, और हमने अंदर प्रवेश किया। हवा में कारमेल, दालचीनी, और भुनी हुई चीनी की गंध आ रही थी। चमकते अंदरूनी हिस्सों से एक सम्मानजनक वेटर निकलता दिखाई दिया और उसने अपने टूथपेस्ट के विज्ञापन की मुस्कान बिखेर दी।

"नमस्कार सर, आप अपनी नियमित टेबल लेंगे? वह ख़ाली है।"

"हाँ, थैंक यू!" उसने अपना अनमना जवाब दिया। मैं पॉलिश की हुई फ़र्शपर फिसल रही थी, दीवारों पर लगे आइनों में अपने प्रतिबिंब के प्रति जागरूक, मगर पीली-सफ़ेद रोशनी अंधा करने जितनी तेज़ थी।

हमें एक अपेक्षाकृत मंद रोशनी वाले कोने में ले जाया गया और हम सोफ़े में धँस गये। जगह साफ़-सुथरी थी, उन दिनों की सामान्य शैली में लंबे गिलास, नमक और काली मिर्च के शेकर्स से पटे नॉन-डिस्क्रिप्ट आयताकार टेबल, कृत्रिम फूलों से भरे कट-ग्लास फूलदान, बीच में फेंकी गयी कुछ कुर्सियों के साथ लगे हुए चमड़े के सोफ़े, मर्मिड्स और समुद्री-घोड़ों की नक़्क़ाशी से प्रतिबिंबित दीवारें। एक विदेशी संगीत धीरे-धीरे बज रहा था और वातावरण में मुख्य रूप से शराब की विभिन्न गंधों की मोटी परत थी। हमारे घुटने मेज़ के नीचे छू गये। हॉल के केंद्र में एक सुनहरा झूमर लटका हुआ था और मेरी आँखों पर एक शानदार धुंध गिरी थी।

जब तक बीयर और वेफ़र्स आये, हमने अपने विचारों को सोचते हुए, कटलरी के शोर को सुनते हुए बोतलों में चमकती शराब को देखते हुए ग्राहकों को रेस्तराँ के अंदर और बाहर आते-जाते देखा। भारी-भरकम सजी-धजी महिलाओं का एक समूह इत्र की एक नाज़ुक धुंध छोड़ते गुज़रा और पुराने ज़माने का डबल ब्रेस्टेड सूट पहने एक

जर्जर आदमी ने मेरे दाहिनी ओर की टेबल ले ली। वेटर ने हमारी बोतलें और गिलास सामने रख दिये। मानस शास्त्री ने वेटर को जाने के लिए इशारे से कहा और स्वयं धीरे-धीरे हमारे गिलासों में बीयर डाली। उसने एक लंबा घूँट लिया और मैं सुझावों से भरे उसके विचित्र मामले के ख़ुलासे की प्रतीक्षा करने लगी।

"तुम अक्सर यहाँ आते हो?" वह बातचीत शुरू करने की जल्दी में नहीं लग रहा था इसलिए मैंने पूछा।

"हाँ, बाज़ार अभी भी विकसित हो रहा है। यह मेरा पसंदीदा है। अकेले आने और पीने के लिए अच्छी जगह। ज़्यादा भीड़-भाड़ नहीं होती।"

"जब हम कुछ साल पहले नोएडा में रहते थे तो यह जगह नहीं थी। बाज़ार में केवल किराना स्टोर और कपड़े की दुकानें थीं और अग्रवाल स्वीट्स जैसे स्नैक्स लेने के लिए छोटी ईटरी।"

"हम्म...!" उसने एक और घूँट भरी। मेरी स्वाभाविक प्रवृत्ति मौन का स्वाद लेने और किसी को बात करने के लिए मजबूर नहीं करने की थी। अगर कंपनी मेरी पसंद की होती और मेरे पास अपनी कल्पना को लुब्रिकेट करने के लिए पर्याप्त भोजन और पेय होता तो मैं अपने सिर में शानदार प्रसन्नता के क्षेत्रों में घूमते हुए घंटों तक चुप रह सकती थी। लेकिन, वह एक अनूठा परिदृश्य था। मैं हमारी विचित्र कहानी में उसके पक्ष को जानने के लिए उत्सुक थी।

"तुम्हारे पास शेयर करने के लिए कुछ अजीब था जो उस कैफ़े में नहीं कहा जा सकता था?" मैंने कहा और उसका चेहरा काँप गया।

"हाँ!" उसके होंठ पेय से नम थे और चौड़ा माथा तनाव की रेखाओं से पंक्तिबद्ध था, "मैं बातूनी नहीं हूँ, लेकिन मैं समझाने की कोशिश करूँगा कि मेरा क्या मतलब है। हम पहली बार मिले थे, जब तुमने मुझे एसओपी पर चर्चा करने के लिए बुलाया था। एक बेहतर फ्रेज़ की कमी के लिए माफ़ करना, साधारण शब्दों में, जब मैंने तुम्हें देखा तो मैं चकित रह गया। देखो, मैं अलौकिक प्रभावों या भूतों में विश्वास नहीं करता लेकिन मुझे अपने सिर में एक आवाज़ महसूस हुई जो मुझे अपने घुटनों पर गिरने के लिए प्रेरित कर रही थी। मैं रोमांटिक भावनाओं का आदमी नहीं हूँ और मुझे नहीं पता था कि क्या हो रहा है। इसके अलावा, तुमने मेरे अतीत का उल्लेख किया, जैसे कि मैं प्रशासनिक सेवा में अपना उच्च पद क्यों छोड़ रहा था और यही वह ट्रिगर था, जिसके कारण मैं चला गया।"

"बस यही? मैं निराश थी कि तुम्हें अतीत के बारे में बात करना पसंद नहीं है?"

"हार्डली!" उसने अपनी मुट्ठी बाँधी "यह केवल शुरुआत है। जिस क्षण मैंने तुम्हें छोड़ा, मुझे कार में पछतावे ने परेशान किया। मैं एक नेक इंसान भी नहीं हूँ और मैंने अपनी अशिष्टता से बहुत लोगों को नाराज़ किया है। मुझे परवाह नहीं है कि वे इसके बारे में क्या सोचते हैं लेकिन मैं परेशान था कि मैंने तुम्हें चोट पहुँचाई थी। यह क्यों मायने रखता था? मैं फिर से अनजान था। माफ़ी माँगने के लिए मैं तुम्हें ढूँढ नहीं पाया। मैंने तुम्हारा पता पाने के लिए कितनी मेहनत की, तुम्हारे सिस्सी बॉस को समझाने के लिए सब कुछ किया, लेकिन वह अड़ा रहा। फिर ऐसे ही आउट ऑफ़ ब्लू मैंने तुम्हें एस्स के कैफ़े में पाया। मैंने उस इंटरव्यू के लिए मना कर दिया था, लेकिन मेरे चाचा ने ज़ोर दिया और मैं हमेशा उनकी बात मानता हूँ।"

"मैं प्रभावित हूँ कि तुम अपने चाचा की बात मानते हो। मैं किसी की बात नहीं मानती। वास्तव में, मुझसे जो करने के लिए कहा जाता है, मैं उसके ठीक विपरीत करती हूँ।" मैंने हल्के से कहा। वह हँसा।

"सॉरी, लंबा हो रहा है और मैं ख़ुद को दोहरा रहा हूँ, लेकिन मैं सब कुछ परिप्रेक्ष्य में रखना चाहता हूँ।" उसने अपने गिलास में और बीयर डाली और वेटर से दो बोतलें लाने को कहा।

"ओके!" उसने आगे कहा, "मैं कैफ़ेटेरिया के अजीब अनुभव पर ज़्यादा बात नहीं करूँगा। बस, उस शाम मैं बग़ीचे को देख रहा था और ऐसा ही एहसास हुआ जैसे कोई मुझे अपनी ओर खींच रहा हो। तुमने फिर से कुछ ऐसा कहा जो मेरे अतीत को छू गया और मैं चला गया।"

"लेकिन मैंने ऐसा कुछ नहीं किया।" मैंने रुआँसा होकर कहा।

"नहीं, तुमने मेरे अतीत का ज़िक्र नहीं किया, लेकिन तुमने अपने अतीत का ज़िक्र किया जिसने मुझे परेशान किया।" उसने एक साँस में अपने गिलास की पूरी ड्रिंक निगल ली।

"प्लीज़ टेक ईट ईज़ी, पानी नहीं पी रहे हम। मुझे धीरे-धीरे पीना पसंद है।" घबराने की बारी मेरी थी। मुझे उम्मीद नहीं थी कि अपने अतीत से वह मेरे अतीत पर ठोकर मारेगा। मेरा झूठा अतीत जो मेरे पाँव तले दब गया था। मैं उसके साथ डूबने से डरती थी।

"तुमने कहा था कि तुम्हारे एक्स का निधन हो गया है, है ना?" मैं पहले से ही

महसूस कर रही थी कि एक झूठ हज़ारों की ओर ले जाता है लेकिन मैं फिर भी इसे दोहराने के लिए मजबूर थी। मैंने उससे वही झूठ बोला था और अब समय आ गया था कि मैं उसकी अभ्यस्त हो जाऊँ।

"हाँ!" मैंने साहस-पूर्वक उत्तर दिया। मैंनें बाद में कितना चाहा कि मैं समय पीछे कर सकती, और उससे कहती कि वह मेटाफोर था। वह एक सुनहरा मौक़ा था जिसे मैंने गँवा दिया।

"लेकिन इससे तुम्हारा क्या कन्सर्न है?" मैंने पूछा।

"मैं उस पर आ रहा हूँ।" वह बोला, "यह तुम्हें चौंका सकता है।" वह बग़ल में मुड़ गया। एंटीक सूट वाला आदमी ज़ोर-ज़ोर से खाँस रहा था। "हमारा अतीत वर्तमान का एक हिस्सा है। वह एक अलग तल पर मौजूद नहीं है, वह अपने आप में है, वह वर्तमान में फैलता है और भविष्य में फैलता है। क्या तुम्हें नहीं लगता कि हम अतीत से तब तक छुटकारा नहीं पा सकते हैं, जब तक हम अपने-आप को वर्तमान से मुक्त नहीं कर लेते?" वह परेशान दिख रहा था।

"पता नहीं...!" मैं बड़बड़ाई।

"तो तुम इससे कैसे मुक़ाबला कर रही हो?" उसने मुझे उस अजीब-ओ-ग़रीब अभिव्यक्ति के साथ देखा, कुछ महत्वपूर्ण कहने के लिए संघर्ष करते हुए, जो वह नहीं जानता था कि कैसे कहे।

"किससे?" मुझे पता था कि उसका क्या मतलब था लेकिन मैंने नहीं समझने का अभिनय किया।

"मृत्यु से? तुमने बहुत मौतें नहीं देखीं, है ना? मैं मृत्यु को जन्म से जानता हूँ। मेरे पिता पहले ही मर चुके थे। मेरी किशोरावस्था में मेरी माँ का निधन हो गया। मेरे चाचा और चाची थे जो मुझे अपनों की तरह प्यार करते थे लेकिन वह मुश्किल था। हालाँकि, मेरी बोर्ड परीक्षाएँ नज़दीक थीं और मेरे पास शोक मनाने के लिए बहुत कम समय था। मुझे करियर बनाना था। समय भागता गया। कुछ सालों बाद मेरी चाची की मृत्यु हो गयी। वह दूसरी माँ की तरह थीं। इस बार तैयारी करने के लिए आगामी यूपीएससी साक्षात्कार था। इसे पहली बार में पास करने की चुनौती ने मारक के रूप में काम किया। मैं देख सकता हूँ कि तुम इसके बारे में बात करने में सहज नहीं हो। यह तुम्हारे लिए नया है। मौत। तुम्हारा अपना कठिन समय होगा और मैं अपनी समस्या प्रस्तुत कर रहा हूँ। मुझे लगा कि मैं मौतों का मुक़ाबला करने में माहिर हूँ लेकिन मुझे

नहीं पता कि इससे कैसे निपटा जाए।"

"किससे?" मैंने दुबारा पूछा।

"मेरी मंगेतर की मौत। क्या उन्हें एक्स कह सकते हैं?" रोशनी मंद हो रही थी। वह चाँदी जैसी रोशनी में नहाया था और उसकी आँखें खून सी लाल थीं।

"हाँ, शायद!" मैंने भर्राई आवाज़ में कहा, "उसकी मृत्यु हो गयी?" मैंने मूर्खता से पूछा।

"हाँ। होने वाली शादी से बस एक हफ़्ते पहले।"

"तुम उससे बहुत प्यार करते थे?" मेरा दिल स्थिर था, उसका चेहरा काला पड़ गया। वह दर्द से लगभग बदसूरत लग रहा था। वह फिर से एक अजनबी बन गया। मेरे सामने नयी पहेली थी।

"प्यार? मैं प्यार करने में असमर्थ हूँ। हम सिर्फ़ एक बार मिले थे। मैंने तुमसे कहा था कि मैं अपने चाचा की हर बात मानता हूँ? उन्होंने मैच फ़िक्स किया था। वह उनके दोस्त की बेटी थी। दोस्त का अचानक निधन हो गया। हृदय गति रुकने से। अंकल मिन्नत करते रहे कि मैं उससे शादी कर लूँ। वह इकलौती संतान थी। मेरे जैसी अकेली नहीं। उसकी माँ थीं। ग़रीब विधवा दूल्हे की तलाश कैसे करती? दोस्त ने बेरोज़गारी के दिनों में उनकी मदद की थी। वह उनकी स्मृति का सम्मान करना चाहते थे। मुझे लगा कि हर कोई शादी करता है और अगर मुझे किसी से शादी करनी है तो उससे क्यों नहीं? मुझे स्कूल और कॉलेज की लड़कियाँ विशेष रूप से पसंद नहीं थीं। वे बहुत ज्यादा बक-बक करती थीं। वैसे भी लड़कियाँ प्रिंस चार्मिंग की तलाश में रहती हैं। टॉल, डार्क, हैंडसम, रिच। मैं स्टूडीयस और ब्रूट था। करियर बनाने के लिए कितनी लड़कियाँ पढ़ रही हैं?"

"क्या हम आपकी कहानी पर टिके रह सकते हैं? महिलाओं को कोसने वाले क्षेत्र में भटके बिना? कितनी महिलाओं से करियर बनाने की उम्मीद की जाती है? ज़्यादातर को बड़े होकर पति खोजने के लिए कंडिशन किया जाता है। चीज़ें तेज़ी से बदल रही हैं। इक्कीसवीं सदी महिलाओं की होगी।"

"ठीक है मैम! यदि आप ज़ोर देते हैं।" उसने अपना सिर झुकाया, "क्या मैं आपके लिए और बीयर ऑर्डर कर दूँ?तुम्हारी बोतल ख़त्म हो गयी है। महिलाओं से संबंधित इक्कीसवीं सदी के मज़ाक़ के लिए धन्यवाद। इसने हवा को हल्का कर दिया है, चीज़ें काफ़ी भारी हो रही थीं।" उसने कहा और वेटर को बुलाया।

"इसके विपरीत!" मैंने फुँफकार भरी "तुम्हारी प्रतिक्रिया ने इसे भारी बना दिया है। लेकिन महिलाएँ नर्म-दिल होने के कारण क्रूर पुरुषों को माफ़ कर देती हैं। तो, आपको अभी के लिए क्षमा कर दिया गया है। सिर्फ़ इसलिए कि हम एक मार्मिक कहानी के बीच में हैं। उसकी मृत्यु कैसे हुई?"

"मैं आंशिक रूप से ज़िम्मेदार महसूस करता हूँ।" उसने आह भरी, "वह बहुत ख़ुश थी। बेचारी बच्ची। वह ख़रीदारी करना बंद नहीं कर सकती थी। मैंने पूरे दिन उसके साथ रहने के लिए ड्राइवर सहित एक कार किराये पर ली। मुझे नहीं पता कि यह कैसे हुआ, लेकिन वे सिग्नल पर थे और टैक्सी में आग लग गयी।"

"हे भगवान! वो किसी और के साथ थी?"

"उसकी माँ। ड्राइवर और कार के साथ दोनों ज़िन्दा जल गईं।"

"यह तुम्हारी ग़लती नहीं थी, तुम्हें पता है।" मैं दया से भर उठी।

"मैं सामान्य अर्थों में उससे प्यार नहीं करता था, लेकिन मैं उसके साथ जीवन बनाने के विचार से सहज था। अधिक चुनौतियाँ नहीं थीं। मैं एक स्थायी नौकरी पाने के मामले में सेटल हो गया था और आराम के भ्रम को पूरा करने के लिए बस एक पत्नी की ज़रूरत थी। मैं पहली बार किसी उत्सव के माहौल का अनुभव ले रहा था। शादी तय होने के बाद जिससे भी मैं मिला, उसने उत्साहपूर्वक बधाई दी, जैसे कि विवाह जीवन की सबसे बड़ी उपलब्धि थी। अजीब तरह से, मैं इसका आनंद लेने लगा था।"

"दुखद। मैं नहीं जानती कि मैं क्या कहूँ। ये कब हुआ?"

"डेढ़ साल पहले। मैं एक महीने तक स्तब्ध रहा और फिर ख़ुद को काम में लगा लिया। मैंने अपने क्षेत्र में कुछ नयी परियोजनाएँ शुरू कीं और रोज़मर्रा की चुनौतियाँ पैदा करने की कोशिश की। आराम ज़हरीला था। मैं एक महिला, जो एक सामाजिक कार्यकर्ता थी, उससे एक अनूठी परियोजना के दौरान मिला। मैं सड़क पर रहने वालों के लिए कोई स्कीम बना रहा था। मैं तुम्हें विवरण से बोर नहीं करूँगा, वह मेरे मामले से अत्यधिक सहानुभूति रखती थी। वह आकर्षक थी और उसने अपने प्यार को एक दवा के रूप में पेश किया। एक-दो घंटे तक मैं उसके साथ चैन से रहा। तब मुझे एहसास हुआ कि ऐसी महिलाओं की कोई कमी नहीं है। पहले वालीं कुछ ज़्यादा दिलचस्प नहीं थीं, लेकिन मैं मानता हूँ कि बाद में मुझे कुछ रोमांचक महिलाएँ मिलीं, जिन्होंने नये तरह के प्यार की पेशकश की।"

"तो प्रेम-इलाज ने काम किया?" जब हम अंदर आये थे, मेरा दिल दौड़ रहा था।

तब से वह धीमा हो गया, फिर शांत और अब ठहर गया था।

"मैंने तुमसे कहा था कि मैं प्यार नहीं करता लेकिन वासना एक बेहतर विकल्प है, है ना?" उसने कंधे हिलाये।

"शायद। तो ये नये प्रकार की वासना क्या थी?" मैंने भी कभी यही सोचा था।

"असाधारण रूप से कुछ भी नहीं। बस उन्हें लगा कि वे 'हार्ड टू गेट' वाला खेल खेल रही हैं और खेल को दिलचस्प बना दिया। देखो, मैं कोई कामोत्तेजक दानव नहीं हूँ। अगर बात मायने रखती है तो मैं तुम्हें बता दूँ, मैं तब तक वर्जिन था, जब तक मैंने सामाजिक कार्यकर्ता के साथ वासना की शक्ति का स्वाद नहीं चखा। मुझे थोड़ा आराम चाहिए था। उसके बाद मैं वहशी हो गया। मैं क़बूल करता हूँ। मुझे लगा कि मैं ठीक कर रहा हूँ और अपना दुख दूर कर रहा हूँ। मैंने किसी को गुमराह नहीं किया। मैं शुरू से ही स्पष्ट था कि शादी अब मेरे लिए पूरी तरह से सवाल से बाहर है। हमने एक-दूसरे को अच्छा समय दिया और आगे बढ़ गये।" उसने अपना सिगरेट-केस निकाला, फ्लैप खोला और एक सिगरेट निकाली।

"तो समस्या क्या है?"

"समस्या? मेरे सिगरेट पीने से क्या तुम्हें आपत्ति होगी?"

"गो अहेड।"

"लगभग पाँच महीने पहले मैं एक लड़की के साथ था और अचानक लिम्प हो गया। मैंने बेड़ियों को तोड़ने की कोशिश की, क्योंकि मुझे लगा कि मैं बँधा हुआ हूँ, सिर से पैर तक। मैं भयभीत था। मैंने सोचा था कि यह सिर्फ़ एक अजीब अनुभव था, लेकिन तब से जब तक मैं न्यू फ्रेंड्स कॉलोनी में तुमसे नहीं मिला, तब तक मुझे महिलाओं से एक तरह से वितृष्णा हो गयी थी। लेकिन उस रात मैं ठीक से सोया और सुबह एक गहरी लालसा के साथ उठा।" उसने धुएँ की लंबी साँस भरी और बग़ल में देखा। एंटीक सूट जा रहा था।

"पता नहीं, तुम बात को किधर ले जा रहे हो?"

"तुमने इसी तरह की त्रासदी का अनुभव किया है। हो सकता है कि हम भाग्य के झटके से एक साथ इसलिए फेंके गये हैं क्योंकि हम एक ही भाषा बोल सकते हैं और एक-दूसरे के दर्द को समझ सकते हैं? मुझे नहीं लगता कि कोई भी हमारी परेशानियों को साझा कर सकता है या कम कर सकता है। हमें स्वयं के क्रॉस को ख़ुद सहन करना होगा। हालाँकि, अगर कोई दूसरा व्यक्ति वही दुख जानता है, तो इससे कुछ फ़र्क़

पड़ता है। क्या कहती हो?"

"मैंने इसपर विचार नहीं किया है।" क्या उसने पहले ही समझ लिया था कि मेरी त्रासदी कपटपूर्ण थी? वह बहुत होशियार था, और बिना औपचारिक शब्दों में कहे, उसने एक तरह का अशोभनीय प्रस्ताव रखा था।

"क्या तुम इसके बारे में सोचोगी?"

"यह अनोखा प्रस्ताव है।"

"तुम साधारण पर विचार नहीं करोगी। तुम्हें रोमांच पसंद है, है ना? तुम्हारी सुरक्षा सुनिश्चित है। मैं तुम्हें तबाह या यूँ कहा जाए कि रैविज नहीं करने जा रहा हूँ। मैं केवल अपनी दोस्ती की पेशकश करता हूँ।" उसने अपना हाथ बढ़ाया।

"आश्वासन के लिए धन्यवाद।" मैंने उसका हाथ थाम लिया और तुरंत छोड़ दिया। वह गर्म और नम था। हाँ, मैं जीवन से ऊब चुकी थी और मुझे एक नये रोमांच की ज़रूरत थी। मैं 'हार्ड टू गेट' गेम के लिए नहीं जा रहा थी। अगर उसने सोचा कि मैं उसे मिल सकती थी तो वह ग़लत था। मैं लोपा की वजह से ही उस भावुकता-पूर्ण साहसिक कार्य को करने के लिए तैयार थी। मुझे सभी समझ से बाहर होने वाली घटनाओं को एक साथ पिरोना और उनके कारण का पता लगाना था।

"क्या और पीना चाहोगी या खाना ऑर्डर करना चाहिए?" उसने बहुत कोमल स्वर में कहा।

"नहीं, मुझे घर जाना चाहिए। बहुत देर हो रही है।" मैंने कहा।

उसने वेटर को टेबल ख़ाली करने के लिए बुलाया और बिल का भुगतान किया। मैं उसके पीछे बाहर चली और वह मुझे अपनी मारुति की ओर ले गया। रात चुपके से खिसक आई थी। फुटपाथ और पेड़ एक सुंदर अंधकार में थे, और स्ट्रीट लाइट और दुकान की रोशनी के तार चमकते नक्षत्र की तरह आपस में जुड़े हुए थे।

"मुझे एक ऑटो-रिक्शा स्टैंड पर छोड़ दो।" मैंने गाड़ी में बैठने के बाद कहा। ऐसा लगा कि जब से हमने 'सुपरस्टार' में क़दम रखा, एक अनंत काल बीत चुका था। मेरी आँखें बंद हो रही थीं। उसका शरीर एक दुलार भरी उपस्थिति की तरह लग रहा था। मैं बस उसके करीब रहना चाहती थी। मेरी पलकों के पीछे गर्मी की लाल ज्वाला थी।

"मैं तुम्हें घर छोड़ दूँगा। मेरे पास करने के लिए और कुछ नहीं है और मैं इस शहर में एक महिला को शराब पिलाने के बाद अकेला नहीं छोड़ सकता।" उसने

निश्चयपूर्वक कहा। मैंने विरोध नहीं किया। इतनी स्वादिष्ट रूप से भ्रमित करने वाली शक्ति का विरोध करने की मेरी कोई इच्छा नहीं थी। घर जाते समय हमने मुश्किल से बात की। मैं उसकी प्ले-लिस्ट में पुराने गीतों को सुनकर अपनी सीट पर पसरी थी, लेकिन मुझे लगा कि मेरे पास दिव्य अंग हैं और मैं खिड़की से बाहर उड़ सकती हूँ। वह मेरे पास इनक्यूबस की तरह बैठा था मगर अब मुझे परवाह नहीं थी। अनुमानों और अटकलों के साथ तर्क भी जाए भाड़ में। अगर अंततः विपरीत लिंग की जादूगरी और मर्दाना होंठों की कठोर तरंग के आगे झुकना ही है, तो उन्हें आपको भ्रमित करने दें, उन सभी बेवक़ूफ़ी भरे सपनों से, जो कभी सच नहीं हो सकते।

उसने मेरी तंद्रा तभी भंग की जब उसे घर का रास्ता पूछना था। उसका व्यवहार लगभग स्नेही था। उसके शरीर से निकोटीन और रात की नशीली ख़ुशबू आ रही थी। कार मेरे घर के सामने रुकी और वह मेरे लिए दरवाज़ा खोलने के लिए ड्राइवर की सीट से नीचे उतर गया।

"मैं दो दिनों के बाद, कैफ़ेटेरिया में, शाम 4 बजे तुम्हारा इंतज़ार करूँगा।" जब मैंने बाहर क़दम रखा तो उसने सर झुकाकर उसी विक्टोरीयन शिवल्री से कहा।

"ठीक है।" मैंने बड़ी मुश्किल से फुसफुसा कर उत्तर दिया। मैं लॉन में सामने के दरवाज़े की ओर बढ़ी। प्रकाश और अँधेरे के धब्बों के बीच झूलते हुए, मैंने देखा कि हमारे भूतों जैसे दो प्रतिरूप चुपचाप झाड़ियों में जा रहे थे...

12.

एक संघर्ष विराम और कई वादे

"आज का दिन कैसा रहा?" मैंने पूछा। वह सुगंधित शांति में खिड़की के पास बैठा, फूलों से घिरे गमले और पौधे देख रहा था, और मुझे नोटिस करने में असफल रहा।

"अब अच्छा है।" वह जवाब देने के लिए मुड़ा, उसकी आँखें मेरे शरीर पर फिसल रही थीं, और मेरे दिल ने स्वप्निल उड़ान भरी।

"आज तुमने क्या किया?" मैं सामने बैठ गयी और तुरंत महसूस किया कि मैं वहाँ से कोई भी रास्ता चुनूँ, वह मेरे लिए घातक होगा।

"मुझे अपने स्टडी-लीव के लिए मंत्रालय में कुछ तार खींचने पड़ते हैं। थकाऊ काम है।" उसने जम्हाई लेते हुए जवाब दिया। उसने पाउडर-ब्लू शर्ट पहनी थी, उसकी मुस्कान कम शोकाकुल, लेकिन आँखें उतनी ही गंभीर थीं।

"तुम अभी भी पढ़ाई के लिए विदेश जाने पर विचार कर रहे हो?"

"जब यह विचार आया तो मैं फ़ौरन जाना चाहता था। हालाँकि, मुझे पेड-लीव के लिए एलिजिबल होने में केवल एक साल की देर है। मेरे चाचा मुझे समझाने की कोशिश करते कि मुझे इंतज़ार करना चाहिए, लेकिन अपनी नौकरी पर टिके रहने की मेरे पास कोई वजह नहीं थी, और मैं इस्तीफ़ा देना चाहता था। अब मुझे लगता है कि मैं इंतज़ार कर सकता हूँ।" उसने कॉफ़ी की चुस्की ली और सपाट स्वर में बोला।

"पेड-लीव के लिए एलिजिबल?"

"हाँ, पेड स्टडी-लीव के लिए नौ साल की नौकरी पूरी करनी होगी। मैं इस समय मेडिकल लीव पर हूँ।" उसने दूर देखकर आह भरी, "अगर मैंने उत्तर-पूर्व कैडर का विकल्प चुना होता, तो मुझे पात्रता के लिए केवल सात साल की सेवा की आवश्यकता होती।"

"क्या तुम दिल्ली नहीं आ सकते?"

"हाँ, लेकिन उसके लिए भी मुझे नौ के स्वर्णिम फ़िगर की आवश्यकता होगी। नौ साल की सेवा, और मंत्रालय के और अधिक तारों की खिंचाई। मैं उस ग्रीक हीरो

प्रोमेथियस की तरह हूँ, जिसे एक चट्टान से बँधे होने की सज़ा दी गयी थी, और एक गिद्ध हमेशा के लिए उसके लिवर को काट रहा था। अंग फिर से विकसित हो जाता है, लेकिन गिद्ध इसे खाता रहेगा।"

"तो तुम फ्रैंकनस्टाइन हो? मेरी शैली ने तुम्हारी अलग तरह से कल्पना की और अपनी पुस्तक का सबटाइटल मॉडर्न प्रोमेथियस दिया।"

"ओह! मैं भूल गया कि तुम साहित्य की छात्र हो।" वह हँसा, "तो मुझे सिसिफस कहो। वह आदमी जो पत्थर को लुढ़काता रहता और पत्थर ऊपर आते ही फिर नीचे लुढ़क जाता था।"

"शीर्ष पर पहुँचना उबाऊ होगा। यात्रा में रोमांच है, है ना? हालाँकि, मैं एक ही यात्रा को बार-बार नहीं करना चाहूँगी। मैं दूसरा रास्ता लूँगी।" मैंने गर्व से कहा।

"सभी मार्ग पुण्य के हैं? या तुम पाप भी करोगी?" उसने अपनी कोहनी टेबल पर टिका दी और उत्सुकता से मेरे चेहरे की ओर देखा।

"क्या वह रूसो नहीं था जिसने कहा था कि हर कोई गुणी पैदा होता है लेकिन हम समाज द्वारा भ्रष्ट हो जाते हैं?" मुझे अपने चेहरे पर ख़ून दौड़ता महसूस हुआ। जब भी वह ऐसे देखता मैं एक बेवक़ूफ़ टीनएजर की तरह शरमा जाती।

"क्या उसने ऐसा कहा?" खिड़की से प्रवेश करने वाली सारी रोशनी उसकी आँखों में समा गयी।

"शायद हाँ, शायद नहीं।" मैंने उन रौशन आँखों के अंधकार को पढ़ने की चेष्टा की।

"तुम क्या पसंद करोगी? पाप में जीना या पुण्य से मरना?" उसने दुष्टता से पूछा और सिगरेट का डब्बा खोलने लगा।

"मैं पाप और पुण्य के बारे में सोचने में अपना समय बर्बाद नहीं करती। यह धारणा की बात है, है ना? मुझे सिर्फ़ असाधारण अनुभव चाहिए। मैं बहुत इंटेन्स हूँ। मैं किसी ऐसी भावना के लिए समझौता नहीं कर सकती जो विनाशकारी प्रकार की न हो। चोट बारह इंच गहरी होनी चाहिए।" मैंने अपनी हथेली दिल पर रख दी, और निडरता से उसकी ओर देखा।

"बारह इंच के बारे में क्या ख़ास है?"

"बस एक नंबर जो मुझे पसंद है। बारह दिसंबर मेरा जन्मदिन है।"

"बारहवें महीने का बारहवाँ दिन।" वह हँसा। "हम एक-दूसरे के प्रति पूरी तरह से दयालु नहीं रहे हैं। तुम मुझे ज़्यादा पसंद नहीं करती, है ना? लेकिन हवा में कुछ ऐसा है जो हमें खींच कर एक जगह फेंक देता है। मैं नहीं जानता कि यह क्या है, लेकिन यह निश्चित रूप से विनाशकारी प्रकृति में 'कुछ' है।" हम बाग़ की तरफ़ मुड़े, वह किसी चुड़ैल की कड़ाही की तरह उबल रहा था। दूर एक महादेश में, सालों पहले किसी अलग ही बग़ीचे की बगल में, एक जोड़े ने समृद्ध हरियाली की हवा में साँस ली, और कुछ अश्लील रूप से प्रेम को महसूस किया।

"यह बग़ीचा इतना आम है, लेकिन जब तुम यहाँ होते हो तो यह शानदार रूप में बदल जाता है।" मैं फुसफुसाई। हम दोनों में से कोई भी हिला-डुला नहीं था, लेकिन मैं उसके क़रीब महसूस कर रही थी। उसके पास से आती सुगंध से कभी मैं अंतरंगता से परिचित थी।

"चलो कहीं और चलते हैं।" वह परेशान दिख रहा था, "बग़ीचे को दोष नहीं दिया जाना चाहिए, बल्कि यह अच्छी तरह मेंटेंड है। और जब आप एक लेज़ी स्नैक का स्वाद ले रहे होते हैं, तो बेचारा सॉस या चटनी की तरह कौनडीमेंट का काम करता है। लेकिन इसमें कुछ तिलिस्मी है।"

"कहाँ जाना चाहते हो?" मैंने अपनी कुर्सी खिड़की से दूर हटा दी। सूरज ढल रहा था और आसमान उबलती चाय की तरह रंग बदलने लगा।

"चलो कनॉट प्लेस चलते हैं। तुम्हें बॉस से मिलने की ज़रूरत है?"

"नहीं, मैंने पहले ही छुट्टी ले ली है।" मैंने कहा और हम एक साथ उठे।

लाल मारुति ज़ेन में, उसके चाचा के पसंदीदा गाने बजाते हुए हम केवल एक 'ठेके' पर रुके। दिल्ली-नोएडा सीमा पर शराब की दुकान और अपनी पसंदीदा बीयर 'बुलेट ख़रीदी। मैंने बोतल से कुछ कड़वे घूँट लिए और अपनी खिड़की नीचे की। आसमान काली कॉफ़ी की तरह गहरा हो गया था। जिस तरह हम एक साथ गाड़ी में बैठते, वह मुझे पसंद आता। बिना बात किये, थोड़े टिप्सी, अपने विचारों में लिपटे, लेकिन सुखद कंपनी की सुरक्षित भावना के साथ।

जब तक उसने अपनी कार इनर सर्कल में खड़ी की, मेरा सिर पहले से ही एक अज्ञात क्षेत्र की ओर जा रहा था। हम चल रहे थे, हाथ में हाथ डाले। वह बुदबुदाया कि मुझे थोड़े से सहारे की ज़रूरत है। एक ऐंटीक 'बटरफ़्लाई डोर' के माध्यम से, हम एक नर्म रोशनी से भरे मैक्सिकन शैली के पब में प्रवेश कर गये। कंट्री म्यूज़िक की

लहरों ने हमारा स्वागत किया और हवा में बोहेमियन आनंद का एक संकेत था। मैंने पहले कभी ऐसा कुछ नहीं देखा था। वह किसी हॉलीवुड फ़िल्म के सेट जैसा था। बार को ऊँचे स्टूल और सैडल सीटों से घिरे सैलून की तरह डिजाइन किया गया था। बैठने की जगह रफ़ दिखने वाले टेबल और लॉग से बनी कुर्सियों से भरी हुई थी। दीवारों को 'वाइल्ड वेस्ट' के निक-नैक से सजाया गया था। जैसे पेंटिंग, सींग, फ़र, पोंचो और टोपी। वेटर वास्कट, नेकरचिफ़, चमड़े की बेल्ट, ऊँचे जूते और विशाल टोपियों में काउबॉय की तरह सजे हुए थे। ऐसे ही एक विस्तृत रूप से तैयार काउबॉय-वेटर, चीज़ और साल्सा से टपकते नाचोस के साथ ड्रॉट बीयर का जार लेकर आया।

"यह मेरी एक और पसंदीदा जगह है।" उसने बीयर का मग उठाते हुए कहा।

"बढ़िया है! वेटर सबसे अच्छे हैं।" मैंने हँसते हुए कहा, "मुझे पिज़्ज़ा हट की याद आ गयी। जब उन्होंने सीपी में पहला रेस्तराँ शुरू किया था, मैं ऋत्विक के साथ वहाँ गयी थी। वेटरों ने काउबॉय की तरह कपड़े नहीं पहने थे, लेकिन वे एक और तरह की हरकत कर रहे थे, जैसे ये लोग अपनी बीयर ट्रे से कर रहे हैं। हर दस-पंद्रह मिनट के बाद उनके सिस्टम में 'मकारेना' गाना बजाया जाता था और सभी वेटर हाथों में ट्रे लिए सामने लाइन में लग जाते और ताल पर एक साथ झूमते थे। संगीत बंद होने पर वे वापस अपनी-अपनी टेबल पर चले जाते।" मैं ज़ोर से हँसी।

"ऋत्विक तुम्हारा एक्स था? जो मर गया?"

"हाँ।" मेरी हँसी ग़ायब हो गयी। मैं उसका नाम नहीं लेना चाहती थी। मैंने अपने एक्स को गुमनाम रखने का फ़ैसला किया था। मैं नशे में रही होंगी और इस बेवक़ूफ़ी के लिए मानसिक रूप से ख़ुद को थप्पड़ मारा।

उसने अपनी पीठ सीधी कर ली थी और मुझे घूर रहा था। समय-समय पर वह मुझे हैरान कर देता था जैसे कि वह एक रहस्य को सुलझाने की कोशिश कर रहा था या मैं कोई समझ से बाहर चुड़ैल थी और उसे नहीं पता था कि मेरे बारे में क्या करना है। मैंने विषय बदल दिया और मेनू के बरिटोस, टैकोज, फजिटास, एंचिलाडाज़ पर चर्चा करना शुरू कर दिया। मधुर संगीत, अन्य ग्राहकों की हँसी, दबी आवाज़ों और एक-दूसरे की बाँहों में घिरे जोड़े के साथ वातावरण मधुर था। हमने इधर-उधर की चीज़ों के बारे में बात की, लेकिन मानस शास्त्री के मुखौटे के पीछे एक आधा याद किया हुआ चेहरा मुझे सता रहा था। उसके साथ एक बग़ीचा, चाँदनी में भीगता एक आँगन और सफ़ेद रंगों में चमकती एक महिला थी। दोनों पुरुषों ने मेरा जीना मुहाल कर दिया था।

"तुम कभी अपनी पीआन्से के साथ यहाँ आये थे? सॉरी, मैं उसका नाम पूछना भूल गयी।" मैंने अचानक पूछा।

"सौम्या। नहीं, मैंने तुमसे कहा था, हम मुश्किल से एक-दो बार मिले। कुछ पारिवारिक बैठकों में। उसकी माँ हमेशा साथ रहती।"

"हम्म!" मैंने कहा, "और दूसरी औरतों के साथ?"

"दूसरी औरतें?" उसकी आँखों में दिलचस्पी की चमक थी। मेरा दिल कॉकटेल और उसकी मौजूदगी के उत्तेजक मिश्रण से काँप रहा था। मैं परिणामों की परवाह किये बिना, उस पल के सामने झुकना चाहती थी, लेकिन मुझे इच्छा और भय के बीच निलंबित कर दिया गया था।

"हाँ... असंख्य दूसरी औरतें जिसके साथ तुम सोए थे। उन्हें कहाँ ले गये?" मैंने पूछ ही लिया। वह बेक़ाबू होकर हँसने लगा।

"तुम हँस क्यों रहे हो?" मैं अपमानित महसूस कर रही थी और वो हँसे जा रहा था।

"हमने बैठकों में अपना समय बर्बाद नहीं किया। हम अच्छी और सुरक्षित जगहों पर आमने-सामने मिले।" उसने कहा। मेरी आँखों में धुआँ पिघल गया और आँसू में बदल गया।

"समझी! मुकम्मल मुलाक़ातें। जो दोहराई नहीं जातीं।" मैंने सुलगते दर्द को छुपाया। आँसू मेरे पैरों पर गिर पड़े और मैं फिर मुस्कुराने लगी।

"नहीं, नहीं। कभी-कभी उन्हें दोहराया जाता था लेकिन इस तरह की मुठभेड़ें महज़ मुठभेड़ होती हैं।" उसकी सुरीली आवाज़ अप्रभावित थी। कोई निशान नहीं था कि उसे मेरी उथल-पुथल का पता चला हो। उसके पास या तो कोई मुखौटा नहीं था या बहुत सारे पहलू थे। उसके तीव्र आकर्षण के नीचे छिपे हुए मधुर-विष तक पहुँचना असंभव था।

"कैसी मुठभेड़?" मैंने मासूमियत से पूछा।

"मैंने तुम्हें सब कुछ बता दिया है। मुझे यह मत कहना कि तुम शारीरिक इच्छाओं से अवगत नहीं हो। यह भूख और प्यास की तरह है। हम सभी को इसकी आवश्यकता है और उन्हें तृप्त करने में क्या ग़लत है?" भूतिया मंद रोशनी में बैठा वह किसी डेविल जैसा लग रहा था।

"कुछ नहीं।" मैंने कहा "मैं संत नहीं हूँ। लेकिन जिस तरह से तुम सिर्फ़ सेक्स के

लिए इतनी सारी लड़कियों से मिलते रहते हो, वह बहुत ही भयानक है।"

"क्यों? मैंने किसी को धोखा नहीं दिया। तुम लड़कियाँ अजीब हो। जब एक आदमी शाश्वत प्रेम का प्रस्ताव करता है और अपने नक़ली वादों से पीछे हट जाता है तो आप शिकार बन जाते हैं, लेकिन अगर एक आदमी शुरू से ही स्पष्ट है कि वह रिश्ते से क्या चाहता है तो आप हमें जज करना शुरू कर देते हैं।"

"नहीं, मैं जज नहीं कर रही। मैं सिर्फ़ समझने की कोशिश कर रही हूँ। कमिट्मेंट के बिना लड़कियों ने इस तरह के प्रस्ताव को कैसे लिया? क्या उनमें से कोई क्लिंगी नहीं हो गयी?"

"एक या दो।" उसने कहा, "लेकिन हमने इसे सौहार्दपूर्ण ढंग से सुलझा लिया। कम से कम मैंने सौहार्दपूर्ण रहने की कोशिश की। जो चिपक जाते हैं, वे असहनीय हो जाते हैं। आपने उनके लिए जो भी छोटी-छोटी भावनाएँ रखीं हों, सब उड़ जाती हैं। तुम्हारा क्या विचार है?"

"मेरे ख़याल से, 'चेप' होने के कारण हो सकते हैं। विशुद्ध रूप से शारीरिक होते हुए भी व्यक्ति आसक्त हो जाता है। और कभी-कभी हो भी सकता है...!" मैंने हकलाते हुए कहा, "कहीं कोई गर्भवती हो गयी हो?" वह फिर हँसने लगा। जब वह हँसता था, उसकी आँखें गंभीर बनी रहती थीं।

"फिर क्यों हँस रहे हो?" मुझे ग़ुस्सा आ रहा था। मैं न केवल उसके आचरण से नाराज़ थी, बल्कि मुझे उन लड़कियों से जलन हो रही थी, जिनके साथ उसके संबंध थे, और मुझे ग़ुस्सा या ईर्ष्या करने का कोई अधिकार नहीं था।

"तुम अजीब सवाल पूछती हो। कोई गर्भवती क्यों होगी? हम मध्य युग में नहीं जी रहे हैं। मैं हमेशा अपने बटुए में एक कंडोम रखता हूँ। तुम जानती हो कंडोम क्या होता है?" उसने शरारत से कहा और मेरी आँखों में मोहक रूप से देखा।

"हमेशा?" मैंने अपनी आँखें गोल की। मैं पहले भी क्यूपिड के दर्दनाक तीरों से मारी गयी थी, लेकिन मेरे पास अभी भी पर्याप्त दीवानापन बचा था कि मैं एक बार फिर स्वेच्छा से अपने हृदय पर उसके वार के लिए विचलित थी। इसकी कोई तर्कपूर्ण वजह नहीं थी, लेकिन मुझे उससे प्यार हो रहा था और ये स्वीकार कर लेने से तर्कों का अंत हो गया था।

"हाँ, हमेशा! तैयार रहना बेहतर है।" उसके क़बूलनामे मेरी आत्मा को तकलीफ़ दे रहे थे। उसका वर्तमान मक़सद क्या था?

“तो अब अभी तुम्हारे बटुए में कंडोम है?” मैंने तैश से कहा और जाने के लिए उठी।

“फिर से जाने की तैयारी कर रही हो? हर बार तुम्हें ऐसा करना होता है? मुझे पता है कि मैं एक जानवर हूँ लेकिन मैं केवल ईमानदार हूँ। मैंने पिछले मौक़ों पर कुछ आपत्तिजनक बातें कही होंगी लेकिन आज मैंने क्या किया है? अगर यह मायने रखता है, तो मैं आश्वस्त करता हूँ, मैंने अपने बटुए में कंडोम नहीं रखा है, क्योंकि मैंने तब से ऐसा नहीं किया जब मैं आख़िरी लड़की से मिला था और वह छ: महीने पहले था। तुम मेरा वॉलेट चेक कर सकती हो।” उसने जेब से पर्स निकाला और टेबल पर रख दिया।

“मैं नहीं जा रही हूँ, और मुझे कुछ भी जाँचने की ज़रूरत नहीं है।” मैंने कहा और बैठ गयी।

“देखो दिशा, हम अभी मिले हैं, लेकिन बहुत कम समय में तुम मेरे लिए महत्वपूर्ण हो गयी हो। मैं असामाजिक हूँ और लोगों के साथ आसानी से घुल-मिल नहीं पाता। तुम्हारे साथ मुझे औपचारिक हवा या कोई मुखौटा नहीं लगाना है। मुझे लगता है कि मैं तुम्हारे साथ सब कुछ साझा कर सकता हूँ। मैं वादा करता हूँ कि मैं तुम्हें कभी चोट नहीं पहुँचाऊँगा। मैं केवल तुम्हारी इच्छा का पालन करूँगा। क्या हम एक बार फिर से संघर्ष विराम कर हाथ मिला सकते हैं?” उसने पूरी गंभीरता से हाथ बढ़ाकर कहा। मैंने कुछ सेकेंड के लिए उसका हाथ पकड़ा और एक अश्रुपूर्ण मुस्कान के साथ उसे छोड़ दिया।

“मुझे भी सिर्फ़ किताबें पसंद हैं और मेरे एक या दो क़रीबी दोस्त होते हैं। इन दिनों एक भी नहीं है।” मैंने उदास स्वर में कहा।

“मुझे पता है कि हमारे बीच बहुत कुछ समान है। हम कम से कम सबसे अच्छे दोस्त बनने की कोशिश तो कर ही सकते हैं? मैं अपनी शाश्वत मित्रता का वादा करता हूँ, चाहे तुम मेरे बारे में कुछ भी सोचो। मैं समझ सकता हूँ कि तुम मेरे बारे में जानने के लिए ये सवाल पूछ रही थी। यह स्वाभाविक है। तुम अपना समय लो। मेरे पास दुनिया भर का समय है।”

हम दो घंटे बाद पब से बाहर निकले। ड्रंक।

“अगर कोई सीपी में शराब पी रहा है तो इंडिया गेट पर अपनी शाम को आइसक्रीम के साथ ख़त्म करना अनिवार्य है।” उसने कहा और हम व्यस्त सड़कों के कोलाहल को नज़रअंदाज़ करते हुए इंडिया गेट की ओर चल पड़े।

हम स्मारक की ओर जाने वाली एक गली में आइसक्रीम विक्रेताओं से भरे स्थान पर रुक गये। एक आइसक्रीम वाला हमारी खिड़की पर आया और हमने कार से अपनी आइसक्रीम मँगवाई। मानस कार को एक शांत नुक्कड़ पर ले गया और मैंने चुपचाप अपने पसंदीदा बटर-स्कॉच कोन का आनंद लिया। सड़क चकाचौंध वाली स्ट्रीट-लाइटों से अटी पड़ी थी। मैं देख सकती थी कि लोग इंडिया गेट के आस-पास मखमली लॉन में फैले हुए थे। बच्चे इधर-उधर भाग रहे थे और कुछ ही दूरी पर एक बंदर वाला, एक बंदर-दंपति के प्रदर्शन से छोटी-सी भीड़ का मनोरंजन कर रहा था।

"उस लेडी बंदर को देखो।" मैं चिल्लाई, "उसने कितनी प्यारी फ्रॉक पहनी है। मैं यहाँ एक बार ऋत्विक के साथ थी और मैं इतने नशे में थी कि मैं बंदर को अपनी गोद में लेना चाहती थी। बंदर वाले ने कहा आप नर बंदर को पकड़ सकते हो, तो मैंने बंदर को उठा लिया और वह एक बच्चे की तरह मेरी गोद में बैठ गया। फिर उसने मुझे मादा बंदर को छूने की कोशिश करने के लिए कहा। मादा अपने चेहरे पर एक बहुत ही गंभीर भाव के साथ बस कुछ ही इंच दूर बैठी थी। वह मुझे और मेरी गोद में बैठे उसके साथी को पूरी तरह से अनदेखा कर रही थी, लेकिन जब मैंने अपना हाथ उसकी ओर बढ़ाया तो उसने अपने दाँत दिखाये और ग़ुस्से में बहुत दूर चली गयी। मंकी-मैन कितना ख़ुश हुआ, उसने कहा, देखा? वह एक लड़की है, वह आपको एक लड़की को भी छूने नहीं देगी।"

"क्या आप मुझे आपको छूने की अनुमति देंगीं?" उसके स्पर्श के विचार से मेरा शरीर एक स्वादिष्ट आलस्य से भर गया। मैंने दूर से ही उसकी मर्दाना सुगंध और शक्ति का स्वाद चखा था। मैंने कुछ नहीं कहा लेकिन वह मेरे झुके हुए सिर में सहमति पढ़ सकता था। जैसे-जैसे वह क़रीब आया, मेरी रगों में गर्माहट छा गयी। मैंने आँखें मूँद लीं और उसे अपने ऊपर झुकते सुना। उसकी निकोटिन के धुएँ से भरी साँस मेरे जलते गालों से टकरा रही थी। उसने अपना मुँह मेरे होंठो पर रखा। मेरी अँधेरी पलकों के पीछे रंगों की बौछार हो गयी। उसके होंठ मिट्टी के प्याले में दालचीनी के स्वाद वाली चाय की तरह गर्म थे। उसने मेरे मुँह के अंदर अपनी जीभ डाली। मेरे मुँह में समुद्री-नमक की तरह शानदार गहरा और उमस भरा स्वाद भर गया। उसने मेरी बाँह के नीचे एक उँगली खिसका दी। धीरे-धीरे मेरे शरीर के कर्व्स को नीचे की ओर घुमाते हुए, उसकी कठोर उँगलियाँ नर्म मक्खन की तरह पिघल रही थीं। उसका हाथ मेरे स्तनों के चारों ओर घूम रहा था और रंगों की बहुत अधिक भीड़ थी। नाज़ुक रंग, मौव, लाइम, पीच। मेरी नसें एक तार वाले वाद्य यंत्र की तरह तनाव में थीं। मेरे दिल के चारों ओर के तार

कस रहे थे लेकिन उसके स्पर्श ने संगीत को थिरकाया। उसने अपनी हथेली मेरे दिल पर रख दी। मेरी नब्ज़ ढोल-नगाड़ों की तरह धड़क रही थी। उसने मुझे क़रीब खींच लिया और कैंडीज़ के चिपचिपे-मीठे स्वाद से मुँह के कोनों को भर दिया।

"क्या तुम विनाशकारी प्रकार के रोमांस का अनुभव करना चाहती हो?" उसने बारी-बारी से मेरे स्तनों को निचोड़ते हुए कहा। मैं एक सुंदर दर्द से काँप उठी और अपनी आँखें खोल दीं। उसकी आँखें अँधेरे में अलाव की तरह जल रही थीं।

"हम्म!" मैंने ऊनींदी आवाज़ में कहा।

"इसके लिए अकेले में मिलना होगा। क्या तुम मुझसे डरती हो?" उसने मेरा सिर उठाया और मेरी आँखों को स्कैन किया। उसकी टकटकी तरल चाँदनी से भरी हुई थी।

"अब नहीं!" मैंने कहा और उसे कसकर गले लगा लिया। उसने मुझे एक नाज़ुक फूलदान की तरह पकड़ रखा था। मैं उसकी छाती पर लेट गयी और घने बालों वाली छाती के नीचे धड़कते दिल की आवाज़ सुनने की कोशिश की।

"मैं तुम्हें दो दिनों के बाद उसी जगह से उसी समय पिक करूँगा, ठीक है? हम सूरजकुंड जाएँगे।" मैंने जवाब में सिर हिलाया।

"मैं तुम्हें छोड़ना नहीं चाहता, लेकिन बहुत देर हो गयी है।" उसने कहा, "तुम्हारे माता-पिता चिंतित हो सकते हैं।"

"हाँ!" मैंने कहा और उससे अलग हो गयी। उसने एक सिगरेट जलाई।

"एक कश लेना चाहोगी?" उसने फिल्टर पर अपने होंठो के निशान वाली सिगरेट की पेशकश की। मैं कैसे मना कर सकती थी? मैंने सिगरेट थामी और वह पंडारा रोड की ओर गाड़ी चलाने लगा।

मेरा घर इंडिया गेट से मुश्किल से पंद्रह मिनट की दूरी पर था, लेकिन रोशनी वाले पबों और सुगंधित हवा से वापस आकर, वह एक स्कूल के छात्रावास की तरह नीरस लग रहा था। बरामदे पर जलते बिजली के बल्ब ने मेरा स्वागत किया। माँ पहरा दे रहीं थीं, उन्होंने एक ही दस्तक में दरवाज़ा खोला, और देर से लौटने के लिए एक हल्की डाँट लगायी।

"पापा रात के खाने पर इंतज़ार कर रहे थे लेकिन तुम इतनी देर से आई हो। वह सो गये। खाना टेबल पर ढका हुआ है। गर्म कर दूँ?" उन्होंने कहा।

"नहीं, नहीं, ऐसे ही ठीक है। मैं जल्दी से चेंज करके खा लूँगी।" मैंने कहा।

"ठीक है।" उन्होंने कहा और टीवी रूम में वापस चली गई। वह एक बेतुका सोप देख रही थीं। उसमें सब लड़ रहे थे। मैं अपने मुँह से शराब की गंध को दूर करने के लिए पहले बाथरूम में गयी।

मुझे भूख नहीं थी, लेकिन अगर मैं माँ से पूछताछ के दौर से बचना चाहती थी तो डिनर अनिवार्य था। मैं नशे में नहीं थी, लेकिन भूख की कमी के संबंध में किये सवालों का झूठा जवाब सोचने के लिए मेरा दिमाग़ सही नहीं था। मैंने एकान्त में चुपचाप खा लिया और अपने कमरे में वापस आ गयी। नींद ग़ायब थी। मेरे होंठो पर दिलकश चुम्बन की याद थी। रेंगती हुई लताओं द्वारा स्क्रीन की गयी मेरी खिड़की से चाँदनी की नमकीन किरणें आ रही थीं, जिससे मेरे विचार भटक गये, मैं उसके होंठो की प्यासी हो गयी और उसकी बाँहों में महसूस की गयी संवेदनाओं को फिर से जीने के लिए तरस गयी। एक पक्षी बगीचे में रात की आवाज़ें कर रहा था, झींगुर झनझना रहे थे, नाइट-गार्ड ने अपने बेंत को सड़क पर थपथपाया। एक घंटे तक नींद बुलाने की नाकाम कोशिश के बाद मैंने अपना बिस्तर छोड़ दिया और लोपा के 'विस्केरल' साथ की तलाश की। पैकेट में केवल दो लेटर बचे थे लेकिन मैं उसके पत्रों में वर्णित विशद ब्रह्मांड की यात्रा के लिए तरस रही थी।

"दिन लुढ़कते रहते हैं। यही प्रोविडेंस का फ़रमान है। समय अपने तेज़ पहियों को नहीं रोकता है। मैं जीवन के इस सागर में दिन गुज़ारने के लिये केवल कंकड़ फेंक रही हूँ। कोई हलचल नहीं होती। कंकड़ एक भी लहर बनाये बिना डूब जाते हैं। मुझे पढ़ाई नहीं करनी है। अब ताक़त नहीं है। मेरा मन भटकता है और मैं इसे पकड़ नहीं सकती। मुझे काम करने की ज़रूरत नहीं है। मेरे पास पैसे हैं। बहुत सारे। मेरे पति को टक्कर मारने वाली लॉरी एक बड़े बिज़नेस टाइकून की थी। पता नहीं उसका व्यवसाय क्या है, लेकिन लोग कहते हैं कि उसके पास बहुत बड़े स्टोर है और लॉरी उसके व्यवसाय से जुड़ी थी। यहाँ का भारतीय समुदाय बहुत दयालु है। उन्होंने सुझाव दिया कि मैं टाइकून पर मुक़दमा करूँ। मेरे पास एक वकील भी है। सब कुछ अच्छे लोगों द्वारा व्यवस्थित किया गया था। मुझे केवल अपनी सहमति देनी थी। मैंने सहमति दी और बहुत सारे काग़ज़ात पर हस्ताक्षर किये। टाइकून 'अदालत से बाहर' समझौता चाहता था। मेरे वकील ने मुझे इसे मानने का सुझाव दिया क्योंकि वह बहुत सारे पैसों की पेशकश कर रहा था। मुझे कोर्ट के ज़रिये भी पैसा मिलता। इस देश के क़ानून बड़े मज़बूत हैं। लापरवाही का बहाना बनाकर इस तरह के जाल से कोई नहीं बच सकता। हालाँकि, टाइकून के लिए अदालत से बाहर पैसा देना सस्ता होता और वह नहीं चाहता कि

उसके व्यवसाय को नुक़सान हो। मैं सहमत हो गयी। मैंने और काग़ज़ात पर हस्ताक्षर किये और अब मैं एक बहुत अमीर महिला हूँ। आप पूछ सकते हैं कि क्या पैसा मेरे नुक़सान की भरपाई कर सकता है लेकिन आपको इसका जवाब पता है। मेरी त्रासदी का कोई मुआवज़ा नहीं है। मुझे पैसे स्वीकार करने पड़े क्योंकि मैं किसी भी क़ीमत पर भारत वापस नहीं जा सकती। वे मेरा उपहास करेंगे। मुझे नीचा दिखायेंगे। मेरी पीठ पीछे क़िस्से बनायेंगे। मुझे यहाँ जीवित रहना है। किसी न किसी तरह। मुझे अपने अजन्मे बच्चे के लिए पैसे चाहिए।

दिन बीत जाते हैं लेकिन एकाकी रातें असहनीय होती हैं। मैं आँगन में खड़ी होकर चाँद से बातें करती हूँ। वही आँगन जहाँ हम एक साथ खड़े होकर चाँद का पीछा करते थे। यहाँ सब कुछ मुझे खोये हुए ख़ुशी के पलों की यादों से रूबरू कराता है और ऐसी कोई चीज़ नहीं है, जिसे मैं बदल सकूँ। टूटना, आत्म-दया, आँसू, गोलियाँ, सुबह का डर, टपकता नल... मैं उसके बिना उस बिस्तर पर नहीं सो सकती। कुछ नहीं हिलता। भूत-प्रेत भी नहीं। सब मौत से ख़ामोश हैं। दुनिया ने अपना सिर फेर लिया है, उन्होंने अपना कर्तव्य निभाया और अच्छी तरह से निभाया। कभी-कभी मेरी इच्छा होती है कि मैं एक शेप-शिफ़्टर होती, कल्पनाओं में उन पात्रों की तरह जो रात में भेड़िये में बदल जाते हैं और जंगलों को रौंदते हैं। मेरी आत्मा मेरे शरीर के भीतर सिकुड़ गयी है, लेकिन इसने सितारों तक पहुँचने की मेरी इच्छा को कम नहीं किया है। मुझे पता है कि मैं उसे फिर से ढूँढ सकती हूँ। ऊपर। पिछले हफ़्ते चाँद पूरा था। आधी रात को उजली फुहारों के वैभव में आँगन काँच की तरह चमकदार हो गया था। मेरे अंग शक्तिशाली महसूस कर रहे थे और मेरा दिल दूसरे चाँद के नीचे रुकने के लिए उछल पड़ा। मैंने अपनी भुजाओं को पंखों की तरह फैलाया, मुझे लगा कि मैं बादलों पर उड़ रही हूँ, नक्षत्रों की घास में घूम रही हूँ, मैंने अपने दर्द की पराकाष्ठा को छुआ, लेकिन फिर सब कुछ ख़ाली हो गया...

मुझे अस्पताल में होश आया। उन्होंने मेरे बच्चे को बचा लिया है। मुझे ख़ुद से डर लगने लगा है। मैं जीवन की नहीं बल्कि विलुप्त होने की तलाश में हूँ। केवल विनाश ही मेरे दर्द को रोक सकता है, लेकिन अपने पागलपन में, मैं उसके प्यार की आख़िरी निशानी को मार सकती हूँ। मुझे ध्यान रखना है। अपने उतार-चढ़ाव वाले जीवन से कुछ सार्थक निकालना है। एक जीवित धड़कते हुए बच्चे को। और मेरे बेहोश दिल की धड़कनों को तब तक पकड़े रहना है, जब तक कि मैं उसे सुरक्षित रूप से जन्म न दे दूँ। मुझे याद नहीं कि मैं कितनी देर तक इस अस्पताल के बिस्तर पर बेहोश पड़ी

रही, लेकिन मुझे यहाँ अच्छी नींद आती है। अपने सपनों में, मैं मौत को शाही कपड़ों में देखती हूँ। ऐसा लगता है कि वह उदास हँसी हँस रहा है। एक विरोधाभास, मुझे पता है, लेकिन मौत जीवन की तरह सुंदर है। जब जीवन वैसा था जैसा मैं चाहती थी। मौत आँसुओं के इस महान गड्ढे में जीवन जैसा दिखता है। संध्या, मेरी दोस्त, जब मैं इस अस्पताल से बाहर निकलूँगी तो सबसे पहले अपनी वसीयत बनाऊँगी। "प्ले आउट द प्ले।" जैसा शेक्सपियर ने कहा था। मैं अपनी भूमिका निभाऊँगी और दुनिया से चली जाऊँगी। अगर मैं लड़के को जन्म देती हूँ, तो मानस का परिवार उसे छीन लेगा और उसे अच्छी तरह से पालेगा लेकिन अगर मेरी कोई लड़की होगी, तो वे उसकी अवहेलना करेंगे। क्या तुम मेरी बेटी को रखोगी? मुझे पता है कि तुम मेरे बच्चे को अपने बच्चे जैसा प्यार दोगी लेकिन क्या तुम्हारा पति इस बात से सहमत होगा कि तुम अपनी दोस्त की बेटी को गोद ले रही हो? मैं चाहती हूँ कि मेरा बच्चा, लड़की या लड़का, तुम्हारे पास रहे। लेकिन वे तुम्हें लड़का नहीं रखने देंगे। मैं उन्हें अच्छी तरह जानती हूँ। वे तुम्हारा जीवन नर्क बना देंगे। लड़का वंश चलायेगा। मुझे पता है कि वे लड़के की अच्छी तरह से देखभाल करेंगे सो मैं इसे सहन कर लूँगी लेकिन वे मेरी बेचारी लड़की को महत्व नहीं देंगे। उसे शिक्षित होना है, शादी करनी है और वह मेरा कलंक उठायेगी। वह महँगी होगी। उसे पालने और दहेज़ देने का ख़र्च कौन उठायेगा? मैं उसके लिए बहुत सारे पैसे छोड़ दूँगी लेकिन पैसा दाग़ नहीं धो सकता और कौन उस छोटी-सी चीज़ की देखभाल करेगा और प्यार करेगा? मुझे पता है कि तुम उससे प्यार करोगी। अपने बेटे से भी ज़्यादा। मुझे अगले पत्र में बताना कि तुम उसे रख सकती हो या नहीं। मुझे व्यवस्था करनी है। और एक बात, अगर लड़का होता है तो मैं उसका नाम मानस रखूँगी। हालाँकि, हम भारत में ऐसा नहीं करते हैं और हमारे किसी भी बच्चे का नाम परिवार के सदस्यों के नाम पर नहीं रखा जाता है, लेकिन यह यहाँ काफ़ी आम है। बल्कि मुझे यह परंपरा पसंद है। लड़का मानस बनने वाला है और अपने पिता मानस के विपरीत एक लंबा जीवन जीने वाला है... लेकिन अगर मेरी कोई लड़की होती है, तो प्लीज़ उसका नाम दिशा रखना।"

13.

अंकुरण

"माँ, आपने मुझे अपनी दोस्त लोपा के बारे में बताया था।" मैंने पिछले कुछ हफ़्तों में उन शब्दों को अनगिनत बार दोहराया, "क्या उसके बच्चे थे?" पुष्पा, हमारी रसोइया, चाय की मेज़ साफ़ कर रही थी। मैं एक टोस्टेड सैंडविच कुतर रही थी और माँ ने अभी-अभी अपना दूसरा कप चाय से भरा था।

"मुझे नहीं पता कि आपकी बेटी को क्या हो गया है। वह हर दो-तीन दिन बाद लोपा के बारे में पूछती रहती है, सुन रहे हो?" माँ ने पापा से कहा और उन्होंने झुंझलाहट के साथ अख़बार की तरफ़ देखा। वह ऑफ़िस के लिए तैयार थे और समाचार लेखों की मदद से अपनी कार की प्रतीक्षा कर रहा था।

"और मुझे नहीं पता कि माँ को क्या हो गया है। वह मुझे कभी कुछ नहीं बताती। देखते हो पापा?" मैंने माँ के अन्दाज़ में कहा।

"मैंने उससे कई बार कहा है कि हमारा संपर्क टूट गया। वह अमेरिका चली गयी और कुछ पत्र भेजे लेकिन गाँव में उसकी चाची ने पत्रों को गुमा दिया।" माँ ने कहा।

"लेकिन वे मुझे यह नहीं बताती कि वो अमेरिका में कहाँ है। वे कम से कम इतना तो जानती होंगी।"

"मैंने उससे कहा है कि मुझे याद नहीं है। बहुत पहले की बात है। उसे लोपा के ठिकाने में इतनी दिलचस्पी क्यों है?" माँ को ग़ुस्सा आ रहा था।

"मैं हमारे बीच एक संबंध महसूस करती हूँ, क्योंकि उसने किसी ऐसे व्यक्ति को खो दिया था, जिसे वह प्यार करती थी...!" मैंने कहा।

"क्या वे इस बातचीत को सुन सकते हैं?" माँ चिल्लाईं, "उन्हें घर की परवाह नहीं है, सिर्फ़ ऑफ़िस जाते हैं, पैसा कमाते हैं और सोचते हैं कि कर्तव्य पूरा हो गया है। उनकी बेटी का दिमाग़ ख़राब हो रहा है। देखो!" माँ ने पापा का अख़बार छीन लिया।

"नाटकीय मत बनो।" पापा ने कहा, "वह एक लेखिका हैं और बहुत सारे उपन्यास पढ़ती है। सभी साहित्य के छात्रों के सिर में हवा भरी होती है। तुम्हें पता

होना चाहिए। तुम भी साहित्य पढ़ी हो। केवल विश्लेषणात्मक दिमाग़ ही विज्ञान का अध्ययन करते हैं।" उन्होंने माँ के पंजों से अख़बार वापस छीन लिया और आधे पढ़े गये लेख को खोजने लगे।

"तुम्हारे पापा क्या कहना चाह रहे हैं? केवल उनके पास विश्लेषणात्मक दिमाग़ है और हम हवा वाले हैं?" माँ ने ग़ुस्से से मेरी तरफ़ देखा।

"जब तुम मेरे बारे में बात कर रहे होते हो तो तुम उसे संबोधित करते हो और जब तुम्हें उसके बारे में कुछ कहना होता है तो तुम मुझे संबोधित करते हो। यह इतना कन्फ़्यूज़ करने वाला है। तुम दोनों सीधे बात क्यों नहीं करते और मुझे बख़्श नहीं देते?" पापा ने कहा।

"मैं सीधे बात कर रही थी।" मैंने माँ की ओर देखा, "मैं आपकी एकमात्र मित्र के बारे में सामान्य प्रश्न पूछ रही हूँ, जिसमें मेरी दिलचस्पी है। ठीक है, अगर आप बताना नहीं चाहते हैं। अगर मैं कोशिश करूँ तो मैं ख़ुद ही पता लगा सकती हूँ।" मैंने तुनकते हुए कहा।

"मैं तुम दोनों से तंग हूँ! मुझे लगता है कि मेरा ही उसका दिमाग़ ख़राब हो रहा है।" माँ ने अपना माथा दबाया। पापा की गाड़ी आ गयी और उन्हें दूसरा जवाब देने से बचा लिया। उन्होंने अख़बार फेंक दिया और अपना ब्रीफ़केस उठाकर भाग गये। मैं भी उसी समय अपने कमरे में भाग गयी।

मैंने रज़िया सुल्तान की क़ब्र पर एक लेख तैयार किया था। 13वीं शताब्दी में दिल्ली पर शासन करने वाली पहली महिला। ऐतिहासिक स्मारकों से समृद्ध शहर में यह आश्चर्य की बात नहीं थी कि उनमें से कुछ की उपेक्षा की गयी थी, लेकिन दिल्ली सल्तनत की एकमात्र महिला शासक एक बेहतर स्मारक की हकदार थीं, जो पुरानी दिल्ली के तुर्कमान गेट पर सीताराम मार्केट के पास लोगों से भरी संकरी गलियों के बीच सिकुड़ा हुआ था। उस मोहल्ले को बुलबुली खाना के नाम से जाना जाता था। एक घनी आबादी वाला रिहायशी इलाक़ा, जहाँ घर एक के ऊपर एक ऐसे सटे थे कि उनके बीच एक दरार जितनी जगह भी नहीं दिखती। मैं एक घंटे तक क्षेत्र में भटकने के बाद मक़बरे को खोजने में कामयाब रही और वहाँ के घुटन भरे माहौल से दंग थी। कई घरों में खिड़कियाँ भी नहीं थीं, लेकिन एक ऊँची जर्जर इमारत से माचिस जैसी खिड़की खुलती थी, जो लगभग छत रहित मक़बरे के ऊपर फैली थी। उसमें बैठी एक बुर्क़ा पहने महिला ने बताया कि कार्यवाहक-कम-मौलवी परिसर के भीतर रहते थे और शायद दोपहर की झपकी का आनंद ले रहे थे। मैं पत्थरों से उकेरी गयी दो गंदी

क़ब्रों के पास खड़ी थी, जिन्हें व्यापक रूप से साफ़ करने की ज़रूरत थी और इंतज़ार कर रही थी। अपनी दूसरी मंज़िल की खिड़की से लटकी हुई महिला तब तक मुझसे से बात करती रही। उसे अपने घर के आराम से क़ब्रों का सबसे अच्छा व्यू मिल रहा था। पाँच मिनट के बाद केयरटेकर उपस्थित हुए और मुझे उस छोटी-सी जगह में बनी दो क़ब्रों की पहचान के बारे में एक व्याख्यान दिया।

"दूसरी क़ब्र उसकी छोटी बहन साज़िया की है, वह अपनी सुल्तान बहन को समर्पित थी और उसके पास ही दफ़न है।" मौलवी ने कहा था। मुझे नहीं पता था कि रज़िया की कोई बहन साज़िया थी। लेकिन दोनों क़ब्रें साथ-साथ थीं और देखने के लिए वहाँ और कुछ नहीं था। उन पर हर तरफ़ से ज़बरदस्त अतिक्रमण था और मुझे बताया गया कि स्थानीय लोग अंदर नमाज़, और जुमे की प्रार्थना भी करते।

मेरे हैंडबैग में एक कैमरा रखा था। मैंने कुछ तस्वीरें क्लिक कीं और थोड़ा निराश हो रही थी, क्योंकि मुझे इससे विशाल जगह मिलने की उम्मीद थी। तभी एक युवक गली से निकला और दूसरी रहस्यमय क़ब्र की पहचान के विषय में इतिहास का अपना संस्करण देना शुरू कर दिया।

"मैडम, मुझे लगता है कि दूसरी क़ब्र अल्तुनिया की है, रज़िया का दीवाना। उन्हें करनाल के पास उनके विरोधियों द्वारा किराये पर लिए गये डकैतों द्वारा एक साथ मार दिया गया था। रज़िया के भाई उस व्यक्ति की पहचान प्रकट नहीं करना चाहते थे, जिससे उनकी बहन के रिश्ते थे, इसलिए उन दोनों को गुप्त रूप से दफ़नाया गया।"

"हो सकता है।" मैंने कहा, "मैंने सुना है कि एक और क़ब्र है- हरियाणा के कैथल में, जिसे रज़िया सुल्तान की कहा जाता है। अगर उसे करनाल के पास मारा गया था, तो क्या वह उसकी असली क़ब्र नहीं होनी चाहिए और ये दोनों क़ब्रें किसी और की हैं?"

"नहीं मैडम, यह रज़िया की क़ब्र है।" वह नाराज़ हो गया, "उसके दरबार में वज़ीर और उलमा, उन पर शासन करने वाली एक महिला को बर्दाश्त नहीं कर सकते थे इसलिए रज़िया को बाहर कर दिया गया था, लेकिन अपने प्रेमी अल्तुनिया की मदद से उसने दिल्ली के सिंहासन को फिर से हासिल करने की कोशिश की। दुर्भाग्य से, वह अपने सौतेले भाई बहराम से हार गयी और रज़िया अपने बल के साथ कैथल चली गयी। वे एक जंगल में आराम कर रहे थे जब उसे उसके प्रेमी के साथ मार दिया गया, लेकिन उसके रिश्तेदार उनके शव को वापस दिल्ली ले आये। उसे यहीं दफ़नाया गया था क्योंकि उसके पिता सुल्तान इल्तुतमिश, हज़रत तुर्कमान बयाबानी के शिष्य

थे। बाबा की मज़ार देखी है? यहीं पास में है। उनकी मृत्यु उसी वर्ष हुई जब रज़िया सुल्ताना की हत्या हुई थी। तुर्कमान गेट का नाम उन्हीं के नाम पर रखा गया है।"

"क्या आकर्षक कहानी है।" मैंने कहा।

"यही है पुरानी दिल्ली की ख़ूबसूरती। हर गली की एक कहानी है। इस कॉलोनी को बुलबुली खाना कहा जाता है क्योंकि एक सुल्तान ने अपने पसंदीदा बुलबुल पक्षियों को इकट्ठा किया था और इन हिस्सों में उनके लिए एक अभयारण्य बनाया था। रज़िया के ज़माने में इतनी भीड़भाड़ नहीं थी। वास्तव में, मैंने सुना है कि उन दिनों यह एक जंगल था, बियाबान, जिससे हज़रत तुर्कमान बयाबानी का नाम पड़ा है। कई पीर-फ़कीर जंगल में घूमते रहे। हालाँकि, अधिक रंगीन कल्पना वाले लोग दावा करते हैं कि बुलबुल पक्षी नहीं थे। बल्कि बुलबुलें सुल्तान की दासियाँ थीं और उसने इस गली में अपने हरम की औरतों को रखा था।"

"आप कहानियों का ख़ज़ाना हैं।" मैं हँसी। हम धीरे-धीरे चल रहे थे। बजरी के पत्थरों पर रिक्शा के चक्के बज रहे थे। बुर्क़ा पहने कई महिलाएँ और टोपी पहने पुरुष टहल रहे थे। कुछ लोग अपने कतारबद्ध घरों के बाहर बैठे थे या गपशप कर रहे थे। बच्चे सड़क के किनारे गटर के पास दौड़ रहे थे। वह एक पूरी तरह से अलग दुनिया थी।

हम एक खुली जगह पर पहुँचे जो शोर भरी गलियों के बाद एक राहत थी। मैंने सीताराम बाज़ार से प्रवेश किया था, लेकिन मुझे समझ नहीं आ रहा था कि अब मैं कहाँ हूँ। वह समाचार रीलों के एक दृश्य की तरह लग रहा था। कोई भी बायें और दायें चलने वाले रिक्शा और साइकिलों की संख्या की गणना नहीं कर सकता था। कई पुरुष विविध वस्तुओं से लदी हाथ-गाड़ियों को खींच रहे थे। फल, सब्ज़ियाँ, कपड़े, हार्डवेयर से भरे वैगन, घोड़ा-गाड़ियाँ, बैलगाड़ियाँ धूल से ढकी हवा में घूम रहीं थीं। कूड़ा चुनने वाले खुले सीवरों से पटे फुटपाथों पर पड़े कूड़ेदानों से छोटी-मोटी वस्तुएँ उठा रहे थे। यातायात की भीड़ से भी मैं दूर एकान्त में एक पेड़ देख सकती थी, जहाँ पुरुषों का एक समूह सम्मानजनक रवैये में जमा था। थोड़ी दूरी पर एक दुबला-पतला बूढ़ा आदमी बैठा था जिसके गाल धँसे हुए थे, नाक लटकी हुई थी और उसकी लाल और सफेद रंग की लंबी दाढ़ी थी।

"वह कौन हो सकता है?" मैंने कहा।

"यह जगह अब जंगल नहीं है, लेकिन फिर भी यहाँ आपको उसके जैसे कई

फ़क़ीर घूमते हुए मिलेंगे। वे पुरानी दिल्ली के रहस्यों भरे आकर्षण से खिंचे चले आते हैं। वे यहाँ विभिन्न मज़ारों में माथा टेकने के लिए आते हैं और कुछ दिनों के लिए रुकते हैं। कुछ आते हैं और बिना किसी निशान के ग़ायब हो जाते हैं। लेकिन कुछ यहीं की सड़कों में बस जाते हैं। वह अलौकिक शक्तियों वाला एक फ़क़ीर है। क्या आप अलौकिक में विश्वास करती हैं, मैडम? आप चाहें तो उससे बात कर सकते हैं। मैं वहाँ बैठे आदमियों को जानता हूँ। वे चले जाएँगे और आप उससे अकेले में बात कर सकते हैं।" उसने जवाब दिया।

"ठीक है!" मैं हिचकिचाई, "लेकिन मैं ज़्यादा पैसे नहीं लाई हूँ।"

"चिंता मत करो मैडम, वह पैसे नहीं माँगता है, लेकिन आप चाहें तो दस-पंद्रह रुपये दे सकते हैं।" उसने कहा।

मैं सहमत हो गयी। वह बैठे हुए समूह के पास दौड़ा और मैंने धीमी गति से पीछा किया। जब तक मैं वहाँ पहुँची, सभी लोग वहाँ से निकल चुके थे। केवल फ़क़ीर बाबा ही ज़मीन पर बैठे रहे। पहले की तरह। उनका एक ईमानदार मुरझाया हुआ चेहरा था, लेकिन उसकी आँखें जवानों जैसी चमकीली थीं। उन्होंने एक अच्छी तरह से बुनी हुई टोपी, धूल से भरा कुर्ता, चेक वाली पुरानी लुंगी पहन रखी थी और उसका सख़्त चौकोर जबड़ा मेरे स्वागत के लिए मुस्कान में पिघल गया। मेरे युवा मार्गदर्शक ने सलाम किया और कहा, "अलविदा मैडम, आपसे मिलकर अच्छा लगा। यदि आप फिर यहाँ से गुज़रना, तो मुझे एक बार ज़रूर याद करना।"

मैंने धन्यवाद कहा और उसे पचास रुपये का नोट दिया। उसने बिना गिने पैसे रखे, एक बार फिर सलाम किया और चला गया।

"बाबा!" मैंने हाथ जोड़कर ज्ञानी फ़क़ीर को प्रणाम किया, "क्या यह संभव है कि हमारी आत्माएँ लगातार धरती पर भटकती रहें और अलग-अलग शरीर धारण करें? और यदि प्रेम सच्चा हो, तो पिछले जन्म से दो प्रेम-पीड़ित आत्माएँ एक-दूसरे को नये शरीरों में पातीं हैं?"

"सर्वशक्तिमान ईश्वर के अजीब तरीक़े हैं।" वह मुस्कुराया। उनकी आँखें और तेज़ हो गईं, "यह लो!" उन्होंने कहा और अपना दाहिना हाथ बढ़ाया। मैंने अपनी हथेली उनकी मुट्ठी के नीचे रख दी। उन्होंने मेरे हाथ में एक गोल बीज जैसा पदार्थ गिरा दिया। वह क्रिमसन-लाल और गर्म था। मेरी हथेली के खोखले जितना बड़ा।

"इसे एक बगीचे में गाड़ दो।" उन्होंने कहा, "हो सके तो पानी के पास, जहाँ भी

यह उगेगा, आपकी तलाश करने वाली आत्मा वहीं आपको खोज लेगी।" दोपहर के सूरज ने उनके सिर पर तेज़ किरणें डालीं, और उनकी दाढ़ी के तार काते हुए चाँदी की तरह चमक गये। मेरे माथे पर पसीने की बूँदें फूट पड़ीं। मैंने बीज को अपने हैंडबैग में रखा और कुछ पैसे देकर उन्हें धन्यवाद दिया। उन्होंने बिना विरोध के पैसे स्वीकार कर लिये।

मैंने अपने बग़ीचे में, लॉन में पानी देने के लिए बने नल के पास बीज बोने पर विचार किया, लेकिन मेरे परिवार या परिवारिक-मित्रों के अलावा किसी और के हमारे निजी स्थान से गुज़रने की बहुत कम संभावना थी। इसलिए, मैंने एस्स बिल्डिंग के कैफ़ेटेरिया के सामने वाले बग़ीचे के फ़व्वारे के पास बीज को दफ़ना दिया। मैंने हाल ही में माली द्वारा तैयार किये गये प्रकाश और छाया के एक हॉटबेड का चयन किया था, और दो छोटे-छोटे सुंदर पौधों के बीच अपना बीज बोया। बग़ीचे के पास से प्रतिदिन असंख्य लोग गुज़रते। मेरे बीज रोपने के तीन-चार दिनों के अंदर मानस शास्त्री का कैफ़ेटेरिया में प्रवेश हुआ और बाक़ी एक विकसित होता इतिहास था।

बाद के हंगामे में, मैं रज़िया सुल्तान पर लेख को पूरा करना भूल गयी। मुझे मानस से मिलने से पहले अभी दो बेचैन दिन काटने थे, सो रज़िया मेरी अशांत स्मृति से बाहर निकल आई। कुछ प्रयासों के बाद, मैं बुलबुली खाना की अपनी यात्रा का एक विडंबनापूर्ण लेखा-जोखा लिखने में कामयाब रही, जहाँ प्रारंभिक-मध्यकालीन भारत की देदीप्यमान बुलबुल को उसके अंतिम विश्राम स्थल में क़ैद किया कर गया था। जब मैं थोड़ी देर बाद कार्यालय पहुँची तो मैंने श्री मजूमदार को लेख प्रस्तुत किया, "मेरे पास किताबों पर लिखने के लिए कुछ भी नहीं था इसलिए मैंने एक बड़े पैमाने पर नज़र-अंदाज़ किये गये स्मारक के बारे में एक टुकड़ा लिखने के बारे में सोचा। मुझे लगता है कि इसे शहर के पृष्ठ में लिया जा सकता है।" मैंने कहा। उन्होंने एक नज़र में लेख को देखा।

"अच्छा!" उन्होंने कहा, "संजय एनसीआर और उसके आस-पास के ऐतिहासिक स्थलों पर एक कॉलम का प्रबंधन कर रहे हैं। मैं उसे लेख भेजूँगा। मुझे आपका काम और अलग-अलग चीज़ों को आज़माने का आपका उत्साह पसंद है। आपका लेखन बहुत विस्तृत और फ़ीचर-शैली में है, जो समाचार पत्रों के लिए उपयुक्त नहीं हो सकता है, लेकिन वे पत्रिकाओं के लिए एकदम सही होंगे। मिस्टर चटर्जी, हमारे सीईओ, अपने बहनोई मिस्टर बनर्जी के लिए एक पत्रिका शुरू करने की योजना बना रहे हैं। मैं उन्हें आपके नाम की सिफ़ारिश करूँगा।"

"धन्यवाद!" मैंने ज़ोर से कहा, "मुझे लगता है कि मुझे एक पत्रिका के लिए काम करने में काफ़ी मज़ा आयेगा।"

यह मेरे ग़ैर-मौजूद करियर की दिशा में पहला सकारात्मक क़दम था और मैं इससे काफ़ी ख़ुश थी। मैं एक पत्रिका के साथ अपनी आने वाली सफलता का जश्न मनाने के लिए कैफ़ेटेरिया की ओर बढ़ी। प्लान ने अभी तक जन्म नहीं लिया था, लेकिन एक स्वस्थ भ्रूण के विकास की उम्मीद की जा सकती थी और सुंदर शिशु के साथ एक आकर्षक भविष्य का सपना देखा जा सकता था। मैं बग़ीचे में गयी। उद्यान भले ही बहुत सुंदर नहीं था, लेकिन उसमें एक खिंचाव था। कोई भी उसके प्रभाव से अछूता नहीं रह पाता। ध्यानपूर्वक रख-रखाव ने उसके विशेष आकर्षण को बनाये रखा। वह चमेली और पैंसी का मौसम था। गुलदाउदी, गुलाब, गेंदा के गुच्छों के बीच कई कबूतर थे, जो फूलों की सुगंध के साथ वायलेट हवा में असंख्य रंगों के साथ अपनी गड़गड़ाहट को एकीकृत करते थे। सावधानीपूर्वक झुकी हुई झाड़ियों में मुझे वह जगह मिली, जहाँ मैंने बीज को दफ़ना दिया था और उसी गुहा में मैंने एक ज्वलंत पौधे को खिलते हुए देखा। उसका तना, पन्ना जैसे हरे रंग में फट रहा था और नवजात पत्ते नरम शाखाओं पर उलझे हुए थे। गुलाबी और लाल रंग की परतों में पत्तों की पंखुड़ियाँ गुलाब की तरह खिल रही थीं। एक युवा माली एक फूलों के बिस्तर की छँटाई कर रहा था और उसने मुझे सूरज की किरणों से लदे हरे-भरे पौधे का अवलोकन करते देखा।

"कभी-कभी पक्षी और गिलहरियाँ दूर-दूर से बीज लाते हैं और इधर-उधर छिपा देते हैं। यह कुछ ऐसा ही होना चाहिए जो उन्होंने बग़ीचे में गिराया हो। पौधा इतना सुंदर है कि मेरा इसे उखाड़ने का दिल नहीं किया। यह अपने पड़ोसी फूलों को परेशान किये बिना शांति से बढ़ रहा है इसलिए मैंने इसे अकेला छोड़ दिया है। देखते हैं कि उन छोटी शाखाओं में क्या उगता है।" उसने मुझसे कहा।

"हाँ!" मैंने उत्तर दिया, "चलो गठन की प्रक्रिया में हवाई भ्रूण को देखते हैं, अभी हमारे पास केवल एक छाप है। हमें इसके विकास की प्रशंसा करनी चाहिए और इसके भयावह और दिलचस्प होने की प्रतीक्षा करनी चाहिए। शायद यह एक रोग की तरह बढ़ता जाए, दर्द और पीड़ा दे, फलते-फूलते हुए ज़हरीला और घातक हो जाए।"

माली मुँह खोलकर देखता रहा। मैं मुस्कुराई और कैफ़ेटेरिया की ओर चल पड़ी।

14.

चंद्रमा उसके साथ यात्रा करता है

"तुमने कहा था कि जब तुम आख़िरी लड़की के साथ थे तो तुम अचानक ...उम्म ...लिम्प हो गये ...तो क्या ऐसा होता है ...अकेले में भी?"

"सॉरी!"

उसने मुझे तय समय पर पिक किया और हम सूरजकुंड की ओर जा रहे थे। हमारी पिछली मुलाक़ात के बीच की अवधि में, मैंने मुख्य रूप से हमारे चुंबन के स्वाद पर विचार किया था, और एक बार फिर उसकी निकटता ने शारीरिक अंतरंगता की स्मृति ताज़ा कर दी, लेकिन मेरी इस अभूतपूर्व भावना के कई पूर्व भागीदारों के होने की बात मुझे चुभती।

"मेरा मतलब है... आपको महिलाओं के साथ रहने की इच्छा नहीं होती या आपने अपनी सारी... उम्म... ड्राइव खो दी है?"

"सेक्स ड्राइव, तुम्हारा मतलब है?" वह हँसा। एक जगमगाती किरण ने उसकी चॉकलेट रंग की शर्ट पर सोने के छींटे फेंके। वह गहरे रंग के कपड़ों में क़यामत ढा रहा था।

"इग्ज़ैक्टूली!" मैंने ख़ुदको नाटकीय रूप से, हाथ से हवा करते हुए कहा। मौसम उमस भरा था। मुझे डर था कि यह कोई तूफ़ान लायेगा और हम जहाँ भी जा रहे थे, वहाँ फँसे रह जाएँगे।

"तुम मुझसे जो चाहे पूछ सकती हो। मुझे नहीं लगता कि तुम प्रूड हो!" उसकी भारी आवाज़ में कोई दिलचस्पी नहीं थी। सौवीं बार मैंने उसकी शांति पर आश्चर्य किया, और जानना चाहा कि क्या उस अन्दाज़ को उसने केवल मेरे लिए सुरक्षित रखा है या वह सभी के साथ ऐसा ही था।

"जो भी हो।" मैंने अपना मुँह घुमाया और खिड़की के बाहर देखा। हम सरिता विहार पार कर रहे थे और दोपहर का सूरज पूरे वैभव के साथ प्रकाश बिखेर रहा था। आसन्न तूफ़ान उदासीन बादलों के नीचे छुपा था।

"मुझे बताओ, क्या तुम अपने साथ खेलती हो?" उसने सपाट रूप से कहा।

उसके चौड़े माथे पर अनियंत्रित भूरे बालों की लटें उड़ रही थीं। जब उसके अभिमानी भौंहों पर आधा उपहास और आधा तिरस्कार का भाव नहीं रहता, तो वह किसी छोटे लड़के की तरह लगता।

"क्या?" खुली खिड़कियों से ट्रैफ़िक की चीख़-पुकार सुनाई दे रही थी। मैंने शोरगुल में न सुनने का नाटक किया।

"क्या आप ख़ुद को छूते हो?" उसने उसी स्वर में कहा।

"तुम ऐसा क्यों पूछते हो?" मैं भड़की।

"तुम मुझसे यही सवाल पूछना चाहती थी?" उसने आराम से कहा।

"तो तुम मुझे जवाब क्यों नहीं देते? मैंने पहले पूछा था।" मैंने पलटवार किया।

"मगर तुमने नहीं पूछा। तुम बस उम्म करती रही। तो, तकनीकी रूप से मैंने पहले पूछा है। अब तुम्हें समझ आ जाना चाहिए कि जो तुम्हारे मन में है उसे बिना किसी हिचकिचाहट के कहना चाहिए।" उसके मूर्ति जैसे स्कल्प्टिड चेहरे पर शिकन भी नहीं थी।

"अमूल्य पाठ के लिए धन्यवाद। चूँकि आपने मेरे प्रश्न का उत्तर नहीं दिया था, इसलिए मैंने भी उत्तर देने से इंकार कर दिया।" मैंने उसकी शांति का अनुकरण करने की कोशिश की और अपने उड़ते बालों को समेटा।

"मुझे जवाब देने में कोई आपत्ति नहीं है। नहीं, मुझे नहीं लगता कि मैंने अपनी ड्राइव खो दी है, लेकिन सेक्स में मेरी दिलचस्पी नहीं है। शायद, मैंने अपनी इच्छा पूरी कर ली है।" उसके क़बूलनामे ने मेरे दर्द को छू लिया। मैंने भी उत्साह खो दिया था, लेकिन सिर्फ़ उसके साथ से मेरा दिल जुनून से भर जाता।

"फिर मुझे चूमा क्यों...?"

"किस इज़ डिवाइन! इसकी सेक्स से तुलना भी नहीं की जा सकती। तुम एक असामान्य रूप से आकर्षक स्त्री हो और मुझे तुम्हें चूमने का मन हुआ।"

हमने शेष दूरी एक स्वप्निल सन्नाटे में तय की। वह निकट होते हुए भी दूर ही रहा और मैं उसके आवारा विचारों की गूँज भी नहीं पकड़ पाई। हम जहाँ भी जा रहे थे, क्या वह मुझे वहाँ चूमने वाला था? कभी लगता वो पास आना चाहता है तो कभी दूर। कभी आग लगता तो कभी बर्फ़ का गोला।

"हम लगभग पहुँच गये हैं।" उसने कहा। हमने एक छोटे से रास्ते को पार किया

जिसके दोनों ओर पेड़ थे। मेरी आँखों के सामने एक दो मंज़िला इमारत प्रकट हो गयी। आख़िरी दूरी हमने धीरे-धीरे तय की, फिर बायें मुड़े और हरियाली के बीच में निर्मित एक सुंदर शेड में कार खड़ी कर दी। मुझे कोई फूल दिखाई नहीं दे रहा था, लेकिन कई ऊँचे और छोटे पेड़ प्रहरी की तरह खड़े थे। मैं कार से उतरी और उसके पीछे-पीछे चल दी। हम एक साधारण इमारत की कुछ सीढ़ियाँ चढ़े, जो न तो बहुत बड़ी थी और न ही बहुत छोटी, लेकिन कुछ बीच में और एक खुले बरामदे पर पहुँचे। बेदाग़ दीवारों और दरवाज़ों को सफ़ेद रंग से रंगा गया था। सभी बंद कमरे एक तरफ़ सीधी रेखा में थे और विपरीत दिशा में हरियाली का एक शानदार दृश्य दिखाई दे रहा था।

"यह गेस्ट हाउस है। एक मिनट रुको। मैं चाबी ले कर आता हूँ।" उसने कहा।

मैं इधर-उधर देखती चुपचाप खड़ी रही। एक पिन-ड्रॉप साइलेंस था। गलियारे के दूर छोर पर दो आदमी, सीधी पीठ वाली कुर्सियों पर बैठे बातचीत कर रहे थे। कोई तीसरी आत्मा नहीं थी। यहाँ तक कि पत्ते भी नहीं हिले और झाड़ियों से कोई पक्षी नहीं निकला। वह दस मिनट के भीतर एक लंबे छोकरे के साथ लौटा, जिसने दरवाज़ा खोला और चुपचाप चला गया। मुझे अजीब या शर्मिंदा महसूस करने का कोई मौक़ा नहीं मिला क्योंकि किसी ने मेरी तरफ़ नहीं देखा। मानस ने नेतृत्व किया और मैंने सफ़ेद कपड़ों से सज्जित एक विशाल डबल-बेड लगे कमरे में प्रवेश किया। भारी फर्नीचर, टेलीविज़न या कोई भव्य प्रदर्शन नहीं था। सफ़ेद रंग से ढका सोफ़ा-सेट एक आयताकार मेज़ को आधा घेरे हुए कोने में खड़ा था। हम वहाँ चुपचाप बैठ गये और कमरे की पड़ताल की।

"यह ऑफ़ सीजन है। सूरजकुंड मेले के दौरान यहाँ इतनी शांति नहीं होती है।" उसने कहा।

"मैं कई बार मेले में गयी हूँ।" मैंने उत्तर दिया, "मुझे नहीं पता था कि तुम मुझे कहाँ ले जा रहे थे। मुझे लगा कि हम मेले के मैदान में जा रहे हैं।"

"ओह!" उसने बेचैनी से कहा, "मुझे खेद है। जब हमने इसके बारे में बात की तो क्या मैंने गेस्टहाउस का ज़िक्र नहीं किया? मुझे याद नहीं है। तुम वहाँ जाना चाहती हो? मेले की जगह तो ख़ाली होगी।"

"मैं जानती हूँ। मुझे लगा कि ख़ाली होगा इसलिए हम वहाँ चुपचाप बैठेंगे। लेकिन यह बेहतर है। यह शांत है और हम बहुत आराम से बैठे हैं।"

वही छोकरा फिर से एक ट्रॉली के साथ कमरे में दाख़िल हुआ और मज़बूत

लकड़ी की मेज़ पर बीयर की बोतलें, गिलास, मूँगफली और वेफर्स से लदी एक बड़ी ट्रे रख दी। उसने दो बोतलों की सामग्री को लंबे गिलास में भर दिया और कमरे का दरवाज़ा खुला छोड़कर चला गया। मानस ने मुझे एक गिलास दिया, जल्दी से अपना फेनदार मग उठा लिया और एक घूँट में गिलास ख़त्म कर दी। मैं सोफ़े पर आराम से टिक कर धीरे-धीरे पी रही थी लेकिन हमने एक मिनट में दो बोतलें ख़त्म कर दीं। मानस अधिक ऑर्डर करने के लिए बाहर गया और पाँच मिनट बाद वापस आ गया।

"क्या तुम वाक़ई सहज हो?" उसने पूछा। उसकी आवाज़ में पहली बार चिंता थी।

"हाँ!" मैंने उत्तर दिया।

छोकरा अपनी बीयर की ट्रॉली के साथ वापस आ गया था। पहली नज़र में वह अनाड़ी दिखता लेकिन बड़ी देखभाल से सभी बोतलें संभाल रहा था। उसका काला चेहरा इतना पतला था कि गालों से हड्डियाँ दिख रही थीं। उसने एक साफ़-सुथरी नीली शर्ट पहनी हुई थी और उसकी ढीली पतलून उसके पतले पैरों पर अजीब तरह से लटकी हुई थी। उसने मेज़ पर चार बोतलें रखीं और मानस को श्रद्धा से देखा।

"ठीक है बबलू।" मानस ने कहा, "अगर हमें और चाहिए तो मैं तुम्हें बुला लूँगा। एक ओपनर को बीयर के साथ छोड़ दे और दरवाज़ा बंद कर दे। धन्यवाद।"

बबलू का आकर्षक विनम्र व्यवहार था। वह झुककर चला गया और पीछे दरवाज़ा बंद कर दिया। मानस ने दो बोतलें खोलीं।

"मैं बोतल से पीना पसंद करती हूँ।" मैंने कहा। उसने मुझे एक ठंडी बोतल दी और मग में अपनी बीयर डाल दी। हमने कुछ मिनटों के लिए चुपचाप पिया।

"तो तुम यहाँ पहले भी आ चुके हो?" मैं अपनी भौहें जोड़ीं और आँखें मिचमिचाईं। वह मुझे ताज्जुब से घूर रहा था और फिर से हँसने लगा।

"कई बार। लेकिन अन्य उद्देश्यों के लिए।" जवाब आया।

"क्या उद्देश्य?" मैंने कहा।

"ठीक है, मैं मानता हूँ कि मैं एक संदिग्ध चरित्र का व्यक्ति हूँ। तुम अपनी पसंद के अनुसार मेरे राक्षसी स्वभाव को सुशोभित कर सकती हो, लेकिन सच्चाई यह है कि मैं एक नीरस जीवन जीता हूँ और हर रोज़ हर तरह के उबाऊ लोगों से मिलना पड़ता है। ऐसा अक्सर नहीं होता है कि मैं इतनी आकर्षक कंपनी में रहूँ।" वह दुष्टता से हँसा। हमने कुछ देर शांति से पी।

“क्या तुम वाक़ई सहज हो?” उसने फिर पूछा।

“बार-बार ऐसा क्यों पूछते हो?” मेरा सिर थोड़ा भारी था और मेरा शरीर हल्का महसूस हो रहा था।

“क्योंकि अगर तुम उस ख़ूबसूरत लाल टॉप को उतार दो, तो तुम अधिक सहज महसूस करोगी।” उसने अचानक कहा।

“क्यों, मेरे टॉप में क्या ख़राबी है?”

“कुछ भी तो नहीं। सुंदर है, लेकिन जो अंदर है वह और भी सुंदर होना चाहिए।” उसके अन्यथा अभिव्यक्तिहीन स्वर में एक सुखद संकेत घुस गया था। एक पल के लिए मैं निश्चल बैठी रही।

“मुझे ऐसा नहीं लगता...!” मैं बड़बड़ाई और अपनी आँखें बंद कर लीं। वह बिना किसी तार को छुए मुझे एक जंगली संगीत की तरह उत्तेजित कर सकता था।

“मुझे जज करने दो!” वह उठा और दरवाज़े को बोल्ट कर दिया। मैंने सोचा कि वह मेरे पास आयेगा। मैं मोहित आँखों से उसे देख रही थी। उसकी पुरुषत्व से बनी आकृति धुएँ के रंग की रोशनी में भाप बनकर उड़ रही थी, लेकिन वह वापस अपनी सीट पर आ गया। मैंने एक घूँट बीयर पी और अपने तंग टॉप से बाहर निकल गयी।

“हाँ, मुझे पता था कि वे सुंदर हैं। तुम अपनी ब्रा हटा कर अधिक सहज क्यों नहीं हो जाती?” उसने धीरे से कहा और सिगरेट सुलगा ली। मैंने अपनी आँखें आधी बंद रखीं, लेकिन पलकों के नीचे से मैं धुएँ के झोंकों में उसकी मायावी आकृति धुंधली होती देख सकती थी। दरवाज़े के अलावा प्रकाश का एकमात्र स्रोत भारी पर्दे वाली एक खिड़की थी और कमरा साँवली रोशनी से भरा था। मेरी आँखें पहले से ही शराब की शानदार धुंध में घिरी हुई थीं और उसकी सिगरेट की नोक पर जलती हुई नारंगी-लाल बत्ती ने मुझे सम्मोहित कर दिया। मैंने अपनी ब्रा उतार दी। वह कुछ सेकेंड के लिए शांत हो गया। मैं हम दोनों के बीच चल रही धूल भरी-मीठी हवा को सूँघ सकती थी और अपने दिल की गर्जना सुन सकती थी।

“सुंदर...!” उसकी वज़नदार आवाज़ ने मेरी त्वचा को सहलाया, “अब अपनी जींस उतारो!” मैं एक आदिम आवेग के जादू में डूब गयी। मिज़ाज, एकांत, शराब, धुआँ और उसकी मदहोश कर देने वाली उपस्थिति किसी भी महिला का सिर चकरा देने के लिए काफ़ी थी। वह अपनी इच्छा पूरी कर सकता था और मैं उसका अनुसरण करने के लिए मजबूर थी। तंबाकू जलने की तीखी गंध से मेरी साँस फूल रही थी।

वह मेरा मालिक बन गया। मैंने अपने बचे हुए कपड़े उतारे और उसके सामने खड़ी हो गयी।

"क्या तुम चल सकती हो?" उसने बोझिल आवाज़ में कहा। वह सिगरेट से धुएँ का गुबार उड़ा रहा था और हम चमकीली धुंध में डूब गये।

मैं चलने लगी। मटमैली चाँदी जैसे धुएँ से परे, उसका पीला चेहरा मेरे सामने था। सुगन्धित अतीत की स्मृतियों की तरह घटते और फिर से प्रकट होते हुए। उन्हीं झलकों और दूर के दृश्यों की वापसी का आश्वासन देते हुए, जब हमने अपने हिस्से खेले थे, और उन्हें अधूरा छोड़ दिया था। निश्चित रूप से मैं विदेशी पेड़ों की गंध से सुगन्धित हवा में लहराती चाँदनी की तालाब पर पहले भी चली थी। मैं कौन थी? लोपा या लोपा की बेटी? और जब मानस मेरे साथ था, हवा में काव्य-रस घोलता तो क्या फ़र्क़ पड़ता?

"मेरी लाल होंठों वाली सुंदर सितारा...!" उसने धीरे से कहा। क्या मैंने इसकी कल्पना की थी?

"मेरे पास आओ!" उसने धीरे से कहा, "मेरे ख़ूबसूरत सितारे...!" उसने अपनी बाँहें फैला दीं। मैं दौड़कर उसके पास गयी और उसने मुझे अपनी गोद में बिठा लिया।

"आराम से बैठो!" उसने कहा और मेरे नितंबों को अपने पैरों के बीच समायोजित करने में मेरी मदद की। मैंने गलियारे पर कुछ क़दमों की आवाज़ें सुनी। उस ज्वलंत कमरे के बाहर लोगों के लिए वह एक सांसारिक दिन हो सकता था लेकिन मेरी दुनिया रुक गयी थी। मुझे बस अपना कमरा याद रह गया। मेरी दबी हुई भावनाएँ, और यह कि मैं एक ऐसे आदमी की गोद में लिपटी थी, जिसका अस्तित्व बहुत कम समय में, मेरे लिये किसी और से ज़्यादा मायने रखने लगा था। मुझे याद नहीं कि पिछली बार कब ऐसी अनुभूति हुई थी। वह पीछे से मेरे शरीर को निचोड़ रहा था और मैं आँखें बंद कर दर्द भरे आनंद में डूबी थी। थोड़ी देर बाद उसका हाथ नीचे था और जैसे ब्रह्मांड का सारा हर्ष मेरी धड़कनों में बह गया। मेरी पीठ के चारों ओर उसकी गर्म साँसें चल रही थीं। मेरी बंद आँखों के सामने एक भव्य सपना आया, और मैं ख़ुशी से चीख पड़ी।

"ऐसी आवाज़ें करो जैसे कोई सुन नहीं रहा... मुझे नाम से बुलाओ...!" उसने कहा। मैंने पसीने, निकोटीन, बीयर और परफ्यूम की तीखी गंध लेते हुए अपना सिर पीछे कर लिया। विभिन्न छवियों को एक साथ याद करती एक भ्रमपूर्ण जीवन का ऑप्टिकल रूपांतरण, जहाँ विशाल पेड़ों से छायांकित एक घर था और चाँदनी से भरे

आँगन में दो प्रेमी नग्न नृत्य करते थे। उसके होंठ भूख से मेरे शरीर को नोंच रहे थे। खुरदुरी उँगलियाँ मेरे भीतर बहुत गहरी समा गयी थीं। मैं उसका नाम लेती, जाने क्या-क्या चीख़ती, ख़ूबसूरत रंगों के बादलों की सवारी कर रही थी।

"यू वॉंट मी? है ना?" उसने मेरे कान के नीचे काटा और फुसफुसाया। मेरी टाँगों के बीच ख़ून की लहर दौड़ गयी और मैं उसकी गोद में बिना पंखों के पक्षी की तरह फड़फड़ाने लगी।

"हाँ...!" मैं ज़ोर से कराह उठी, "तो तुम मुझे क्यों प्रताड़ित करते हो?"

"ऑल इन गुड टाइम, बेबी।" उसने कामुक स्वर में कहा, "क्या यह अच्छा नहीं लग रहा? इस लज़ीज़ यातना के बाद प्यार करने में ज़्यादा मज़ा आयेगा। उसने मेरे होंठों पर होंठ रख दिये और उसकी जीभ मेरे अंदर चली गयी जैसे एक मशाल गर्मी बिखेर रही हो।

"कब...?" मैं विनती कर रही थी। एक हज़ार इच्छाएँ मेरे सिर में घूमती हुई समुद्र में बनते चक्रवात की तरह दहाड़ रही थीं।

"हश!" उसने कहा, "वो दिन भी आयेगा। अभी इस पल को महसूस करो। अपने पैरों के बीच ध्यान लगाओ, यह जीवन का केंद्र है और इसकी तहों के भीतर तुम्हारी पहुँच से परे के चमत्कार है। तुम जितना चाहो उतना अपने-आप को छू कर खेल सकती हो लेकिन केवल मेरी उँगलियाँ संगीत बना सकती हैं।" वह उसकी लय थी, मेरी कविता, उस सिम्फोनिक संभोग में, यूनिवर्सल और इटर्नल की बात करने का क्या फ़ायदा था? केवल वर्तमान माधुर्य मायने रखता था। मैं एक बिजली की गड़गड़ाहट की तरह कंपन करती, गूढ़ मात्रा में बढ़ती और बहती रही, फिर मैं एक चीख़ के साथ शांत हो गयी।

बाहर गरज और बारिश हो रही थी। बादल उमड़-घुमड़ कर झूम उठे थे और चमचमाती शैंपेन की तरह बरस रहे थे। पर्दा हिल रहा था, बाहर बैंगनी रंग के अँधेरे टुकड़ों में पानी की बड़ी चादरें भुतहा पेड़ों से टकरा रही थीं। मैं उसके कंधे पर वापस लेट गयी, शांत, तृप्त, उसके दिल की धड़कनें और बिजली में झिलमिलाती बारिश की बूँदों का दिलकश संगीत सुनती। हम लंबे समय तक एक-दूसरे से चिपके रहे। उसकी बाँहें मेरी कमर के चारों ओर घिरी थीं। उसके रसीले होंठ मेरी गर्दन पर थे। फिर उसने मेरी लटों को प्यार से मेरे कानों के पीछे लगाना शुरू कर दिया। मैं खड़ी हुई, हैंडबैग से एक हेयरबैंड निकाला, अपने कपड़े इकट्ठे किये और बाथरूम की ओर चल

दी। मैंने अपने बाल बाँधे और शीशे में देखा। मैं ख़ुद को पहचान नहीं पाई। मेरे गाल मीठी गर्मी से लाल थे, मेरी आँखें नये प्यार से जगमगा रही थीं, मेरे उड़ते बालों से धूप और गुलाब की गंध आ रही थी। मैंने अपने चेहरे पर ठंडे पानी के छींटे डाले। मेरी गर्दन पर फ़िरोज़ी रंग के निशान थे, जो गर्म अंगारे की तरह जल रहे थे, मेरे होंठ पके हुए बेर की तरह सूज गये थे और मेरा मुँह उसके चुंबन के अमृतमय सार से भर गया था।

मैंने आलसी ढंग से कपड़े पहने। मैं बाहर जाकर उसकी 'मैस्क्युलिन औरा' का सामना करने से घबरा रही थी। क्या वह अभी भी उतना ही प्यार करने वाला होगा या मैं उसका एक और अप्रत्याशित रूप देखूँगी? जितना मैं उसके प्रति आकर्षित थी, मैं उसके मिज़ाज के रहस्यमय बदलाव, आँखों में सभी को नीचा दिखाता एक उपहास का भाव और उदासी की बार-बार चमक से डरती थी। मैं जानती थी कि सबसे कोमल पुरुष भी घोर क्रूरता करने में सक्षम थे और हिंसक भावनात्मक चोटों के साथ अचानक हमला करने के लिए इच्छुक थे। क्या मुझे सच में अपने जीवन का सबसे बड़ा प्यार मिल गया था? या मैं हमेशा के लिए मर्दानगी के एक आदर्श अवतार की खोज करने के लिए नियत थी और वह एक अनदेखे धूमकेतु की तरह छिपा रहेगा?

मैंने उसे बिस्तर के किनारे खड़ा पाया, जहाँ मैंने अपना हैंडबैग फेंका था। वह किसी चीज़ को ध्यान से देख रहा था। मैरून पर्दा उसके पीछे उड़ रहा था। खिड़की के शीशों से दानेदार प्रकाश घुस रहा था, पेड़ नीले रंग के पानी से टपक रहे थे और उसका चेहरा कलायडॉस्कोप की तरह रंग बदल रहा था।

"क्या है?" मैंने कहा। उसने मुझे ऐसे देखा जैसे उसने मुझे पहचाना ही नहीं। बारिश की हल्की-सी थपकी के अलावा कोई आवाज़ नहीं थी। शाम हो गयी थी, कमरे के कोने रात की छाया से भरे हुए थे, एक पीला बल्ब जिसे उसने मेरी अनुपस्थिति में चालू किया था, पीलिया जैसी उदासी बना दी थी और मुझे कमरे में एक तीसरी उपस्थिति महसूस हुई।

"हाँ, यह क्या है?" उसने लाइलैक रंग के पत्तों की ओर इशारा किया जो मेरे हैंडबैग से निकल गये थे। बादल बड़बड़ाये और शैतानी आसमान से उतरती काली बारिश का पानी फूटती टहनियों पर टूट पड़ा। अचानक तेज़ होती बारिश का शोर मेरे दिल में दौड़ गया। मैं डर के मारे काँप उठी, मानो उसने मेरे गुप्त षडयंत्र पता लगा लिया हो।

"अरे वह?" मैंने शांत दिखने की कोशिश की, "यह एस्स बिल्डिंग के बग़ीचे में उगा एक अपरिचित पौधे से निकला सिर्फ़ एक अजीब पत्ता है। माली ने कहा कि उसने

ऐसा कुछ कभी नहीं देखा है और शायद किसी उड़ते पक्षी ने कोई विचित्र बीज गिरा दिया। मुझे लगा कि वे सुंदर दिख रहे हैं इसलिए कुछ पत्ते तोड़ लिये। क्या ये अद्भुत नहीं हैं?"

"वाक़ई!" उसने सोच-समझकर उत्तर दिया, "मैं उन पत्तों पर चलचित्रों की तरह असामान्य चित्र देख सकता हूँ। दृश्य में अजीब-ओ-ग़रीब पेड़ थे, बड़े-बड़े कमरों वाला घर था और फिर एक प्यारी-सी औरत का चेहरा। वह मुझे देख कर मुस्कुराई।"

"तुम क्या कह रहे हो?" मैंने घबराकर पत्तों को वापस हैंडबैग में भर दिया। जब मैंने हेयरबैंड को खोला और वाशरूम की ओर भागी तो मैंने उसे खुला छोड़ दिया होगा। वह एक मूर्ति की तरह खड़ा था। चौड़े कंधे झुके हुए थे, उसके गीले बाल उसके चिकने माथे पर फैले थे, और उसकी भूरी आँखें टिमटिमा रही थीं। वह पूरी तरह से निकलने के लिये तैयार था, लेकिन उसकी शर्ट के ऊपर के तीन बटन खुले थे और उसका ऐडम्ज़ ऐपल तनाव में धड़क रहा था।

"मुझे थोड़ा आराम चाहिए!" मैंने कहा। मैंने अपने हैंडबैग से एक लाल लिपस्टिक निकाली, लापरवाही से अपने होंठो को रंगा, अपने हैंडबैग को बंद किया और बिस्तर पर फैल गयी, "तुम भी कुछ देर लेट क्यों नहीं जाते?"

"ज़रूर, क्रिमसन मुँह वाला सुंदर सितारा।" उसने मुस्कुराते हुए कहा, "क्यों चौंक रही हो? ऑस्कर वाइल्ड की यह मेरी पसंदीदा कविता है, क्या तुमने इसे नहीं पढ़ा? ओ ब्यूटिफ़ुल स्टार विद द क्रिमसन माउथ! ओ मून विद द ब्रोज़ ऑफ़ गोल्ड।"

उसने अपनी सुंदर आवाज़ में त्रुटिपूर्ण ढंग से वे पंक्तियाँ सुनाईं और आह भरता मेरी दूसरी ओर गिर गया। हम कंधे से कंधा मिलाकर लेट गये और सामने की दीवार पर थरथराते हुए अपने साये को देखा। तूफ़ान शांत हो रहा था।

"क्या तुमने कुंबुम मोनास्ट्री के बारे में सुना है?" उसने सिगरेट सुलगा ली।

"नहीं!" मैंने जवाब दिया।

"वह अब चीन में है, कहीं ल्हासा के क़रीब। वो पवित्र तीर्थ स्थल है, एक प्रसिद्ध मंदिर और उसके पास एक विलक्षण वृक्ष मौजूद है। किवदंतियों के अनुसार पेड़ एक साधु के बालों से उगा था या जहाँ उसके ख़ून की बूँदें गिरी थीं। कुछ ऐसी कहानी है। जो भी हो, वह पेड़ चमत्कारिक है क्योंकि उसके पत्तों में पवित्र प्रतीक और बुद्ध का चेहरा दिखता है।"

"ओह? लेकिन तुमने कहा था कि तुमने एक महिला का चेहरा देखा है?" मैं

सहम गयी।

"हाँ, वह दृष्टि-भ्रम हो सकता है। मुझे बस इस मठ की याद आ गयी।" उसने सिगरेट मेरी तरफ़ बढ़ाई। "एक कश लेना चाहती हो?" उसने फिर मुझे वह सिगरेट पेश की, जो वह पी रहा था और मैं मना नहीं कर सकती थी।

"क्या मैं तुमसे एक बात पूछूँ?" मैंने एक लंबी कश ली और उसे सिगरेट वापस थमा दी।

"बेशक!"

"तुम्हारी माँ कहाँ थीं... मेरा मतलब है कि तुम कहाँ पैदा हुए थे?" मैं विषय बदलना चाहती थी और उसके पारिवारिक इतिहास के बारे में भी मेरी जिज्ञासा थी।

"लखनऊ!" उसने शीघ्र ही कहा।

"तुम्हारे माता-पिता लखनऊ में रहते थे?"

"हाँ! क्या हम इसके बारे में बाद में बात कर सकते हैं? यह एक दर्दनाक विषय है।" उसने बेचैनी से कहा।

"ठीक है। तो बताओ तुमने.... उममम... मुझसे प्यार क्यों नहीं किया?"

"फिर उममम? मैंने तुमसे कहा था कि मैंने अपने बटुए में कंडोम रखना बंद कर दिया है।"

"यही बात है?" मैंने तुनक कर कहा।

"नहीं!" उसका स्वर व्यंग्यात्मक होता जा रहा था, "लेकिन मुझे लगता है कि तुम्हारी उम्र की सभी लड़कियाँ क्वीन टाइटेनिया होती हैं।"

"क्या?"

"क्या तुमने मिडसमर नाइट्स ड्रीम नहीं पढ़ा है? टाइटेनिया एक प्रेम औषधि के प्रभाव में थी और उसे एक गधे के सिर वाले चरित्र से प्यार हो जाता है। महिलाएँ आदतन उस औषधि से अंधी रहती हैं और किसी भी गधे से प्यार करने लगती हैं।" उसने उपहासपूर्ण ढंग से कहा।

"तो तुम गधे हो?"

"संभवतः या मैं ख़ुद को गधा बना रहा हूँ और तुम डायन हो। मैं मोहित महसूस करता हूँ। इसलिए, मैं तुम्हें एक स्टार के रूप में सोचता हूँ, जिस तक मैं नहीं पहुँच सकता। मैं एक समझदार आदमी हुआ करता था। तुम मुझे लगातार परेशान करती

हो लेकिन मैं किसी तरह अपने-आप को नियंत्रित कर लेता हूँ। मैं ऐसा कुछ नहीं कर सकता जिसका तुम्हें बाद में पछतावा हो। मुझे यह सुनिश्चित करने की आवश्यकता है कि तुम वास्तव में यही चाहती हो।"

"मैं डायन हूँ?" मैं पूरी तरह से थक गयी थी। उसने मेरे कच्चे घावों पर प्रहार किया और मेरे दर्द का माखौल उड़ाया।

"है ना? मुझे संदेह है कि मैं एक अदृश्य आत्मा के रोमांच में हूँ। वह मेरा पाठ्यक्रम तय कर रही है। वह हमारे पास मंडराती है और मुझे अपनी ओर खींचती है। वह भयावह हो सकती है। वह सौम्य हो सकती है। मैं अभी तक आश्वस्त नहीं हूँ। फिर तुम अपने हैंडबैग में अलौकिक वस्तुएँ ले कर आती हो।"

"तुम क्या कह रहे हो?" मैंने दूसरी बार उसी लाइन को गरजते हुए कहा, "वास्तव में... वास्तव में... तुम एक शैतान हो। तुम हो... तुम हो... और वह कविता जो तुमने सुनाई... और मैं? क्या आसमान में कोई साँवला सितारा हो सकता है?" मेरी आवाज़ घुट गयी, आँखें आँसुओं से चुभने लगीं और मैं बिस्तर से उठ गयी। मैं उस दमघोंटू कमरे से बाहर निकलना चाहती थी लेकिन मुझे याद आया कि मैं एक अपरिचित जगह पर थी। मैं ग़ुस्से से असहाय महसूस करने लगी थी। मैं उस गॉडफॉरसेकेन गेस्टहाउस से घर कैसे जाती और बबलू या उस लड़के का जो भी नाम था, क्या सोचता अगर उसने मुझे अकेले वापस जाते देखा? मैं दरवाज़े पर पहुँची और अनिर्णय से रुक गयी।

"कम ऑन, दिवा! तुम एक मज़ाक़ नहीं बर्दाश्त कर सकती?" पीछे से उसकी सुकून भरी आवाज़ गूँजी।

"क्या दिवा तुम्हारी आख़िरी प्रेमिका थी?" मैं पलटी और चिल्लाई।

"नहीं, मेरा तुम्हें दिवा कहने का मन हुआ। यह तुम्हें सूट करता है। लेकिन मैं अभी भी लाल मुँह वाले सितारे को ज़्यादा पसंद करता हूँ। जब तक तुम एक बार ग़ुस्से में जाने की कोशिश नहीं करती, हमारी मुलाक़ात अधूरी है।" वह मुस्कुराया और बिस्तर से उठ गया।

15.

दलदल

"दिशा...!" माँ ने पुकारा। मैं एक अद्भुत सपने के बीच में थी। वह मेरे साथ था। हम खुले में थे। फूलों से लदे एक सुंदर बग़ीचे में, बूँदा-बाँदी हो रही थी। हम गरज के साथ हवा में तैर रहे थे। कोमल पंखुड़ियों की तरह बारिश की बूँदें हम पर गिर रही थीं। हमारे शरीर सिंदूरी रंगों में चमक रहे थे। उसने मुझे ऊपर उठा लिया। हम भँवर की तरह घूम रहे थे, पारदर्शी आकाश एक विशाल नाग की तरह घूमने लगा, और हम घने प्रकाश में डूब गये। वह सूर्यास्त था या सूर्योदय? "दिवा... दिवा..." उसकी आवाज़ सचित्र दृश्य में भोर के स्वर की तरह फैल गयी।

"दिशा!" माँ चिल्लाईं। मैंने अपनी आँखें खोलीं और विचलित हो गयी।

"क्या तुम आज काम पर नहीं जा रही हो?" उन्होंने मुझे चिंता से देखा। वह मेरे तकिये के पास खड़ी थीं। मैंने हाँ में सिर हिलाया।

"आओ। हमारे साथ चाय लो। पापा कुछ ही मिनटों में ऑफ़िस के लिए निकल रहे हैं। हमें बात करने की ज़रूरत है।" उन्होंने कहा और मेरे कमरे से निकल गईं। वह अशुभ लग रहा था। बात करने की वो बात। मैं एक झटके में तरो-ताज़ा होकर उनके साथ बैठक में शामिल हो गयी। चाय की चीज़ें सेंटर टेबल पर फैली हुई थीं और पापा ने औपचारिक कपड़े पहने थे।

"तुम आज बहुत देर से उठे?" उन्होंने अपनी सामान्य मुस्कान के साथ मेरा स्वागत किया।

"हाँ, मैं थक गयी थी।" मैं बुदबुदाई। माँ ने मेरे नये गुलाबी मग में चाय डाली। कभी-कभी माँ नाश्ते के बाद दुबारा चाय बनाती थीं, जब वे ऑफ़िस ट्रांसपोर्ट का इंतज़ार कर रहे होते थे। यह असामान्य नहीं था, लेकिन वे निश्चित रूप से ऐसा व्यवहार कर रहे थे जैसे कि उनके बीच एक साज़िश रची गयी हो।

"हमें तुमसे बात करने का मौक़ा नहीं मिलता। तुम हमेशा रात के खाने के बाद घर आती हो और अक्सर नाश्ता नहीं करती।" माँ ने कहा।

"तो आपने मुझे इस बात के लिए जगाया?" मैंने जम्हाई लेने का नाटक किया

और चाय का प्याला उठा लिया।

"नहीं, लेकिन यह भी ज़रूरी है...!" माँ ने कहा।

"रहने दो!" पापा ने माँ को टोकते हुए कहा, "बात ये है कि रचना ने एक पत्र लिखा था और हम तुमसे इस बारे में बात करना चाहते थे।"

"रचना ने?" मुझे आश्चर्य हुआ, "वह मुझे कभी नहीं लिखती। मैंने उससे कई बार कहा है और उसने आपको लिखा है?"

"ओह, यह केवल उचित था... एरर...!" पापा हकलाते रहे और माँ ने संभाल लिया।

"तुम्हारे पापा यूँ ही झिझकते रहेंगे और उनकी कार आ जायेगी। देखो बेटा, उसने एक लड़के के बारे में लिखा है। उसके पति के एक चचेरे भाई ने तुम्हें शादी के दौरान गाँव में देखा और तुमसे शादी करना चाहता है। वह फ़रीदाबाद में काम करता है। उसका काम अच्छा है। पापा कल मिले थे। उन्हें पसंद है।"

"वह कौन होता है मेरे पापा को पसंद-नापसंद करने वाला?" मैंने अपना मुँह मोड़ लिया।

"पापा को वो पसंद है।" माँ ने एक लंबी साँस छोड़ी।

"किस लिए?" नहीं, ऐसा नहीं हो सकता था। मैंने रचना को दोष नहीं दिया। हम उसकी शादी के बाद नहीं मिले थे और वह नहीं जानती थी कि मुझे फिर किसी से प्यार हो गया है। वह मेरी गढ़ी हुई 'ग्रास विडो' वाली स्थिति के बारे में चिंतित रही होगी और मुझे दलदल से बचाना चाहती थी।

"हम जानते हैं कि तुम उसे पसंद करो, यह ज़्यादा ज़रूरी है। हम तुम्हें मजबूर नहीं कर रहे हैं, लेकिन उससे मिलने में क्या हर्ज है? वह कल आना चाहता है।" पापा ने घबराते हुए कहा।

"कल असंभव है। मुझे काम है।" मैं माँ और पापा के संयुक्त हमले के लिए तैयार नहीं थी।

"क्या काम? कल छुट्टी है।" माँ ने अधीरता से कहा, "और फिर हम अनौपचारिक रूप से मिलेंगे। वह अकेला आयेगा और शाम को हमारे साथ चाय पीयेगा। बस एक मिनट के लिए उससे बात करो। अगर तुम्हें कहीं जाना है तो तुम्हें तब तक वापस आ जाना चाहिए। हम उसी के अनुसार समय तय करेंगे।"

"नहीं, नहीं!" मैंने ज़ोर से सिर हिलाया, "यह क्या है पापा? मैंने आपसे कहा था कि मुझे समय चाहिए। मैं किसी से शादी करना चाहती थी और उसका निधन हो गया। मुझे लगा कि आप समझ गये हैं।" मुझे लगा कि पापा ने मुझे धोखा दिया है।

"हाँ, हाँ, मैं समझता हूँ... लेकिन...!" पापा हमदर्दी रखते थे लेकिन माँ ने उन्हें फिर उकसाया, "समझने की क्या बात है?" वह बोलीं।

"कि मैं अभी शादी के बारे में नहीं सोच सकती। मुझे काम करना है और मैं तैयार नहीं हूँ।" मैंने दृढ़ता से कहा।

"यह लड़का कौन था जो मर गया और वह जीवन भर उसका शोक मनाने वाली है? मैंने अपने जीवन में ऐसा कुछ कभी नहीं सुना। मेरी अपनी बेटी और मैं उसे समझने में असफल हूँ। यह पागलपन है। आपकी क्या दिक़्क़त है? उसे कुछ समझाते क्यों नहीं?" माँ पापा पर चिल्लाती रहीं लेकिन मैं अपने कमरे में भाग गयी और दरवाज़ा बंद कर लिया।

वह संकट था। मैं प्रेम-ओसों से सराबोर एक स्वप्न-साम्राज्य में थी, बाक़ी दुनिया के लिए बिल्कुल मरी हुई, लेकिन जीवन एक और राक्षसी राजद्रोह गढ़ रहा था। यह 'लड़का' कौन था जिसे मेरे पिता ने एक ही बैठक में पसंद कर लिया? मुझे रचना के पति का केवल एक युवा चचेरा भाई याद आया, जिसने 'मझक्का' समारोह के दौरान आँगन में हास्यास्पद-अपमानजनक गीत गा रही महिलाओं का सामना किया था। एक मसख़रा लंबा आदमी, जिसने अपनी उँगलियाँ चटकाते हुए उन्हें देखा था, जैसे कि वह गाने के अपमान से आहत हो, और महिलाएँ उसकी बेतुकी हरकतों से बहुत ख़ुश थीं। उसने मेरी तरफ़ भी देखा था, दिल पर हाथ रखे हुए, तीसरे दर्जे के फ़िल्मी नायकों की तरह आहें भरते, हालाँकि मैं शादी के गाने नहीं जानती थी और चुपचाप बैठी थी। मैंने उस पर कोई ध्यान नहीं दिया था क्योंकि मैं माँ की अलमारी में अपनी अजीब खोज के बारे में सोचने में व्यस्त थी और बाक़ी समय मैंने केवल रचना के पति को देखा जिसे मैं निश्चित रूप से रचना के लिये भी पसंद नहीं कर सकती थी। मैं उसका नाम भी भूल गयी थी। उसका चचेरा भाई उसके जैसा ही गधा होना चाहिए। अपनी शादी में, आधिकारिक मातम मनाने वाली रुदाली की तरह रोने वाली रचना, मानो वह कोई विवाह समारोह नहीं था, बल्कि एक अंतिम संस्कार था अब अपने नये घर में इतने आराम से थी कि एक मैच-मेकर में बदल गयी।

अब मुझे क्या करना चाहिए? क्या मैं मानस को अपनी व्यथा सुनाकर शादी करने के लिए कह सकती थी? और क्या उसने अपने दुखद अनुभवों के बाद शादी

के बारे में सोचा भी था? हम एक-दूसरे को सबसे अंतरंग तरीक़े से जान रहे थे और मैं कुछ समय के लिए उसी लक्ष्यहीन अंदाज़ में उसके साथ चलना चाहती थी। मुझे हमारे संबंधों की स्वच्छंदता, जोशीली लालसाएँ, असावधानी-पूर्ण आवेग और यहाँ तक कि कुछ मामलों में उसका ठंडापन भी पसंद था। मैं कोई वादा नहीं चाहती थी, लेकिन मैं उसके साथ कुछ अच्छा वक़्त ज़रूर बिताना चाहती थी। छायादार स्थानों में बीयर के टोकरे के साथ गुप्त बैठकें, मूवी थिएटरों में पॉपकॉर्न टब के साथ दोपहर के शो, इंडिया गेट पर चॉकलेट आइसक्रीम के साथ शाम की सैर और यह देखना अभी बाक़ी था कि हम दूसरे को प्यार में बर्बाद कर देंगे या साथ मिलकर एक मौलिक सद्भाव में शामिल होंगे। क्या इसीलिए उसने कहा था कि वह सेक्स से पहले यह सुनिश्चित करना चाहता है कि मैं वास्तव में उसे चाहती हूँ? वह क्या चाहता था? वह एक पहेली था, एक गौरवशाली नशा और मैं उसे धीरे-धीरे सुलझाना चाहती थी। हालाँकि, चीज़ें क्राइसिस की ओर दौड़ रही थीं।

मैं अपने बिस्तर पर बहुत देर तक बैठी आगे की प्लानिंग करती रही। मानस और मैं अगला दिन एक साथ बिताने वाले थे, और मैंने 'लड़के' के साथ किसी भी टकराव से बचने के लिए जितना हो सके देर से घर लौटने का फ़ैसला किया। मेरे माता-पिता मेरे संकल्प को जानते थे, इसलिए वह लड़के को आमंत्रित नहीं करते, फिर भी मैं अपनी तरफ़ से इसकी कोई संभावना नहीं छोड़ना चाहती थी। मैं ऑफ़िस के लिए तैयार हुई, रसोई से थोड़ा नाश्ता लिया और माँ से बिना कोई बात किये निकल गयी। वह इधर-उधर घूमती घर का काम कर रही थीं। वह मेरी तरह ज़िद्दी थीं और अगर वह किसी बात पर नाराज़ होतीं, तो हफ़्तों तक बात करना बंद कर देतीं।

ऑफ़िस में, श्री मजूमदार ने मुझे सूचित किया कि वे उस सप्ताह साप्ताहिक कॉलम स्वयं लिख रहे थे लेकिन उन्होंने मुझे संजय के पास भेज दिया। वह व्यक्ति जो ऐतिहासिक स्थलों के स्तंभ मैनेज करता। संजय एक अस्त-व्यस्त आदमी था। उसके साँवले हास्यपूर्ण चेहरे पर असाधारण रूप से लंबी नाक थी। उसने एक भूरे रंग की शर्ट पहनी थी, जिसे शायद कभी इस्त्री नहीं किया गया था और उसके गंदे सीधे बाल सफ़ेद थे। जब मैंने उसके क्यूब में प्रवेश किया तो वह बेकार बैठा, पुराने प्रकाशनों के पन्ने पलटते, एक पेपर कप से चाय पी रहा था। उसकी मेज़ के एक कोने में किताबों के लम्बे ढेर थे। सिगरेट स्टब से भरे ऐश-ट्रे, हालाँकि हमें अंदर धूम्रपान नहीं करना था और मिनरल वाटर की कई ख़ाली बोतलें बेकार काग़ज़ के पुलिंदों के साथ बिखरी पड़ी थीं।

"नमस्कार संजय जी।" मैंने कहा, "मैं दिशा हूँ। श्री मजूमदार ने मुझे आपके पास भेजा है। मैंने वह लेख- रज़िया सुल्तान की क़ब्र पर लिखा था।"

उसने चौंक कर ऊपर देखा और फिर नीचे देखा। वह किताबों के ढेर के पास गया और बेतरतीब ढंग से एक को उठाया। उसने किताब को खुला छोड़ दिया और अग़ल-बग़ल फैले काग़ज़ों के बारे में सोचा। प्लास्टिक की बोतलें हिल गईं। वह चुपचाप खड़ा था, किसी विचार में लीन, उसकी मोटी भौंहें धड़क रही थीं। वह या तो कुछ खोज रहा था या व्यस्त होने का नाटक कर रहा था। मैं चुप खड़ी देखती रही।

"हम्म...!" उसने अंत में कहा, "यह ठीक है। हम इसे अगले सप्ताह ले सकते हैं। क्या आपके पास कोई और विचार है?" उसके जैसे लापरवाह आदमी के हिसाब से, उसकी आवाज़ बेहद गंभीर और अच्छी थी। ऐसा लग रहा था कि उसकी जगह कोई दूसरा आदमी बोल रहा है। उसने अपने मोटे हाथों में एक फ़ाइल कसकर पकड़ रखी थी और वह उसमें लगे छोटे प्रिंट के काग़ज़ों को त्योरी चढ़ा कर पढ़ने की कोशिश करने लगा।

"किसी स्मारक के बारे में नहीं, लेकिन जब मैंने पुरानी दिल्ली का दौरा किया, तो मैंने इलाक़े में कई फ़क़ीर तरह के पुरुषों को देखा। बुद्धिमान बूढ़े लोग जिनके पास अलौकिक शक्तियाँ मानी जाती हैं और कई स्थानीय लोग उनसे प्रभावित थे। मैंने एक फ़क़ीर से बात भी की। क्या मैं उन दरवेशों पर स्टोरी लिख सकती हूँ? मुझे लगता है कि यह एक दिलचस्प विषय होगा।" मैंने कहा।

"हाँ, हाँ, अच्छा लगता है।" उसने अपने पास रखे हुए काग़ज़ों को फेंक दिया और किताबों की ओर वापस चला गया। उसने एक बड़े ढेर में से एक मोटी पुस्तक निकाली, और पूरा ढेर उस धक्के से फ़र्श पर गिर पड़ा।

"ओह्ह्ह्ह्ह्ह्ह्ह्ह्ह्!" वह चिल्लाया। कुछ भारी-भरकम किताबें पैरों पर गिर पड़ीं और उसका गोल चेहरा असमंजस के साथ और मज़ेदार हो गया।

"मैं मदद करती हूँ।" मैंने कहा और फ़र्श से कुछ किताबें उठाईं।

"नहीं, नहीं, कृपया रहने दें। मैं अपने चपरासी को बुलाऊँगा। वह इसकी व्यवस्था करेगा।" उसने माफ़ी माँगते हुए कहा।

"ठीक है!" मैंने अपनी पीठ सीधी की। मुझे कभी-कभी पीठ में दर्द का सामना करना पड़ता और मैं फ़र्श पर बैठने में बहुत सहज नहीं थी।

"आपको धन्यवाद। आप उस स्टोरी पर काम कर सकते हैं।" उसने मुस्कुराते हुए

अपने तंबाकू से सने पीले दाँत चमका दिये।

"ठीक है, धन्यवाद।" मैंने कहा और अपनी हँसी को नियंत्रित करते हुए उसका कमरा छोड़ दिया।

मैं पुरानी दिल्ली की विलक्षण गलियों में जाने का बहाना ढूँढ रही थी। जिस बाबा ने मुझे वह अज्ञात पौधा दिया था, वह अभी वहाँ हो सकते थे। मानस ने कहा था कि जब वह मेरे पास होता, तो उसे एक विध्वंस-कारक प्रभाव महसूस होता, और मैं कोई चुड़ैल थी, जिसकी अपूर्व शक्तियों के कारण वह अपने ऊपर नियंत्रण खो रहा था। मैं वास्तव में चुड़ैल होने की कोशिश क्यों नहीं कर सकती और अस्थायी रूप से उसकी मति भ्रष्ट करने के लिए क़दम क्यों नहीं उठा सकती? मैं एक प्रेम-औषधि ख़रीद सकती थी, जिसके कारण रानी टाईटान्या को एक गधे से प्यार हो गया? मुझे यक़ीन था कि हम अंत में एक साथ रहने के लिए बने थे, बस मेरी आपात स्थिति के मद्देनज़र एक अफीम की आवश्यकता थी, जो हमारे मिलन को तेज़ कर सके।

मैं अपने सपनों के पौधे की जाँच करने इत्मीनान से बग़ीचे में गयी, जो आम दिखने वाले पेड़ों से ढके एक चुनिंदा स्थान पर स्पष्ट रूप से दिख रहा था। वह एक आश्चर्यजनक गति से बढ़ रहा था। शानदार पेड़ों के हरे वाष्पों की गोद में, उसकी आकर्षक शाखाओं पर नाज़ुक पत्ते फूलों की तरह खिले थे और सूरज की रोशनी उसकी चाँदी जैसी आकृति में सोना उँडेल रही थी। दोपहर का ग़ुस्सैल सूरज गर्म किरणें उगल रहा था, लेकिन कुछ नींद में डूबे कबूतर लंबी छाया में चहक उठे। गर्मी से बेख़बर, मेरी आँखें उस पापी विकास से चिपकी रहीं, मेरा हृदय एक अवर्णनीय प्रलाप से भर गया। चिलचिलाते घंटों की पूर्ण शांति में आसपास कोई नहीं था। पत्ते जलती हुई लौ की तरह आकार बदल रहे थे। मैंने दो परिपक्व पत्तियों को तोड़ा और उसकी सतह की छानबीन की। हालाँकि, वे सुंदर थे और चंदन की एक प्यारी सुगंध उनसे निकल रही थी, मैं एपिडर्मिस पर उकेरा हुआ कोई चेहरा या दृश्य नहीं देख पाई। मैंने कुछ मिनटों के लिए उनकी जादूई लालित्य की प्रशंसा की और उन्हें अपने हैंडबैग में भर लिया।

मैंने कुछ खाते हुए कैफ़ेटेरिया की खिड़की से बग़ीचे को देखने का विचार किया। लेकिन मेरा सिर तेज़ दर्द से फट रहा था। मेरा मस्तक पिछली शाम के हैंग-ओवर से धड़कने लगा। मैं किसी भी मिनट सोने के लिए गिरना चाहती थी। मेरे कानों में एक गर्म हवा चल रही थी। सैकड़ों फूलों की गंध हवा में धूप की तरह तेज़ जलने लगी, फ़व्वारे से गिरती पानी की टपकती बूँदें मेरे मस्तिष्क में बजने लगीं, लेकिन मेरे अंग

जम गये। बस मेरी आँखें पतंगे की तरह उस रौशन पौधे पर टिकी थीं। बड़े यत्न के बाद मैंने उस 'हॉन्टेड' घेरे से अपनी नज़रें हटाईं और निकास द्वार की ओर बढ़ी। वाहनों का व्यापक शोर, सड़क से विभिन्न वस्तुओं की गड़गड़ाहट, जीवित प्राणियों की बड़बड़ाहट, मेरी आंतरिक शांति के विपरीत थी, लेकिन मूर्त वस्तुओं की उपस्थिति ने मेरी वास्तविकता को बहाल कर दिया।

मैं एक ऑटो-रिक्शा के लिए गेट के पास इंतज़ार कर रही थी। कई धूल उड़ाती हुई गुज़री, कुछ यात्रियों से भरी, कुछ ख़ाली, लेकिन कोई भी मेरे लिए नहीं रुका। मैं बेचैन और थका हुआ महसूस कर रही थी। मैंने एक जाना-पहचाना काला कोरोला देखा, जो उड़ते हुए धुएँ से निकल रहा था। धूल की चादरों को काटते हुए, वह धीरे-धीरे मेरी ओर बढ़ा। मैं कुछ घबरा गयी। मैंने कार और उसके ड्राइवर को पहचान लिया था लेकिन मुझे नहीं पता था कि मैं कैसी प्रतिक्रिया दूँ। उल्लास-पूर्वक हाथ लहराऊँ या अनदेखा कर दूँ? मैंने कुछ भी नहीं किया। कालिख के झोंके मेरे सामने रुक गये और वेद मल्होत्रा ने अपनी टिंटेड शीशे नीचे गिरा दिये।

"हलो, दिशा! तुम्हें देखकर अच्छा लगा।" उसने कहा।

"तुम्हें भी देखकर अच्छा लगा।" मैंने जवाब दिया।

"तुम घर जा रहे हो? क्या मैं तुम्हें ड्रॉप कर सकता हूँ?"

"ठीक है, धन्यवाद, लेकिन मैं तुम्हें परेशान नहीं करना चाहती। मुझे रिक्शा मिल जाएगा।"

"कोई परेशानी नहीं है। प्लीज़ आओ।" उसने ज़ोर देकर कहा। मेरे पास अब खड़े होने की ऊर्जा नहीं थी। मुझे लगा जैसे मैं सड़क पर बेहोश होने वाली थी। मैंने कृतज्ञतापूर्वक उसकी बग़ल में, आगे की सीट ली। एयर-कंडीशनर ने मेरे जलते सिर को आराम दिया।

"मैं बहुत अच्छा महसूस नहीं कर रही थी। वास्तव में आभारी हूँ कि तुम प्रकट हो गये।" मैं उसे फिर से धन्यवाद देने से ख़ुद को रोक नहीं पाई।

"ख़ुशी है कि मैं गुज़र रहा था। क्या हुआ?" वह चिंतित दिख रहा था।

"ओह! बस एक तेज़ सिरदर्द। मुझे बताओ तुम कैसे हो? तुम ख़ुद बहुत अच्छे नहीं दिख रहे?"

मुझे ब्लंट होने का पछतावा था लेकिन वह बीमार लग रहा था। उसका गोरा रंग क्षीण हो गया था। उसके चेहरे पर मुर्दनी छाई थी, उसके पीले होंठ छिल रहे थे, उसकी

खोखली आँखें बड़ी और ख़ून से लथपथ दिखाई दे रही थीं और उसके चेहरे पर एक खोया हुआ भाव था। वह अभी भी पहले की तरह एक सुपर साफ़ सफ़ेद शर्ट और काली पतलून पहने था, उसके बाल सलीक़े से काढ़े हुए थे और हवा उसके कोलोन की सुगंध से भरी थी।

"हाँ, तुम्हारे जाने के बाद से चीज़ें सही नहीं हैं।" उसने कर्कश स्वर में कहा।

"मुझे खेद है।" मैंने कहा, "उम्मीद है कि चीज़ें जल्द ही सुधर जाएँगी। क्या तुम्हारी शादी हो गयी? उस सुंदर लड़की का नाम क्या था? सॉरी, मैं तुम्हें ठीक से बधाई भी नहीं दे सकी।"

"नहीं, मुझे तुम्हारे साथ ठीक से व्यवहार नहीं करने के लिए खेद होना चाहिए। उसका नाम कविता है।" उसकी आवाज़ थर्राई। उसने मुझे देखा और एक दर्दनाक मुस्कान बिखेरी।

"हो सकता है, मैंने तुम्हारे साथ ठीक से व्यवहार नहीं किया। तो, तुम मुझे अपनी शादी के लिए आमंत्रित ज़रूर करना।" मैंने उत्साह से कहा। मैं दोस्ती के लिए तैयार थी।

"कोई शादी नहीं होगी। चीज़ें बदल गईं।" उसने बुझी आवाज़ में कहा।

"ओह! क्या हुआ?" शायद, मुझे परवाह नहीं थी। मेरा सिर अभी भी दर्द कर रहा था लेकिन मैंने जो पूछा वह उचित ही था। वह किसी के सामने अपना दिल खोलने के लिए उत्सुक था।

"वह...!" उसने एक लंबी आह निकाली, "उसने मेरे साथ बहुत घटिया व्यवहार किया। वह मुझे सिर्फ़ आदेश देती। उसने मुझसे भयानक काम करवाये। उसके लिए मैं पट्टा से बँधा एक कुत्ता था।"

"हो सकता है, तुमने ग़लत निर्णय लिया हो और तुम अतिशयोक्ति कर रहे हो। तुम्हें कुछ और समय चाहिए। वह एक दबंग महिला हो सकती थी लेकिन वह निश्चित रूप से सुंदर दिखती थी।" मैंने सांत्वना देते हुए कहा।

"तुम नहीं जानते। मैंने तुमसे बहुत-सी बातों के बारे में झूठ बोला था।" उसकी क़मीज़ के बटन लगे हुए थे लेकिन मैंने उसकी गर्दन पर झाँकते हुए कई बैंगनी-भूरे रंग के निशान देखे। उसका माथा गहरी रेखाओं से घिरा हुआ था, उसकी आँखों के चारों ओर भूतिया काले घेरे थे।

"जैसे?" मैंने खिड़की के ठंडे शीशे पर अपना सिर टिका लिया और अपनी आँखें

बंद कर लीं। उसकी आवाज़ उठ और गिर रही थी। पहले तो झिझकते हुए, लेकिन जब उसने क़बूल करना शुरू किया तो उसके कराहने वाले शब्दों से एक बाँध फट गया।

"मैंने तुमसे कहा था कि मेरे माता-पिता मुंबई में थे और मैं अपने नाना-नानी के अपार्टमेंट में रह रहा था जो सिंगापुर में मेरे मामा से मिलने गये थे। सच तो यह है, मेरे माता-पिता पंजाब के एक छोटे से शहर में रहते हैं। मेरे नाना-नानी गाँव में हैं। हम एक निम्न मध्यम-वर्गीय परिवार से हैं जो श्रीमती मल्होत्रा से दूर से संबंधित हैं। जब वह हमारे पुश्तैनी गाँव आई, और एक चचेरे भाई के विवाह समारोह में शामिल हुई, जो मेरा भी रिश्तेदार था, तो उसने मुझ पर बहुत ध्यान दिया। वह मुझसे बहुत बड़ी है। यह कोई अफ़ेयर नहीं था। उसे बस मुझे पुचकारना अच्छा लगता था। मैं उसकी सुंदरता, समृद्ध कपड़े और शिष्टाचार से मंत्रमुग्ध था। उसने वस्तुतः मुझे अपनाया और मुझे उसके विभिन्न व्यवसायों में मदद करने के लिए तैयार किया। उसने मुझे ऑस्ट्रेलिया भेजा, मेरा सारा ख़र्च वहन किया, लेकिन मैं केवल एक ग़ुलाम था। मुझे कोई आपत्ति नहीं थी। मैं एक भव्य जीवन व्यतीत कर रहा था। उसने मेरे लिए जो रास्ता चुना, उसमें मैंने उत्कृष्ट प्रदर्शन किया और उसे अपने पालतू जानवर पर गर्व था। उसने मुझे वह सुसज्जित अपार्टमेंट दिया। उसके पास कई अतिरिक्त सामान हैं और उसने मुझे अपनी नयी कंपनी चलाने के लिए कहा। सब कुछ वैसा ही चला जैसा उसने योजना बनाई थी, तब तक, जब तक कि उसे एक और जोड-तोड़ वाली गुड़िया नहीं मिली और मुझे उससे शादी करने का निर्देश मिला। शुरुआत में, मैं इसके साथ भी ठीक था। जैसा कि तुमने भी टिप्पणी की, कविता काफ़ी ख़ूबसूरत है और वह एक अमीर बिज़नेस फ़ैमिली से भी ताल्लुक़ रखती है। कुछ दिनों के बाद मुझे एहसास हुआ कि मैं केवल एक वस्तु हूँ। पेडांटिक अब अच्छा कर रहा है। वह व्यवसाय मेरे बिना चल सकता है। कविता के परिवार के साथ मिसेज़ मल्होत्रा ने एक व्यापारिक सौदा किया और मैं सौदेबाज़ी का हिस्सा था। एक अतिरिक्त सामान जिसे कविता अपने पसंद के किसी भी तरीक़े से इस्तेमाल कर सकती थी। कम से कम पूजा, श्रीमती मल्होत्रा- मेरे साथ एक गोद लिए कुत्ते की तरह व्यवहार करती और मुझे प्यार भी किया ताकि मैं उसका स्वार्थ सहन कर सकूँ लेकिन कविता के लिए मैं एक आवारा कुत्ता था। उसने मुझे लात मारी, चींटी काटी, धक्का दिया, और अकल्पनीय तरीक़े से मेरे साथ दुर्व्यवहार किया... मैंने बहुत सहन कर लिया....!" उसकी आवाज़ टूट गयी।

हम कुछ देर चुप रहे, मेरे सरदर्द की तड़प उसकी हैरान कर देने वाली कहानी के बाद कम हो गयी। लेकिन मैं कुछ नहीं कह पाई।

"मैंने उसकी क्रूरता को सहने की कोशिश की। ईमानदारी से, मैंने सब किया। पूजा ने ज़ोर दिया। उसने कहा कि उसने मेरे लिए बहुत कुछ किया है और अब समय आ गया है कि मैं एहसान वापस करूँ। मैं बाद में कविता के साथ अपना बदला ले सकता था। शादी के बाद चीज़ें ठीक हो जाएँगी। लेकिन मेरा शरीर और दिमाग़ टूट गया है। मुझे विलासिता पसंद है लेकिन इस क़ीमत पर नहीं। मैं उच्च वर्ग की चमक से अंधा हो गया था। मेरे माता-पिता सामान्य थे लेकिन हमारे विस्तारित परिवार की लगभग सभी शाखाओं के बड़े शहरों में सफल व्यवसाय हैं। मैं हमेशा अपने चचेरे भाइयों और रिश्तेदारों की तरह अमीर होने का सपना देखता था।" वह रो रहा था। मेरा दिल करुणा से भर गया।

"तुम्हें अपने-आप पर इतना कठोर होने की ज़रूरत नहीं है।" मैंने कहा, "हर कोई अमीर और सफल होना चाहता है। हम सभी चमकदार जीवन शैली से आकर्षित होते हैं। तुमने जीवन में अच्छा किया है। तुम अपने-आप को मिसेज़ मल्होत्रा के चंगुल से मुक्त कर सकते हो और अपना जीवन व्यवस्थित कर सकते हो। तुमने पहले ही पेडांटिक को सफलतापूर्वक स्थापित करके उसके एहसान की क़ीमत चुका दी है।"

"तुम सही कह रहे हो।" उसने कहा, "यह आसान नहीं है लेकिन असंभव भी नहीं है। मैंने जीवन में कभी कोई बड़ा फ़ैसला नहीं लिया है। मुझे इस तरह से ढाला गया है कि मैं कठपुतली की तरह काम करता हूँ। हालाँकि, मेरे पास व्यावसायिक कौशल है। देखो...!" वह मुड़ा, उसकी गीली पलकें धधक रही थीं, "क्या हम इसे फिर से शुरू कर सकते हैं? मैं तुम्हारे साथ सबसे अधिक सहज महसूस करता था। मैं हमेशा हर जगह एक प्रदर्शन कर रहा था। बस तुम्हारे साथ मैं मुक्त था। मैं तुम्हारे प्रति ईमानदार नहीं था, मुझे पता है, लेकिन मुझे वास्तव में खेद है। पूजा ने मेरी सगाई तय कर दी थी और मुझे राज़ी होना पड़ा।"

"मैंने तुमसे कहा था, यह तुम्हारी ग़लती नहीं थी। मैं तुमसे पहले ही अलग हो गयी थी। हमें जीवन में हमेशा वह नहीं मिलता जो हम चाहते हैं। मैं भी बहुत शर्मिंदा हूँ।" गाड़ी एक संकरी गली में थी, सड़क के दोनों ओर छत्ते जैसे पेड़ थे, मेरी निगाह हरियाली पर टिकी हुई थी और मेरा दिमाग़ शांत हो रहा था।

"हम दूसरी बार चीज़ों को बेहतर बना सकते हैं। हम दोनों अपने अनुभवों से समझदार हैं।" उसने उत्साह से कहा।

"हम पहली बार सहज थे। जब तक यह चला, वह तब तक अच्छा था। क्या हम दोस्त नहीं हो सकते? दरअसल, मेरे माता-पिता ने मेरी शादी एक ऐसे लड़के के

साथ तय कर दी है, जिसे उन्होंने मेरी चचेरी बहन की शादी में देखा था।" मैंने बिना सोचे-समझे वह बात कह दी। मुझे उससे सहानुभूति हुई। मैं उसे चोट पहुँचाये बिना उसके प्रस्ताव को ठुकराना चाहती थी। हालाँकि, उसकी प्रतिक्रिया ज्वालामुखी के फटने जैसी थी और मुझे तुरंत पछतावा हुआ।

"तुम दिल्ली की लड़कियाँ सब हृदयहीन होती हो। तुम हम लोगों के साथ ऐसा व्यवहार करते हो, जैसे हमारी कोई भावना नहीं है। तुम सब कुछ दिनों के लिए किसी के साथ सो सकती हो और अगले पल तुम्हें दूसरा शिकार मिल जाता है। तुम लोगों के पास कोई नैतिकता नहीं है।" उसकी कर्कश आवाज़ भयंकर हो गयी। कार लेन से निकल गयी थी और हम मुख्य सड़क के बढ़ते यातायात में फिर से शामिल हो रहे थे। उसने गति कम किये बिना एक तेज़ मोड़ लिया, एक और कार सामने आई, उसने आपातकालीन ब्रेक दबाया, मेरे पूरे शरीर को ज़ोरदार झटका लगा।

"प्लीज़ ध्यान से ड्राइव करो।" मैंने निवेदन किया, "अब तुम मतलबी हो रहे हो। तुमने ख़ुद माना है कि तुम हमारे रिश्ते से बाहर निकलने का रास्ता खोज रहे थे और मैंने तुम्हें छोड़ने का विकल्प चुनकर तुमको इससे बचाया। जीवन में मेरी अपनी परेशानियाँ थीं। क्या तुमने यह पूछने की ज़हमत उठाई कि मैं किस दौर से गुज़र रही हूँ? हम एक सुकून की तलाश में थे और हमने एक-दूसरे को वही दिया। हमें शालीनता से आगे बढ़ना चाहिए।"

"तुम मेट्रो की लड़कियों के लिए आगे बढ़ना बहुत आसान है। है न? तुम्हारे लिए आदमी इस्तेमाल की जाने वाली और रौंदने की वस्तु है।" उसने कार और तेज़ कर दी। वह एक पागल, एक दानव या एक पिशाच की तरह लग रहा था। मुझे पता नहीं था क्या। लेकिन अब मैं ड्राइवर की सीट पर बैठे ख़ूँख़ार व्यक्ति को नहीं पहचानती थी। क्या वह ड्रग के नशे में था? मैं डर गयी। उसका चेहरा अलबास्टर की तरह सफ़ेद था। उसकी त्वचा रक्तहीन थी, उसके गले पर नीले निशान शायद जंगली लव-बाइट के अवशेष थे, वैसे- जैसे मैंने कविता खुराना को वैम्पायर कारमिला की तरह उसके ऑफ़िस में, उस पागल सेक्स-सेशन के दौरान उसके गले पर बनाते देखे थे।

"यह बकवास है।" मैं चिल्लाई। "तुम अनावश्यक रूप से चीज़ों को जटिल बना रहे हो। मैं तुम्हारे लिए फ़ील करती हूँ लेकिन मैंने तुम्हें कोई नुक़सान नहीं पहुँचाया है। तुम यह जानते हो। तुम दूसरे लोगों पर पागलपन की हद तक नाराज़ हो मगर इसके लिए मुझे ज़िम्मेदार ठहरा रहे हो। तुम्हारे लिए एक कमज़ोर टार्गेट की तलाश करना बहुत सुविधाजनक है। गाड़ी रोको नहीं तो मैं चिल्लाऊँगी।" तेज़ आवाज़ के साथ

कार रुक गयी। मैं बाहर कूद गयी और वह गाड़ी भगा ले गया। मैंने पल भर के लिए खिड़की पर उभरी उसकी लोहे जैसी कठोर प्रोफ़ाइल की एक झलक देखी। उसके खोखले गाल ग़ुस्से से थरथरा रहे थे।

मैं किसी अजीब जगह पर नहीं फँसी थी। मैं घर से काफ़ी क़रीब फुटपाथ के पास लगाये गये ऊँचे पेड़ों की छाया के नीचे खड़ी थी और तुरंत मुझे एक ऑटो मिल गया। हालाँकि, मैं उस विचित्र अनुभव से हिल गयी थी। मेरा सिरदर्द वापस आ गया। घर लौटकर, मैंने माँ को बहुत सुंदर कपड़ों में सजे-धजे देखा और मेरा मूड कुछ ठीक हो गया। वे दोपहर की किटी पार्टी के लिए जा रही थीं।

"मुझे दिन के लिए छुट्टी मिल गयी है।" मैंने उनके पूछने से पहले समझाया, "मुझे एक असाइनमेंट मिला है। मैं इस पर काम करना शुरू कर दूँगी...!"

"क्या तुम ठीक हो? तुम्हारा चेहरा लाल है।" वह चिंतित हो उठीं और भूल गईं कि वह मुझसे बात नहीं कर रही थीं।

"हाँ, बाहर बहुत गर्मी है। मुझे लगता है कि मुझे सोने की ज़रूरत है। मुझे सिर दर्द है। चिंता मत करो, मैं डिस्प्रिन ले लूँगी।" मैं मुस्कुराई।

"सोने से पहले कुछ खा लो वरना सिरदर्द और ख़राब हो सकता है। मुझे पुष्पा को बुलाने दो।" उन्होंने कहा और रसोई की ओर बढ़ गईं।

"नहीं, नहीं। प्लीज़, माँ! आपको देर हो जाएगी। मैं ठीक हूँ। सचमुच।" मैं और अधिक मुस्कुराई। उन्होंने मुझे संदेह से देखा लेकिन जाने के लिए तैयार हो गईं।

मुझे भूख नहीं थी। मैंने किसी तरह घिसट कर सिर्फ़ चेहरा साफ़ कर कपड़े बदले, क्यूँकि मुझे लग रहा था, जैसे उनसे वेद के कोलोन की तीव्र गंध आ रही थी। वह कितना अजीब लग रहा था। मानो वह वेद नहीं बल्कि वेद का भूत था जो दुष्ट टोना-टोटका से पुनर्जीवित हो गया था। मैं बिस्तर पर चादरों की रेशमी कोमलता के बीच गिर पड़ी। मैंने मानस के सुन्दर चेहरे पर ध्यान देने की चेष्टा की। मेरे चेहरे पर गर्मी छा गयी, थकावट ने एक के बाद एक कार की भयानक छवियों को मिटा दिया और मैं नींद में फिसल गयी। पहले तो ऐसा लगा कि पास में सैकड़ों तोपें धधक रही हैं, दर्जनों रॉकेट हवा में गूँज रहे हैं, एक ज़ोरदार विस्फोट ने मेरे कानों को बहरा कर दिया, और फिर मैं पुरानी दिल्ली की घुमावदार गलियों में भटक रही थी। मुझे पुराने घरों की गंध, गटर की बदबू, भीड़ की बड़बड़ाहट, हवा में लहराते तैलीय भोजन की सुगंध महसूस हो रही थी। मैं एक दलदल में पहुँच गयी। मुझे इसे पार करना था, मुझे पता नहीं क्यों,

लेकिन पीछे मुड़ने का कोई सवाल नहीं था। कई कीड़े मेरे चेहरे पर फड़फड़ा रहे थे। मैंने उन्हें दूर भगाने के लिए अपने हाथ ऊपर-नीचे किये। वे अपने पारदर्शी पंख फड़फड़ाते रहे। मैं कीचड़ पर उतरी, एक खाई में ठोकर खाई, लेकिन एक अँधेरी शक्ति ने मुझे जकड़ लिया और मैं भाप की तरह काली मिट्टी के ऊपर तैरने लगी। तुर्कमान गेट का फ़क़ीर नीलम रंग की शीशी लेकर दूसरे छोर पर इंतज़ार कर रहा था। उसके झुर्रियों भरे चेहरे पर प्रकाश की एक किरण चमक उठी।

"तुम इसे ढूँढ रहे थे?" उसने मुझे बुलबुलों से खदकती हुई शीशी थमाई। मैंने बोतल चुपचाप पकड़ ली, रंगीन द्रव्य को उबलते दूध की तरह बुलबुलाते देखने लगी और अपनी थकी हुई आँखों को धन्यवाद देने के लिए उठाया। उसके चेहरे से झुर्रियों का जाल मोम की तरह पिघल कर गिरने लगा। वह धुँधला हो गया और उसका रूप वेद के विकृत चेहरे में बदल गया। मैंने अपना संतुलन खो दिया और वापस दलदल में गिर गयी।

-ट्रिंग-ट्रिंग....!" लिविंग रूम में फ़ोन की घंटी बजने से मेरा भयानक सपना टूटा।

मैं पल भर के लिए सपने में उलझी थी, लेकिन मैंने बगल के कमरे से एक्सटेंशन लाइन उठा ली।

"हलो! कौन है?" मैंने उस कॉल की कल्पना नहीं की थी। पूरा दिन अकथनीय घटनाओं से भरा था और आश्चर्य ख़त्म नहीं हुआ था।

"मैं हूँ। ऋत्विक। तुम अब मेरी आवाज़ नहीं पहचानती?" बहुत समय पहले का जाना-पहचाना स्वर दूसरी तरफ गूँजा और स्मृति की लहरें वापस ले आया।

"पहचानती हूँ। बस हैरान हूँ। इसके अलावा, मैं सो रही थी और मैं अभी भी हल्की नींद में हूँ।"

"मुझे पता था कि तुम इस समय घर पर सो रही होंगी। कम से कम तुम तो नहीं बदली।" वह हँसा।

"मैं बदल गयी हूँ, मैं तुम्हें आश्वस्त करती हूँ, लेकिन तुमने फ़ोन क्यों किया?" मैंने बेचैनी से अपनी उँगलियाँ टेबल पर थपथपाईं। मैं वापस बिस्तर पर जाना चाहती थी। अतीत और वर्तमान के सभी भूतों ने एक ही दिन को प्रकट होने के लिए क्यों चुना गया था? क्या मैं जाग गयी थी? या वह एक और दुःस्वप्न था?

"ओह, कठोर मत बनो। हम कभी दोस्त थे। मैंने माफ़ी माँगने के लिए फ़ोन किया।"

"कोई ज़रूरत नहीं है। चलो आगे बढ़ते रहें। सॉरी, लेकिन मुझे अभी फ़ोन रखना होगा।"

"प्लीज़ दिशा, मेरी बात सुनो। मुझे तुम्हारी ज़रूरत है। मैंने तुम्हें चोट पहुँचाई है। मैं एक गधा था लेकिन मुझे तुमसे एक बार मिलना है। क्या तुम मुझे आज शाम मिल सकती हो? वसंत विहार में हमारे पसंदीदा स्थान पर?"

"नहीं, मैं अच्छा महसूस नहीं कर रही हूँ। जैसे भी हो, इस शाम को भूल जाओ। मैं तुम्हें कभी नहीं मिल सकती।" मैं फ़ोन पटकने ही वाली थी लेकिन वह मिन्नतें करने लगा।

"ठीक है।" मैंने जम्हाई ली, "आज की शाम का कोई सवाल ही नहीं है, जो कुछ भी कहना है अभी बोलो, फिर मैं तय करूँगी कि क्या हम कभी मिल सकते हैं।"

"मैंने तलाक़ के लिए अर्ज़ी दी है।" उसने सीधा कहा।

"हम्म...!" मैं एक कुर्सी पर बैठ गयी, और एक खुली खिड़की से बाहर देखा। परदे खुले हुए थे। ऊँचे-ऊँचे पेड़ों की आकृतियाँ और बग़ीचे की हरी-भरी बाड़ असाधारण रूप से सजीव लग रही थी।

"उसने मुझे धोखा दिया। मैंने अपने छोटे भाई रचित को हमारे साथ रहने के लिए बुलाया था। तुम्हें वो याद है ना? उसने एक फ़ार्मास्युटिकल कंपनी में पार्ट-टाइम काम करना शुरू किया। मैं एक दिन ऑफ़िस से जल्दी घर लौटा और उसे सोनिया के साथ रँगे हाथ पकड़ लिया। मैंने जो देखा उस पर मुझे विश्वास नहीं हो रहा था। मैं तुमको ग्राफ़िक विवरण नहीं दूँगा, लेकिन यह स्पष्ट था कि वे लंबे समय से वह कर रहे थे। मुझे नहीं पता था। मैंने उन पर भरोसा किया।"

"बेचारे तुम! बीच वाले! बीच के बेटे! किसी ने तुम्हें प्यार नहीं किया। दुखद। आख़िर उसने तुम्हारे पिछवाड़े पर लात मार ही दी।" झाड़ियों में से चिड़ियों की आकृतियाँ निकलने लगीं। मैं ऋत्विक के मामले से सहानुभूति नहीं रख पा रही थी। मेरी आँखें अनिश्चित रोशनी में टटोल रही थीं, "हम्म...!" मैं फिर से गुनगुनाई। मेरे नथुने भीगे हुए पत्तों की सड़ाँध से भर गये जबकि पौधे नारंगी-गेरूए धूप में डूबे हुए थे।

"तुम कुछ और नहीं कहोगी?" मैं क्या कह सकता थी? वे सब बदला लेने वाली आत्माओं की तरह मुझ पर क्यों हमला कर रहे थे जबकि मैंने उनके साथ कोई अन्याय भी नहीं किया था? मुझ पर अपनी मुसीबतों का बोझ डालने की यह क्या ललक थी? क्या वे अपने ही बनाये हुए प्रेतों के साथ लड़ाई नहीं कर रहे थे? क्या

उन्होंने सोचा था कि वे उन घिनौनी कहानियों के साथ मेरे दिल में वापस आ जाएँगे? मुझे मिचली आ रही थी।

"फ़क ऑफ़!" मैंने कहा और आराम से फ़ोन रख दिया।

16.

आनंद और विषाद

"तो आज तुम कहाँ जाना चाहती हो?" मानस और मैं अगले दिन कनॉट प्लेस का चक्कर लगा रहे थे। हमेशा की तरह, कार के स्टीरियो पर उसके चाचा के पुराने गीतों का संग्रह धीरे-धीरे बज रहा था। दोपहर के पीटे गये सोने जैसी चमक में उभरी उसकी आकर्षक प्रोफ़ाइल, मैं घंटों तक देख सकती थी। उसके लहराते भूरे बाल सुनहरे दिखाई दे रहे थे। उसने सिट्रस-पीली शर्ट पहनी थी और उसके मलाई जैसे गाल गहरे रंग के स्टबल से ढके हुए थे।

"कुछ अलग?" मैंने पूछा।

"कोई फ़िल्म देखें?" उसने कहा। हमने उस क्षेत्र के सभी सिनेमाघरों की जाँच की लेकिन कुछ भी देखने लायक़ नहीं था इसलिए हम मंडी हाउस की ओर बढ़े और नाटक देखने को सोचा। हालाँकि, समय थियेटर के लिए उपयुक्त नहीं था, इसलिए हमने आराम से फुटपाथ पर बनी एक छोटी-सी दुकान से चाय पी, उसके बाद हम त्रिवेणी आर्ट गैलरी गये और चित्रों की एक प्रदर्शनी देखी।

"चलो, बंगाली मार्केट चलते हैं और गोलगप्पे खाते हैं।" जब हम कला दीर्घाओं में घूम रहे थे, तो मैंने सुझाव दिया। फिर हम बंगाली स्वीट्स की ओर बढ़े, और चाट और गोलगप्पे की प्लेटें ऑर्डर की।

"मैं बचपन से यहाँ खाना खाती रही हूँ और कैश काउंटर पर बैठा वह असामान्य रूप से मोटा आदमी अभी भी मुझे हैरान करता है। वह हमेशा यहीं दिखता है। चाहे जब भी आओ। शायद वह अपने वज़न की वजह से यहाँ से उठ भी नहीं सकता।" मैंने कहा। हमने पंखे के नीचे एक आरामदायक टेबल पर क़ब्ज़ा कर लिया था, और विभिन्न लज़्ज़तदार सुगंधों में लिपटे, भोजन की प्रतीक्षा कर रहे थे।

"सचमुच?" वह मुस्कुराया, "वह आश्चर्यजनक रूप से मोटा लग रहा था।"

दोपहर के भोजन का समय निकट था और जगह भरने लगी। ढीले टाई वाले सूट में पुरुष और विभिन्न पोशाकों में महिलाएँ, कुछ कैजुअल जींस में, कुछ औपचारिक पिन-अप साड़ियों में आ रही थीं। वह खुले दरवाज़ों वाला एक साधारण भोजनालय था, जो स्वाभाविक रूप से दोपहर के सूरज से प्रकाशित होता। घिसी-पिटी कुर्सियाँ

चारों ओर फैली थीं। बिना कवर वाले टेबल की सतह खरोंचों से भरी थी। वेटर ने ऑर्डर लेने से पहले एक स्टील का जग और पानी से भरे दो गिलास रखे। सभी बर्तनों का बहुत ज़्यादा इस्तेमाल किया गया था लेकिन सब साफ़-सुथरे थे।

"हाँ, मेरा भाई मुझे डाँटता था, क्योंकि मैं बेशर्मी से उसे देखती थी। हम चारों फ़ैमिली आउटिंग के लिए अक्सर यहाँ आते थे, जब हम राउज़ एवेन्यू में रहते थे। यह साधारण दिखता है लेकिन सजावट और भोजन उसी समय से अपरिवर्तित है। सस्ता और स्वादिष्ट।" मैं उत्साह से भरी थी।

"मैं यहाँ एक बार आया था।" उसने लापरवाही से चारों ओर देखा, "याद नहीं कि किसके साथ या कब?"

"इस जन्म में या पिछले अवतार में?" मैंने हल्के से कहा और प्लास्टिक के कप से फाउंटेन सोडा पीने लगी।

"शायद, पिछले अवतार में, क्योंकि मैं हर जन्म में मानस था।" उसकी आँखें जलते अंगारों की तरह चमक उठीं। मैंने सोचा कहीं ये वही पुरानी ज़माने का मानस तो नहीं, जो बस थोड़े समय के लिए पुनर्जीवित होकर जीवित लोगों के बीच मनोरंजन करने आया था? और किसी भी क्षण वह दर्पण पर गर्म साँस की तरह वाष्प बनकर उड़ जाएगा?

"वह स्त्री जो तुमने पत्ते पर देखी, क्या वह वैसी ही दिखती थी जैसी तुमने एस्स के बग़ीचे में देखी थी?"

"क्या?" वह चौंक गया, "स्ट्रेंज, जो तुमने पूछा। मैं उसी के बारे में सोच रहा था।"

"तुम्हें क्या लगता है कि वह कौन है?"

"हो सकता है, साइकोरेक्स! षडयंत्रकारी डायन! और वह घर जो मैंने देखा, पेड़ों की क़तार के बीच बसा उसका एंचांटेड कैसल था।" उसने सोच-समझकर उत्तर दिया।

"तो तुम कैलिबन हो, उसके बेटे, और तुम आंशिक रूप से एक राक्षस हो? तुम्हें शेक्सपियर से बहुत प्यार है, है ना? हुह!"

"तुमने मेरा सिर घुमा दिया है। कोई आश्चर्य नहीं कि वो सभी साहित्यिक पात्र जो कभी मुझे पसंद थे, मेरे मस्तिष्क के छिपे स्थानों से बाहर निकल रहे हैं।"

मैं इस विषय पर ध्यान देना चाहती थी और उसके अतीत में खुदाई करना चाहती थी। मैं उसकी पृष्ठभूमि के बारे में बहुत कम जानती थी, लेकिन वह कभी मेरे परिवार या मेरे अपने अतीत के बारे में नहीं पूछता। मुझे नहीं पता था कि उस विषय

को कैसे उठाया जाए, लेकिन जब भी वह अवसर बातचीत के दौरान अपने-आप मिलता, मैं उस पर वापस लौट जाती। मुझे पता था कि जो कुछ भी नसीब में है, वही होगा, लेकिन कोई ये मानकर बेकार नहीं बैठता और चीज़ों को अपने तरीक़े से चलने नहीं देता, जब यह पूरे एक जीवन या दो का सवाल था।

"मुझे लगता है कि हमारा कोई बंधन है जो इस जन्म से भी पीछे जाता है।" मैंने सावधानी से कहा।

"वास्तव में एक कनेक्शन है। सबसे बड़ी कड़ी किसी ऐसे व्यक्ति को खो देना है, जिससे हम शादी करने की उम्मीद कर रहे थे। अप्रत्याशित मौत हमें अलौकिक में विश्वास दिलाती है। मृत्यु के बाद आफ़्टर-लाइफ़, आत्माओं का स्थानांतरण, घोस्ट, गोब्लिन और ये सब, लेकिन यह केवल लोककथा है। हमें विषाद से निकलना होगा। यह मैं पहले भी कह चुका हूँ। मुझे ऐसा महसूस हो रहा होगा क्योंकि मैंने बहुत सारी मौतों का सामना किया है और तुम परेशान हो क्योंकि यह तुम्हारा एकमात्र कष्टदायी अनुभव था।"

"तो क्या तुम पुनर्जन्म में विश्वास नहीं करते?" उस तथाकथित लिंक जिसकी वो बात कर रहा था, उसके किसी भी संदर्भ से मैं असहज हो जाती। मुझे अभी भी क़बूल कर लेना चाहिए था कि मेरे मामले में एक्स की मौत लाक्षणिक थी, लेकिन मैंने लाइन बदल दी।

"यहाँ तक कि नीत्शे भी शाश्वत वापसी में विश्वास करता था। उसका कहना था कि ब्रह्मांड और इसमें शामिल हर चीज़, ऊर्जा और घटनाएँ अनंत वर्षों से ख़ुद को दोहरा रही हैं। और यह अनंत काल तक इसी तरह जारी रहेंगी। हम इस शाश्वत घटना के कण हो सकते हैं। कौन जाने? लेकिन मैंने पहले कभी इससे बेहतर महसूस नहीं किया। मुझे लगता है कि दु:खों का पुनर्निर्माण करते-करते ज़िंदगी ने अब मुझे तुम्हारे रूप में प्रकाश दिया है।" उसके होंठों पर मधुर मुस्कान थी। उसका चेहरा दूध और शहद की तरह चमक रहा था।

मैंने भी कभी बेहतर महसूस नहीं किया। वह सबसे अच्छा दिन था, जो हमने एक-दूसरे के साथ बिताया, और छोटी-छोटी गतिविधियाँ जो हमने साथ की थीं, हमें और क़रीब ले आईं। निश्चित रूप से, हम अपने जीवन के विशेष लोगों के साथ सबसे सामान्य चीज़ों को साझा करने के लिए तरसते और तुच्छ चीज़ें असामान्य रूप से समीकरणों को बदल देतीं। उसकी आश्वस्त उपस्थिति में बैठना और चाट की एक थाली खाना, मंद रोशनी वाले बार में महँगी शराब की तुलना में अधिक संतुष्टिदायक

था।

"मैं तुम्हारे लिए एक छोटा-सा उपहार ख़रीदना चाहता हूँ।" उसने अचानक कहा।

"प्लीज़ नहीं! क्या यह काफ़ी नहीं है कि हम जहाँ भी जाते हैं, पैसे तुम देते हो? मुझे...!"

"ओह! अब छोड़ो भी।" उसने बात काटते हुए कहा, "मैं कोई अमीर आदमी नहीं हूँ कि मैं तुम्हें हीरे उपहार में दूँगा लेकिन मैं तुम्हारे लिये कुछ ख़रीदना चाहता हूँ। इस अद्भुत दिन के लिए सिर्फ़ एक निशानी। एक ट्रिंकेट, एक टी-शर्ट, एक हैंडबैग, कुछ भी जो तुम्हें पसंद है? हम जनपथ जाएँगे और कुछ विंडो-शॉपिंग करेंगे। क्या कहती हो?"

"जैसा तुम चाहो!" मैंने कहा। उसने बिल दिया और साथ खड़े हुए।

पन्द्रह मिनट में हम जनपथ पहुँच गये। वह उस तरह का पुरुष था, जो एक महिला में बेहतरीन और सबसे भयानक भावनाओं को एक साथ जगाने में सक्षम था। डिस्ट्रेस से डिलीरीयम। वह एक संपूर्ण स्पेक्ट्रम की पेशकश एक मिनट में कर सकता था। उसने मैकडॉनल्ड्स के एक आउटलेट के पास कार खड़ी की। हम नीचे उतरे, हाथ में हाथ डाले सड़क पार की और बिना बात किये तेज़ी से जनपथ की ओर चल पड़े।

विदेशी पर्यटकों को आकर्षित करने के लिए चमचमाती वस्तुओं से भरी हुई दुकानें, महीन स्कार्फ़ और वस्त्र, रेशम, साटन, मखमल और ब्रोकेड एक साथ फहरा रहे थे। चमड़े के बैग, नक़्क़ाशीदार अलमारियाँ, तामचीनी की तश्तरियाँ, संदल की कुर्सियाँ, विशद रूप से चित्रित कंसोल, कांस्य की मूर्तियाँ, लकड़ी की मूर्तियाँ, अलंकृत फ्रेम, क्रिस्टल घड़ियाँ, गोल्डन क्यूपिड, काले चश्मे, सिरेमिक बर्तन, प्रिज्मीय गॉबलेट, स्कारलेट सैंडल, भूरे और काले बैग, कल्पनीय और अकल्पनीय प्रत्येक वस्तु का प्रदर्शन किया गया था।

"तुम बताओ कि तुम क्या लेना चाहोगी?" उसने पूछा।

मैं एक नीची मेज़ पर फैली चीनी मिट्टी की गुड़िया, हाथी दाँत के बक्से, काँच के फूलदान, ऑक्सीकृत आभूषण, शंख, चर्मपत्र, मोती के हार, चाँदी के कंगन, सिगार के केस, लाल मुँह वाले पाइप, सोने के पानी चढ़े हुए पेन, इत्र की शीशी और अन्य विविध वस्तुओं को देखते हुए एक अनोखी दुकान पर रुक गयी। एक कोने में अगरबत्ती जल रही थी, सेमी-प्रेशियस पत्थरों से जड़े एक ट्रे पर सूखे फूलों की एक

पोटपौरी बिछाई गयी थी, और पास में एक लेसदार पेरिविंकल कपड़े पर छोटे-छोटे जेड-हरे पत्थरों से जड़ा एक उत्कृष्ट हार था। उसके केंद्र में ज्वलंत नीले रंग का एक अंडाकार पत्थर चमक रहा था।

"यह आप पर बहुत अच्छा लगेगा, मैडम।" एक बूढ़े दुकानदार ने कहा। वह पोटपौरी की सूखी हुई पंखुडियों की तरह सिकुड़ा हुआ था, उसका रंग धुएँ की तरह धूसर था। उसने कई कौड़ियों से सजी एक फीकी काली क़मीज़ पहनी थी। ढीली पतलून और पुराने ज़माने की पंख लगी हैट में, वह किसी परी-कथा का किरदार लग रहा था। उससे जलती हुई धूप की गंध निकल रही थी।

"यह बहुत सुंदर है... !" मैं फुसफुसाई और अपनी उँगलियों में ज़ंजीर पकड़ ली। चमकते हरे-नीले पत्थरों ने एक नर्म गर्मी बिखेर दी।

"यह झुमके की एक जोड़ी के साथ आता है।" आदमी ने कहा। वह अँधेरे अंदरूनी हिस्सों में ग़ायब हो गया और दो समान दिखने वाली छोटी ज़ंजीरों के साथ लौटा, जिनमें नीले पत्थर का एक छोटा संस्करण लटका हुआ था।

"मुझे ये पसंद हैं?" मैंने ख़ुशी से कहा। मानस मुस्कुराते हुए मेरी बग़ल में खड़ा हो गया।

"बिल्कुल सही है।" उसने कहा और दुकानदार को उपहार लपेटने के लिए कहा। जब वह पैसे दे रहा था, उस बीच, मैंने अगरबत्ती का एक पैकेट, एक ऑक्सिडायज़्ड अगरबत्ती स्टैंड और एक चमड़े की सिगरेट-केस ख़रीदी।

"उस सर्कुलर बुक कियोस्क में किताबें ब्राउज़ किये बिना जनपथ की कोई भी यात्रा अधूरी है।" मैंने कहा। हम इत्मीनान से द न्यू बुक लैंड नामक प्रसिद्ध पुस्तक भंडार में चले गये, जो फुटपाथ के ठीक बीच में मौजूद था। वह आश्चर्यजनक रूप से छोटा स्टोर, अकल्पनीय संख्या में किताबों से भरा हुआ था।

"क्या आपके पास वुथरिंग हाइट्स हैं?" उसने कियोस्क के अंदर किताबों के साथ बैठे व्यक्ति से पूछा, "मुझे एक हार्ड कॉपी संस्करण दें, यदि आपके पास है।"

"काल्पनिक पात्रों और उपहारों की बात से मुझे याद आया। हीथक्लिफ वह काल्पनिक प्राणी है जिसे मैंने सबसे ज़्यादा प्यार किया है। जबसे मैंने अपनी किशोरावस्था में पहली बार यह किताब पढ़ी है।" उसने मुझसे कहा, "मैं तुम्हें एक प्रति उपहार में देना पसंद करूँगा, अगर तुम्हारे पास नहीं है।"

"नहीं है, धन्यवाद।" मैं अभिभूत थी।

"अब हम उस दुकान से एक गिलास अनार के रस के साथ इसे ख़त्म करते हैं।" मैंने किताब को बड़े हैंडबैग में भरते हुए कहा, जिसे मैं आदतन साथ रखती और एक सड़क किनारे विक्रेता की ओर इशारा किया, जो मैन्युअल रूप से संचालित मशीन को चलाकर फलों के ताज़ा रस निकाल रहा था।

हम सुस्ती से उसकी ओर चल पड़े और काला-नमक और काली मिर्च के स्वाद वाले आइस्ड-जूस का सबसे बड़ा गिलास पिया। मेरी आँखें सीधे उसे ही देख रही थीं। वह सामान्य दिन इतना चमत्कारी था कि मेरे पैरों के नीचे की ज़मीन अस्थिर लग रही थी। उसने मेरा बायाँ हाथ पकड़ रखा था और एक बार भी उसे जाने नहीं दिया। जब भी वह मुझे घूरते देखता, वह मुस्कुराता, और मैं ख़ुशी से शरमा जाती। उसे देखना बहुत अच्छा लगता। मेरे दिल में एक गर्म चमक थी, कच्ची कामुकता की चमक, प्यार में एक उन्मादी स्त्री, जो एक शानदार जादूगर के प्यार में गिरफ़्तार थी, क्योंकि उसके पास निश्चित रूप से सदियों की रहस्यमय शक्तियाँ थीं।

मेरा हाथ उसकी मज़बूत पकड़ में जकड़ा हुआ था। मैं उसके उपहारों से लदी, उसके पीछे, उसके लंबे क़दमों से मेल खाने के लिए दौड़ रही थी। हम दूसरी तरफ़ खड़ी कार में जाने के लिए फिर से सड़क पार कर गये। हमने चमकीली रोशनी वाली ज्वैलरी की दुकानों, चकाचौंध भरे बुटीक और क्राफ़्ट शोरूम को देखते हुए अपनी गति धीमी कर दी। वह व्यापारिक कार्यालयों, छपाई की दुकानों, खुदरा दुकानों और मिनरल वाटर, पान-मसाला और सिगरेट बेचने वाले छोटे स्टालों के बीच लगे एक साइनबोर्ड के पास रुक गया। ब्लैक टिन-बोर्ड पर सफ़ेद अक्षरों में एक गेस्ट-हाउस का नाम लिखा था।

"साँस लेने के लिए रुकना चाहोगी?" उसकी एम्बर आँखें शरारत से झिलमिला उठीं। मैं हिचकिचाई।

"यहाँ रुको। मैं पूछ कर आता हूँ।" उसने कहा, और उत्तर की प्रतीक्षा किये बिना एक संकरे रास्ते में बनीं सीढ़ियों पर चढ़ गया। गेस्ट-हाउस ऊपरी मंज़िल पर स्थित था, लेकिन बोर्ड को एक कंक्रीट पैनल के बीच में चिपकाया गया था, और उसमें कई तीर के संकेतों में दिशाएँ चित्रित थीं। यह पहली बार था जब उसने मेरा साथ छोड़ा था। मेरे हाथ अभी भी उसके स्पर्श से गर्म थे, उसकी सुगंध मुझसे चिपकी हुई थी और मैं थोड़ा घबराया हुआ महसूस कर रही थी। इससे पहले कि मैं और घबराती, वह एक बवंडर की तरह वापस आ गया, मेरी ठंढी पड़ती दृष्टि में लाल खसखस बिखेरता और मेरी हथेली पकड़ ली। मैं उसके पीछे सीढ़ियाँ चढ़ गयी और हम पहली मंज़िल पर लकड़ी

की एक चौड़ी मेज़ पर पहुँचे। डेस्क के पीछे एक अकेला आदमी बैठा था। उसकी झाड़ीदार भौहें और काँटेदार मूँछें थीं।

"बहादुर, आख़िरी कमरा खोलो।" उसने धारीदार शर्ट और भूरे रंग की हाफ़ पैंट पहने एक नेपाली लड़के को आदेश दिया। मानस ने लड़के का पीछा किया, और मैं उसके पीछे चली।

बहादुर ने दरवाज़ा खोला और वापस चला गया। हमने अँधेरे कमरे में क़दम रखा और मानस ने बिजली के स्विच के लिए हाथापाई की। बासी हवा पुखराज के रंग की हल्की छटा बिखेर रही थी। वह एक संकीर्ण छत वाला कमरा था, जो अखरोट-भूरे रंग की एक समान छाया में सादे लकड़ी के फ़र्नीचर से भरा हुआ था। एक सिंगल बेड, अलमारियाँ, ड्रेसर, दराज़, साइडबोर्ड, कुर्सियाँ और एक ड्रेसिंग-टेबल।

"यह जगह अजीब है। कोई खिड़की नहीं हैं और लकड़ी से भरी हुई है।" मैंने एक कुर्सी पर बैठकर कमरे का सर्वेक्षण किया। मेरे अंगों में दर्द हुआ। हम लंबे समय से चल रहे थे।

"हाँ, यह विचित्र खोज का दिन है। अद्वितीय सामानों वाली वह छोटी-सी दुकान। एक उदास गलियारे में यह गेस्ट-हाउस। इस तरह की चीज़ें बिना ढूँढे मिलती हैं।" उसने हाथ बाँधकर ऊपर देखा। पीली दीवारों पर ऊपर की ओर जालीदार वेंटिलेटर थे, जो दानेदार प्रकाश की धार फेंक रहे थे।

मैंने कमरे में अलमारियों और ड्रेसर की जाँच की। मैंने दराज़ खोले, आईने में अपने प्रतिबिंब की प्रशंसा की, और साइडबोर्ड पर एक बोन-चाइना ऐश-ट्रे रखा पाया। मैंने अगरबत्ती और धूप के पैकेट के लिए अपना बैग खंगाला, उसकी ज़िपो माँगी, दो अगरबत्तियाँ जलाईं, और अगरबत्ती को ऐश-ट्रे में रख दिया। चंदन की ख़ुश्बू से कमरा महक उठा।

"क्या कमाल आईडिया है।" उसने कहा।

"धन्यवाद!" मैं झुकी, "हवा से बदबू आ रही थी जैसे कि उन्होंने लंबे समय से कमरा नहीं खोला।"

"इसके अलावा, मुझे धूम्रपान पसंद है और जब तक मैं एक सिगरेट जलाता हूँ, मैं चाहता हूँ कि तुम वह उपहार पहनो जो हमने एक साथ ख़रीदा था। मोहक पत्थर से जड़ा वह हार।" उसने अपनी सामने की जेब से सिगरेट का पैकेट निकाला। मैंने उसे, उसी दुकान से ख़रीदा हुआ चमड़े का सिगरेट-केस भेंट किया।

"और यह हमारी जादुई दोस्ती की वेदी पर मेरी छोटी सी भेंट है।" मैंने कहा।

"धन्यवाद!" उसने बिना किसी विरोध के मेरा उपहार स्वीकार कर लिया और केस में पैकेट की बची हुई सिगरेटें स्थानांतरित कर दी।

"अब हार और झुमके पहनने की तुम्हारी बारी है। ध्यान रहे, तुम्हें केवल मेरा उपहार पहनना है, और कुछ नहीं।"

"तुम सीरीयस नहीं हो सकते।"

"कभी इतना सीरीयस नहीं था।" उसने अपनी सिगरेट जलाई और एक कुर्सी पर बैठ गया। जिस हद तक वह मेरी इच्छाओं को भड़काने में कामयाब रहता, उसने मुझे हमेशा चौंका दिया। मैं उसकी हर बात मानने को तैयार थी और केवल एक कोमल उकसावे की ज़रूरत थी। वह जानता था कि मुझे क्या चाहिए और वह मुझे अपनी छोटी उँगली के चारों ओर घुमाता।

"मेरी मदद चाहिए?" उसने कहा, "ईमानदारी से कहूँ, तो मुझे तुम्हें कपड़े उतारते देखना अच्छा लगता है।"

मैंने कुछ नहीं कहा और ड्रेसिंग टेबल की तरफ़ मुड़ गयी। मैंने मोती के झुमके की एक साधारण जोड़ी पहनी हुई थी। मैंने उन गहनों को खोल दिया और नये आभूषण पहने। मैंने हार को गले से लगा लिया। हरे रंग के स्पैंगल्स में लटका हुआ नीले-लौ का पत्थर मेरी तांबे जैसी त्वचा पर झिलमिलाया और मुझे मदहोश कर दिया। मैं वह लड़की नहीं थी जो मैं हुआ करती थी। धुँधले दर्पण में क्रिमसन मुँह का प्रतिबिंब कविता के टुकड़ों से बनाई गयी स्त्री का था। मेरी बेतहाशा ख़ुशी ने उसे बनाया होगा। वह मुझे देखकर शीशे में मुस्कुराई और हल्के रंगों से भरी हवा को बहुरंगी बना दिया। अभी कुछ महीने पहले, मेरा मानना था कि प्यार विलुप्त हो गया है, कोई भी आदमी मेरी कामेच्छा को फिर से जीवित नहीं कर सकता, और मुझे ऐसा महसूस नहीं करा सकता, जैसे कि एक आत्मा दो शरीरों में निवास कर सकती है।

"बूढ़ा दुकानदार सही था, हार वास्तव में तुम पर सूट करता है।" उसकी प्यार भरी आवाज़ पीछे से आई और हवा संगीत से गूँज उठी।

मैंने उसे पीछे मुड़कर देखा और अपनी टी-शर्ट उठा ली। वह पीछे खिसक गया था और मुझे कपड़ों से बाहर निकलने में मदद की। उसने मुझे अपनी ओर घुमाया और अपनी क़मीज़ उतार दी। मैंने उसे मोहित होकर देखा; उसका गोरा मांसल शरीर, दूध पर जमे क्रीम जैसी उसकी छाती भूरे बालों से ढकी हुई थी। उसके चौड़े कंधे कस्तूरी

की गंध से लथपथ थे। उसने मुझे कस कर पकड़ रखा था, मेरे स्तन उसकी छाती से टकरा रहे थे, और उसने अपना गर्म मुँह मेरे ऊपर रख दिया। मैंने अनार का स्वाद चखा, फ़र्श हिल गया, मैं उससे लिपट गयी और उसकी गंध में भीग गयी। उसने मेरे उत्सुक मुँह में अपनी जीभ डालकर गहराई से जाँच की, स्लॉपी स्मूच ने मेरे होंठो को थपथपाया, उसने मेरी पीठ को रगड़ा और मेरे बालों को महसूस किया। मेरी पीठ पर उसका हाथ, मेरी ब्रा के स्ट्रैप से खेल रहा था और वह उसे खोलने के लिए संघर्ष कर रहा था। मैं हँसी।

"मेरी मदद करो, दिवा।" वह मेरे कानों में फुसफुसाया।

"नहीं...!" मैंने कहा। कुछ देर की मशक़्क़त के बाद वो कामयाब हुआ। उसने मेरी कमर पकड़ ली और मुझे शीशे की तरफ़ घुमाया।

"अपने आप को देखो, तुम एक दिवा की तरह लग रही हो।" मेरा प्रतिबिंब मैले नीले-सोने रंग में धोया हुआ था। उसका धूप से लाल चेहरा मेरी गुलाबी रंगत के पीछे झुका था। उसकी ठुड्डी मेरे गर्म सिर पर झुकी हुई थी। मेरा शरीर उसके आलिंगन में उलझा हुआ था। उसकी आँखें दो दीप्तिमान धाराओं की तरह चमक रही थीं और मुझे आह्लाद से देख रही थीं।

उसकी उँगलियों के बीच की वेब-स्किन की चिकनी बनावट ने मेरी नसों में बिजली बिखेर दी। मेरे शरीर का हर इंच उसकी धुन पर काँप रहा था। आईने में हमारा प्रतिबिंब, रहस्यमयी बैंगनी और गुलाबी आकृतियों में हमारी हिलती हुई हरकतों को दोहराने लगा। उसकी बालसम-सुगंधित उँगलियाँ मेरी माँसपेशियों पर रेंग रही थीं। ऐसा लग रहा था जैसे मैंने एक अश्लील फ़िल्म में क़दम रख दिये। मैं अपने कामुक प्रदर्शन की छवियों को देख रही थी, लेकिन हम एक आर्केडियन दृश्य बना रहे थे, क्योंकि मैं तो एक भोली शेफ़र्डरेज थी और वह मेरा हँसता हुआ स्वेन। उसने मुझे अपनी बाँहों में उठा लिया।

"लाल होंठों वाला मेरा सुंदर सितारा।" उसने मुझे धीरे से बिस्तर पर लिटाते हुए कहा।

मुझे अगले कुछ मिनटों की लगभग कोई याद नहीं। सब कुछ एक लज़ीज़ धब्बा बन गया। मैं थोड़ी शर्मिंदा थी, लेकिन उसने आख़िरी सिगरेट के बाद, मुझे अपना दाहिना हाथ दिया। हम बंद दरवाज़ों से बाहर निकले। वह एक शानदार गति से चल रहा था। हमने शाही अन्दाज़ में अपना आनंद भवन छोड़ा, पैनल वाले डेस्क और

गलियारे से निकलने वाले शोर को नज़र-अंदाज़ करते।

बाहर, मलीन चाँदी जैसी धुंध ने हवा को ढक दिया था। दुकानों और स्ट्रीट-लैंप से आती रोशनी के कारण शाम तारों से तैरती दिखाई दे रही थी। पार्किंग पास में थी, मैं अपनी सीट पर निढाल होकर उसे देखती रही। उसका साथ प्रेम के परमानंद के साथ एक दर्द भी प्रेरित करता, जैसे कि मुझे वही मिल गया था जो मैं चाहती थी। हम इंडिया गेट की ओर चल पड़े, लेकिन वहाँ नहीं रुके।

"मुझे अचानक न्यू फ्रेंड्स कॉलोनी जाने का मन हुआ। आदर्श रूप से, मैं उस कैफ़े में जाना पसंद करूँगा जहाँ हम पहली बार मिले थे, लेकिन मैं कॉफ़ी के मूड में नहीं हूँ। हम पेबल स्ट्रीट से कुछ बीयर लेंगे और फिर मैं तुम्हें घर छोड़ दूँगा।" उसने कहा।

"परफ़ेक्ट!" मैंने कहा। मैं बात करने के मूड में नहीं थी। लाखों बातें मेरे दिमाग़ में घूम रही थीं लेकिन मुझे समझ में आने लगा था कि मुझे जादुई प्रेम-औषधि की ज़रूरत नहीं थी। हमारे रिश्ते को केवल थोड़ा समय चाहिए। वह मेरा था। मैंने चुपचाप चलती वाहनों को देखा, लम्बी परछाइयों पर हेडलाइट्स का खेल, ओपल की पंक्तियों की तरह लटकी स्ट्रीट लाइट्स, फुटपाथ पर बिखरे कचरे के ढेर, हरे-भरे ब्रशस्ट्रोक में फैले पेड़ों की शाखाएँ, मक्के के रंग भरे वातावरण में नाचते हुए काले पत्ते। हमने कार पार्क की, और चाँदनी से ब्रश किये उस कैफ़े से गुज़रे, जहाँ हमारे सितारे समय की शुरुआत में टकरा गये थे। नर्म कशों में एक मीठी हवा चली। हम तारों की धूल से सराबोर हवा पर सैर कर रहे थे। सब कुछ चमत्कारी दिखाई दे रहा था क्यूँकि मेरा प्यार साथ था।

जब हम शोरगुल वाले रेस्टोरेंट में दाख़िल हुए तो मैं थोड़ा डर गयी। एक अनसुना गाना, ज़ैतून के तेल, फ्रेंच परफ़्यूम, पनीर और शराब की गंध से सनी हवा में विस्फोट करता हुआ बज रहा था। हमने कटलरी और टेबलवेयर से भरी मेज़ों को पार किया। वेटर ख़ाली बोतलों के कूड़े को साफ़ कर रहे थे और लोग चमकीले गोबलेट्स से शराब पी रहे थे। कर्कश आवाज़ों के कोलाहल के बीच, हमने बादामी रोशनी के एक कोने पर क़ब्ज़ा कर लिया।

उसने बीयर और स्नैक्स का ऑर्डर दिया। मैंने मेनू स्कैन किया। मैं भूखी थी लेकिन मुझे नहीं पता था कि मुझे क्या चाहिए इसलिए उसने मुझे फिर से ख़ुश करने का काम संभाला। मैं उसे देखना बंद नहीं कर सकती थी। उसकी धूप जैसी आँखें और उसके बालों में लिपटा प्रकाश। वह बातचीत करने की कोशिश कर रहा था, मैं ठंडी शराब पी रही थी, उसके होंठों का स्वाद याद करती। मैंने पलक झपकाते, इधर-उधर देखा, हर वस्तु और चेहरा तीव्रता से चमक रहे थे, जैसे कि हम किसी जूअल-बॉक्स

में बैठे हों। वह मेरे गले पर लटके हुए जूअल को घूर रहा था।

"इस पत्थर के नीले रंग में आध्यात्मिकता के पुट हैं। तुम केवल वही पहने हुए आकर्षक रूप से सुंदर और दिव्य लग रही थी, सही मायने में एक दिवा।" उसने कहा।

मुझे तब बहुत ख़ुशी हुई, जैसे कि जीवन एक जादुई प्रदेश था और अगर मैं उसी समय मर जाऊँ तो मौत मुझसे कुछ भी छीन नहीं सकती थी, क्योंकि मैंने प्यार के निचोड़ का स्वाद चखा था। वह सूक्ष्म पदार्थ जो उसके अल्पकालिक आकर्षण में मिलता।

"क्या मैं तुमसे एक बात पूछूँ?"

"बेशक!" वह मूँगफली चबा रहा था, और उसकी परिष्कृत जॉलाइन पर एक गर्म मुस्कान लहरा रही थी।

"क्या तुम मुझे बिना मज़ाक़ के बता सकते हो.. उमममम... तुम्हें क्या लगता है कि उस पत्ती पर चित्रित महिला कौन थी?"

"मैं तुम्हें परेशान नहीं करना चाहता।" वह असहज हो गया, "यही कारण है कि मैं उस विषय से बचता हूँ, लेकिन मैं यह कल्पना करने से ख़ुद को रोक नहीं पाता कि वह मुझे तुम्हारी ओर प्रेरित कर रही है। वह अप्रत्याशित समय पर आकर मुझे आश्चर्यचकित करती रहती है, इसलिए मैं अनायास उसका उल्लेख करता हूँ।"

"वह कौन है?" मैंने विनती की, "मैं परेशान नहीं होऊँगी। सचमुच। मैं पूछ रही हूँ क्योंकि मुझे लगता है कि मैं उसे जानती हूँ।"

"यह असंभव है। तुम उससे कभी नहीं मिली।" उसकी मुस्कान ग़ायब हो गयी।

"हो सकता है, मैं उससे अपरंपरागत तरीक़ों से मिली हूँ।"

"नहीं, ऐसा नहीं हो सकता।" उसने दृढ़ता से कहा, "वह सौम्या है या थी।"

"कौन?" मैं मायूस होकर बोली।

"सौम्या, मेरी मंगेतर। मुझे ऐसा लगता है जैसे वह नव-मृतों की अपनी वायलेट दुनिया से उतरी हो। मुझे उसका धुँधला चेहरा इधर-उधर दिखाई देता है।" उसने सिर हिलाया, "मैं पागल नहीं हूँ। यह सिर्फ़ मेरी कल्पना हो सकती है। मैं उसे रात में अपने बिस्तर के पास महसूस कर सकता हूँ। मेरा चिकित्सक सोचता है कि मैं मानसिक रूप से परेशान हूँ। शायद, मैं हूँ। मैं कुछ ट्रैंक्विलाइज़र लेता हूँ लेकिन मैं इसे बंद कर रहा हूँ। तुम्हारे साथ रहने से मदद मिली है। उसने मुझे नुक़सान नहीं पहुँचाया है लेकिन यह

परेशान करने वाला है। यदि वह एक आत्मा है, तो वह नाम की तरह सौम्य है और वह तुम्हें स्वीकार करती है। इसलिए प्लीज़ डरना मत।"

"मैं नहीं डरती।" वास्तव में, मैं निराश थी, "मुझे लगा कि वह कोई और है।"

"मैंने तुमसे कहा था, तुम उसे नहीं जान सकती। मैं तुम्हें डराना नहीं चाहता था क्योंकि यह केवल मेरे अति सक्रिय नर्व्स हो सकते हैं, लेकिन तुम्हें क्या लगता है कि वह कौन थी?" उसकी आवाज़ में सदमे का कोई निशान नहीं था लेकिन उसका रवैया दिलचस्पी से भरा था।

"मैंने सोचा था कि वह थी... वह थी...! ।" मैं हकलाई। जो मेरे मन में था, मैं उसे कैसे बताऊँ। उसकी नज़र मुझ पर टिकी थी। उसकी आँखें भाव-शून्य थीं। मैंने उनमें हमारे आपसी अतीत का कोई प्रकाश नहीं देखा।

"मैं तुम्हें नहीं बता सकती, लेकिन तुमने मुझे बताया कि तुम्हें एक घर दिखा? है ना?" उसने कुछ समय के लिए इस पर विचार किया।

"हाँ, क्या तुम घर को जानती हो?"

"मझे लगता है कि मैं जानती हूँ, लेकिन अगर मैं तुम्हें बताती हूँ, तो तुम मुझ पर विश्वास नहीं करोगे। या शायद, यह सिर्फ़ एक ग़लतफ़हमी है।" मैंने मानसिक रूप से अपनी कहानी बताने का फ़ैसला किया।

"मैंने तुम्हें अपनी अजीब कल्पना बिना किसी डर के बताई, और तुमने मुझे जज नहीं किया, है ना? तो तुम मुझे क्यों नहीं बता सकती? यह कितना भी अविश्वसनीय क्यों न हो, मैं सुनने और समझने को तैयार हूँ।" उसने मेरा हाथ थपथपाया।

"घर और औरत...!" मैं रुक गयी। मैंने एक दही-मट्ठे जैसा भूत देखा। मैं प्रवेश द्वार के सामने थी, मानस मेरी बातें तल्लीनता से सुन रहा था, और आने वाले घुसपैठिये को नहीं देख सका। भूत वर्गाकार रूप से चल रहा था। उसकी बाँहें झूल रही थीं, वह मेज़ों और कुर्सियों की अव्यवस्था से गुज़रते हुए गुच्छों में बिखरे ग्राहकों के समूहों की अनदेखी करते हुए, मेरे पास रुक गया।

"हलो!" वेद मल्होत्रा ने कहा, "हाउ आर यू? तो, क्या यह वही लड़का है, जिसे तुम्हारे माता-पिता ने चुना है? जिसने तुम्हें गाँव की शादी में देखा और शादी का प्रस्ताव रखा? अच्छा है, वास्तव में।"

"मिस्टर शास्त्री!" वह मानस की ओर मुड़ा और मज़ाक़ में अपना हाथ बढ़ाया। मानस का जबड़ा सख़्त हो गया था। उसकी हल्की आँखों में कोई अभिव्यक्ति नहीं

दिख रही थी, लेकिन उसने तिरस्कार के साथ अपना हाथ बढ़ाया और वेद की उँगलियों को हिला दिया।

"क्या आप उसे 'स्पैंक' करते हैं?" वेद ने घृणित रूप से कहा, "वह उसे पसंद करती है। उसे हिंसक रूप से मोड़ें और उसके नितंबों को रूलर से थपथपाएँ। सख़्ती से।"

"बस इतना ही काफ़ी है, मिस्टर मल्होत्रा। मेरा सुझाव है कि आप बिना सीन क्रीएट किये निकल जायें।" मानस की आवाज़ शांत और धीमी थी। बग़ल की मेज़ पर बैठा एक जोड़ा हमें घूर रहा था। वेद अजीब लग रहा था। उसने अपनी लाश जैसी चमड़ी से मिलती-जुलती चॉक-सफ़ेद क़मीज़ पहनी थी। वह अस्त-व्यस्त कपड़ों में नहीं था, लेकिन चेहरे पर ऐसे व्यक्ति का डरावना भाव था, जिसने अपना मानसिक संतुलन खो दिया हो।

"ठीक है।" उसने फुफकार कर कहा, "मुझे पता है कि औरतें कैसे सिर घुमा देती हैं।" वह हँसा और चला गया। सब एक मिनट के भीतर ख़त्म हो गया था। उसकी बुरी साँस बीमार कर देने वाली मार्मिकता के साथ हवा में लटक गयी।

"यह क्या था?" मानस गरजा। मैं हतप्रभ बैठी थी।

"मुझे नहीं पता कि उसके साथ क्या ग़लत हुआ है। मुझे लगता है कि वह कठिन समय से गुज़र रहा है।" मेरा दिल भय से उछल रहा था।

"और तुम्हारे माता-पिता ने कौन-सा लड़का चुना है? वह यह सब कैसे जानता है और मैं नहीं?"

"दरअसल, मैं तुम्हें सब कुछ बताने ही वाली थी। ऋत्विक, मेरा एक्स, एक कमीना है। उसने मुझे धोखा दिया इसलिए मैं उसे मरा हुआ समझती थी। मुझे बहुत दर्द हो रहा था।" मैंने जो कुछ भी कहा उससे वह और अधिक नाराज़ हो रहा था।

"इस मंदबुद्धि वेद का इससे क्या लेना-देना है?" वह चिल्ला नहीं रहा था लेकिन उसकी आवाज़ पूरी तरह बदल चुकी थी। कुछ मिनट पहले की कोमलता ग़ायब थी।

"मैं उसी पर आ रही हूँ।" मैं गिड़गिड़ाई, "क्या तुमने मुझे नहीं बताया, तुम रिबाउंड पर कई महिलाओं को डेट कर रहे थे? वेद के साथ मेरा बस एक पासिंग फ़्लिंग था। वह गंभीर नहीं था।"

"ठीक है, तो तुम अपने दिल के दर्द को दूर करने के लिए इस लूज़र से स्पैंकिंग करा रही थी।" उसने क्रूरता से कहा।

"तुमने भी अपने लस्ट-इलाज के बारे में क़बूल किया। अपने मन का दु:ख दूर करने के लिए तुम कितनी महिलाओं के साथ सोए थे? क्या मैं ऐसा ही कुछ नहीं कर सकती? क्या मुझे एक अँधेरे कमरे में बैठना चाहिए और अपने दुख पर रोना चाहिए क्योंकि मैं एक औरत हूँ? और आप एक पुरुष होने के कारण सेक्स-टूर पर जा सकते हैं?" मैं हिस्टेरिकल सिसकियों में टूटना चाहती थी। मुझे विश्वास नहीं हो रहा था कि इत्र और कविता की मेरी बनावटी दुनिया इतनी जल्दी चरमरा रही थी और हमारे नरम-गरम रिश्ते ने वह अप्रिय मोड़ ले लिया था।

"आह! मैं एक कमीने द्वारा दिये गये इस दुख के लिए एक और सांत्वना हूँ। वह मरा नहीं है लेकिन ज़िन्दा है। मैं आपसे क्षमा चाहता हूँ, वह आपके लिए मर चुका है, इसलिए यह एक ही बात है और अब आप प्रिंस चार्मिंग से शादी करने जा रही हैं, जिन्होंने आपके माता-पिता के माध्यम से शादी का प्रस्ताव रखा है। क्या मुझे आपको बधाई देनी चाहिए?" उसके बम की तरह फटने से मेरे तर्क-वितर्क हवा हो गये और अश्रु नली बहने लगी।

"तुम नहीं समझते।" मैं रो पड़ी, "मैंने वेद को उससे छुटकारा पाने के लिए ही वह कहानी सुनाई। वह मेरा पीछा कर रहा था। हम अलग हो गये थे और उसे एक अमीर लड़की से शादी करनी थी। शायद उसने उसे छोड़ दिया है इसलिए वह मेरे साथ वापस आने के लिए बेताब था। मैंने उसे ठुकरा दिया, लेकिन वह सुनने को तैयार नहीं था, इसलिए मैंने कुछ बात बना दी।"

"क्या तुम कह रही हो कि ऐसा कोई लड़का नहीं है?" उसकी वज़नी आवाज़ ने मुझे ग़ुस्से से पीटा।

"है, लेकिन मैं उससे शादी नहीं करना चाहती।" मेरा चेहरा आँसुओं से गीला था। मैंने अपनी आँखों को टिश्यू से थपथपाया और ख़ुद को शान्त करने की कोशिश की। वह चुपचाप देखता रहा लेकिन मैंने उसकी तीख़ी निगाहों को अपने चेहरे पर महसूस किया। वह हमेशा ऐसा करता, शब्दों के बल से चोट पहुँचाना।

"प्लीज़, मेरी बात सुनो, मैं तुम्हें उस घर और औरत के बारे में बता रही थी...!" मैं अपराध की प्रबल भावना के साथ बातें जारी रखना चाह रही थी लेकिन उसने मुझे रोक दिया।

"क्या मैंने एक दिन के लिए पर्याप्त कहानियाँ नहीं सुनीं?" उसने बची हुई बीयर सीधा बोतल से पी। मैंने उसे हमेशा गिलास से पीते देखा था। उसकी आँखें जंगली

थीं। एक अप्रत्याशित घटना ने उसका आपा खो दिया था। मैं एक घंटे पहले के मानस को कैसे बुला सकती थी?

"अभी के लिए, मैंने जो कुछ भी सुना है उसे डायजेस्ट करने की आवश्यकता है।" उसने कहा और उठ गया। मैंने, हमारी पिछली सभी बैठकों में दूर जाने की कोशिश की थी, लेकिन मेज़ें पलट चुकी थीं। हालाँकि, उसे याद था कि वह मुझे पीछे नहीं छोड़ सकता था। उस विस्फोटक मूड में भी शिष्टता का एक टुकड़ा बरक़रार था।

"आओ, मैं तुम्हें घर ले चलता हूँ। और भगवान के लिए रोना बंद करो। ये औरतों के झूठे आँसू बहाने के ड्रामे से मुझे सबसे ज़्यादा चिढ़ है।"

17.

चंद्रमा से त्रस्त

"एक फ़क़ीर बाबा इधर कहीं बैठा करते थे। क्या आप बता सकते हैं कि मैं उन्हें कहाँ ढूँढ सकती हूँ?" मैंने धँसी आँखों वाले एक मनुष्य से कहा। उसका चौकोर जबड़ा चौड़े चेहरे पर बेहूदा तरीक़े से सेट किया गया था। उसने बिना पलक झपकाये मेरी ओर देखा और बिना जवाब दिये आगे बढ़ गया।

मैंने हर नुक्कड़ पर छानबीन की, लेकिन मुझे सही जगह याद नहीं आ रही थी। मैं सीताराम बाज़ार में घूमती रही और रज़िया सुल्तान की क़ब्र तक चली गयी। मैं उस युवक को ढूँढ़ने की उम्मीद कर रही थी, जो पिछली बार मेरे पीछे पड़ा था, लेकिन मुझे उसका कोई पता नहीं चला। उसने कहा था कि वह पास में रहता था, लेकिन मैं उसका नाम भूल गयी थी, इसलिए उन विचित्र घरों से घूरते किसी शख़्स से मैं उसका ठिकाना नहीं पूछ सकती थी। वह भी ग़ायब हो गया था, जैसे कल्पना में एक झंकार और पुरानी दिल्ली के भूत। राहगीरों का अनवरत प्रवाह बायें और दायें से दूर चला गया। एक बिंदु या दो, ज्वार में उभरे और एक व्यक्ति के चेहरे में शामिल हो गये, जो गंदे पानी की एक चरनी के पास खड़ा था। उसने एक चिकना पठान सूट और बाटा चप्पल की गंदी जोड़ी पहन रखी थी और मुझे मुँह बाये देख रहा था। मैं अपनी झिझक भूल गयी और उससे बाबा के बारे में सवाल किया, लेकिन वह चुपचाप चला गया।

मैं हताश थी, मेरी आँखों में आँसू लटके हुए थे। निराशा ने मुझे मौत की तरह जकड़ लिया था। मैं खंडहर हो चुकी इमारतों के साथ रेंगती हुई, एकतरफ़ा मोड़ पर, टेढ़े-मेढ़े पक्षों से बचते हुए, मानवता के दुर्भावनापूर्ण गिरोहों की पड़ताल कर रही थी। एक दोस्ताना चेहरे की तलाश के लिए हर दुकान और घर में झाँक रही थी, जो मेरी मदद कर सके। प्यार के कैरिकेचर से मोहित होकर, एक गढ़ी हुई आस्था बुनते, मैंने अपने प्रेमी के साथ मनमुटाव को ठीक करने और ढहते प्यार के महल को बचाने की आशा की। मैंने उपेक्षित क़ब्रों के तहखानों के नीचे, गंदी दीवारों के पास फ़क़ीर को खोजा। भव्य ढाँचों के जीर्ण-शीर्ण अवशेष, मज़ारों पर बिखरे सड़ते फूलों की गंध ने मेरे वस्त्रों में प्रवेश कर लिया। वह कहीं नहीं था। क्या मैं बहक गयी थी? क्या भाग्य ने जीवन का एक ऐसा भूत बनाया था, जो न था और न कभी हो सकता है?

मैं उस पेड़ का पता लगाने में कामयाब रही जहाँ वह बैठा था, या ऐसा कुछ जो उससे मिलता-जुलता था, हालाँकि मुझे एक और निराशाजनक दृश्य मिला। पेड़ बर्बाद हो रहा था, ढेर हुए पत्तों और गिरती कमज़ोर शाखाओं में, कच्चे ढाँचे का मलबा दोपहर के सूरज से प्रकाशित था, जैसे भूरे बादलों के बीच जलता दीपक। सूरज की किरणें, ख़ामोश, राजसी, मेरे सिर पर गिरीं, मेरी त्वचा पसीने से लथपथ थी और एक अलौकिक शांति ने मेरे अस्त-व्यस्त विचारों को सहलाया। मैं वापस चली गयी।

घर में कोई आराम नहीं था। मैंने माँ से कहा था कि मुझे एक कहानी के लिए शोध करने की ज़रूरत है। जब मैं वापस लौटी तो मुझे इस पर काम करना था, इसलिए उन्होंने मुझे अकेला छोड़ दिया। हालाँकि, मैं सुबह एक अलग सिरदर्द के साथ उठी। उस रात, घर लौटने के दौरान मानस ने एक शब्द भी नहीं कहा था। उसने हमारी अगली मुलाक़ात के सवाल को "मैं तुम्हें कॉल करूँगा या मोबाइल नंबर पर एसएमएस करूँगा!" कह कर ख़ारिज कर दिया था। हमने कभी फ़ोन पर संवाद नहीं किया था और हमेशा व्यक्तिगत रूप से यह तय किया था कि हम कहाँ और कब मिल रहे हैं।

मैं कपड़े बदलने या ब्रश करने जैसी सामान्य हरकतों में भी ख़ुद को असमर्थ महसूस कर रही थी। किसी तरह रोते हुए, बेहोशी में, मैंने अपने शरीर को सोने के लिए बिस्तर पर रखा था। मैं नींद में भी विचलित थी। क्रोध और विलाप को रोकती, अपमान निगलती और आँसू मेरा गला घोंट रहे थे। आधी रात के बाद, मैंने दबी आवाज़ें, द्वेषपूर्ण बातचीत सुनीं, भड़के हुए नाटकों ने मुझे अपनी खाट पर तड़पने के लिये मजबूर कर दिया। दुःस्वप्न में, मैं काले पानी पर तैर रही थी, गुप्त भूल-भुलैया में भटक रही थी, पत्थरों और झाड़ियों को पार कर रही थी, गरजती आग में घिरी थी और एक घुमावदार गोले में लुढ़क रही थी। तब तक, जब तक मैं राख की सुलगती ढेर में बदल गयी।

सुबह ने मुझे रात के भय से मुक्त कर दिया लेकिन नयी पीड़ा लेकर आया। मैं मानस के दिये हार और झुमके पहन कर सोई थी और एक बाली ग़ायब थी। मैंने ख़ुद को आईने में देखा और चिल्लाई। बायें ईयर-लोब पर नीली आभा वाला पत्थर लटक रहा था लेकिन उसका दाहिना जोड़ा ग़ायब हो गया था। "बिस्तर पर उतर आया होगा क्योंकि मैं बेचैन होकर सोई थी!" मैंने सोचा, और तकिये, चादर और गद्दे के नीचे ढूँढा। मैंने हर वस्तु को झाड़ा, लेकिन वह कहीं नहीं था। "क्या मैंने उसे सड़क पर गिरा दिया?" मैं बेक़ाबू होकर रोई। मैंने उसे लिविंग रूम में खोजा, लॉन तक जाने वाले रास्ते पर, जहाँ उसने मुझे पिछली रात छोड़ा था, मेरे घर के सामने के गेट पर भी, लेकिन

कोई फ़ायदा नहीं हुआ।

अगले सप्ताह ऑफ़िस में, मैंने संजय को बताया कि मुझे लेख पूरा करने के लिए और समय चाहिए।

"मैं पुरानी दिल्ली गयी थी, लेकिन ये फ़क़ीर मायावी होते हैं। मैं उस आदमी को ट्रैक नहीं कर सकी, जिससे मैंने पिछली बार बात की थी। मैं उसे एक बार और ढूँढूँगी या मैं अन्य भटकते दरवेशों से बात करूँगी।" मैंने कहा। उसने सिर हिलाया। उसका क्यूब साफ़ था, प्लास्टिक की बोतलें ग़ायब हो गयी थीं और किताबों के ढेर एक नये पोर्टेबल रैक में व्यवस्थित किये गये थे।

"पर्याप्त समय लो। जल्दी मत करो!" वह मुस्कुरा रहा था। यहाँ तक कि उसके दाँत भी साफ़ दिख रहे थे। उसके बदले रंग-रूप ने मेरा संतुलन बहाल कर दिया। मैं भी अपनी ज़िंदगी की अव्यवस्था को साफ़ कर लूँगी। उसे सिर्फ़ सही जगहों पर चतुराई से छूने की ज़रूरत थी।

मैंने उसका तहेदिल से शुक्रिया अदा किया। वह मेरी अतिशयोक्ति से चकित था, लेकिन उसने शालीनता से मेरी बात सुनी और मैं उससे विदा लेकर बग़ीचे की ओर चल पड़ी। मुझे जल्द ही तुर्कमान गेट वापस जाने की ज़रूरत थी। मैं शायद वो जगह देखने से चूक गयी, क्यूँकि मैं परेशान थी। अगली बार शांत अवस्था में, चीज़ें वैसी ही होनी चाहिए जैसी पहली बार थीं।

अभी भी सुबह का वक़्त था और एस्स कॉम्प्लेक्स में बहुत कम लोग थे। राक्षसी सूरज अपनी किरणों से वार कर रहा था, लेकिन चुगलखोर उद्यान शांत और रमणीय बना रहा। पंछी हिल नहीं रहे थे। मैं गहरी सुरंगों में घुस रही थी, उस गुहा की तलाश में, जहाँ मेरे सपनों का पौधा आनंदमयी फुहारों में खिला था। एक और झटके से मेरा सामना हुआ; जहाँ मैं कुछ गोल, नुकीले, संरचित, ख़ुशी के भ्रम देने वाले अद्भुत पौधे की आशा कर रही थी, वहाँ कुछ भी नहीं था। मैं त्रस्त थी, मेरी दृष्टि कोने-कोने में भटक रही थी, लाइलैक रंग के पौधे को इधर-उधर इमैजिन कर रही थी, क्या माली ने इसे कहीं और स्थानांतरित कर दिया था? मैंने हर जगह खोजा। मैं क्या ढूँढ रही थी? बाली? या नीले पत्थर के लॉकेट वाली चेन? मेरा सिर फट गया। मैंने माली को भीतर आते देखा, और उससे कहा, "वह पौधा? कहाँ है?"

"कौन-सा पौधा?" उसने कहा।

"याद नहीं? आपने कहा कि पक्षियों ने एक विदेशी बीज गिरा दिया होगा। आप

उसकी प्रजाति को नहीं पहचान सके लेकिन पौधा इतना सुंदर था कि आपने उसकी देखभाल करने का फ़ैसला किया?" मैंने अपने हैंडबैग से मुरझाये हुए पत्ते निकाले, और उन्हें अपनी हथेली पर फैला दिया।

"ये हैं उस पौधे की सुन्दर पत्तियाँ आप कैसे भूल सकते हो?" मैं चिल्लाई। वे भूरे रंग के हो गये थे, लेकिन उसी विस्मृत करने वाली सुंदरता की एक झलक रखते थे।

"ओह? याद नहीं। हो सकता है कि मैंने इसे काट दिया हो।" उसने खाली नज़रों से देखा।

क्या हो रहा था? क्या उन सभी प्रेतात्माओं ने आपस में सहयोग किया था और मेरे ख़िलाफ़ साज़िश करने लगे थे? जो मैंने सोचा था कि मेरा अभेद्य अधिकार था, किसी के हड़पने के डर से सुरक्षित, वह मुझसे पहले ही चोरी हो गया था, और मैं उसे खोजने के कई प्रयासों में अपना रास्ता खो रही थी, बार-बार। दुनिया हर मिनट और अधिक हैरान करने वाली होती जा रही थी और चीज़ें एक के बाद एक भाप में बदल रही थीं। क्या मानस भी मेरी कल्पना की उपज था? या सुखद स्मृति का पुनरुत्थान? पिछले जीवन का एक स्वाद? मैंने कुछ साल पहले एक सिज़ोफ्रेनिक लड़की के बारे में एक फ़िल्म देखी थी जिसे एक काल्पनिक आदमी से प्यार हो गया था, जो कभी अस्तित्व में था ही नहीं। लेकिन मानस मेरे चारों ओर था, शारीरिक अनुस्मारक थे, अमर दर्द के प्रमाण, जुनून की गंध, अंतरंग क्षण, हार और झुमके। मैंने उस विस्मयकारी पौधे की पत्तियों को भी बरक़रार रखा। शायद, माली कोई दूसरा था। क्या मैंने उसका चेहरा देखा था? मैं कहाँ थी?

मैं जल्दी से घर वापस गयी, और उन पुरानी नोट-बुक्स की खोज की, जिन्हें मैं पेडांटिक ले जाती थी। मुझे छुट-पुट विचार, अचानक आया कोई आईडिया, जहाँ मुझे कोई मौक़ा मिलता, तो उन्हें नोटबुक में संक्षेप में लिखने की आदत थी। काम के दौरान मिले सभी टेलिफ़ोन नंबर भी मैं वहीं लिख देती। मुझे याद आया कि मैंने मानस का नंबर और पता कहीं लिखा था। जब वेद ने मुझे अपने निबंध ठीक से न लिखने के लिए कड़ी फटकार लगायी थी, तब मैंने उसे फ़ोन किया, और मिलने के लिए कहा था। उस अवसर पर वह मिलने के लिए राज़ी हो गया था। इस बार भी मैंने डरते हुए उसका नंबर डायल किया। जब उसकी दबंग आवाज़ ने जवाब दिया, मेरा दिल दहल गया।

"हलो!" उसने कहा और मैंने राहत की लंबी साँस ली। वह कोई भ्रामक प्राणी या घटती स्मृति नहीं था।

"हलो, मैं हूँ दिशा! प्लीज़, मुझे तुमसे एक बार बात करनी है। मैं तड़प रही हूँ।"

"मैं कुछ दिनों के लिये व्यस्त हूँ। मुझे जरूरी काम है।" उसने तपाक से कहा।

"क्या काम?"

"मैं यहाँ हमेशा के लिए नहीं रह सकता, है ना? मुझे एमपी वापस जाना होगा और काम को फिर से शुरू करना होगा।" उसने चिढ़कर कहा। वह महीनों पहले का वही अजनबी लग रहा था, जब हमने पहली बार बात की थी और वह मिलने के लिए अनिच्छुक था।

"अचानक? तुमने पिछली दफ़ा कुछ भी नहीं बताया था।" मैं सचमुच भीख माँग रही थी और अपने भीख माँगने के लहजे से शर्मिंदा थी, लेकिन मुझे परवाह नहीं थी।

"मैंने तुमसे कहा होता। मैं शुरुआत में ही दिन ख़राब नहीं करना चाहता था, और बाद में।" वह रुक गया।

"और बाद में दिन उस पागल के कारण ख़राब हो गया? तुम हमारे बीच सब कुछ सिर्फ़ इसलिए नहीं मिटा सकते क्योंकि उसने मेरे बारे में कुछ घटिया कहा। तुम क्यों नहीं समझते कि उसका मेरे लिए कभी कोई अस्तित्व नहीं था। वह मेरा कभी कुछ नहीं था। तुमने मुझसे कहा.... कि तुमने इच्छाएँ खो दी थीं। मेरे लिए भी कुछ ऐसा ही था। मुझे पता था कि मेरे लिये सब ख़त्म हो गया है इसलिए मैंने उसे पहले ही छोड़ दिया था, और उसने मुझे रोकने की कोशिश नहीं की। वह एक अमीर और ख़ूबसूरत लड़की से सगाई कर रहा था जिसे उसकी कज़िन ने चुना था। वह फिर प्रकट हुआ है क्योंकि वो मामला बिगड़ गया है। वह हमारे बीच क्यों मायने रखता है? तुम मुझसे एक बार मिले बिना नहीं जा सकते।"

"मैंने तुम्हें सब कुछ ईमानदारी से बताया लेकिन तुमने मुझसे झूठ बोला।" उसकी क्रूर आवाज़ भावहीन रही।

"मैंने किस बारे में झूठ बोला? ऋत्विक के बारे में? मैंने उसे मरा हुआ माना। उसने मेरी भावनाओं के साथ खिलवाड़ किया। क्या तुम जानते हो कि वह कितना नीच है? उसने पिछले हफ़्ते मुझे फिर से फ़ोन किया और कहा कि वह मेरे साथ वापस आना चाहता है। वह कहता है कि उसकी पत्नी उसके ही भाई के साथ उसे धोखा दे रही है इसलिए उसने तलाक़ के लिए अर्ज़ी दी है। क्या मुझे यह नहीं सोचना चाहिए कि वह भयानक आदमी मर चुका है।" दूसरे छोर से कोई आवाज़ नहीं आई।

"मैं कहानियाँ नहीं बनाती।" मैं फफक पड़ी, "क्या तुम यहाँ हो? यह सब सच

है। मैंने क्या ग़लत किया है? मैं एक ऐसे आदमी से प्यार करती थी जिसने मुझे धोखा दिया। मैं ख़ुशी-ख़ुशी उससे शादी कर लेती। मैं सिर्फ़ उसे चाहती थी और उसने मुझे छोड़ दिया। मेरा एक ऐसे व्यक्ति के साथ छोटा-सा अफ़ेयर हुआ जो मुझसे प्यार नहीं करता था और मैंने भी उसे प्यार नहीं किया था। यह कुछ ही समय में ख़त्म हो गया। बस इतना ही। दोनों अपनी मर्ज़ी से लौट आये हैं और दूसरी बार मेरे जीवन को ख़राब करने की कोशिश कर रहे हैं। क्या यह इतना जटिल है कि तुम मुझे माफ़ नहीं कर सकते? क्या तुम मुझसे प्यार नहीं करते?" मुझे डर था, कि मैं ऋत्विक की तरह एक खोये हुए मौक़े के लिए याचना कर रही थी।

"मैंने तुमसे कहा था कि मैं प्यार करने में असमर्थ हूँ।" उसने ठंडे स्वर में कहा, "मैंने शुरुआत में ही स्पष्ट कर दिया था कि मैं प्यार नहीं करता और मैं शादी के लिए तैयार नहीं हूँ, लेकिन मेरे पास तुम्हारे लिए हृदय में एक विशेष स्थान था। मुझे तुम्हारी बहुत परवाह है। इसलिए मैंने कभी कोई सीमा नहीं लाँघी। मैंने तुम्हें ख़ुशी दी, लेकिन सेक्स से परहेज़ किया। औरतों को बाद में पुरुषों को दोष देने की आदत होती है, वे हम पर फ़ायदा उठाने का आरोप लगाती हैं या फिर वे हमें शादी के लिए परेशान करती हैं। मुझे यह सुनिश्चित करने की ज़रूरत थी कि मैं जिस तरह का रिश्ता चाहता हूँ, उसके लिये तुम भी तैयार हो।?"

"तुम मर्द इतने क्रूर क्यों हो?" मैं कड़वाहट से हँसी, "तुम सब हमेशा चीज़ों को अपने हिसाब से और अपनी सुविधानुसार चाहते हो। तुम्हें हमारी इच्छाओं या प्रेतों की परवाह नहीं। तुमने बेदाग़ रहने के लिए अच्छा काम किया। हाँ, मुझे आपके संयम पर आश्चर्य हुआ, लेकिन नहीं मैंने कभी नहीं सोचा था कि इसका कारण यह हो सकता है। बहुत बढ़िया।" वह एक मिनट तक चुप रहा।

"जब हम मिलते हैं तो बात करते हैं। मुझे मीटिंग के लिए जाना है लेकिन मैं तुमसे बाद में संपर्क करूँगा।"

बस इतना ही। उसने प्यार नहीं किया। तो हम एक-दूसरे के साथ क्या कर रहे थे? वह शादी के लिए तैयार नहीं था लेकिन अगर कोई प्यार नहीं था तो यह अप्रासंगिक था। वह प्रेम और विवाह रहित जुनूनी रिश्ते की परवाह करता था। फिर वेद ने जो कहा था, उसके लिए वह मुझ पर नाराज़ क्यों था? वह उस 'लड़के' से भी नाराज़ था जिसे मेरे माता-पिता ने शादी के लिए चुना था। कम से कम वह उदासीन प्रेमी तो नहीं था। उसे यौन संबंधों में निष्ठा की उम्मीद थी। मैं इसे और कैसे परिभाषित कर सकती थी? हमने तो सेक्स भी नहीं किया। क्या उसने शुरू में ही साफ़ कर दिया था कि उसे न तो

प्यार है और न ही शादी में दिलचस्पी है? मैंने कल की विपदा पर ध्यान नहीं दिया था क्योंकि वर्तमान सुख ने मुझे खा लिया। या मैंने जानबूझकर पृष्ठभूमि की अवहेलना की क्योंकि मैं एक रुग्ण आशा में पागल थी? मेरे प्रेम-जीवन को पुनर्जीवित करने की दृढ़ आशा? और दुख की बदबू में डूबे व्यक्ति के लिए वह आख़िरी मौक़ा था? मुझे बिना प्यार के शादी करने में कोई दिलचस्पी नहीं थी। हालाँकि, क्या मैं उस व्यक्ति से प्यार कर सकती थी जो शादी नहीं करना चाहता था? मैं यह मान नहीं पा रही थी, लेकिन उसने मुझसे प्यार भी नहीं किया! हो सकता है, मुझे फिर 'रौंग वन' मिल गया था! 'राइट वन' कहाँ था? कोई सही नहीं था। हमने उन्हें केवल अपने ख़्वाबों में सही बनाया था। अगर मैं उसे लोपा के पत्र भेजती तो क्या वह मेरे प्यार को समझता? मैं उसे 'उस विचित्र महिला और सात समंदर पार वाले घर' के साथ हमारे जन्मों के प्यार वाली कहानी बताने ही वाली थी कि वेद ने मामला बिगाड़ दिया। मेरे पास उसके ऑफ़िस का पता भी था लेकिन इस मूड में अगर उसने मेरे भेजे पत्रों को फाड़ दिया या नज़र-अंदाज़ कर दिया तो लोपा के बहुमूल्य पत्र एक बार फिर खो जाते।

मैं कई घंटे अपने हाथों में लोपा के पत्र लिए, उसकी आत्मा को मदद के लिए पुकारती, घर के आसपास की सड़कों पर खोई हुई बाली ढूँढती रही। उतनी मेहनत के बाद भी न मुझे मानस को मनाने का कोई दूसरा तरीक़ा सूझा और न उसकी दी बाली मिली। मैं इतना थक गयी थी कि वापस लौटकर मुझे नींद आ गयी। मेरा मस्तिष्क विषैली अटकलों से भरा हुआ था। मैं मानस से नफ़रत नहीं कर सकती थी लेकिन मुझे शक था कि उसने शुरुआत से ही अपने दिमाग में एक साज़िश रची थी। आख़िर क्यों उसने मेरी कल्पना के साथ खिलवाड़ किया और रहस्यमयी महिला और पेड़ों के बीच एक शानदार घर के बारे में मेरी कल्पनाओं का मज़ाक़ उड़ाया? या वह मंगेतर की मृत्यु से ख़ुद दुखी था और कुछ अलौकिक विचारों से भ्रमित हो गया? मैं सबसे निराशाजनक परिस्थितियों में भी रोमांस को छोड़ने के लिए तैयार नहीं थी। मैंने उसे स्वप्न में अपने घर के द्वार पर खड़ा देखा। उसने एक दुर्भावनापूर्ण मुस्कान दी और चला गया। मैं गहरी निराशा में एक कंपकंपी के साथ उठी। गिरते दिन के मृत शोर में बाहर अँधेरा पनप रहा था, उसका सफ़ेद चेहरा बारी-बारी से लुप्त होकर मेरे विचारों में लौट आता, जो मुझे न्यू फ्रेंड्स कॉलोनी के कैफ़े में पहली बार उस भयानक चेहरे की याद दिलाते हुए, ताज़ा मृत लग रहा था।

लोपा ने अपने मानस की भौतिक उपस्थिति का उसकी अनुपस्थिति में कैसे सामना किया? क्या उसने एक शव से उसके पुनरुत्थान की कल्पना की थी, जो सड़

रहा था, कीड़े उसे आधा खा गये थे, लेकिन वह प्यार से लहरा रहा था? मैंने मानस के प्राचीन भूत को घूमते हुए देखा। मेरी सनक ने मुझे डरा दिया। मेरा मानस जीवित था और मैं उसे कभी भी ऋत्विक की तरह मृत प्रेमियों के साथ नहीं मिला सकती थी। लेकिन कोई भी जीवित व्यक्ति मेरे दर्द को नहीं समझ सका। केवल लोपा ने अपनी ग़ैर-मौजूद क़ब्र से बात की और मुझे दिलासा दिया। मैं मूर्च्छित-सी उठी, और उस फ़ाइल की तलाश की, जिसे मैंने उसके पत्रों को संरक्षित करने के लिए ख़रीदा था; मेरा एकमात्र ख़ज़ाना। ऐसा प्रतीत हुआ जैसे जब मुझे उसका पहला पत्र मिला था, उसके बाद से एक पूरा जीवन फिसल गया। मैंने एक अंतिम पृष्ठ को विघटन के क्षण के लिए सहेजा था। वह पल आ गया था। वे उसके आख़िरी शब्द थे, जो परिचित कर्सिव में लिखे गये थे। धुँधले अक्षर बह रहे थे, जैसे उनसे आँसू गिर रहे हों, और वह एक कविता थी:

अधपका प्यार

मैं वहीं रहती हूँ, तुम्हारा नाम अपने साथ लेती, सिगरेट के धुएँ से लिपटे
चुंबनों का स्वाद होंठों पर महसूस करती, रात की अँधेरी चमक में इच्छाओं
के धब्बे चिन्हित करती, दिल पापी है, दिन घसीटते हैं, आँखें अव्यवस्था से
ढँक जाती हैं, एक अपेक्षित झाँकी की भूख, मेरी पलकों में झपकती है
चित्रों का बवंडर, विशद ब्रह्मांड पर छाया डालने वाली हमारी आत्माएँ, तुम्हें
वापस बुलाने में असमर्थ, रूहानी संभोग, गतिरोध, टूटे हुए दर्पण, मकड़ी के जाले
मैं तुमसे प्यार करती हूँ, मुझे और भी बहुत कुछ कहना है, पर तुम कहाँ चले गये?
जब से प्रेम, वह प्रणय का भ्रामक मूर्तिकार, विलासिता की गर्जना से गुज़रा है
मैं पहरे पर खड़ी हूँ, कामुक सपनों की आवाज़ों के साथ घुलने-मिलने के लिए,
खालीपन बढ़ता जा रहा है, धुँध की गुबार में असंख्य भूत मुझे जगा कर रखते हैं,
नीली छत पर अखंड ख़ामोशी गूँज रही है, मैं अकेली हूँ, तुम जहाँ भी रहो,
कल अपनी सफ़ेद कॉलर पर लाल लिपस्टिक के निशान के साथ उठोगे
मेरा गीत गाते हुए, फुसफुसाहट के स्वर सुनते, पलकों के बीच फड़फड़ाती
रूपहली सूरज की किरणें झाड़ते, लाल रंग का बारह इंच गहरा दर्द
तुम्हारे दिल को चबाता, उलझाता हुआ कोलाहल, तुम्हारी याद में पागल

अद्भुत शरीर के आकर्षण, मैंने तुम्हारे कंधों पर बैंगनी निशान छोड़े हैं

कमल के आकार के, कटे होंठो पर अधूरा प्यार, बेडपोस्ट पर बँधे बालों के गुच्छे

लयबद्ध अभिलाषाएँ, मेरे आँसुओं के नमक से लथपथ तुम्हारा गुलाबी मुँह

मैंने वह नाज़ुक पन्ना उठा लिया और उसे अपने रक्त से रिसते हृदय के ख़िलाफ़ दबाया। शायद मुझे वह प्यार मिला था, जिसकी तलाश थी, लेकिन मैंने उसे खो दिया था। मैंने उसे अपने दिल की मचान पर दुख के साथ मार दिया। मैं हार गयी थी। जीवनी शक्ति, सुबह का उन्माद, कार्यालय और बग़ीचे में आशा की किरणों की झिलमिलाहट, सब कुछ ढलती रात के नीरस हिस्सों में ग़ायब हो गया। मेरी आत्मा निराशाजनक कड़वाहट से ठंडी हो गयी थी।

18.

अंधकार से प्रकाश

"अँधेरे में क्यों बैठी हो? सब ठीक है ना, बेटा?" माँ की आवाज़ ने मेरी सोच को बाधित कर दिया। मैंने अपनी आँखें बंद कीं, पलकें झपकाईं और अनिश्चित रूप से रोशनी की बाढ़ को देखने लगी। क्या मैं अँधेरे में बैठी थी? मुझे याद नहीं आया। लोपा की आख़िरी चिट्ठी मेरे हाथ में फड़फड़ा रही थी। माँ ने लैवेंडर रंग की शिफॉन की साड़ी पहनी थी और उसकी बाँहों में मैचिंग काँच की चूड़ियाँ थीं। मुझे चूड़ियों की आवाज़ बहुत अच्छी लगी। उसकी खनखनाहट ने माँ की कोमल आवाज़ के साथ मिलकर मेरे कानों में मिश्री घोल दी।

"हाँ!" मेरे होंठ बोलने में भी दर्द कर रहे थे। हमारी आँखें थोड़ी देर के लिए मिलीं, वह हैरान दिखीं और फिर उन्होंने खिड़की के परदों को एक तरफ़ खींच दिया।

"अँधेरे में बैठना हेल्दी नहीं है।" उन्होंने कहा और हम एक साथ बाहर से आती अस्थिर रोशनी देखने लगे, "कितने समय से तुम इस तरह बैठी हो? मैं तुम्हें बहुत देर से बुला रही थी। आओ, तुम्हारे पापा लिविंग रूम में बात करने के लिए बैठे हैं।"

फिर बात! मेरे कमज़ोर शरीर में किसी से बात करने की शक्ति नहीं बची थी। मेरे मृत मस्तिष्क में हताशा ने सिर्फ़ एक पराजय-वादी सोच भर दी 'मुझे भाग जाना चाहिए' लेकिन कहाँ? 'अधिक निराशाजनक वास्तविकताओं से दूर' क्या सर्वव्यापी अंधकार को दूर करना संभव था? क्या इस भाग्य की बीमारी का इलाज था? नियति की चिरस्थायी छावनी से पलायन? क्या मैं अपने डीमंज़ से लड़ सकता थी और अवास्तविकता के आराम में फिसल सकती थी? कहीं दूर जा सकती थी? बहुत दूर? जहाँ तक वर्तमान की बात थी, मुझे स्थिर होना चाहिए। मैं माँ की इच्छा पूरी करने के लिए चुपचाप उठी।

"आओ, मेरे साथ बैठो।" पापा इंतज़ार कर रहे थे।

"क्या बात है?" कमरा साये से भर गया था। वहाँ से कोई भागने का रास्ता नहीं था।

"कुछ नहीं, क्या तुम हमारे साथ कुछ देर नहीं बैठ सकते?" उन्होंने एक ताज़ा धुला हुआ सफ़ेद कुर्ता पहना था। वह कभी-कभी ऑफ़िस के बाद शाम को नहाते थे।

उनके बाल गीले थे और वह खीरे की तरह ठंडे लग रहे थे। "आओ, बैठो!" उन्होंने अपने बगल में कुशन को थपथपाया।

"प्लीज़ मुझे जल्दी बताएँ कि क्या है... उमम... मुझे एक असाइनमेंट पर काम करना है।" मैंने झूठ बोला। मेरे पेट में गाँठ थी। अचानक दर्द होने लगा।

"ठीक है!" उन्होंने अपना गला साफ़ किया। मैंने प्रस्तावित सीट ले ली थी। वह अब कुशन के बदले मेरे कंधे को थपथपा रहे थे, "क्या तुमने उस 'लड़के' के बारे में कुछ सोचा है?"

"कौन-सा लडका?" इतने लड़कों के चक्कर में, मैं शादी के प्रस्ताव के बारे में भूल गयी थी। ये कमीने लड़के मेरे जीवन का अभिशाप थे। क्या दुनिया में ऐसा कोई उद्देश्य या कारण था, जो उन निरोपयोगी प्राणियों की इच्छा को उचित ठहराता?

"जिस लड़के का रचना ने अपने पत्र में उल्लेख किया है। वह एक अच्छा लड़का है, मेरा विश्वास करो। मैं उससे मिला और मैंने उसके बारे में पूछताछ की है। हमारे कुछ आपसी परिचित हैं। सब उसकी बहुत तारीफ़ करते हैं। बस एक बार उससे मिलो और तय करो कि क्या तुम उससे शादी कर सकते हो। यदि वह तुम्हें पसंद नहीं आता है, तो मना कर देना, लेकिन एक बार उससे मिल लो। मेरे लिये इतना नहीं कर सकते?" उन्होंने अपनी कोमल आवाज़ में कहा।

"क्या होगा अगर मैं उसे बिना मिले ही मना कर दूँ?" मैंने कहा। मानस की गहरी आवाज़ 'मैं प्यार नहीं करता और मैं शादी के लिए तैयार नहीं हूँ' मेरे दिमाग़ में गूँज उठी। वह विशेष वाक्य, लहसुन की गंध की तरह मुझसे चिपक गया था।

"हाँ, कर सकते हो। मगर मुझे पता है कि तुम ऐसा नहीं करोगे, क्योंकि तुमने अपने पापा का अनुरोध कभी नहीं ठुकराया।" उन्होंने प्यार से कहा। मैं अभी भी मानस के साथ अपनी आख़िरी बातचीत की प्रतिध्वनि सुन सकती थी, जो एक ज़ोरदार विस्फोट में फैल रहा था। क्या यह मेरे और दूसरों के लिए बेहतर नहीं होगा कि मैं प्रेम की अनिश्चित खोज को छोड़ दूँ और विवेक-पूर्वक विवाह की शक्ति में निश्चिंत हो जाऊँ? हमारे देश में ज़्यादातर जोड़ों ने शादी के बाद ही प्यार पाया है। जैसा कि मैंने कभी रचना को समझाया था, हो सकता है यही मेरा 'राइट वन' हो। अगर मेरे पास कुछ राइट होने लायक़ बचा था, तो उसके लिए मेरे अवचेतन में शोर करती आवाज़ें पीछे हटने लगीं। प्रेम के नाटकों से रहित, नीरस जीवन का विचार कितना सुकून देने वाला था। मुझे नहीं पता था कि मैं अपनी विरोधाभासी भावनाओं को कैसे व्यक्त

करूँ।

"लेकिन क्या हम इस बात से सहमत नहीं थे कि मैं पढ़ाई के लिए विदेश जाऊँगी? ओह! पापा, मुझे मर्द पसंद नहीं हैं।" मैं कराह उठी।

"पुरुषों को पसंद न करने से तुम्हारा क्या मतलब है? क्या तुम्हारे दिमाग़ में आजकल का कोई फ़ितूर तो नहीं है? क्या तुम्हें औरतें पसंद हैं?" माँ चुपचाप बाप-बेटी का मायूस दृश्य देख रही थीं, लेकिन वह ज़्यादा देर तक शांत नहीं रह सकीं।

"नहीं, माँ! मेरा मतलब यह नहीं है। मैं पुरुषों को पसंद करती हूँ... मतलब... पुरुषों के बजाय महिलाओं को पसंद करने के बारे में मेरी ऐसी कोई धारणा नहीं है, लेकिन मैं सामान्य रूप से पुरुषों को नापसंद करने लगी हूँ।"

"ओह! अच्छा। हाँ, पुरुष पसंद करने योग्य प्राणी बिल्कुल नहीं हैं, लेकिन इस पितृ-सत्तात्मक समाज में एक महिला को चैन से जीवित रहने के लिए उनसे शादी करनी पड़ती है।" उन्होंने सहानुभूति-पूर्वक कहा।

"आपका क्या मतलब है? पुरुष पसंद करने योग्य प्राणी नहीं हैं? आप उसके सिर को और अधिक शंकाओं से भर रहे हैं? मुझे पता है कि पुरुष... हमेशा उतने अच्छे नहीं होते... लेकिन कुछ अच्छे पुरुष भी होते हैं।" पापा की बगलें झाँक रही थीं।

"अच्छे हों या बुरे, कोई उन्हें पूरी तरह से दूर नहीं कर सकता है।" माँ ने अपनी बड़ी आँखों को गोल किया, और मेरी ओर देखा, "तुम्हें पता नहीं है कि अविवाहित महिलाओं के लिए जीवन कितना कठिन है।" बोलते समय उन्होंने अपना हाथ हिलाया और उनकी चूड़ियाँ फिर बज उठीं।

"और आप इसके बारे में कैसे जानते हो, माँ? चीज़ें पहले जैसी नहीं हैं। पुरुषों के साथ से दूर रहने की ज़रूरत नहीं है, लेकिन महिलाएँ पुरुषों के बिना रह सकती हैं और अच्छी तरह से जी सकती हैं। दुनिया बदल रही है। इसके लिए किसी को शादी करने की ज़रूरत नहीं है। हो सकता है कि मैंने कुछ महीनों के बाद इस प्रस्ताव को गंभीरता से लिया होता, लेकिन वर्तमान में मैं एक अस्थिर स्थिति में हूँ।" मैंने उनके ट्रेडमार्क अन्दाज़ की नक़ल करते हुए अपनी पेशानी दबाई।

"तो क्या यह फिर से उस मरे हुए लड़के के बारे में है? उफ़्फ़! तुम कब तक उसका शोक मनाओगी?" वह आपा खो रही थीं। हम एक जैसे थे। आवेगी और शॉर्ट-टेम्पर्ड।

"मुझे बात करने दो।" पापा इतनी आसानी से उत्तेजित नहीं होते, "दिशा मुझे यह समझने दो। तुम अभी भी उस लड़के को... याद कर रहे हो जो मर गया? लेकिन क्या

तुम्हें नहीं लगता कि तुम्हें आगे बढ़ने की ज़रूरत है, और एक जीवित लड़का इसमें मदद कर सकता है?"

"हम्म्म!" मैं उससे आगे झूठ नहीं बोल सकती थी। अगर मैं सब साफ़-साफ़ बता दूँ, तो शायद वे समझ जाएँ, लेकिन कहाँ से शुरू करूँ?

"नहीं, यह मरे हुए लड़के के बारे नहीं है, वास्तव में कोई और है, और वो जीवित है...!" मैंने अपना मुँह लटका लिया।

"सो अब तुम किसी और से प्यार करते हो? देखो, मैंने तुमसे कहा था कि तुम्हारी उम्र में ऐसा होता है। वह कौन है? यदि तुम उस लड़के से नहीं मिल सकते जिसे हमने चुना है, तो हम उस लड़के से मिलें? जिसे तुमने चुना है?" उन्होंने बड़े आराम से कहा।

"नहीं, वह नहीं मिलेगा। वह शादी में विश्वास नहीं करता।" मैंने धीमे स्वर में कहा।

"शादी में विश्वास नहीं करता?" माँ चुप रहने में असमर्थ थीं "अब यह ताज़ा बकवास क्या है? क्या तुम उसके साथ लिव-इन करने जा रही हो?"

"प्लीज़!" पापा ने फिर हस्तक्षेप किया, "आप ऐसी बेतुकी बातें क्यों कहते रहते हो? टीवी के ऊल-जलूल सोप ओपेरा देखना बंद करो, वे आपके सोचने के तरीक़े को बर्बाद कर रहे हैं। वह ऐसा कुछ नहीं करेगी। मैं अपनी बेटी को जानता हूँ।"

"मुझे बताओ!" वह मेरी ओर मुड़े, "वह शादी क्यों नहीं करेगा? तुम एक के बाद एक धमाके कर रहे हो।"

"शायद आप दोनों नहीं समझोगे। मैं आपकी बेटी नहीं हूँ, इसलिए मैं अलग तरह से सोचती हूँ।" मैंने कहा।

"तुम इसमें अतुल की कहानी तो नहीं लाने जा रहे? हमने तुम्हें कई बार कहा है कि वह सच नहीं था।" पापा को पहली बार ग़ुस्सा आ रहा था।

"यह अतुल भैया की कहानी नहीं है। मेरे पास सबूत है। मैं लोपा की बेटी हूँ।" मैंने बिना सिर उठाये शांति से कहा।

"क्या?" उनका मुँह खुला था। मैं उनकी ओर देखने की हिम्मत नहीं कर सकती थी, लेकिन मैं उनकी वह अभिव्यक्ति पहचानती थी।

"आप नहीं समझते। मैं सिर्फ़ किसी से शादी करने के लिए शादी नहीं करना

चाहती। मैं... मैं तभी शादी कर सकती हूँ जब मैं प्यार करूँ... या मैं इसके होने की प्रतीक्षा में अविवाहित रहना पसंद करूँगी। हो सकता है, मैं फिर से ग़लत लड़के को चाहती हूँ। वह दूसरों की तरह एक परिचित अजनबी में बदल गया है। मैं रचना या अन्य लड़कियों की तरह नहीं हूँ। मुझे शादी के तोहफ़े में जड़ाऊ कंगन नहीं चाहिए। मुझे वह दो सौ की बाली चाहिए। प्यार की निशानी...!" मैंने उदास होकर कहा।

"मैं आपको बता रही थी कि इसके साथ कुछ गंभीर रूप से गड़बड़ है।" माँ रो रही थीं, "आपको लगता है कि मुझे हमेशा लगता है कि कुछ गड़बड़ है इसलिए आप ध्यान नहीं देते। वह पिछले कुछ हफ़्तों से अजीब कर रही है, वह देर से आती है, जल्दी चली जाती है और आपको लगा कि वह काम में व्यस्त है। उसकी आँखों में अजीब भाव है और आपने कहा था कि वह थकी होगी। वह ठीक से खाना नहीं खाती है और आप कहते डाइयटिंग कर रही होगी। वह हमेशा विचलित रहती है। तो आप कहते कि उल्टा मैं विचलित हूँ। मुझे नहीं पता कि वह अपने अँधेरे कमरे में बंद होकर किस तरह की पागल चीज़ें करती है। उसके प्रकट होने से पहले मुझे दस-पंद्रह मिनट के लिए दरवाज़ा पीटना पड़ता है। वह लॉन में कुछ ढूँढ रही थी, गेट के बाहर पागल की तरह, सोफ़े के नीचे खोज रही थी, कुशन थपथपा रही थी, फ़र्नीचर हिला रही थी। मैं पूछती रही कि यह क्या है लेकिन उसने कोई जवाब नहीं दिया।"

"मैं कुछ ढूँढ रही थी क्योंकि मैंने वास्तव में कुछ खो दिया था।" मैं चिल्लाई, "वह बाली, जिसके बारे में मैंने अभी आपको बताया। मेरे साथ कुछ भी गड़बड़ नहीं है। मुझे पता है कि मैं लोपा की बेटी हूँ, लेकिन मुझे कोई शिकायत नहीं है। मैं इसके साथ ठीक हूँ, लेकिन आपको मुझे समझने की कोशिश करनी होगी, भले ही मैं आपका ख़ून नहीं हूँ।"

"तुम मेरी ख़ून हो। तुम्हें यह बकवास किसने सिखाया है? क्या तुम अँधेरे में बैठी, यही सब अपने सिर में गढ़ती हो? तुम लोपा की बेटी नहीं हो सकती, समझी? वह मेरी सबसे अच्छी दोस्त थी लेकिन तुम्हारे पैदा होने से दो साल पहले ही वह गुज़र गयी। मैंने इस विषय को टाल दिया क्योंकि मुझे लगा, इसके बारे में बात करना तुम्हारे लिए बहुत हानिकारक था और तुम उसके साथ अस्वाभाविक रूप से जुड़ गयी थी।" उन्होंने शोक-पूर्वक कहा। उनका आंदोलित स्वर गिर गया, उन्होंने रोना बंद कर दिया था। मेरी आँखों में आँसुओं की परत चढ़ गयी। मैंने ऊपर देखा, अपना मुँह खोला, लेकिन मैं अपना अगला जवाब भूल गयी। माँ का दर्द उनके सिकुड़े हुए चेहरे पर साफ़ झलक रहा था।

"मैं जानती हूँ।" मेरी आवाज़ मुझे भी मुश्किल से सुनाई दी, "आपने मेरा नाम दिशा रखा क्योंकि वह अपनी बेटी का नाम दिशा रखना चाहती थी।" मेरे खयालों का धुआँ साफ़ हो गया, लोपा चिलमन के पीछे मुस्कुराई, लेकिन मेरे माता-पिता मुझे चुपचाप देख रहे थे। मेरे सिर में आवाज़ें ज़ोर-ज़ोर से दहाड़े मारने लगीं, मेरी चेतना नीचे जा रही थी, घट रही थी, विचार भयावह ऊँचाइयों में घिरे हुए थे, काली छायाएँ मेरे शरीर को पाताल लोक में घसीटने के लिए वश में कर रही थीं, मेरी बाँहों को लकवा मार गया, मेरे पैर घुल रहे थे, मेरी हिम्मत फट रही थी, मुझे एक स्थिर टुकड़े को पुनः प्राप्त करने की आवश्यकता थी। मैं मस्तिष्क में रेंगने वाली सुन्नता से लड़ी और धीरे-धीरे अपने कमरे में चली गयी। माँ ने मेरा पीछा किया। पापा ने माँ का पीछा किया। मुझे वह बाली ढूँढनी थी। उसका जोड़ा गुम हो गया था पर एक बाली मेरे पास थी। अगर वह मिल जाए तो मैं उन्हें आश्वस्त कर सकती थी और स्वयं को भी कि मैं अपने और इसके जोड़े की तलाश में बदहवास थी। मैंने इधर-उधर देखा लेकिन अब वो भी ग़ायब थी। मैंने अपना सूना गला सहलाया। एक मैचिंग लॉकेट वाली चैन भी तो थी। वो कहाँ गयी? ये सब क्या हो रहा था? जब मैं होश खो रही थी, उस वक़्त, मैं माँ-पापा को अपने कमरे का सामान इधर-उधर करते सुन रही थी।

उसके बाद की घटनाओं की स्मृति पूरी तरह से अंधकारमय नहीं थी। कई आवाज़ों की भूतिया छाप, अधिक से अधिक आवाज़ों में कुछ परिचित, कुछ अपरिचित, कुछ काल्पनिक और कुछ वास्तविक। फिर एक लंबी ख़ामोशी, जिसमें मैंने माँ की उत्तेजित आवाज़ सुनी। उनकी झनझनाती चूड़ियों के मधुर स्वर के साथ, "यह क्या है? जब मैंने उसे अँधेरे में बैठा पाया, तो वह इस कागज़ को पकड़े हुए थी।" माँ ने कहा। मौत खुली हुई खिड़कियों से आगे बढ़ी, लेकिन मैंने अपने पिता की आवाज़ को अथाह छाया में संवाद करते हुए सुना, "यह एक कविता है। क्या दिशा ने इसे लिखा है?" मौत का विकट रथ ठंडे, नीले, वाष्पशील आकाश में खड़खड़ाया। "शायद। यह दिशा की ही लिखावट है, मुझे पता है, लेकिन ये इतने सारे काग़ज़ क्या हैं?" क्या जंगली यात्रा थी! क्या मैं अंत के क़रीब थी? या शायद एक विराम?

"ये लिफ़ाफ़े? ये तो लोपा ने भेजे थे?" माँ ने कहा।

"कौन लोपा?"

"कॉलेज की मित्र थी। लोपामुद्रा चटर्जी। उसकी चिट्ठियाँ मैंने गाँव की अलमारी में छोड़ दी थीं। ये लिफ़ाफ़े यहाँ कैसे आये? मैंने इन्हें वहाँ ढूँढा और मुझे लगा कि ये अन्य सामानों के साथ खो गये थे। मगर सभी लिफ़ाफ़े ख़ाली हैं और यह काग़ज़ कैसे

हैं?" माँ की आवाज़ रूँध गयी।

"ये तो ख़त हैं पर लिखाई दिशा की है।" पापा ने कहा।

हाँ, मैंने मन ही मन सोचा। मैंने उसी डेस्क पर वो ख़त लिखे थे। तो क्या मानस भी मुझे पागल समझेगा? मगर मानस तो सपना था। वह भी कहानियों से निकला झूठ बन गया।

"पांडुलिपि की तरह लगता है! क्या दिशा कोई किताब लिख रही थी?" मेरे पिता की आवाज ने, मेरे अवचेतन में गहरी चोट की। आह! मैंने कहानी में भी एक धोखेबाज़ लड़का बनाया। "हाँ, हाँ, वह अक्सर एक किताब लिखने की बात करती थी लेकिन मुझे नहीं पता था कि वह क्या लिख रही थी। वह लोपा से बहुत प्रभावित थी। कहीं वह उसी की कहानी तो नहीं लिखने लगी?" माँ का हर नोट स्पष्ट था, उनकी आवाज़, उनकी चूड़ियाँ, नुकीले चाक़ू के वार की तरह विस्मृति के धुंध काटते। मैं पेड़ों से पंक्तिबद्ध बुलेवार्ड्स से झाँक रही थी, ऊपर और ऊपर एक बड़ी हवेली थी, उसके अँधेरे बरामदे में मेरे दिमाग़ की गलियों में छोटे-छोटे नाटक होते थे। धुँधली खिड़कियों से मैंने अंदर देखा; मानस और मैं काँच के छत्ते में मधुमक्खियों की तरह, चंचलता और स्नेह से खेल रहे थे।

आवाज़ों के साथ बदबू मिल गयी। दवाओं की वैकल्पिक गंध, फिनोल, एंटीसेप्टिक, एसिड, रक्त, खारा पानी और ईथर की एक प्रबल गंध- सब गडमड हो गया। मैं चेतना के अंदर और बाहर तैरती रही, बदबूदार दलदलों में धँसती, वहाँ अस्थिर दृश्य थे जिनमें सभी चेहरों के राक्षसी संस्करण, जिन्हें मैं प्यार करती थी और नफ़रत करती थी, प्रकट हुए, बारम्बार प्रकट हुए। मेरे नाइटमेयर में थकाऊ घटनाओं के साथ आवाज़ें विलीन होती रहीं, 'चिंता की कोई बात नहीं है। यह एक टूटना है। नर्वस ब्रेक-डाउन। वह बिल्कुल नहीं खा रही थी। लेकिन सुधार है। हम ड्रिप हटा रहे हैं' मैं कुछ आवाज़ों को नहीं पहचान सकी। मृत्यु के बाद के जीवन में मेरा विघटन, उसके क्रूर शब्दों से दूषित हो रहा था और मेरे पुनरुद्धार को उसकी पाश्विक आभा ने निराकार कर दिया। मेरी क़लम जैसे अभी भी मेरे हाथों में थी। लोपा के छंदों की कलात्मकता गढ़ती, जागरूकता के अंश रचती, जटिल रूपकों में घिसटती मेरी ख़ूबसूरत कर्सिव राइटिंग, एक शिकारी की तरह शिकार पर निकली और शिकार तबाह हो गया। शिकार कौन था? शिकारी?

मेरे पूरे बदन में दर्द हो रहा था, मेरी नसों में लगातार सीरिंज चुभोई जा रही थीं, अनजान हाथ मुझे उठाकर इधर-उधर ले जाते, फिर बिस्तर पर पटक देते, मुझे चादर

ओढ़ाते। मैं अब दहशत से त्रस्त नहीं थी, मैंने बचाव के सारे हथियार फेंक दिये थे। अपने भाग्य के सामने आत्म-समर्पण कर दिया था। मैंने अपनी आविष्कार-शील स्फूर्ति खो दी थी। मुझे अपने रहस्यों से बेदख़ल कर दिया गया था। मेरा निर्बल मन, अब यह सुनिश्चित नहीं कर सकता था कि वास्तविकता कहाँ समाप्त होती, और सपने कैसे शुरू होते। मैंने कोलाहल में उसकी आवाज़ सुनी, 'वह कुछ अजीब बातें करती थी, लेकिन मुझे लगा कि वह केवल मेरे साथ खेल रही है, मुझे खेद है...!' वह कह रहा था। मेरी इच्छाएँ अपने-आप धुँधली हो गईं लेकिन सबसे बुरा आतंक क़ायम रहा। उसे खोने का डर। वह एकदम परफ़ेक्ट था। मेरे लिखने से भी सुंदर। मेरे विचारों के स्व-मंथित कीचड़ में वह कमल के समान अंकुरित हुआ था। सच हो या झूठ, वो केवल मेरा था। मुझे अपनी आने वाली महान रचनाओं के लिए एक ऐसे ही म्यूज़ की आवश्यकता थी। मेरे सपनों की रूपरेखा में उसके पद-चिन्ह थे। दिन एक-दूसरे पर जमा होते रहे, मैं एक को दूसरे से अलग नहीं कर सकी, क्या यह सब एक ही दिन में हुआ या मैंने अस्पताल में सालों बिताये? लेकिन मैंने अस्पताल के कमरे में आँखें खोलीं। मैं कुछ समय के लिए तय नहीं कर पाई कि मैं मर चुकी थी या जीवित थी। मेरे सामने की दीवार पर एक छाया थी, जो मेरे जैसी थी। मेरे जागते दिल पर झुका उसका आलोकित चेहरा मुझे देख रहा था। उसकी आँखें स्वच्छ ताल में प्रतिबिम्बित तारों की तरह टिमटिमा रही थीं। मैंने उस दिव्य दृश्य को अपने दुखते हृदय में छुपा लिया। वह मुस्कुरा रहा था, उसने प्यार से मेरा हाथ पकड़ लिया और मेरी आँखों के सामने एक छोटा-सा नीला पत्थर लटका दिया।

"दिवा! मेरा सुंदर सितारा! देखो, मुझे क्या मिला? तुम्हारी गुम हुई बाली। तुमने इसे मेरी कार में गिरा दिया था।"

"और वो चिट्ठियाँ?" मैंने पूछा या मेरे कहे बिना ही उसने मेरा सवाल सुन लिया?

"मुझे सब चिट्ठियाँ मिलीं। उन्हें पढ़ते ही मैं तुम्हारे घर गया और पता लगा कि तुम यहाँ हो। शायद तुम मुझे उनकी कॉपी भेजना चाहती थी लेकिन परेशानी में तुमने मुझे लोपा के पत्र भेज दिये।"

"और वह चेन और बाली जो मेरे पास थी?"

"वो तुम्हारी ख़तों की कॉपी वाली फ़ाइल में सहेज कर रखी हैं।"

वह हौले से मुस्कुराया और मैंने आँखें बंद कर लीं। अब मुझे परवाह नहीं थी कि वह सच था या सपना।

*****

www.ingramcontent.com/pod-product-compliance
Lightning Source LLC
LaVergne TN
LVHW090345051026
849518LV00006B/2051